# 한국문학의 탈식민적 주체성

이식문학론을 넘어

서남동양학술총서

# 한국문학의
# 탈식민적 주체성

이식문학론을 넘어

배 개 화 지음

창비

# 21세기에 다시 쓴 간행사

서남동양학술총서 30호 돌파를 계기로 우리는 2005년, 기왕의 편집위원회를 서남포럼으로 개편했다. 학술사업 10년의 성과를 바탕으로 이제 새로운 토론, 새로운 실천이 요구되는 시점이라고 판단했기 때문이다.

알다시피 우리의 동아시아론은 동아시아의 발칸, 한반도에 평화체제를 구축하고자 하는 비원(悲願)에 기초한다. 4강의 이해가 한반도의 분단선을 따라 날카롭게 교착하는 이 아슬한 상황을 근본적으로 해결하는 방책은 그 분쟁의 근원, 분단을 평화적으로 해소하는 데 있다. 민족 내부의 문제이면서 동시에 국제적 문제이기도 한 한반도 분단체제의 극복이라는 이 난제를 제대로 해결하기 위해서는 우선 서구주의와 민족주의, 이 두 경사 속에서 침묵하는 동아시아를 호출하는 일, 즉 동아시아를 하나의 사유단위로 설정하는 사고의 변혁이 종요롭다. 동양학술총서는 바로 이 염원에 기초하여 기획되었다.

10년의 축적 속에 동아시아론은 이제 담론의 차원을 넘어 하나의 학(學)으로 이동할 거점을 확보했다. 우리의 충정적 발신에 호응한 나라 안팎의 지식인들에게 깊은 감사를 표하는 한편, 이 돈독한 토의의 발전이 또한 동아시아 각 나라 또는 민족들 사이의 상호연관성의 심화가 생활세계의 차원으로까지 진전된 덕에 크게 힘입고 있음에 괄목한다. 그리고 이러한 변화가

6·15남북합의(2000)로 상징되듯이 남북관계의 결정적 이정표 건설을 추동했음을 겸허히 수용한다. 바야흐로 우리는 분쟁과 갈등으로 얼룩진 20세기의 동아시아로부터 탈각하여 21세기, 평화와 공치(共治)의 동아시아를 꿈꿀 그 입구에 도착한 것이다. 아직도 길은 멀다. 하강하는 제국들의 초조와 부활하는 제국들의 미망이 교착하는 동아시아, 그곳에는 발칸적 요소들이 곳곳에 숨어 있다. 남과 북이 통일시대의 진전과정에서 함께 새로워질 수 있다면, 그리고 그 바탕에서 주변 4강을 성심으로 달랠 수 있다면 무서운 희망이 비관을 무찌를 것이다.

동양학술총서사업은 새로운 토론공동체 서남포럼의 든든한 학적 기반이다. 총서사업의 새 돛을 올리면서 대륙과 바다 사이에 지중해의 사상과 꿈이 문명의 새벽처럼 동트기를 희망한다. 우리의 오랜 꿈이 실현될 길을 찾는 이 공동의 작업에 뜻있는 분들의 동참과 편달을 바라 마지않는 바이다.

서남포럼 운영위원회
www.seonamforum.net

# 한국어로 문학을 한다는 것의 의미

필자는 2001년 9월부터 2003년 1월까지 하바드 옌칭연구소(Harvard-Yenching Institute)의 초대를 받아 방문연구원(visiting fellow)의 신분으로 하바드대학교에서 박사학위 논문을 준비한 적이 있었다. 한국문학 중에서도 현대문학 전공자였던 필자는 몇 년 동안 취미 삼아서 영어회화를 배우러 다녔던 덕분에 우연찮은 기회를 얻어서 미국행 비행기를 탈 수 있었다. 하지만 미국 생활은 그다지 쉽지 않았다. 전공이 전공인지라 영어 책을 많이 볼 일도 없었고 지금은 흔한 어학연수도 받아본 적이 없어 영어로 의사소통을 해야만 하는 상황에 적응하느라 몸 고생, 마음고생을 하였다. 당시 필자가 박사논문의 주제로 생각하고 있던 부분은 1930년대말 출판된 『문장』 잡지의 전통논의였다. 하지만 막연한 생각만 있었을 뿐 구체적으로 어떻게 써야겠다는 계획을 잡지 못했던 상황이었다. 더구나 당면한 '영어 전용'이라는 새로운 상황에 적응하느라 몸과 마음이 여러 가지 스트레스에 시달리고 있었고, 새로운 교육에 대한 호기심 때문에 이런저런 과목들을 청강하느라고 바쁜 시간을 보냈다. 덕분에 애초 미국 방문의 이유였던 박사논문 연구에 집중하지 못했다.

그러나 미국 생활이 박사논문 준비에 전혀 도움이 되지 않았던 것은 아니었다. 그 도움은 책상 앞이나 강의실에서 온 것은 아니었다. 오히려 그곳에서 보낸 일상 자체가 박사논문 주제를 좀 더 구체화하는 데 도움이 되었다.

미국은 영어가 공용어이고 대학에서도 모두 영어로 교육한다. 이런 상황에서 '한국어'는 아무런 의미도 없다. 즉 상대적으로 내가 잘 할 수 있는 언어는 한국어지만 그곳에서 이것은 아무런 가치도 없었다. 한국어를 사용하는 나는 매우 지적일 수 있지만, 영어를 사용하는 나는 그렇지 않을 수 있다. 한국어로 논문을 써봤자 읽어줄 독자가 없었기 때문에 어쩔 수 없이 내 생각을 전달하기 위해서 짧은 영어로 힘들게 논문을 써야 했다. 그곳에서 나는 한국어의 가치하락을 온몸으로 경험했다고나 할까.

또 하나의 계기는 내 연구 대상 자체에서 왔다. 1930년대는 한반도가 일본의 식민지 통치를 받던 시기로 근대 국가로서의 '조선'이나 '대한민국' 등이 성립할 수 없었던 시기였다. 때문에 그곳에서 만난 외국인들에게 내 전공을 설명할 때면 나의 말은 항상 "한때 한국은 일본의 식민지였다"라고 시작되었다. 이 점은 내가 국내에 있을 때는 그다지 의식되지 않았던 것이다. 물론 근대 한국문학의 환경으로서 '일제의 식민통치'(1910~45)를 필자가 무시한 것은 아니지만 그러한 환경이 문학의 생산에 미치는 영향에 대해서 '실감'할 수 있는 정도는 아니었다. 그런데 짧은 기간이긴 하지만 한국어가 공용어가 아닌 환경 속에서 '한국문학'에 대해서 외국어로 이야기하고 쓰다 보니, 나 스스로가 마치 식민지 지식인이 된 것 같은 투사가 일어났다.

덕분에 이중언어 환경, 즉 일본어가 공용어인 상황에서 '조선어'로 말하고 '조선문학'을 한다는 것은 어떤 것일까라는 생각과 '일본어'의 중압을 조선인 문학자들은 어떻게 극복했을까 하는 의문이 생겨났다. 이런 의문은 '식민지 상황이 근대 조선어와 조선문학 형성에 미친 영향과 그 결과를 연구하는 방향으로 나아가게 되었다. 이러한 연구를 통해서 모더니스트나 리얼리스트 또는 민족주의자든 맑스주의자든 근대 조선어와 조선문학에 대한 자기 나름의 모델을 가지고 있었고 그 모델을 실현할 방법을 제시하고자 노력했음을 확인할 수 있었다.

이러한 필자의 연구는 '탈식민주의'(post-colonialism) 문학 연구의 하나라고 할 수 있지만 연구의 방향은 '영연방 문학'으로 말해지는 '영어' 위주의 문학 연구의 일반적 방향과는 조금 다르다. 영미권의 탈식민주의 연구는 일반적으로 영어 또는 영어와 식민지어의 잡종어(크레올)로 쓰인 문학에 대한 연구들이다. 하지만 조선문학의 경우는 '조선어'로 쓰인 것이 대부분이고 일부 예외적인 경우만 '일본어'로 창작되었다. 조선인과 일본인의 차별을 없애고 일본어로만 교육하기로 결정한 제3차 조선교육령이 발표된 1938년 4월 1일 이후에 창작된 조선인의 일본어 작품들은 '영연방 문학'을 중심으로 한 탈식민주의 연구 방법을 그대로 이식할 수 있는 가능성이 높으며, 현재 다수의 한국문학 연구자들을 중심으로 다양한 연구가 수행되고 있다. 반면에 필자의 연구는 '조선어'와 '조선문학' 자체가 지닌 '탈식민성'에 초점을 맞추었다.

이 책은 필자의 박사학위 논문을 수정, 보완하여 출판하게 된 것이다. 박사학위를 2004년 2월에 받았으니, 논문이 책으로 나오기까지 5년여의 시간이 지났다. 그 사이에 부족한 부분을 고치고 다시 쓰기도 했으나, 여전히 부족하다는 생각이 많이 든다. 부족한 대로 이 책이 식민지 기간에 조선어로 문학을 하는 것의 의미와 중요성을 이해하고, 선배 문학인들의 고민과 열정을 이해하는 데 조금이라도 도움이 된다면 좋겠다.

마지막으로 이 책이 나올 수 있도록 도와주신 많은 분들에게 감사의 말씀을 드리고 싶다. 석사 때부터 지금까지 어버이 같은 사랑으로 지도해주신 박동규 선생님, 미국에 갈 수 있도록 도와주시고 큰 관심을 베풀어주신 권영민 선생님, 연구에 큰 지지와 도움을 주신 최원식 선생님, 박사논문 심사와 그밖에 많은 도움을 주신 조남현 선생님과 장사선 선생님, 늘 애정과 지지를 보내준 방민호 선생님을 비롯한 연구실 선후배들, 그리고 힘들 때나 기쁠 때나 말없이 곁을 지켜준 사랑하는 가족에게 감사의 말씀을 올린다. 더불어 이 책이 출판될 수 있도록 지원해준 서남재단에도 감사드린다.

2009년 6월
배개화

# 제5장 조선어의 재해석과 심미적 근대성의 구축

**제1장**

들어가기 전에

## 1. 연구의 목적과 대상

본 연구는 1930년대 초반에서 1940년대 초까지 약 십여년간 우리 문단에서 전개됐던 다양한 '조선담론'의 전개과정과 '조선어'[1]와 '조선문학'[2] 개념의 성립과정을 검토하려고 한다. 1930년대 후반에 문학가들이 도달했던 조선말과 조선문학에 관한 인식은, 1933년을 출발점으로 삼았던 '조선학운동'과 조선어학회의 조선어 연구의 성과와 호응관계에 있는 동시에, 1938년 이후 강화된 일본의 '내선일체'(內鮮一體) 정책과 길항관계에 있는 것이었다. 이 연구는 '인식론의 위기'(epistemological crisis)와 '이중구속'(double bind)이라는 개념을 통해 일제강점기 동안 우리 지식인들과 문학가들이 조선 혹은 조선문학을 이해하는 방식과 그 인식론적 특징을 설명하고자 한다. 또 지식인들이 조선어와 조선문학을 이해하는 데 식민지라는 상황이 어떤 영향을 미쳤는지, 그리고 그러한 이해에 침투해 있었던 식민담론을 어떻게 극복하려고 했는지를 구체적으로 분석하고자 한다.

연구를 위해서 먼저 '조선담론'이 무엇인지를 규정하고자 한다. '조선담론'은 '조선이란 무엇인가'에 관한 학술적, 비평적, 더 나아가 문학적 저작들을 포괄한다. 1930년대에 성립된 유사개념으로 '조선학'이라는 개념이 있다. 이것은 "조선의 역사학, 민속학, 종교학, 미술학, 조선어학, 조선문학류 (……) 등을 총괄한 것"[3]을 의미한다. 그런데 본 연구는 이 모든 것을 다 포괄하지

---

1) '조선어'의 현대적 표현은 '우리말/국어/한국어' 등이 될 것이다. 현대적 표현을 사용하지 않고 '조선어'라는 용어를 쓴 것은 당시에는 '대한민국'이라는 나라가 없었음을 고려해서이다. 본고에서 나오는 '조선어'라는 개념은 개화기부터 식민지 기간의 우리말을 가리키는 일반명사이다.

2) '조선문학'의 현대적 표현 역시 '우리문학/국문학/한국문학'이 될 것이다. '조선어'와 마찬가지로 개화기 이래 식민지 기간 동안 우리문학을 가리키는 용어로 '조선문학'을 사용했다. 이 글에서 '조선어' 또는 '조선문학'이 나올 때는 그것이 식민지 기간의 우리문학을 지시하는 동시에, 그 당시 문단인의 용례를 따르는 비평사적 또는 문학사적 개념으로 쓰이고 있을 때이다.

는 않는다. 오히려 분과학문인 '한국현대문학'이 규정하는 범위에서 이 문제를 다루고자 했다. 때문에 이 연구는 1930년대 조선문학과 조선어에 관한 이론적 논의와 조선과 전통(이것은 종종 조선과 같은 의미로 사용된다)에 관한 당대 문인들의 논의를 중심으로 수행됐다. 1930년대로 범위를 좁힌 까닭은 1930년대에 들어오면서 '조선'의 지식인들과 문학가들이 의식적인 대상으로 발견했고, 그에 관한 이론적, 비평적 작업들을 수행했기 때문이다.

푸코는 "담론이란 욕망의 대상이며 권력 자체이기도 하다"[4]고 주장했다. 식민지 기간에 그 같은 역할을 했던 담론은 근대화 담론일 것이다. 일반적으로 알려져 있듯이 카프(KAPF)의 프롤레타리아문학도 이 범주에 들 것이다. 조선의 자본주의가 이식됐다는 점에서 조선적 '근대'의 특수성을 보았던 백남운(白南雲)처럼, 스스로 근대인을 자처하는 대부분의 조선 지식인은 조선의 근대가 서양의 근대나 일본 근대의 이식이며 이전 시기와는 명백히 단절된 것이라고 생각했다. 식민지 시기의 근대화 담론은 외부를 내부화하는 변환과정 속에서 조선을 배제한다. 즉 조선은 근대와 동시에 논의할 수 없는 것으로 간주된다. 더 나아가 조선적인 것이 무엇인지를 말하고 연구하는 것 자체가 금기 혹은 비판의 대상이 된다. 당시 조선 지식인들이 조선을 바라보는 전형적인 시각은 1935년에 있었던 안재홍과 김남천 사이에 있었던 논쟁에서도 잘 드러난다. 「조선은 과연 누가 천대하였는가 — 안재홍씨에 답함」(『조선중앙일보』 1935.10.18~27)이란 글에서 김남천(金南天)은, 조선연구에 관한 필요성을 주장했던 안재홍(安在鴻)이 단지 조선에 관해 이야기했다는 이유로 그를 민족 파쇼라고 비판한다. 안재홍을 비판하는 김남천의 논지는 '조선=전통=과거' 대 '서양=근대=현재'라는 이분법 속에서 작동하고 있었으며, 조선에 관한 이야기는 복고적이고 퇴영적인 것으로 간주됐다.

이처럼 조선을 부정하는 사유는 개화기 이래 근대화라는 역사적 과제를

---

3) 김태준 「조선학의 국학적 연구와 사회학적 연구」, 『조선일보』 1933.5.1~2.
4) 미셸 푸코 『담론의 질서』, 이정우 번역·해설, 새길 1993, 16면.

성취하지 못하고 식민화되는 일련의 과정을 통해서 형성된 것이다. 조선의 주권을 압박하는 제국주의에 대응하기 위해서 서구의 문물과 가치를 받아들이면서 자기를 재조정하는 과정에서 과거의 것은 조선적인 것으로 부정된다. 과거의 것을 부정하는 것은 새로운 것을 도입하기 위해 불가피한 자기부정이다. 그런데 문제는 이러한 자기부정이 '조선'에 관한 새로운 인식으로 연결되지 못한 점이다. 요컨대 식민지의 지식인이었던 우리 선배들에게는, 러일전쟁에서 일본이 승리한 후 일본 지식인이 도달한 자기의식, 예를 들면 도쿠토미 로카(德富蘆花)의 "아아, 일본이여! 너는 成人이 되었구나. 과연 앞으로도 계속 성장할 수 있겠는가"[5]와 같은 의식이 결여되어 있었다.

이것은 결국 조선의 희박(稀薄)화를 초래한다. 즉 조선이라는 기표는 존재하지만, 그것이 포괄하는 기의가 현저하게 빈곤해진다. 더구나 조선연구의 주도권을 아카데미를 장악하고 있는 일본 학자에게 빼앗기면서 근대학문으로서의 '조선학'은 늘 타자의 시선에서 자유롭지 못하게 된다. 이후 이것은 '관제학문'으로 비판받기도 했으나, 조선연구의 시원을 거슬러 올라가면 우리는 늘 외국인들 특히 일본인들을 만나게 된다. 아카데미 영역에서 구축된 일본의 조선담론은 아카데미의 구성원리에 의해 진리성을 획득한다.[6] 이후 조선연구는 어쩔 수 없이 이미 구축된 논리에 얽매이게 된다.

조선에 관한 표상을 만들어내고 은유화하는 작업을 통해서 스스로 진리의 담론임을 주장하는 식민담론의 가장 큰 특징은 자기의 바깥을 설정하지 않으려는 것이다. 즉 이들은 조선에 관한 자신의 담론을 진리로 내세워 다른 나머지를 비진리의 영역으로 몰아넣고 배제한다. 하지만 조선에 대한 식민담론의 담론적 진리성을 해체하고, 진리 바깥의 진리를 구축하려는 노력이 존재할 수 있다. 이를 호미 바바(Homi K. Bhabha)는 "환유화 작업을 통한

---

5) 아키라 이리에 『일본의 외교』, 푸른산 2002, 24면. 이러한 로카의 발언에는 성인으로서 일본의 양심에 관한 질문이 담겨 있음은 분명하다.
6) 에드워드 사이드 『오리엔탈리즘』, 교보문고 2000, 49~53면.

동일성의 해체"라고 부르고 탈식민적인 것으로 규정했다. '조선'은 이처럼 식민담론과 그것을 해체하려는 탈식민담론이 경합을 벌이는 복수적인 언표의 장을 형성했다고 할 수 있다.[7]

'조선학운동'은 '식민지학'에 대응하여 조선을 둘러싼 복수적인 언표의 장을 형성했던 대표적인 흐름이었다. '조선학운동'이 활발하게 이루어졌던 1930년대 초반은 조선연구의 '형성기'라고 할 수 있다. 1926년에 수립된 경성제국대학에서 조선인 졸업생들이 배출되면서, 김태준(金台俊), 조윤제(趙潤濟) 등과 같은 연구자들의 연구업적들이 나오기 시작했다. 1933년에 조선어학회가 '한글맞춤법통일안'을 발표했을 뿐 아니라, 1934년에는 저널리즘을 중심으로 한 조선학운동이 활발하게 전개됐다. 이 같은 연구의 축적은 이후 조선 문학인들이 자기 나름의 독자적인 문학이론을 수립하는 데 큰 바탕이 됐다.

예를 들어 임화(林和)의 조선문학에 관한 역사철학적 고찰이나 이태준(李泰俊)의 조선어에 관한 심미적 근대화 작업은 모두 1930년대에 있었던 조선학운동과 밀접한 관련이 있다. 임화가 처음으로 조선문학 개념을 역사철학적 관점에서 규정하려고 시도했던 「언어와 문학」이 나온 것도 1934년부터 1935년을 전후해서였다. 더불어 임화가 근대조선문학의 지배양식이 리얼리즘이

---

7) 푸코는 "일반적인 언표, 자유롭고 중성적인 그리고 독립적인 언표란 존재하지 않는다. 그러나 하나의 언표는 언제나 하나의 계열 혹은 하나의 집합을 이룸으로써 다른 언표들 사이에서 어떤 역할을 행함으로써 그들에 의존하면서도 동시에 구분됨으로써, 하나의 언표적 놀이 ─ 그 안에서 그것이 어떤 가벼운, 약한 역할일지라도 행하는 ─ 에 통합된다"고 보았다. 또한 푸코는 "인식주체가 인식 대상을 이러저러한 방식으로 표상할 때 이러한 과정은 아무렇게나 일어나는 것이 아니다. 이 과정은 인식주체들이 그에 무의식적으로 따르는 바의 어떤 일정한 방식에 따라서 일어난다. 즉 이러한 과정은 그 과정들의 가능성의 조건에 따라서 일어난다"(앞의 책, 96면)고 주장한다. 푸코에 따르면 그 가능성의 조건은 '언어적 조건'과 '사회적 조건'이 관계 맺는 양태에 따라 결정된다. 조선담론들 사이에 존재하는 유사성들은 그것이 '동일한 가능성의 조건' 위에 놓여 있다는 점에서 나올 것이다. 그러나 동시에 그것이 가능성인 한에 있어서 다양한 계열의 조합에 의해서 서로 다른 복수적 담론들이 가능하다. 이 부분에 관한 추가적 논의는 푸코의 『지식의 고고학』(민음사 1992)의 21~23면 참조.

될 수밖에 없음을 논증하기 위해서 문학사 기술을 시작한 것도 이때쯤이었다. 마찬가지로 이태준이 『문장강화』의 출발점이라고 할 수 있는 「글짓는 법 ABC — 처음 글쓰는 이들을 위하여」(『중앙』 8~15, 1934.6~1935.1)를 쓴 것도 이때쯤이었다.

당시 조선학연구는 아카데미가 아니라 저널리즘에 의해 주도된 감이 없지 않다. 그리고 그 스펙트럼도 좌에서 우로 넓게 펼쳐져 있다. 이중 본 논문의 중요한 대상은 '조선심'과 '조선얼'을 내세우는 감상적 국학자들이 아니라 과학적인 견지에서 조선학을 연구했던 이론가들이다. 예를 들어 조선학의 초·중반기를 이끌어왔던 김태준, 백남운과 같은 이론가들을 주된 대상으로 선택했다. 이는 백남운, 김태준의 조선연구가 식민지배의 도구로 악용되는 것에 대항하는 저항담론의 성격을 지닌 것으로 판단했기 때문이다. 이들은 다른 연구자들과 지속적인 논쟁을 통해서 조선사회와 조선문학의 주체성을 해명하려고 했다. 이것은 1935년을 전후로 하여 활발하게 수행됐다. 이 연구는 이러한 논쟁을 검토하고 백남운이나 김태준이 '아시아적 정체성' 이론을 조선의 특수성을 설명하는 문제틀로써 받아들이면서도 그것을 파시즘에 대한 대항논거로 만들어가는 과정을 추적하고자 한다. 그리고 이를 '인식론적 이중구속'이라는 개념으로 설명하고자 한다.

또 이 연구는 조선학 부분에서 1938년 이래의 고전 논의를 다루었다. 이 부분을 다룬 까닭은 기존 연구자들이 조선학운동이나 카프 해체 전후의 고전론과 1938년 이래의 동양문화사론을 혼동해 동일한 것으로 다루는 경향이 있기 때문이다. 카프 해체 전후의 고전론은 조선학운동과 연관된 반면, 1938년의 고전, 전통논의의 일부는 일본의 동양문화사론과 연관된다. 동양문화사론의 대표 논객인 서인식의 역사철학에 관한 연구는 이미 다수의 논문으로 나와 있으며, 그의 전통론은 결국 반전통론이며 일본 동양문화사론의 이식이라는 점이 몇몇 연구자8)들에 의해 이미 논의된 바 있다. 서인식의 주된 공격 대상이 『문장』지였다는 것과 서인식이 역사적 인간의 출연을 촉구한 까닭이 동아협동체의 논리에 동조했기 때문이라는 점은 그의 전통론이 사실은 조선 전통에 대해서 부정적임을 잘 보여준다. 이는 1930년대말 전통론의 스펙트럼에 대해서 다시 생각해보는 계기가 될 것이다. 1930년대말 서인식 등의 논의를 조선학 일반과 동일시하여, 조선 또는 조선의 전통을 말하면 다 일제파시즘에 연루되는 것이라는 식의 관점과 본 연구의 차이를 드러내기 위해서 그의 논의를 다소 방계적 연구대상으로서 삽입했다.

둘째로 본 연구의 중요한 대상은 임화다. 일반적으로 임화는 '일제시대 카프 프로문학운동의 일본적 방면에서 가장 핵심에 있는 인물이다. 가장 급진적인 계급문학론을 펼쳤고, 1930년대 후반기 포스트카프 시기에도 프로문학운동의 합리적 핵심을 견지하는 가운데 과거 카프의 오류에 대해서 가장 근본적인 자기반성을 수행했다. 해방 후 카프 프로문학운동의 연장선상에서 '민족문학론'이 태어나는 과정의 핵심에 서 있는[9] 인물로 평가받고 있다. 이 평가에서 우리는 카프의 거물로서의 임화를 상상하는 것은 어렵지 않다.

그러나 본고에서 관심을 기울인 부분은 카프의 볼세비키화를 이끌었던 카프 서기장 임화가 아니라 카프 해산 이후의 임화다. 이 시기에 임화는 근대 조선문학에서 프로문학의 역사적 위치를 놓고 깊이 천착하게 된다. 그 최초의 결과물이 바로 두개의 「언어와 문학」(『문학창조』 1934.6 ; 『예술』 1935.1)이다. 임화가 「언어와 문학」에서 설정한 조선문학의 방향성은 「조선문학의 신정세와 현대적 제상」(『조선중앙일보』 1936.1.26~2.9)에서 재천명된다. 임화는 자본주의사회의 두가지 민족범주로 부르주아적 민족과 프롤레타리아적 민족을 가정하고, 현 단계에 필요한 민족문학의 성격은 '프롤레타리아적 민족문학'이라고 주장했다. 또 프롤레타리아문학의 건설을 프로문학인의 당면과제로 제시한다. 더불어 부르주아 민족어에 대항하는 프롤레타리아 민족어의 성립

---

8) 김윤식의 『한국근대문예비평사연구』(일지사 1992)와 손정수의 「일제말기 역사철학자들의 문학비평 연구」(서울대학교 석사 1996)와 같은 논문이 그것이다.
9) 신두원 「계급문학, 민족문학, 세계문학」, 『민족문학사연구』 제21호, 2002.12, 36면.

에도 관심을 기울인다. 프롤레타리아 민족어에 관한 임화의 관심은 조선 '근대문학'의 숙명인 '이식성'과 함께 그 '전통성'도 강하게 인식하는 계기가 된다. 이를 증명하기 위해 필자는 임화의 '조선문학'에 관한 규정과 '조선어'에 관한 관심에 초점을 맞추어 논의를 전개하고자 한다.

일제강점기 동안 지식인의 논의에서 조선에 관한 논의와 조선문학에 관한 논의는 전혀 다른 영역에 배분되어 있다. 조선이 과거의 것, 퇴영적인 것이라면 조선문학은 과거 문학과 단절하고 나타난 근대적인 것, 현재형의 것이다. 이들에게 조선문학은 근대문학이거나 현대문학일 뿐이다. 즉 이들은 시간성을 절대적으로 강조할 뿐 조선문학의 공간성은 전혀 문제 삼지 않는다. 이것은 세계 혁명을 조선해방의 중요한 계기로 보았던 프로문학가들에게 더 강했다.

당시 조선문학인들이 세계성과 보편성에 더 주의했던 것은 당대의 시대상황과 밀접한 관련이 있다. 1929년에 미국발 세계대공황이 시작되고 파시즘이 대두하자 많은 마르크스주의자들은 독점자본주의의 붕괴와 사회주의를 향한 세계 혁명을 전망했다. 이 연장선상에서 일본에서 일어난 사회주의혁명의 성공은 곧 조선해방을 가져올 것이라는 믿음을 낳았다. 소련의 12월 테제는 이러한 인식에서 나온 것이었다. 더구나 스탈린은 만주사변(1931)이 일본 붕괴를 가속화하는 촉매가 될 것이라고 판단하고 방관했다. 덕분에 중국에서 공산당이 수세에 몰리는 결과를 낳았다. 그러나 이후의 역사전개는 자본주의의 붕괴와 세계 혁명으로 이어지지 않았다.

이에 관한 최초의 비판이 바로 임화의 이식문학 비판이다. 임화의 이식문학 비판은 외부의 판단을 무비판적으로 추수(追隨)한 카프의 잘못을 반성한 것이다. 1937년 이래로 임화가 '주체성'과 현실을 객관적으로 인식해야 함을 강조했던 까닭도 과거의 잘못에 대한 반성에서 나온 것이다. 이러한 정황을 고려하지 않고, 한국문학 일반이 이식됐다고 임화가 주장했다는 식으로 일반화하는 것은 바람직하지 않다. 임화는 주체성 제고를 통해 이식문학 비판과 함께 근대조선문학의 역사철학적 성격을 탐색하는 쪽으로 나아갔다.

　처음에 그것은 의식하지 아니한 사이에 새 창조 가운데 들어오고, 나중에는 명확히 파악되고 표상 가운데 들어오는 대상으로 나타난다. 신문학의 생성과 발전에 있어 조선 재래의 문화가 정히 이러한 형식으로 신문학의 창조와 관계한 것이다. 그것은 신문학을 외국문학으로부터 구별하는 형식이 되고 또한 내용도 되는 것이다. 신문학은 고유한 가치를 새로운 창조 가운데 부활시키는 문화사의 한 영역이다. 신문학이 한문으로부터의 해방에서 출발한 것은 동시에 언문문화에의 복귀에서 출발했음을 의미한다. 그것은 단지 언어로서의 언문문화에 그치는 것이 아니라 정신으로서의 언문문화로 살아나는데 신문학사가 전통을 간과할 수 없는 이유가 있다.10)

　임화가 신문학사 연구를 통해서 근대문학의 전통으로서 조선의 한글문학을 인식하게 된 것은 근대문학의 성립조건을 분명히 인식한 것과 밀접한 관계를 맺고 있다. 근대문학이란 자본주의, 국민국가, 민족, 민족어, 민족문학 등과 같은 개념들의 세트 없이는 성립할 수 없다. 임화가 민족어와 민족문학이 자본주의 시대의 산물임을 강조한 것은 바로 이 때문이다. 그러나 임화가 단순히 언표만을 주목한 것은 아니다. 근대조선문학은 또한 한글문학이 성립할 수 있었던 토대가 되는 정신, 즉 민중의식을 전통으로 물려받은 것이다. 임화는 여기서 프로문학이 과거의 문학전통과 연결되는 필연성을 발견한다.

　그런데 이러한 인식에 도달하는 것이 늦었던 까닭은 전통을 규정할 개념이 없었기 때문이다. 자료를 최초로 해석하는 것은 개념11)이라는 푸코의 말처럼 조선 지식인들은 '근대문학' 또는 '문학'이라는 개념을 알고 있었지만, '조선문학'이 무엇인지를 명확히 규정하는 데 어려움을 겪었다. 이는 지식인

10) 임화 「조선문학연구의 일과제」(4), 『동아일보』 1940.1.18.
11) 미셸 푸코 『지식의 고고학』, 민음사 1992, 29면의 각주 6번.

들이 신문학을 건설하는 데 있어서 전통의 역할을 간과하게 되는 주요 원인이 됐다. 그러나 조선학연구의 성숙과 함께 김태준 등이 '조선문학'이 무엇인지를 학술적으로 해명하게 되면서 근대조선문학의 전통을 인식하는 방법도 성숙하게 됐다. 김태준의 『조선소설사』와 「춘향전 연구」는 한글문학이 민중의식의 성장과 밀접한 연관이 있음을 증명하는 기념비적 연구였다. 이러한 이론 축적을 바탕으로 임화는 근대문학이 문학이라는 일반명사가 아닌 조선문학이라는 고유명사로 성립할 수 있는 이론적 토대를 확보할 수 있었다. 대상은 개념을 통해서 성립한다는 말처럼 임화가 규정한 근대조선문학 개념은 우리가 조선문학을 생각할 때면 늘 의식하는 일종의 문제틀로 작동한다. 이러한 까닭으로 임화의 '조선문학의 역사철학적 근대성'에 관한 이론적 검토는 본 연구의 핵심대상으로 수용됐다.

마지막으로 이 연구의 대상으로 이태준을 포함하는 『문장』파를 들 수 있다. 본 연구는 이들을 작가로서 다룬 것이 아니라 이론가로서 다루고자 했다. 『문장강화』의 저자 이태준에게서 이론가적 면모를 발견하는 것은 그렇게 어렵지 않다. 이태준의 『문장강화』가 지닌 가장 큰 의의는 근대조선어의 개념을 설명하고 이를 글쓰기로 제도화하는 방법을 이론적으로 제시한 점이다. 이태준은 조선어 표준말 사정에 참여할 정도로 근대조선어의 성립과 큰 연관성이 있다. 이런 까닭에 그는 표준문어[12]로서의 민족어를 강하게 의식했다. 이 부분은 근대조선문학 개념을 역사철학적으로 해명하고자 했던 임화의 연구에서는 빠진 부분이다. 이태준의 그것은 근대조선어에 관한 이론적이자 제도적인 고찰이다.

근대에서 민족어란 '언문일치'라는 사상에서 성립하나 그것은 선택적 언

---

12) 표준어는 식민지 기간 동안 조선어가 생산되는 물질적인 토대가 되었다. 푸코에 따르면 언어는 순수하게 언어적 차원에서만 기능할 수 없다. 그것이 사용되기 위해서는 많은 비언어적 토대들이 사용되어야 한다. 예를 들어 저작들은 책을 생산하는 산업을 통해 형성되며 연극적인 언어는 무대의 장치를 통해 형성된다. 같은 책, 21면의 각주 4번.

문일치다. 이 때문에 표준어와 방언의 차이가 생긴다. 또한 인쇄기술의 비약적 발전과 더불어 문자언어의 중요성이 그 어느 시대보다도 중요해졌다. 이태준은 언표적 물질성[13]의 변화, 즉 언표가 생산되는 제 조건들의 변화가 언표적 생산에 미친 영향을 날카롭게 간취(看取)하고 그것을 이론화하고 있다. 이태준은 『문장강화』를 '언문일치'가 무엇인지에서부터 시작한다. 또 음성언어 측면에서 생긴 표준어와 방언의 대립을 문자언어 측면인 글쓰기에서 어떻게 해결할 것인지에 관한 해결책을 제시하고자 했다. 이태준은 표준어와 방언을 지문과 담화로 구분하여 두 개가 글쓰기 속에서도 제도화되도록 했다. 글쓰기에서 담화에 대한 지문의 우세는 곧 말하기에서 표준어의 방언에 관한 우세를 반영한다. 더 나아가 이태준은 방언에 미학적 원리를 부여해 방언이 글쓰기 내로 들어올 수밖에 없는 이유를 설명했다.

다른 한편으로 『문장강화』의 중요한 의의는 근대에 들어오면서 변화한 언표의 생산조건이 글쓰기 자체에 미치는 변화를 이론적으로 다뤘다는 점이다. 근대에 들어오면서 구술문학을 대신하여 활자문학의 중요성은 점점 커졌으며 지배적인 문학생산 방식이 됐다. 활자문학은 구술문학과는 다른 새로운 미학적 원리를 요구했다. 이태준은 시각성이 그 원리라고 생각했다. 그리고 시각성을 글쓰기에서 구현하는 방법으로 사생 혹은 묘사를 제시했다. 이태준은 언어의 형상성을 극대화하여 시각적인 아름다움을 높이려고 했다. 동시에 어감의 강조를 통해서 문자언어에서 부족한 음성요소를 보충하려고 노력했다.[14]

---

13) 언어가 생산되는 물질적인 토대들. 언어는 순수하게 언어적 차원에서만 기능할 수 없다. 그것이 사용되기 위해서는 많은 비언어적 토대들이 사용되어야 한다. 예를 들어 저작들은 책을 생산하는 산업을 통해 형성되며 연극적인 언어는 무대의 장치를 통해 형성된다. 롤랑 바르트는 언어의 이러한 부분을 '언어의 두께'라고 말하고 있다 ; 같은 곳.

14) 사실 이태준의 이러한 작업에는 중국의 5·4문화혁명을 가능하게 했던 후스(胡適)의 문학 개혁론과 이병기의 시조개혁론 등과 같은 선행 업적이 없었다면 불가능한 것이었다. 후스의 영향은 그가 『문장강화』의 서두에서 근대조선어를 규정하는 핵심적 개념인 '언문일치'

『문장』파라고 할 수 있는 이태준, 이병기(李秉岐), 정지용(鄭芝溶), 박태원(朴泰遠) 가운데 이병기를 뺀 나머지 사람들은 모두 '구인회'의 멤버였다. 이들을 하나의 유파로 묶을 수 있었던 가장 큰 원동력은 심미적 언어의식에 있었다. 이병기는 조선어학회의 중요한 멤버로 활약하며 조선어의 근대화에 기여했으며, 자신의 시조혁신론을 통해서 시조가 언표적 물질성의 변화에 어떻게 적응해야 하는지를 심도 있게 다루었다. 정지용은 특별한 이론이 없다 하더라도 가장 뛰어난 이미지스트라는 사실 그 자체로 자신의 언어의식을 증명했다. 이미지즘(imagism)은 언표적 물질성의 변화, 즉 활자인쇄기술의 발전 덕분에 문학생산의 지배적인 매체가 음성(음악)이 아닌 문자(종이)로 옮아가는 것과 밀접한 관련이 있다. 정지용은 시각성을 극대화하는 방향으로 작품을 창작하여 그 같은 언표적 물질성의 변화가 문학에 미친 영향을 스스로 증명하였다. 박태원 또한 작품을 어떻게 쓰느냐 하는 표현기교와 문장문제를 중시하였다. "구인회의 작가 중에서도 대표적인 예술파로서 말하자면 무엇을 그리느냐 하는 것보다 어떻게 만드느냐 하는 데 주력한 작가"15)라는 평가는 그가 근대적 문학어의 생산에 치중했음을 잘 보여준다.

종종 구인회는 도회적인 모더니티를 지향한 것으로, 『문장』파는 전통을 지향한 것으로 평가된다. 이것은 동일한 작가가 전혀 다른 성격을 가진 것으로 평가돼 서로 모순된다. 그런데 『문장』파의 전통수용을 반근대 또는 탈근대라는 문제틀로 평가하는 것은 『문장』파의 본령을 이해하는 데 유용하지 않다. 이들의 내간체 수용은 글쓰기의 표준화과정에서 미적 전범으로서 수용된 것이다. 이는 조선어학회에서 표준글씨체의 모델로 내간체의 필체인 궁체를 선택한 것과 같은 맥락이다. 『문장』파의 글쓰기가 발 딛고 있는 인식론적 배경을 고려하지 않고, 전통논의를 근거로 이들을 반근대니 탈근대로

---

를 성립하기 위한 실제적 방법으로써 후스의 소론을 인용하는 것에서도 잘 나타난다. 이병기에게 받은 영향은 이병기와 이태준의 글을 비교해보면 쉽게 알 수 있다.
15) 백철 『조선신문학사조사 : 현대편』, 백양당 1949, 219면.

평가하는 것은 조선에 대한 논의를 퇴영적인 것으로 보는 식민지 근대화 담론의 21세기적 재탕에 지나지 않는다. 더 나아가 이러한 관점은 일제말의 '근대초극록'의 단순 이식으로 보는 연구자들의 관점과 밀접한 관련이 있다.

## 2. 연구사 검토

1930년대에 있었던 조선어와 조선문학 개념의 정립이 지닌 문학사적 의미를 규정한 최초의 선행연구는 임화의 「조선 민족문학건설의 기본과제에 관한 일반보고」(『건설기의 조선문학』 조선문학가동맹, 1946.6)와 「조선소설에 관한 보고 ― 보고자 안회남 씨의 결석으로 인하여 대행한 연설요지」(『건설기의 조선문학』 조선문학가동맹, 1946.6)이다. 이 두 논문에서 근대조선문학의 사적 발전과정을 개관하는 임화는 1931년의 만주사변 이래 조선문학의 전개과정을 다음과 같이 결론 내린다.

(가) 조선의 문학은 일제의 공포와 위협과 가속화하는 박해의 와중으로 몰려들어가면서 대략 다음 세가지 지점에서 공동전선을 전개하는 태세를 취했다.
　첫째 조선어를 지킬 것.
　둘째 예술성을 옹호할 것.
　셋째 합리정신을 주축으로 할 것.
　조선어 수호는 우리나라의 작가가 조선어로 자기의 사상, 감정을 표현할 자유가 위험에 빈(瀕)하고 있었던 것이 당시의 추세이었을 뿐만 아니라 모어의 수호를 통하여 민족문학 유지의 유일한 방편으로 삼고 있었기 때문이다. 예술성의 옹호를 통하여 모든 종류의 정치성을 거부할 자세를 갖춘 것은 일견 민족주의를 내용으로 삼던 종래의 민족문학이나 맑시즘을 내용을 삼던 종래의 프로문학의 본질과 모순하는 것과 같으나 이 시기의 특징은 문학의 비정치성의 주장이 하나의 정치적 의미를 가지고 있었다. 바꿔 말하면 일본제국주의의 선전문학이됨을 거부하는 소극적인 수단이었었다. 합리정신의 문제는 주로 평론활동에 국한되었으나 비합리주의로 무장한 파시즘이 동아에서 일어나고 있던 당시 조선문학은 비교적 마찰이 적은 논리적 측면에 이것과 대립한 것이다.16)

(나) 주지와 같이 서구에서는 전쟁과 「파시즘」의 위험을 앞두고 문화의 옹호와 「휴머니즘」 고양의 소리가 높게 되고, 조선에 있어서는 종래의 민족적 문학, 계급문학, 혹은 순문학의 차이는 점차로 의미가 없게 되고 조선문학에 관한 일본제국주의의 전면공격을 앞둔 어떤 종류의 통일전선에의 구심적 동향이 움직이게 되었다.

「휴머니즘」 논의를 거쳐 지성론의 단계에 이르는 동안 이 경향은 증대하고 있었으나, 그래도 문학계에는 적잖이 종래의 민족적 경향과 순문학의 한 「그룹」 또 과거의 프로문학을 중심으로 한 「휴머니즘」 지성론자의 한 「그룹」이 혹종의 간격과 차이를 가지고 있었으나, 일본의 대미선전을 신호로 한 일본적 문학운동의 전개를 계기로 **문학계는 친일계와 비친일계로 양분**되고 말았다. 도도히 흘러들어오고 강력하게 내려누르는 **정치적 압력을 피하기 위하여 우리 문학은 예술성의 옹호를 구호로 일치 결속하게 되었다. 조선어의 수호와 예술성의 고지로써 문학에 대한 일본제국주의자의 요구를 거부하는 구실을 삼은 것이다.**17) (강조 : 인용자)

카프 서기장을 역임하고 사회주의 리얼리즘론을 전개하는 등 사회주의자로 알려진 임화가 1934년 이래로 민족문학을 이야기하고 민족어를 옹호하는 등의 평문들을 썼다고 해서 그가 갑자기 민족주의자가 됐다고는 생각하지

---

16) 임화 「조선 민족문학건설의 기본과제에 관한 일반보고」, 『건설기의 조선문학』 조선문학 가동맹 1946.6 ; 임규찬·한기형 편 「카프시대의 회고와 문학사」, 태학사 1990, 288~289면.
17) 임화 「조선소설에 관한 보고 — 보고자 안회남 씨의 결석으로 인하여 대행한 연설요지」, 『건설기의 조선문학』, 조선문학가동맹, 1946.6 ; 같은 책, 308면.

않으며 사회주의적 신념을 버린 적도 없다고 생각한다. 그런데도 그가 조선 프롤레타리아문학의 역사적 위치를 평가할 때 그 문학의 역사철학적 배경으로서 '민족문학'(민족주의문학이 아니라) 개념에 얽매였던 것은 분명한 사실이다. 그는 자본주의 시대라는 역사적 조건을 전제로 부르주아 민족문학과 프롤레타리아 민족문학이라는 두 유형의 민족문학이 성립 가능하다고 주장한다. 더 나아가 1936년 중등학교에서 조선어 교육과 사용금지를 취지로 한 조선인과 일본인 학생의 '공학제' 실시가 공포되자, 「조선어와 위기하의 조선문학」을 『조선중앙일보』(1936.3.8~24)에 9회에 걸쳐 발표하고 일본의 조선어 말살정책이 마침내 조선문학의 위기를 가져올 것이라고 예견하면서 조선어 옹호를 외쳤다.

그러면서도 임화는 「사실주의의 재인식」(『동아일보』 1937.10.8~14)이나 「주체의 재건과 문학의 세계」(『동아일보』 1937.11.11~16) 등을 통해서 리얼리즘론을 지속적으로 전개했다. 기존 연구사에서는 조선어 옹호를 외치는 임화와 사회주의 리얼리즘론에 관해서 계속 글을 썼던 임화 가운데 전자보다는 후자를 더 많이 부각시켰다. 하지만 임화에게 두 가지는 서로 모순되는 것이 아니었다. 그는 민족문학과 민족어에 관한 역사철학적 고찰을 통해서 조선에서 프롤레타리아문학 성립의 역사철학적 필연성과 정당성을 증명하고자 했다. 즉 프롤레타리아적 민족어와 민족문학의 필연성을 논증하고자 했다.

임화는 1939년부터 1940년에 걸쳐 『신문학사』[18]를 집필하고, 학예사를 통해서 『조선민요선』(1939)을 출판했다. 또한 임화는 일제의 국민문학론에 맞서 조선어 창작의 당위성을 그 누구보다도 강조했다. 이러한 자신의 행위에 관한 임화의 해명이 바로 (가)와 (나)에 들어 있다. 여기서 임화는 일제의 파시즘과 내선일체 등을 통한 조선말살정책에 대항하기 위해 문학인들이 광

---

18) 「개설 신문학사」, 『조선일보』 1939.9.1~26 ; 「개설 신문학사」, 『조선일보』 1939.10.5~31 ; 「조선문학연구의 일과제 ; 신문학사의 방법」, 『동아일보』 1940.1.13~20 ; 「조선신문학사」, 『인문평론』 1940.11~1941.4.

범위한 연대를 형성하였으며, 그 연대의 원칙으로 첫째로 조선어를 지킬 것, 둘째로 예술성을 옹호할 것, 셋째로 합리정신을 주축으로 할 것이 있었다고 지적했다. 이러한 선택은 임화가 그전의 세계관이나 사상을 버렸음을 뜻하는 것은 아니다. 다만 당시 상황이 민족주의냐, 사회주의냐를 두고 서로가 서로를 구분하고 경쟁하기에는 너무나 불리했다. '조선문학' 자체의 존폐가 문제되는 상황에서 임화의 선택은 조선어와 조선문학을 사수하기 위한 광범위한 연대일 수밖에 없었다. 이로써 '국민문학'이라고 하는 정치의 문학화에 대항하고자 했다. 이것은 "예술성의 옹호를 통하여 모든 종류의 정치성을 거부할 자세를 갖춘 것은 일견 민족주의를 내용으로 삼던 종래의 민족문학이나 맑시즘을 내용으로 삼던 종래의 프로문학의 본질과 모순하는 것과 같으나 이 시기의 특징은 문학의 비정치성의 주장이 하나의 정치적 의미를 가지고 있었다"[19]라는 임화의 주장에서 충분히 이해되는 것이다.

이러한 기조를 따라서 기존의 부르주아적 민족주의, 사회주의, 중간파(모더니스트 포함)로 삼분됐던 문단이 친일계와 비친일계로 재편된 것이다. 이러한 구분에는 국책에 얼마나 적극적으로 협조하느냐와 더불어 조선어를 포기하고 일본어 창작으로 나아갈 것이냐 아니냐의 문제가 걸려있었음은 당연하다. 이러한 정황은 당시 친일에 적극적으로 나섰던 김용제의 평문 「문학의 진실성과 보편성」(『경성일보』 1939.7.26)에서도 확인된다.

전에도 말했지만, 오늘의 조선문단은 대체로 전일본적 국민파와 조선적 민족파 두 개로 나눠진다고 생각하는 것이 가능합니다. 과거에 있어 사회주의적 분파도 일부는 전자의 방향으로 비약하고, 일부는 후자의 방향으로 타락한 현상입니다. 문학에 있어 세계적인 사상성이나 사회적 도덕성이나 국가적 보편성과는 떨어져 소위 예술지상주의를 논하는 것이 누구든지 들을 수 있습니다. 그렇지만, **그 문학의 진실성과 과학성 등을 말하는 프로문학시대의 숙어를 지**

---

19) 임화 「조선 민족문학건설의 기본과제에 대한 일반보고」, 앞의 책, 288~289면.

금까지 사용하는 것은 좋다고 하지만 그 진실의 내용은 단지 민족적인 것의 집착성이고, 민족어의 지상성을 주장하고 있는 것은 어째서인가. 또 그 과학성의 방법론에서, 객관적인 역사성을 파악하려고는 하지 않고, 그것을 주관적인 감상론의 소도(小刀)로 사용하고 있는 경향이 있는 것이다. 국민적 문학인, 또 국어창작태도에 대해서 그것을 중상하고, 기분 나쁜 것을 말하고 그 문학적인 것의 언어의 타락으로, 그 민족주의적인 것의 사상성을 말하고 있다.[20] (강조 : 인용자)

김용제는 1939년에 이르러 조선문단이 전일본적 국민파와 조선적 민족파라는 두개의 경향으로 나뉘었으며, 문학의 진실성이니 과학성이니 하는 프로문학시대의 숙어를 가지고서 민족적인 것에 집착하고 민족어의 지상성을 주장하는 것은 유감이라고 적고 있다. 이것은 국책에 협력하지 않는 임화 등을 포함한 프로문학 계열 문학인들을 비난한 것이다. 이는 1946년 전국문학인대회에서 있었던 임화의 일반보고와 상통한다.

이러한 정황은 당시 정치상황과도 밀접한 연관이 있다. 민족주의 계열인 한국독립당, 사회주의 계열인 조선민족혁명당, 조선민족해방동맹, 그리고 여타의 조직들 조선무정부주의자연맹, 조선부녀애국자연합, 조선청년연합 등은 연서하여 1943년 5월 10일 스탈린에게 충칭(重慶) 임시정부를 승인해줄 것을 요청하는 편지를 보낸다.[21] 이것은 제2차 세계대전에서 연합국의 승리

---

20) 김용제 「文學の眞實性と普遍性 ; 國語創作振興をために」(1), 『京城日報』 1939.7.26.
21) 이 문서는 중경임시정부에서 중국어로 보낸 것을 러시아어로 번역하였고 그것을 다시 한국어로 번역한 것이다. 문서 중 "중국어를 번역"이라는 것은 원문인 중국어를 러시아어로 번역했다는 뜻이다. 러시아연방공화국 외교부 당안관에 보관 중이던 전보이다.

┌─────────────────────────────────────────────────┐
│ 문서번호 : АВПРФ,ф.0100,оп.30,п.225,д.9,л.61-62 │
│ 중국어를 번역 │
│ 1943년 5월 중국의 소련대사관(중경)에서 소련외무성 산하 민족위원회로 송부 С.38 │
│ 모스크바 크레믈린의 스탈린 각하께 │
└─────────────────────────────────────────────────┘

를 예상하면서 1943년 11월 27일 루스벨트, 처칠, 장제스(蔣介石)가 카이로
에서 회담을 열고 제2차 세계대전이 끝난 후 일본 처리 문제 및 조선독립

---

각하

전 세계에서 반파시스트 투쟁이 점점 격화되고 있고, 동부전선에서 소련군이 그리고
북아프리카에서 다른 연합군들이 동시에 놀랄 만한 승리를 거두고 있는 오늘, 중경에
서 열린 군중집회에 참가한 우리 자유 한인들은 용감한 연합군의 승리에 축하를 보냅
니다. 더불어 우리는 연합국의 지도자인 각하께 무한한 존경을 표하고, 독일, 이탈리아
및 일본 파시스트 군대들이 완전히 분쇄될 때까지, 모든 민족들이 완전한 자유와 독립
을 얻을 때까지, 그리고 모든 인류가 영원한 평화와 행복을 누릴 때까지 각하께서 연
합군을 계속 지도해 주시기를 바랍니다. 우리는 또한 아래와 같은 희망을 밝힙니다.

1. 우리민족의 영원한 존속과 전 인류의 진정한 평화와 행복을 위하여 우리는 완전한 독
립을 요구합니다.

2. 우리는 종전 후 한국과의 관계에서 소위 국제적 후견이나 감독과 같은 어떠한 제안도
단호히 거부합니다. 왜냐하면 그것은 우리의 희망에 반하는 것일 뿐 아니라, 항일전쟁
의 수행이라는 전략적 관점에서도 해롭고 루스벨트 — 처칠 선언의 정신과도 모순되는
것이기 때문입니다.

3. 연합국이 종국에는 승리할 것이며 우리 공동의 적인 일본이 결국 패배할 것이라는 굳
은 믿음 하에, 우리는 일본과의 전쟁에 우리의 모든 노력을 집결하여 승리를 위한 최
후의 혈전에 투신하고자 합니다. C.39

4. 우리는 연합국이 우리민족을 항일전쟁을 위한 중요한 군대로 인정하고, 우리에게
지속적인 원조를 제공하며, 무엇보다도 먼저 우리의 임시정부를 승인해줄 것을 요청
합니다.

다시 한 번 각하에 대한 우리의 깊은 존경과 애정을 알아주시기를 바랍니다.

한국혁명단체들의 주도에 의해 중경에서 소집된 자유 한인들의 군중집회 간부회

한국독립당
조선민족혁명당
조선민족해방당
조선무정부주의자연맹
조선부녀애국자연합
조선청년연합

1943년(한국 23년) 5월 10일 중국 중경

문제를 발표한 카이로선언이 있기 전 일이다. 요컨대 전쟁과정에서 조선민족해방을 목적으로 여러 계파들 사이의 광범위한 연대가 형성됐던 것이다.

필자는 이 연구를 진행하기 전까지 카프 서기장 임화만을 의식하고 있었다. 때문에 임화의 일반보고를 단지 사후적으로 자신을 합리화하기 위한 글이라고 생각했다. 그래서 해방전후 임화의 행적 사이에서 일관성을 발견하기 어려웠다. 그러나 연구를 진행하면서 해방공간에서 임화가 주장한 '진보적 민주주의 민족문학'이 해방 전에 정립된 '프롤레타리아 민족문학'의 연장선에 있다는 결론을 내리게 되었다. 더구나 이 논문의 중요한 대상인 이태준은 해방전후의 변모는 임화 이상으로 극적이었다. 해방 전에는 모더니스트였다가 해방과 더불어 갑자기 남로당에 동조하여 소련 기행을 떠나고 월북하는 등, 해방 전후의 행동의 간극은 너무나 크고, 제3자의 시선에서는 해명하기 힘든 것이었다. 이태준의 세계관이 사회주의로 옮아갔느냐와 관련해서 필자는 아니라고 생각한다. 하지만 1930년대말 이 같은 연대가 이후 해방 직후 이태준이나 박태원 등을 '조선문학가동맹'에 끌어들이는 중요한 계기가 됐다고 생각한다.

본 연구가 다룬 대상에 관한 학술적 연구의 가장 앞부분에 놓이는 동시에 그 이후 연구들의 범위를 한정하는 역할을 했던 선행 연구로 김윤식의 『한국근대문예비평사연구』[22]가 있다. 이 책은 사실 제목 그대로 식민지 기간에 전개됐던 비평을 사적으로 연구하고 있다. 이 책은 이중 조선학운동이나 1938년 이래의 전통논의를 제2부 전형기 비평 중 제5장 고전론과 동양문화사론 부분에서 다루고 있다. 일단 김윤식은 1935년 1월 1일 『조선일보』에 실린 「고전문학검토」에서부터 고전론의 시작을 잡고 '전통', '고전', '조선' 등을 포함하는 평문 등을 중심으로 논의를 진행한다. 동시에 1939년 10월 『인문평론』 창간호에 발표한 서인식의 「문화에 있어서의 전체와 개인」, 「동아

---

22) 김윤식 『한국근대문예비평사연구』, 일지사 1992, 320~342면.

협동체」 등과 같은 논문을 포괄하는 평문들을 동양문화사론의 범주에 넣어 다루고 있다.

김윤식은 고전론과 동양문화사론을 '전형기' 비평의 하위범주로 다룬다. 이것은 1935년 5월 20일 카프가 해산되자 당시 문단을 지배하던 프롤레타리아 문예비평의 영향력이 모조리 없어졌고 그러면서 문단이 소위 전형기에 들어간다는 김윤식의 문제틀과 밀접한 연관이 있다. 김윤식은 카프 비평의 퇴조는 당시 창작이 위축됐던 문단에 프로비평을 의식하지 않은 채 자유롭게 창작할 수 있는 여유를 주기도 했지만 카프 성립 이래 프로문학론의 영향력 아래서 문학적 감수성을 키워온 일단의 작가와 비평가들은 프로문학의 퇴조로 말미암아 주체성의 위기를 경험했다고 주장한다.

이를 전제로 한국근대비평사에서 1935년 이래의 전통논의는 마르크시즘을 대체할 새로운 이념을 찾으려는 노력을 특징으로 하는 '전형기'(轉形期 ─ 세력변화의 시기)[23] 비평의 하나로 규정한다. 즉 1930년대 후반의 전통론은 '고전론과 동양문화사론'을 카프 해산(1935.5.20) 이후 지도 이념이 사라지면서 이를 대체할 새로운 이념 모색을 시도했던 문학가들의 고민이 내놓은 산물로 설명한다. 이를 김윤식은 '휴머니즘론', '지성론', '포오즈모랄론' 등과 동일한 것으로 다룬다.[24]

---

23) 김윤식은 전형기라는 개념을 일본의 마르크스 역사학자 하니 고로(羽仁五郞)의『轉形期의 歷史學』(1929.9)에서 따온 개념이라고 밝히고 있다. 하니(羽仁)는 '전형기'를 자본주의에서 공산주의로 가는 전환기를 가리키는 개념으로 사용한다. 우리 비평사에서 이 개념은 김윤식의『한국근대문예비평사연구』(일지사 1992)에서 1935년 5월 20일 카프 해산 이후, 마르크스주의 문예비평이라는 주조를 상실한 뒤 아직 새로운 문예 비평의 논리를 확립하지 못한 상황을 의미하는 개념으로 사용한 뒤로는 '주조모색기'라는 의미로 사용되고 있다. 그러나 당대 비평에서 전형기라는 개념은 서인식의「전통론」(『조선일보』 1939.1)에서부터 사용되기 시작했다.

24) 이 점은 김윤식의 같은 책에서 전통론이「제2부 전형기의 비평」이라는 장 제목 아래에 휴머니즘론, 지성론, 포오즈모랄론, 예술주의 비평 신체제론 그리고 세대론 등과 함께 들어간 것에서도 알 수 있다. 이러한 설정은 백철의『조선신문학사조사 : 현대편』(백양당 1949)

하지만 당시의 전통론은 김윤식이 설정한 전형기 비평의 범위 안으로 수렴되는 동시에 그것을 벗어나는 측면이 있다. 때문에 1930년대 전통론 일반을 '전형기' 비평의 하위항목으로 설정하는 것은 부적절하다. 왜냐하면 그러한 설정은 비평계의 논란과는 별도로, 1930년대 초반부터 조선=전통에 관한 탐구가 '조선연구' 또는 '조선학'이라는 범주에 따라 수행됐다는 점을 간과하기 때문이다. '조선학운동'은 '학문[學]'이라는 범주 설정에서 알 수 있듯이 학술적인 영역의 조선연구를 의미하는 것이었다. 이 '조선학운동'에 참여한 연구자들은 우파 민족주의자들부터 마르크스주의자와 같은 급진주의자들에 이르는, 즉 우와 좌를 포괄하는 폭넓은 스펙트럼을 형성하였다. 따라서 1930년대의 전통논의는 1930년대 초반부터 있어온 '조선학' 연구 및 저널리즘과 문단에서 이루어졌던 전통논의(수용론, 부정론)를 다 포괄해야만 한다.

일반적으로 1935년 5월에 있었던 카프의 해산에서 촉발되어 저널리즘에서 전통에 관한 글들을 실은 것으로 알려져 있다. 하지만 당시의 신문들을 살펴보면 이미 1934년 초반부터 전통에 관한 논의가 신문지상에 나타나는 것을 볼 수 있다. 당시 저널리즘과 문단의 전통론은 '조선학운동'의 영향을 받았던 것으로, 백남운, 김태준의 '조선학' 연구는 식민지학으로서 조선연구에 관한 '대항담론' 성격을 띠었다.

그러나 '조선학' 연구열은 1938년을 거치면서 위축된다. 이것은 1937년 7월 7일의 노구교사건으로 촉발된 중일전쟁의 발발에서 기인한 것이다. 일본이 일으킨 중일전쟁은 사실 일본과 중국 사이의 전쟁이라기보다는 중국과 이해관계가 있는 서구열강과 일본의 전쟁이라고 할 수 있다. 더구나 일본의 남진 정책은 미국의 이해가 걸려있는 지역들(필리핀, 대만, 남태평양제도 등)을 침범하는 것이었기 때문에, 미국과 전쟁은 필연적이었다. 이 같은 일본의 행보는 서구열강과 직접적인 무력대결을 피하고 그들과 보조를 같이한다는,

---

과도 일치한다.

메이지정부 이래 일본의 전통적인 외교정책과 결별한 것25)이다. 따라서 일본인이 이를 역사의 전환기로 인식한 것은 나름의 내적 맥락이 있었다.

조선문단에서도 이 시기를 전환기로 인식하였는데, 그 대표적인 예로 서인식을 들 수 있다. 그는 「전통론」에서 1937년 7월 이후의 시대상황을 '서양 중심주의'가 종언을 고하고 일본을 중심으로 한 다중심적 세계로 진입하고 있다고 규정한다. 그리고 이를 역사적 '전형기'라 명명한다. 또 1941년 1월호 『인문평론』을 보면 최재서의 「전형기의 비평계」라는 평문이 실려 있다. 이 평문은 같은 해 4월 『인문평론』 폐간을 앞두고 쓴 것으로, 이 글에서도 '전형기'를 중일전쟁 이후의 시대상황을 규정하는 용어로 쓴다. 따라서 당대의 용어 사용을 고려한다면 전형기 비평이란 용어는 1935년부터가 아니라, 중일전쟁 발발 이후 일본에서 근대초극록이 대두하며 중일전쟁의 세계사적 의의를 철학적으로 해명하려던 비평을 설명하는 것이다. 예컨대 미키 기요시의 「현대 일본에서의 세계사의 의의」(『개조』 1938.6)와 소화연구회의 공식문서로 발표된 「신일본의 사상원리」(1939.1), 고노에 후미마로(近衛文麿) 수상의 브레인의 하나였던 오자키 호쓰미(尾崎秀實)의 「동아협동체의 이념과 그 성립의 객관적 기초」(『중앙공론』 1939.1) 등과 조선에서 발표된 서인식, 최재서 등의 평문은 당대의 감각으로 전형기 비평에 해당된다.

전통론 내부의 편차들을 무시하고 연속적인 것으로 다룬 한계는 있지만 1930년대 후반 김윤식의 전통론에 대한 고찰은 본 연구가 한가지 지침으로 삼을 정도로 예리한 면이 있다. 첫째는 『문장』지에 관한 평가다. 김윤식은 1930년대의 전통론을 1920년대의 고전론과 비교하면서, 1930년대의 전통론은 프로문학과 대립할 때 민족파에서 내세우던 1920년대의 고전론보다 그 투쟁대상이 전면적이며, 그것은 일제강점기에 한글로써 문학한다는 문학 사활문제가 곧 민족성 사활문제와 직결되는 데서 찾을 수 있다고 주장한다. 이

---

25) 아키라 이리에, 앞의 책, 35~36면.

런 점에서 당시의 고전부흥을 복고주의로 전락한다는 비판이 개입할 여지가 없다고 본다. 특히 1940년대 앞뒤에 나왔던 『문장』의 고전론이 상고취미로 전락할 유혹이 있었음에도 이를 창작차원으로 끌어올리고 순수한 문학정신을 옹호함으로써 당시 문단을 휩쓸었던 문학의 정치화에 심정적으로 저항할 수 있었다고 평가한다. 둘째는 동양문화사론 비판이다. 일부 고전론은 복고주의보다 더 부정적인 요소가 있었는데, 그것은 고전론, 민족유산이라는 미명 아래 동양문화론으로 발전하고 이어서 '대동아공영권'의 논리로 나아가, 이른바 신체제론, 국책과 야합한 점이다. 이와 비교하면 차라리 국수주의자나 복고주의자가 더 귀하게 보인다고 평가한다.

이 연구의 출발점에서 많은 영감을 주었던 논문으로 고전문학연구자 류준필의 「형성기 국문학연구의 전개양상과 특성 ; 조윤재, 김태준, 이병기를 중심으로」(서울대학교 박사 1999)가 있다. 이 논문은 조윤제, 김태준, 이병기를 대상으로 현재적 관점에서 '국문학'의 형성과정을 다룬다. 현재적인 관점에서라는 단서를 단 것은 그가 '국문학'이라는 용어에 얽매이고 있기 때문이다. 류준필은 국문학 연구사의 성립은 근대 국민국가의 수립과 긴밀하게 연결돼 있는 점을 전제로, '국문학' 연구는 국가 또는 민족이라는 가치와 이념적으로 결합돼 있다고 주장한다. 이러한 문제틀은 대한민국 성립 이후 '국어국문학'이라는 분과학문의 관점에서 그 전사로서 일제강점기에 전개된 국문학 연구를 고찰하기 때문에 설정된 것이다. 류준필은 국문학 연구과정을 '태동기', '형성기', '정착기'의 세 단계로 구분하고 자신의 연구대상을 경성제국대학 성립 이후인 형성기에 맞추고 있다. 형성기가 중요한 까닭은 근대국문학 연구의 성립에 초석을 다지는 기여를 했을 뿐만 아니라 식민지 현실에 적극적으로 대응하면서 국문학 연구의 명맥을 유지한 데 의의가 있기 때문이다. 이 논문이 다루는 1930년대의 '조선학운동'은 이 형성기에 해당하며, 식민지에 관한 대항담론으로서 조선학운동이라는 문제틀은 류준필의 논문에서 영향받은 것이다.

류준필은 경성제국대학이 성립되고부터 국문학 연구가 분과학문 성격을 갖추었다고 평가하고 그 졸업생이었던 조윤제와 김태준을 중요한 연구대상으로 설정한다. 또 류준필은 여기에 제도 밖에서 국문학 연구를 수행했던 이병기를 포함하는데, 이러한 대상 선정은 국문학 연구사의 전개과정에서 연구자들이 어떤 영역을 의식·무의식적으로 배제하였는지를 확인하려는 욕망에서 나왔다고 쓰고 있다. 더불어 문인이자 학자로서 뛰어난 이병기의 역량이 정지용이나 이태준 등과 같은 작가들의 언어에 미친 영향을 고평하고 있다. 현대문학연구에서 이병기, 정지용, 이태준의 연관성은 단순히 휘문고등학교 사제관계나『문장』파의 전통논의에서 이병기가 한 역할 등이 중심으로 논의돼왔다. 그런데 '언어의식'을 중심으로 이병기, 정지용, 이태준의 공통성을 추적하는 류준필의 관점은 이 논문이 완성된 이후 발견한 논점이어서 직접 영향을 받지는 않았지만, 류준필이 이들의 유파의식의 근원을 바라보는 관점은 필자의 그것과 일치한다.

본 연구의 두번째 대상인 임화에 관한 연구는 그 선행 연구업적이 매우 많다. 따라서 그것을 다 열거하는 것은 다소 불가능하기도 하지만, 대개 본 연구의 관심과도 동떨어져 있다. 왜냐하면 많은 논문들이 임화를 프롤레타리아 시인이라는 관점에서 연구했거나, 카프 비평가라는 관점에서 그의 비평을 논쟁사 위주로 되짚거나, 아니면 사회주의 리얼리즘의 전개라는 관점에서 임화 비평을 다루기 때문이다. 다만 필자가 박사학위논문을 발표한 전후로 해서 임화의 언어의식을 중심으로 한 논문들이 발표돼 이 주제와 관련된 연구가 풍성해지고 있다.26) 이중 와타나베 나오끼의 논문「조선문학이란

---

26) 임화의 언어론 및 민족문학론과 관련한 기존의 논의로는 신두원「계급문학, 민족문학, 세계문학」,『민족문학사연구』제21호, 2002.12 ; 와타나베 나오끼「임화의 언어론 — 1930년대 중·후반의 견해를 중심으로」,『국어국문학』138호, 2004, 433~540면 ; 신재기「임화의 문학언어론 연구」,『한국문예비평연구』9권, 2006, 160~180면 등이 있다. 김윤식이『임화연구』에서 임화가 민족이나 민족문학에 대해서 관심이 없었다(김윤식『임화연구』, 서울 : 문학사상사 2000, 522면)는 주장을 한 이후, 그와 유사한 관점들이 반복되고 있으나, 그가

무엇인가—1930년대 중·후반의 임화의 견해를 중심으로」(『한중인문학회』 제9집 2002)는 필자가 임화의 언어의식에 관해 관심을 기울이게 된 계기를 준 논문이다. 그러나 이 논문의 요지는 임화가 민족어 의식이 다소 불분명하다는 것이어서 본고의 관점과 일치하지 않는다. 이후 『국어국문학』에 게재된 「임화의 언어론—1930년대 중·후반의 견해를 중심으로」(『국어국문학』 138호 2004)는 이전과는 다른 논지로써 임화의 언어관을 정리하고 있다.

필자의 연구에 직접적인 영향을 준 것도 아니고 논문들의 결론도 서로 다르지만, 결과적으로 필자가 문제틀을 설정하는 데 도움을 준 논문으로 김재용의 「임화와 카프 해소파」(1996), 하정일의 「1930년대 후반 리얼리즘론과 민족문학의 구도」(1990), 류보선의 「1930년대 후반기 한국 문학비평 연구」(서울대학교 박사 1996), 신두원의 「계급문학, 민족문학, 세계문학」(2002)이 있다. 이는 모두 '민족문학27) 개념을 중심으로 임화의 평문을 다루고 있다.

우선 김재용과 신두원의 논문은 임화의 민족문학 개념형성에 있어서 「언어와 문학」이 지닌 중요성을 간파했다는 점에서 주목할 만하다. 그러나 결

---

조선어 창작을 끝까지 옹호했으며 더불어 내선일체론 자체에 대해 함구함으로써 자신의 정치적 입장을 고수하는 그룹, 즉 '조선적 민족파'로 분류됐던 정황을 고려한다면 정당하지 않은 평가임을 알 수 있다.

27) 임화의 민족문학론에 관한 연구는 주로 해방공간에서 이뤄진 그의 비평문을 중심으로 알 수 있다. 그런 예로 임헌영 「8·15 직후의 민족문학관—문학가동맹과 민족문학론」, 『역사비평』 제1호(1987 겨울호), 136~152면 ; 김외곤 「민족문학론의 근대성에 대한 비판적 연구—임화의 논의를 중심으로」, 『한국현대문학연구』 제6집, 1998.1, 267~192면 ; 임규찬 「8·15직후 민족문학론에 있어서 민중성과 당파성의 문제」, 『실천문학』 통권12호(1988 겨울호) 425~442면 ; 김재용 「민족주의와 관념적 국제주의를 넘어서—한국근대문학사에서 민족문학의 의미」, 『한국근대문학연구』 1, 2000.7, 34~54면 ; 하정일 「1930년대 후반 리얼리즘론과 민족문학의 구도」, 『민족문학의 이념과 방법』, 태학사 1993, 147~184면 등이 있다. 해방공간에서의 임화의 민족문학론을 바라보는 대표적인 관점은 조선문학가동맹과 조선프롤레타리아문학동맹 사이의 대립이라는 구도 속에서 그 특징을 해명한다. 이 관점은 식민지 기간의 문학론과의 연관성을 인정하나, 문학가동맹은 카프해소파이고 프로동맹은 카프비해소파라는 구도하에 후자에 비해서 전자를 다소 변질적인 것으로 평가한다.

론은 서로 반대의 방향을 향한다. 김재용은 해방전 임화의 민족문학론이 띤 교조성을 비판하는 데 맞추었다. 김재용은 「언어와 문학」[28] 등에서 제시한 '프롤레타리아적 민족문학'이라는 임화의 개념을 '사회주의적 민족문학'으로 해석하여, 이후 해방공간에서 전개되는 '민주주의적 민족문학'과는 전혀 성격이 다른 것으로 판단하고, 성격상 교조적인 것으로 비판한다. "사회주의적 민족문학으로서 프로문학을 주장할 때에는 다분히 당대의 현실인식이 부르주아민주주의혁명보다는 프롤레타리아혁명에 기울어져 있던 상태에서 나온 것임에 반해 진보적 민주주의 민족문학은 부르주아민주주의혁명의 과제 속에서 나온 근대적 의미의 민족문학을 말하는 것"[29]이라며 양자 사이의 연속성을 부정한다.

반면에 신두원은 임화를 1930년대 후반기 포스트카프 시기에도 프로문학 운동의 합리적 핵심을 견지하면서도 과거 카프의 오류를 가장 근본적인 방식으로 자기반성을 했다고 임화를 평가하고, 그의 공로로 '계급문학론에서 민족문학론으로' 전환한 점을 든다. 신두원도 역시 민족문학론으로 전환한 근거로 「언어와 문학」을 들고 있다. 「언어와 문학」에서 임화는 계급문학이 곧 국제문학을 뜻하는 것이 아니며 현재로서는 민족문학 형식을 띨 수밖에 없는 점을 인정하여 계급문학의 역사적 한계를 설정한다고 하였으며, 임화의 민족문학론은 민족적 형식에 계급적 내용이라는 스탈린의 명제, 1935년 코민테른 7차 대회에서 채택한 인민전선전술, 그리고 조선에서 일어난 조선주의 등이 작용해 패러다임의 전환을 가져왔기 때문이라고 신두원은 설명한다. 이처럼 신두원의 논문은 1935년을 전후해 임화가 조선에서 계급문학의 역사적 한계와 성격을 인식했음을 잘 포착하고 있다. 또 그는 민족문학론이 이후 임화의 신문학사 서술의 중요한 토대가 됨을 지적하고, 신문학사 서술

---

28) 김재용의 경우 「언어와 문학」의 출처가 제시되어 있지 않다. 신두원은 「언어와 문학」의 출처로 『문학창조』(1934.6)와 『예술』(1935.1)을 제시하고 있다.
29) 김재용 「임화와 카프 해소파」, 『민족문학운동의 역사와 이론』, 한길사 1996, 48면.

에서 이식문학론이 '계급'이 아닌 '민족' 중심의 문학사 기술을 가능케 하는 동기가 됐다고 주장한다.

하정일은 「1930년대 후반 리얼리즘론과 민족문학의 구도」[30]에서 임화의 민족문학론이 부르주아 민족문학의 역사적 진보성을 잃어버린 '조선현실의 특수성'을 과학적으로 인식하여 '민족적 형식의 계급적 내용'을 담은 민족문학의 수립이 당대의 문학이념임을 강조한다고 전제하고 다음과 같은 평가를 내린다. 첫째는 당대문학 이념이 민족문학임을 분명히 했다는 점이다. 둘째는 당대의 민족문학이 부르주아 민족문학과 질적으로 구별되는 이념적·계급적 성격을 띠는 점을 정확히 지적한 점이다. 셋째는 그러면서도 민족문학이 프로문학과는 다른 이념내용을 지닌 문학이념임을 동시에 강조한 점이다. 더불어 하정일은 임화의 민족문학론의 한계로 민족문학의 이념적·방법적 원리가 무엇인지에 관한 인식이 미흡한 점, 민족문학과 프로문학의 차이를 역사적 과제의 차이로만 설명하는 데 그쳐 양자의 질적인 차이가 실질적으로 모호한 점, 민족문학의 구성부분에 관한 구체적 설명이 결여된 점을 들고 있다. 그런데 하정일은 임화의 민족문학론은 해방전후 민족문학론 사이의 연속성을 결론으로 도출해 김재용의 평가와 차이를 보인다.

한편 류보선은 자신의 박사논문에서 1930년대 후반의 리얼리즘론을 다루면서 이때 성숙된 생각이 이후 해방공간의 민족문학론과 연결된다고 평가한다. 류보선은 1930년대 후반기 임화가 전개했던 주체재건론과 리얼리즘론의 연관성을 논한 것을 중심으로 논지를 전개한다. 이 둘 사이의 연관성에 관한 류보선의 주목은 충분히 고려할 만하다. 류보선은 1930년대 후반기에 임화가 계급의식보다는 자기의식을 지닌 주체, 사회주의 대신에 시민사회를 그 지향점으로 설정하고, 보편사와 개별사의 차이를 읽어냄으로써 한국역사의 특수성에 기초한 터전에서 모색할 수 있었다고 주장한다. 그는 임화에게 사

---

30) 하정일 「1930년대 후반 리얼리즘론과 민족문학의 구도」, 『민족문학의 이념과 방법』, 태학사 1993, 147~184면.

회주의에 관한 전망이나 동경이 있었음에도 사회주의로 나아가는 경로를 바꾸었다고 지적한다. 이러한 전환 덕분에 임화가 해방직후 근대적 의미의 민족문학을 비평적 좌표로 내세울 수 있었다고 본다.

지금까지 많은 연구자들은 임화가 1930년대 후반에 들어오면서 카프 문학을 반성하는 과정에서 계급문학에서 민족문학으로 전환했으며, 그것이 이후 해방공간의 민족문학론과 연결된다고 본다. 이 관점은 필자의 관점과 같다. 그러나 기존 연구의 주된 관심은 '리얼리즘'이라는 창작방법론이었고, 민족문학의 언표적 기반인 근대조선어 자체에 관한 임화의 관심에는 그다지 주의를 기울이지 않았다. 필자는 임화가 신문학사 기술에서 근대조선문학의 이식성뿐만 아니라 전통성을 주장할 수 있었던 것에는 근대조선어에 관한 깊은 관심 덕분이었다고 생각한다.

『문장』지의 작가들, 즉 이병기, 이태준, 정지용, 박태원 등에 관한 개별연구는 무수히 많다. 왜냐하면 이들은 구인회를 이끌었던 모더니스트 작가로서 양으로나 질로나 우리 문학계의 큰 성좌를 이루었던 작가들이기 때문이다. 본고에서는 개별연구보다는 『문장』파로서 이들의 유파의식을 다루는 연구성과를 중심으로 정리했다. 한형구의 「일제말기 세대의 미의식 연구」(서울대학교 박사 1992), 최승호의 「1930년대 후반기 시의 전통지향적 미의식 연구」(서울대학교 박사 1994), 황종연은 「1930년대 고전 부흥운동의 문학사적 의의」(동국대학교 박사 1992), 김영실의 「문장파 문학의 고전 수용 양상 연구」(서울대학교 석사 1999), 차승기의 「1930년대 후반 전통론 연구」(연세대학교 박사 2003) 등을 들 수 있다. 이중 한형구와 최승호의 『문장』파 연구는 『문장』파의 미의식을 규명하는 데 초점을 맞춰 연구한 점에서 공통점이 있다. 반면에 황종연, 김영실, 차승기의 논문은 『문장』파의 전통론을 반근대 또는 탈근대라는 관점에서 연구해 서로 유사하다. 그런데 수많은 연구에도 불구하고 고전문학연구자인 류준필이 간취했던 관점, 즉 이들 사이의 언어의식이 유파의식의 근원이라는 관점이 도출된 논문 — 비록 개별적으로는 논의가 됐지만 —

은 그다지 발견할 수 없었다.

　한형구의 「일제말기 세대의 미의식 연구」는 1939년부터 1940년에 있었던 신세대 논쟁에서 신세대측 작가, 즉 김동리, 최명익 등을 중심으로 그들의 세대의식과 미의식을 밝히고, 그것을 문학적 전사로서 『문장』의 심미주의와 연결한다. 한형구는 『문장』의 작가들이 주체 지향적 미의식을 추구했다는 점에서 본질적으로 근대의 지평 안에 있는 것으로 규정한다. 또 『문장』과 『인문평론』을 '일본낭만파'와 '문학계'에 비교하면서, 『문장』의 심미주의를 '주체적 미의식'을 지향한 문화적 민족주의의 맥락에서 다룬다. 이러한 한형구의 평가는 근대주의자로서 『문장』파를 바라보는 본고의 관점과 많은 점을 공유한다.

　최승호의 「1930년대 후반기 시의 전통지향적 미의식 연구」[31]는 『문장』지의 작가들 가운데 시인들, 즉 이병기, 정지용 그리고 조지훈을 중심으로 그들의 미의식을 규명한다. 최승호는, 최동호가 정지용의 후기시를 한시의 전통과 연결해 논하면서 산수시로 규정한 것을 발전시켜 세 시인의 미의식을 동양적인 정신주의로 규정하고, 그 미학적 원리를 전통적인 한시의 미의식과 비교해서 개념화한다. 특히 정지용의 후기시를 자연시로 규정하고 '생명력의 축소적 교감'을 그 미적 특징으로 추출하는데, 이와 같은 최승호의 논의는 미의식을 구체적인 방법과 연결해 설명한 점에 의의가 있다.

　황종연은 「1930년대 고전 부흥운동의 문학사적 의의」에서 1930년 후반의 전통론을 검토하고 논자들 사이에 어떤 논리적 차이가 존재하는지 구체적으로 밝힌다. 황종연은 김윤식과 마찬가지로 1930년대의 고전론이 1920년대의 국민문학파의 논의와는 달리 정치적 함축이 지배적이지 않은 점을 특징으로 본다. 즉 1920년대 전통론의 중요 동기가 계급문학 진영과 대결의식에 있었다면, 1930년대의 전통론은 '세계문학과의 연대 속에서 근대성을 추구했던

---

31) 최승호의 「1930년대 후반기 시의 전통지향적 미의식 연구」(서울대학교 박사 1994)와 신범순의 「정지용 시의 기행산문에 대한 연구」(『현대문학연구』 9집)는 정지용의 기행 산문과 시에서 나타나는 '유(遊)'의 개념을 들뢰즈의 노마드(nomad) 개념으로 설명하고 있다.

종래 문학운동의 퇴각이라는 색채'[32]가 강하다고 평가한다.

황종연은『문장』지의 편집위원이었던 이병기, 정지용, 이태준의 미의식을 '유교적 교양주의'로 규정하고 당시의 전통논의가 유교적 교양주의자들에게 일종의 사면을 베푼 것[33]으로 파악한다. 이러한 논의는『문장』의 전통주의를 서양적 근대주의에 대항하는 반근대 담론으로 파악해 전통을 민족주의와 연결지어 사고하는 종래의 관점과 거리를 둔다. 황종연의 연구는 포스트모던이라는 관점에서『문장』지를 해석하는 선구적인 위치에 있음은 분명하다. 하지만 이러한 주목이 포스트모던 열풍과 함께 일본에서 1930년대말에 수행된 '근대초극론' 재조명과 연관됨을 부정할 수 없다. 덕분에『문장』파들의 전통지향은 일본 파시즘에 동화한 결과라고 해석하고 비판하는 연구를 낳는 계기가 되기도 했다.

김영실의「문장파 문학의 고전 수용 양상 연구」[34]는 들뢰즈의 방법론을 바탕으로 문장의 미의식을 탈근대성으로 규정한 점에서 황종연의 연장선에 있다. 김영실은『문장』파의 작가들이 이론적으로 고전을 부흥할 것인지 말 것인지를 논하기보다, 고전을 그것이 유래한 시간과 공간을 간직한 구체적인 사물로 대하여 고전이 내포하는 질적인 차이를 적극적으로 펼친다고 주장한다. 김영실은『문장』파의 작품에 나타난, 일상적인 시간과는 차원이 다른 본래적 시간과 대상이 마주치면서 생성되는 새로운 주체의 모습에서 탈근대성을 발견한다. 또 언어를 개성의 발현물이기 이전에 한 공동체의 소유물로 민족의 기억을 담는 문화재로 인식해 당시 문화민족주의를 고취할 토대를 만들었다고 주장한다. 다소 모순되는 주장을 담은 듯한 이 논문은 이후 차승기 논문에 수용, 발전돼『문장』지의 전통론을 탈근대담론으로 보는 관

---

32) 황종연「1930년대 고전부흥운동의 문학사적 의의」,『한국문학 연구』11, 동국대학교 한국문학연구소 1989, 221면.

33) 황종연「한국 문학의 근대와 반근대」, 동국대학교 박사 1991, 68면.

34) 김영실「문장파 문학의 고전 수용 양상 연구」, 서울대학교 석사 1999.

점의 징검다리 역할을 한다.

차승기의 「1930년대 후반 전통론 연구」35)는 이제까지 전통연구는 『문장』 중심의 전통주의 논의 가운데서도 『문장』 위주의 전통논의에 집중돼 있으며, '전통=민족문학' 위에 서서 당시의 '동양문화'론을 신체제론과 연결해 부정적으로 논의해 왔다고 비판한다. 이를 전제로 전통주의와 동양문화론이 같은 시기에 '근대의 위기'와 '주체의 위기' 극복을 시도하는 과정에서 서로 다른 방향으로 간 것으로 본다. 차승기는, 김영실이 전통담론을 탈근대적 시·공간 의식과 연결한 관점을 수용해 전통주의나 동양문화론이 '근대=서양'의 가치전도를 통해서 새로운 동양적 시간과 공간을 발견하고자 한 점이 공통점이라고 주장한다. 이 연장에서 『문장』을 에피파니적 시간과 노스탤지어적 시간이라는 새로운 시간의식의 전개로 그리고 서인식 중심의 '동양문화론'은 동양의 공간인식이라는 관점에서 적극적인 평가를 내린다. 이러한 차승기의 논의는 서로 미학적, 철학적 기반이 다른 두 흐름을 '탈근대'라는 개념으로 해석하려 한 점에서 둘 사이의 차이를 좀더 섬세하게 이해할 필요가 있지 않나 하는 아쉬움을 남긴다. 왜냐하면 서인식의 평문에 함축돼 있는 일제의 근대초극론의 일단을 애써 무시하기 때문이다. 따라서 차승기의 논문은 의도와는 달리 일제말의 근대초극론을 긍정하는 것이 된다. 이 근대초극론은, 김윤식이 설정한 동양문화사론의 다른 이름임은 분명하다.


## 3. 연구의 방향

본고는 일제강점기에 '조선인'이 처할 수밖에 없었던 언어적 환경, 즉 조선어와 일본어의 공용이라는 이중언어 환경 속에서 당시 문학가들이 한국근

---

35) 차승기 「1930년대 후반 전통론 연구」, 연세대학교 박사, 2003.

대문학으로서 '조선문학'을 어떻게 인식했는지를 설명한다. 이에 대한 예로 임화의 「현대조선문학의 환경」(現代朝鮮文學の環境)을 들 수 있다. 『동아일보』·『조선일보』의 폐간을 한 달 앞둔 1940년 7월에 일본의 한 잡지에 실린 것으로, 여기서 임화는 근대문학으로서 '조선문학'의 존재방식에 관해 의미심장한 발언을 한다.

앞에서 나는 오늘의 조선문학의 존재방식이랄까 현주소가 그것이 생긴 당시에 결정된 길을 따라 진행되었다고 말했거니와, 이는 조금도 오해를 부를 만한 말이 아니다. (……) 한문에서 해방되지 않고 어떤 현대문학이 탄생할 수 있었으랴. 조선문(한글) 회귀가 현대 조선문학을 낳게 한 첫걸음이었다는 사실은 너무나 당연한 일. 이것은 낡은 형태의 문학이나 전통적인 가요조로 되돌아가는 일이 없었던 것은 그때 생긴 문학은 전통적인 문학의 연장이 아니라 바로 현대문학인 까닭이다. 그것은 새로운 정신의 한 표현형태였다. 문학에서 새로운 형식의 발견 없이는 또 그것의 정착 없이는 자기를 완성하는 일이 불가능하다는 것은 모두가 아는 일이다. 이 경우 우리 선배들의 새로운 정신 찾기에 있어 최대의 형식적 목표가 새로운 조선말이었음은 상상키 어렵지 않으리라 믿는다.[36]

근대 조선문학의 탄생은 근대라는 새로운 정신에 맞는 최상의 형식으로서, 새로운 우리말 추구를 통해서 이루어졌다는 임화의 주장은 카프 해산 이후 진행된 문학사 기술과정에서 나온 최종 결론으로 보인다. 임화는 1930년대 말에 맞닥뜨린 조선어와 조선문학의 위기 상황에서, 현대문학의 형식으로서 조선어의 가치와 조선문학의 민족문학으로서의 가치를 재인식하게 됐던

---

36) 김윤식 『일제말기 한국작가의 일본어 글쓰기론』, 서울대학교출판부 2003, 311면. 이러한 임화의 신문학의 가치에 관한 평가는 권영민의 『현대문학사』(민음사 2003)에서도 수용되고 있다. 그는 "이상을 실현하고자 하는 국어국문운동이 촉발된 것이다. 이 시기 국어국문운동은 한국 사회에서 새롭게 형성되기 시작한 근대적 가치를 구현할 수 있는 핵심적인 문화적 기반이 되고 있다"라고 평가한다. 권영민 『현대문학사』, 민음사 2003, 16면.

것이다. 이러한 임화의 인식은 하루 만에 만들어진 것이 아니라 1930년대를 관통하면서 지속적으로 쌓아온 조선연구의 토대 위에서 가능했다. 또 이러한 진술은 1930년대 후반에는 좌·우익을 막론하고, 문학자들이 내선일체와 동양문화론이라는 새로운 이념에 맞서서, '문예학'으로 후퇴했다는 사실과 맞닿아 있다.

이 연구는 1930년대의 조선어와 조선문학에 관한 논의들을 추적하면서, 당시의 문인들이 '조선어'와 '조선문학'을 어떻게 인식했으며 전통에서 무엇을 계승하려 했는지를 구체적으로 살펴보고자 한다. 제2장에서는 1930년대의 조선담론에는 식민지 지배로 말미암아 조선인이 자기를 이해하는 방식이 양가적으로 나타나고 있는 점과, 조선담론이 조선에 대한 '분열적인 이중표상'을 재생산하면서도 동시에 극복하려 했음을 살펴볼 것이다. 당시 식민권력의 근대화 담론은 '조선적인 것, 즉 전통'을 과거의 것, 열등한 것으로 부정한다. 그러나 '조선=과거=전통'은 한편으로 다른 문화들의 이식을 정당화하는 은유적 등가성이기도 하지만 다른 한편으로 그것은 그 같은 식민지적 권력들이 작동하는 것을 방해하는 환유적 기호이기도 하다. 제2장에서는 전통담론이 지닌 이 같은 '양가성'을 앞에서 지적한 대로 두 시기로 나누어 고찰할 것이다.

제3장과 제4장에서는 임화와 『문장』파를 중심으로 논지를 전개할 것이다. 1935년 이래 조선담론은 '조선문학'의 운명과 직결된 논의였다. 즉 '조선문학'의 종언이라는 사태에 직면한 문학자의 대응이었다. 이 시기의 전통담론은 세계문학과의 관련성에 대해서 고민했던 전기의 전통담론과는 달리, '조선문학'이 '민족문학'으로서 지닌 가치에 관한 인식이 심화되고 이론화되는 경향을 보인다. 제3장에서는 임화가, 민족문학론을 구축해가는 과정과 '신문학사' 기술과정을 통해서, 서양 전통과 조선 전통이 만나서 어떻게 근대적인 '조선어'와 '조선문학'으로 발전했는지를 구체적으로 논증하고자 했음을 논하겠다. 그리고 제4장에서는 『문장』지의 작가들이 근대가 초래한 언표적 물질

성의 변화에 따라 문학어로서 조선어를 제도화하려고 한 동시에, 내간체의 수용을 통해 조선말의 심미적 가능성을 극대화하려 했음을 논하겠다.

## 제2장

이론적 전제들

## 1. 전통의 현재성

쉴즈(Edward Shils)에 따르면, 일반적으로 전통은 단순히 물려받은 것이나 '유산'(traditum)을 말하며 과거로부터 현재로 전래된 모든 것을 뜻한다.[1] 여기서 물려받은 것이란 특정한 내용이나 형태 또는 물질적이거나 정신적인 것을 포함하며, 말이나 문서로 전해진 것도 모두 포괄한다. 또한 그것이 중요한지 아닌지에 관한 판단은 그것을 전통으로 인식하는 데 중요한 기준이 되지는 못한다. 전통을 규정하는 결정적인 기준은 "인간행동에 의해 창조되었다는 사실, 사상과 상상력을 통해 이루어졌고, 한 세대에서 다른 세대로 전수되어 왔다는 것 뿐"[2]이다. 따라서 전통을 전통이라고 말할 수 있는 가장 결정적인 기준은 과거부터 전승됐다는 사실이다.

'전통', 즉 전승된 것들은 "물질적 문체, 모든 종류의 사물에 관한 신념, 사람이나 사건에 관한 영상, 관행, 제도 등을 모두 포함하는 것이다. 전통은 건물, 기념비, 조경, 조각, 그림, 책, 도구, 기계 등을 포함한다. 전통은 한 사회가 어떤 주어진 시간 안에 소유하고 있는 모든 것을 포함"[3]한다. 인간 행동을 형성하는 관행과 제도의 경우, 어떤 특수한 구체적인 행동을 전통이라고 하지는 않는다. 왜냐하면 그것은 전수될 수 없기 때문이다. 하나의 행동은 일단 행해진 후에는 존재하지 않으며, 그것을 행한 사람이 사라진다면 더는 존재할 수 없는 순간적인 것이다. 따라서 전수될 수 있는 부분은 행동에 포함된 '함축'이나 표현된 '모형이나 영상'인 것이다.[4] 이들 모형은 요구되며 천거되며 허락되거나 금지되는 '신념'이다.

시간적으로 "어떤 신념이나 모형이 하나의 전통으로 되려면 적어도 두 번

---

1) 에드워드 쉴즈, 『전통』, 김병서·신현순 역, 민음사 1992, 24면.
2) 같은 책, 25면.
3) 같은 곳.
4) 같은 책, 29면.

의 전달과 3세대의 간격이 요구된다."[5] 이런 정의에 따르면, 한 사회에서 통용되는 사고나 행동의 체계는 단지 두가지, 즉 전통과 유행으로 나뉠 뿐이다. 유행과 전통의 공통점은 그것이 모델로서 사람들에게 받아들여진다는 점이다. 그런데 유행은 한 세대에 국한돼 실천될 뿐 지속성이 없다. "많은 유행은 한 세대만큼도 지속되지 못한다. 유행은 비교적 빨리 수용할 사람을 찾아내야 한다. 전통은 오래 지속되기 때문에 서서히 오랜 기간에 걸쳐 성장하는 것이다. 그렇지만 때에 따라 유행은 전통이 될 수 있다. 그래서 전통과 유행은 분계점이 모호하기도 하다."[6]

전통의 속성으로는 규범성, 현재성, 재해석 가능성, 심리적 안정성을 들 수 있다. 첫째는 규범성이다. 전통이 전통으로 인식되려면 그것이 한 사회의 구성원들에게 자명한 것인 동시에 따라야만 하는 것이나 따를 만한 것으로 인식돼야 한다. 때에 따라 구성원들은 따를 만한 전통인지 아닌지 전통을 검증하기도 하는데 그 검증을 통과할 수 없다면 전통은 규범성을 상실하며 더이상 전통으로 받아들여지지 않는다.

둘째는 현재성이다. 전통을 받아들이는 사람들은 그것을 전통이라 칭할 필요가 없다. 사람들이 전통을 받아들일 때 그것은 너무나도 자명한 것이고 자기네의 어떤 행동이나 신념처럼 중요한 것으로 생각하는 경향이 있다. 전통은 현재에 존재하는 과거이며 그 어떤 새 발명품과 마찬가지로 현재의 큰 부분이 되는 것이다.[7] 따라서 전통이 전통으로 인식되기 위해서는 그것이 가진 현재성이 중요한 계기로 작용해야 한다.

셋째는 '재해석'(reinterpretation)[8] 가능성이다. 전통은 시대와 상관없이

---

5) 같은 곳.
6) 같은 곳.
7) 같은 책, 25~26면.
8) '재해석'된 것으로서의 전통에 대해서는 존 H. 하머(John H. Hamer)의 "Identity, Process, and Reinterpretation : The Past Made Present and Present Made Past," *Anthropose 89*, 1994 참조. 이 글은 최석영이 번역한, 홉스봄 외 『전통의 날조와 창조』(서경문화사 1999)의 부록

똑같이 해석되지 않고, 전수자나 그 전수자를 계승하는 사람들의 시대에 따라 달리 해석된다. 전통은 언제나 당대를 사는 사람들의 필요에 따라 재해석된 것이다. "과거의 것은 원본 그대로 전수되지 않는다. 상징의 결정체, 영상의 집성체 등은 받아들여지고 수정되는 것이다. 그것들은 전통의 표현과 같이 전달과 해석의 과정에서 변화하는 것이다. 또 그들은 전수자의 소유과정에서도 변화하는 것이다. 이 전통의 다양한 변모 역시 하나의 전통이 된다. 전통의 수용은 기존의 것과 새로운 것 사이의 끊임없는 접합과정을 통해서 이루어진다."[9]

넷째는 심리적 안정성이다. 때로 전통의 수용은 현실적인 동기보다는 심리적인 동기가 원인인 예도 있다.[10] 이것을 상징적 재구성이라고 부를 수 있는데, 이것은 과거와 현재라는 불연속 사이에 일종의 관련성을 만든다. 그 관련성을 통해서 사람들은 현재의 전통이 자신이 지닌 문화의 옛날 모습이라고 믿는다. 사람들이 모르는 것을 다루기 위해서는 자신들이 안다고 생각하는 것과 연속감을 필요로 한다. 과거가 실재적이든 신비로운 것이든 관계없이 개인들은 과거가 있었다고 믿는다. 수용자들은, 연속감을 창출하여 현재의 상황을 설명하기 위해서 기존의 형태들이나 의미를 새로운 형태나 의미와 연관시킨다.

이상에서 제시된 전통의 속성 중 본고가 주목하는 것은 전통이 '재해석'됐다는 점이다. 전통은 재해석을 통해서 현재의 것이 된 과거의 것이다. 이처

---

으로 487~509면에 실려 있다.

9) 에드워드 쉴즈, 앞의 책, 26면.

10) 이 점은 쉴즈의 글에서도 언급된다. 쉴즈는 한 전통을 받아들임으로써 얻는 정체감이나 혈통감각은 전통을 실제로 받아들이는 것과 다르다고 본다. 또 정체감과 혈통감각은 공존하나 분리되어 존재한다고 본다. 혈통감각 또는 계승은 공통적으로 의미 있는 자질을 갖고 있는 세대의 끊이지 않는 연쇄로 연결되어 있다는 의미이다. 반면에 그 연쇄 구성원이 경험하는 정체감은 현재에 이르기까지 전통의 소유자로 간주될 수 있는 평판을 얻고 있는 구성원들을 모두 포용하는 것이다. 정체감이나 연속감은 외부의 관찰자들이 인지할 수 있는 유산의 정체가 존재함을 요구하는 것은 아니다 : 같은 곳.

럼 과거의 것이 현재의 일부가 될 수 있는 까닭은 재해석하는 과정을 거쳐 현재의 필요를 충족하기 위해서 수용됐기 때문이다. 따라서 오래된 것의 계승으로서의 전통은 '재'(re)[11]라는 핵심개념을 내포한다. 과거는 원본 그대로 현재에 이식된 것이 아니라 '변형'(conversion)되거나 '혁신'(innovation)되거나 '재전유'(reappropriation)된 것이다.

야우스(Hans R. Jauss)는 전통의 재해석을 '혁신'이라는 개념으로 설명한다. 그는 전통일반과 예술사의 전통을 구분하면서, 생활세계의 전통은 세대를 거치면서 직접적인 동시에 자유롭게 전승되지만 예술적 전통은 그렇지 못하다고 주장한다.[12] "예술에서 오래된 것은 더욱 새로운 것을 실현하는 과정을 통해서, 즉 선택과 망각, 재전유라는 과정을 통해서만 보존될 수 있다. 예술영역의 전통은 신화적 지속성이나 영속적 창조(creatio perpetua)로 실현되지 않으며, 오히려 상호생산과 수용, 정전의 결정과 재결정, 오래된 것의 선택과 새로운 것의 통합이라는 과정을 통해서 실현된다. 미학적 경험의 의사소통 기능이 발전하는 것은 이와 같은 과거의 기원들과 미래의 발전 사이의 끊임없는 상호작용에서 나온다."[13] 새것에 관한 미학적 선호는 오래된 것을 새로운 방식으로 이해될 수 있도록 만드는 것과 관련 있다. 비판, 인용 그리고 패러디(parady)의 해석을 통해서, 19세기 상상의 박물관에 의해서 그

---

11) reinterpretation, redetermination, reappropriation, 그리고 좀더 비유적이자 종교적인 것으로 rebirth, resurrection 등이 그 용례이다.

12) Hans Robert Jauss, "Tradition, Innovation, and Aesthetic Experience," *The Journal of Aesthetics and Art Criticism, Vol. 46, Issue 3*, Spring, 1988, 375면 : While tradition in the life — world can be directly and freely handed down from generation to generation, artistic tradition cannot. In the arts, the old can only be preserved.

13) 같은 책, 376면 : In the realm of the arts tradition realizes itself neither in epic continuity nor in creatio perpetua, but in a process of mutual production and reception, determining and redetermining canons, selecting the old and integrating the new. It is out of this interplay, this constant mediation between past origins and future developments, that the communicative function of aesthetic experience develops.

리고 '간텍스트성'(intertextuality)이라는 금세기의 원칙을 통해서, 오래된 것
은 새로워졌다.14)

그렇다면 전통은 왜 변화하는 것일까? 야우스는 전통의 변화가 경험과 기
대 사이의 괴리에서 생긴다고 본다.15) 즉 기대와 경험 사이에서 오는 불균형
이 역사적 경험을 재해석하는 조건이 된다. 왜냐하면 기존 해석체계로는 현
실을 해석할 수 없게 되었기 때문이다. 이를 '인식론적 위기'(epistemological
crisis)16)라고 부를 수 있다. 이 같은 상황은 사람들로 하여금 새로운 해석체
계를 도입하도록 자극한다. 그 방법은 두가지다. 하나는 그 위기를 만족스럽
게 해결할 만한 새로운 개념과 이론을 고안하거나 발견하는 것, 다른 하나는
그 위기를 초래한 전통의 양상들을 설명하는 것이다.17)

이러한 위기의 시기는 낡은 것에서 새로운 것으로 옮아가는 '이행
기'(transition period)로 인식된다. 이 시기는, 아직 새로운 것도 도래하지 않
았지만 낡은 것도 더 이상은 아닌 때다. '개화계몽기'는 이행기의 특징을 잘

---

14) 같은 책, 378면. 이 글에서 야우스는 재해석에 해당하는 개념으로 혁신(innovation)과 변
환(conversion)이라는 개념을 동시에 사용하고 있다. 새로운 것과 오래된 것의 관계(전통)에
관한 그의 이해는 modernity와 antiquity 사이의 관계에 관한 연구와도 관련이 있다. 야우스
는 이미 근대적인 것(또는 동시대적인 것)은 과거의 것의 변형 또는 재해석임을 주장한 바
있다. 고대성과 현대성 구분의, 최초의 그리고 전형적인 예로 야우스는 예수의 탄생 이전과
이후라는 시대 구분을 들고 있다. 또 그는 로마적 고대에 대한 중세적 근대, 그리고 중세적
암흑에 대한 되찾은 고대의 빛(계몽적 근대)이라는 식의 과정을 거치면서 고대와 근대의 구
분은 점점 더 상대적인 것으로 변해갔음을 증명하고 있다. 이 점은 야우스의 『도전으로서
의 예술사』(문학과지성사 1986)의 첫번째 장에서 잘 나타나고 있다.

15) 같은 책, 379면 : If this transition could not be recognized and situated as a threshold,
then it could at least enter consciousness as a shift of horizon through the rupture between
expectation and experience.

16) 매킨타이어(MacIntyre)에 따르면 '전통의 인식론적 위기'(epistemological crisis of
tradition)는 기존의 전통이 그 자체의 기준을 통해서 진보하지 못할 때이다 : Alicia Juarrero
Roque, "Language Competence and Tradition Constituted Rationality," *Philosophy and
Phenomenological Research, Vol. LI, No. 3*, September, 1991, 613면.

17) 같은 곳.

보여준다. 이 시기에 사람들은 기존 전통의 타당성에 의문을 품는 동시에, 새로운 사고와 행동체계를 전통으로 수용할 것인지를 검토했다. 개화계몽기에 이러한 시험이 집중적으로 이뤄진 것은 중요한 문제에 대한 사람들의 감각이 달라졌기 때문이다.[18] 중요한 문제에 관한 사람들의 감각이 달라진 것은 사실을 이해하는 사람들의 '에피스테메'(epistémé)[19]가 변했기 때문이다. 개화계몽기 동안, '에피스테메의 변화'가 이루어졌고, 이러한 변화와 함께 과거에서 물려받은 전통이 의심되고 새로운 전통을 도입하려는 시도가 활발하게 이루어졌다. 이러한 의심과 도입은 과거의 것=조선의 것, 새로운 것=서구의 것이라는 이분법에 따랐다.

전통을 규정하는 결정적인 기준이 '계승된 것'이어야 한다는 점에서 전통은 과거와 연결된다. 이 때문에 일제강점기의 조선 지식인들은 근대성과 전통을 대립적인 것으로 인식했다. 예를 들어 김남천의 「누가 조선을 죽이는가」(1935)는 조선의 전통에 관해서 이야기하는 사람을 민족파쇼로 간주한다. 전통의 현재성보다는 그것이 전승됐다는 점을 더욱 강하게 의식하는 김남천의 관점에는 '전통=조선=과거'[20]라는 도식이 작동하고 있다.

---

18) 이 점과 관련해서 쉴즈는 다음과 같이 이야기한다. 그 전통(종교적 전통 — 인용자)을 숭상하고 창시한 사람들이 가진 가장 심오한 요구에 관한 충분성은 그 (전통의) 충분성과 그 전통의 허용성을 늘 시험하게 된다. 전통이 다루는 문제가 심각하면 심각할수록 전통의 필요성은 긴급해진다. 만일 전통이 중요한 문제를 다룬다면 그 전통을 받아들이는 사람들에 의해서 계속적으로 자세히 조사될 것이다. 에드워드 쉴즈, 앞의 책, 289면.

19) 푸코의 개념. 『말과 사물』(민음사 1992) 참조.

20) 거스필드(Joseph R. Gusfield)는 전통과 근대를 양극적인 것으로 보는 시각이 내포한 오류에 대해서 비판하고 있다. 그러한 양극적 시간이 가진 잘못된 전제는 첫째, 개발도상국은 정적인 사회다 ; 둘째, 전통문화는 불변하는 규범과 가치의 체계이다 ; 셋째, 전통적인 사회는 등질적인 사회구조이다 ; 넷째, 오래된 전통은 새로운 변화에 의해 대체된다 ; 다섯째, 전통과 근대적인 형식은 언제나 충돌한다 ; 여섯째, 전통과 근대성은 상호배제적인 체계이다 ; 일곱째, 근대화 과정은 전통을 약화시킨다. 좀더 자세한 내용은 거스필드(J.R. Gusfield)의 "Tradition and Modernity : Misplaced Polarities in the Study of Social Change," *American Journal of Sociology, Vol. 72, Issue 4,* January, 1967, 351~362면 참조.

과거에서 전승된 것을 부정적으로 보는 김남천의 예는 개화기에 시도됐던 근대화가 조선이 일본의 식민지가 되면서 일본 주도의 그것으로 굴절된 것과 연관이 있다. 개화기에 서구의 문물과 가치를 받아들임과 동시에 자기를 재조정하는 과정에서 과거의 것은 조선적인 것으로 부정된다.[21] 과거의 것을 조선적인 것으로 부정하는 것은 새로운 것을 도입하는 데 필요한 자기부정이다.[22] 이러한 자기부정은 반드시 마이너스가 되는 부정은 아니다. '전통' 자체가 행동이나 사고규범으로 작용하는 탓에 언제나 그 타당성이 수용자에 의해 시험되기 때문이다. 즉 사람들이 과거의 사고나 행동방식 혹은 새롭게 소개된 사고나 행동방식을 하나의 규범으로 받아들일 때는 그것을 타당하고 따를 만한 것으로 인식했기 때문이다.

　　그런데 문제는 이러한 자기부정이 변화 발전된 '조선'이라는 인식으로 연결되지 못한 점이다. 이것은 식민지 체험이 남긴 가장 큰 상처다. 새로운 전통을 수립함으로써 자신을 재조정하려고 했던 시도는 조선이 일본의 식민지로 전락하면서 왜곡된다. 그 결과 이러한 재조정이 지닌 긍정적인 면은 괄호

---

21) 이러한 인식은 제국에 의해서 의도적으로 재생산 되고 유포된다. 이 점과 관련해서 존 버로우는 『진화와 사회』에서 다음과 같이 말한다. "[그들이] 미개한 제도와 유럽의 과거나 (심지어) 현재의 미개한 제도 사이의 연속성의 사실과 일치성을 강조하려 할 때, 그들은 진화론적 방법으로 이야기를 한다. 그러나 거의 그와 마찬가지로 그들은 흔히 평행적인 이분법의 견지에서 이야기한다. 즉 신분제와 계약제, 진보와 비진보, 미개와 문명 등이다." (J.W. Burrow, *Evolution and Society : A Study in Victorian Social Theory*, Cambridge : Cambridge University Press 1966, 159면 ; 호미 바바의 『문화의 위치』(나병철 역, 소명출판 2003)의 259면에서 재인용. 이 진술은 자신(제국)에 대해서는 진화론적 관념 즉 발전/진보라는 관념을 허용하면서도 그와 비교대상이 되는 다른 미개한 사회나 제도에 대해서는 진화론적 개념의 적용(즉 언젠가는 현재의 영국과 마찬가지로 진보한 사회로 발전할 것이라는)을 허용하지 않는 제국 담론의 이중성을 보여준다. 오히려 그들은 미개한 사회와 제국의 현재적 차이를 두 사회 사이의 근원적인 차이로 비약시킨다. 이는 신분제/계약제, 발전/진보, 그리고 미개/문명 등의 이분법적 사고를 통해서이다.

22) 한 사회에서 사람들이 외국의 전통을 자신의 전통으로 동화시킬 때 외국의 전통을 토속 전통에 비해서 확실히 우수한 것으로 주장한다. 호미 바바, 같은 책, 317면.

쳐지고, '에피스테메'의 변화과정에서 강력하게 요구됐던 자기부정의 의식만이 남게 됐다. 그러나 새로운 것의 도입은 과거의 것을 완전히 폐기하는 것이 아니다. "낡은 것으로부터 새로운 것으로의 이행은 점진적으로 이루어지는 것이다. 그리고 새로운 시대의 발전과 관련된 이행은 처음에는 오래된 것을 낡은 시대와 새 시대의 경계(threshold of an epoch)에 가져온다."[23] 따라서 새로운 전통의 도입이 과거의 것과 완전히 결별하는 것을 의미하지는 않음을 알 수 있다. 과거의 것은 변화된 시대를 해석하기 위한 새로운 틀로써 재발견된다.

## 2. 외부 전통의 내부화 방식 : 복사 대 번역

개화계몽기 동안 사람들은 새로운 것의 도입을 '근대화'라고 이름붙였는데, 이는 '서구화'와 같은 의미였다. 그러나 이러한 인식은 근대화가 서구의 것을 그대로 복사하지 못하는 점을 간과하고 있다. 이를 전제로 외부 전통을 수용해서 토착화하는 과정을 '복사'와 '번역'이라는 개념을 가지고 설명해보겠다. 쉴즈는 전통의 변화 중에서도 특히 외부의 전통이 소개되어 기존의 전통에 변화를 주는 경우를 "전통의 중심부가 그 자체의 사회를 넘어서 확장되는 경우"[24]라고 규정한다. 이것은 어느정도 전통을 수용하는 쪽보다는 전통을 전파하는 쪽에서 본 관점이다. 많은 경우 사람들은 전통의 확장이 서구로부터 비서구로 이뤄진다고 생각한다. 하지만 쉴즈는 전통의 확장을 반드시 서구적 전통의 확장으로 단정하지 않는다. 중심부의 전통이 주변국에서 일단 전통으로 확립되면, 이전에는 외래 전통과 직접적인 융합에 대해 방어적이었던 다른 분야까지 그것은 퍼지기 시작한다. 이와 더불어 주변부 전통

---

23) 야우스, 앞의 책, 379면.
24) 에드워드 쉴즈, 앞의 책, 325면.

은 상당한 활력을 가지며, 더 나아가 지구력과 적응 능력을 유지하면서 중심부로 다시 확대된다. 이 점은 가톨릭예수회 신부들이 일본과 중국의 종교지식을 터득하는 데서 나타난다. 서구전통의 확대는 역시 동양전통을 반대방향으로 확장시킨다.[25]

쉴즈는 한 중심(서양 → 동양)에서 다른 중심(동양 → 서양)으로 전통이 확장되는 것을 '전통과 전통의 접촉'[26]으로 설명한다. 그리고 이러한 접촉을 몇 가지 유형으로 나눈다 : 첨가, 합병, 흡수, 그리고 용해. 이중에서 우리의 관심을 끄는 것은 전통의 합병이다. 합병은 지금까지 전통의 요소로서 빼놓을 수 없다고 생각돼온 요소들이 퇴거(退去)되거나 교정되어 생긴다. 또 어떤 사물에 대응하는 토착개념이 다른 전통에서 차용한 개념으로 대체되어 생긴다.[27] 쉴즈는 여러 가지를 고집스럽게 지켜온 전통들(외래전통과 토착전통)이 어느정도로 합병되지 않고는 서로 있는 그대로 공존하는 것은 어렵다고 본다. 그렇다고 흡수나 용해처럼 두 전통이 완전히 뒤섞이는 것도 아니다. 왜냐하면 합병된 각각의 전통들을 지지하는 사람들이 느끼는 반감은 그 전통들이 서로 비슷해지는 동안에도 줄어들지 않기 때문이다. 각각의 전통을 지닌 사람들은 서로서로 전통의 어떤 부분을 터득했지만 그들은 근본적으로 분리하여 서로서로 다르다는 생각을 고집한다.

쉴즈는 차이를 유지하면서 전통이 합병되는 방식을 '혼종성'(hybridity)으로 설명한다. 쉴즈가 이 개념을 사용할 때도 외래문화와 토착문화의 융합에 있어 토착문화를 폄하하는 의미는 전혀 없었다. 오히려 쉴즈는 수용자 입장에서 외래문화가 토착문화에 수용되는 측면을 포착했다. 하지만 쉴즈가 이

---

25) 에드워드 쉴즈, 앞의 책, 328면. 이러한 점은 페노로자가 한시를 번역하여 서구에 소개하고 그것이 이미지즘을 낳았던 것에서도 잘 나타난다. 밍 미에(Ming Mie)의 *Ezra Pound and the Appropriation of Chinese Poetry : Cathay, Translation and Imagism,* New York and London : Garland Publishing, Inc. 1999 참조.

26) 같은 책, 358면.

27) 쉴즈는 이러한 합병의 예로 인도 영어나 미국화 과정을 든다. 같은 책, 360면.

개념을 기술적인(가치중립적인) 개념으로 사용하고 있음은 분명하다. 그런데 '혼종성'이라는 용어는 탈식민주의 이론에서 비서구에서 외부 전통을 수용하는 방식을 설명하는 중요한 개념이다. 탈식민주의 이론가들은 문화의 융합에서 수용하는 문화와 수용되는 문화 사이의 동질성보다는 차이를 더 강조하기 위해 '혼종성'이라는 개념을 사용한다. 예를 들어 호미 바바(Homi BhaBha)는 혼종성이 "식민지 권력, 그 변환의 힘과 고착성에 포함된 생산성의 기호이다. 이것은 '부인'(disavowal)을 통한 지배의 과정(즉 순수하고 원래적인 권위의 정체성/동일성을 확실하게 하는 차별적인 정체성/동일성들을 생산하는 것)을 전략적으로 역전시키기 위한 명칭이다. 혼종성은 차별적인 동일성의 효과를 실행시키기 위한 식민지적 정체성(동일성)의 가정을 재평가한다. 즉 이 개념은 차별과 지배의 모든 위치들에서 필연적으로 변형과 치환이 나타남을 보여준다"[28]라고 주장한다. 쉴즈는 혼종성을 토착문화와 외래문화의 접촉을 설명하는 기술적인 개념으로 사용할 뿐, 그러한 문화 접촉에 동반되는 식민과 피식민이라는 권력관계는 무시하고 있다. 반면에 호미 바바는 전통의 융합 속에 개입된 권력관계를 포착하고 그것을 역전시킬 수 있는 개념으로 '혼종성'을 제시한다.

이상에서 논의된 전통의 접촉을 식민지의 조선 지식인은 어떻게 개념화했을까? 단적으로 말해 이들은 서양 전통의 수용을 '이식'이라는 개념으로 설명하였다. 예를 들어 서양 전통의 수용을 백남운은 자본주의(이것은 토대로서 사회구성체와 구별돼야 한다)의 이식으로, 그리고 문학자들은 마르크스 문예비평 이식, 서구문학양식 이식 또는 일본 문체 이식 등으로 개념화한다. 그런데 이식이라는 개념을 가치중립적으로 쓴 경우(백남운, 김태준, 임화)도 있지만 조선 문화의 종속성과 열등함을 비판하기 위한 부정적 개념으로 쓴 경우(박영희, 유진오)도 있다.

---

28) 호미 바바, 앞의 책, 225~226면.

쉴즈 역시 전통의 '이주'(migration) 과정을 '이식'(transplantation)이라는 개념으로 설명한다.[29] 그런데 쉴즈는 전통이 이식과정을 통해서 변화를 일으키는 점을 강조한다.[30] 그는 전통이 수용될 때 전파자와 수용자 사이의 차이가 크면 클수록, 그 수용과정에서 '누출'(leakage)이 불가피하다고 본다. 전통을 소유한 세대에서 전통을 아직 소유하지 못한 세대로 전통이 계승되는 과정에서, 교육은 수용자에게 전통의 행동체계와 규범을 주입하는 기능을 한다.[31] 교육은 전달자가 이해하는 형태와 내용으로 전통을 가르쳐줌으로써 수용자를 훈련시킨다. 교육은 그 전통을 주어진 대로 받아들일 능력이 많은 사람들을 선택하는 과정이기도 하다. 그러나 훈련과 선택에도 불구하고 전통이 전달자에서 수용자로 전해질 때, 초기의 신념과 후기의 신념 사이에 오는 변화와 중재를 피할 수 없다.[32] 그 변화는 혼합적인 화합일 수도 있고 내재적인 추고와 적응일 수도 있다. 이 때문에 이식과정에서 "모두 재생되어야 한다는 신중한 의도가 있다고 하더라도 제시된 모든 것이 목적지에 도달하지는 못한다. (……) 또한 비록 목표에 도달한다고 하더라도 학생들이 성장함에 따라 기억에서 사라진다. 대부분의 학생들은 그들에게 제시된 것의 윤곽이나 기질만을 기억한다."[33] 쉴즈는 이러한 누출에 의해서 전통은 변화되며 진전된다고 본다.

전통이 이식되는 과정에서 생기는 누출을 호미 바바는 '복사'(copy)와 '번역'(translation)이라는 개념을 통해서 이론화한다. 호미 바바는 식민지 문화가 피식민지에 이식될 때, 그것은 복사형식이 아니라 번역형식을 취한다고

---

29) 호미 바바는 이식 대신에 전이(translation)라는 개념을 쓴다. 앞의 책, 318면.
30) 에드워드 쉴즈, 앞의 책, 318면.
31) 조남현은 「한국근대 소설에 나타난 지식인상」에서 개화기의 지식인을 근대적 지식인과 전통적 지식인으로 구분하고 있다. 개화기 소설에 나타나는 '유학' 모티브 특히 미국 유학 모티브가 많이 등장하는 것에 주목하고 있는데, 유학은 새로운 전통을 받아들이는 가장 바른 방법이었을 것이다 ; 조남현 『한국 지식인 소설연구』, 일지사 1984, 30~67면.
32) 쉴즈, 앞의 책, 319면.
33) 같은 곳.

주장한다. 복사란 원본을 그대로 반복하는 것이지만 번역은 의미의 동질성을 유지하려고 하면서 한 언어를 다른 언어로 바꾸는 것이다. 이러한 번역은 문화의 동일한 차이를 생산해낸다.

즉 "문화적 위치들을 가로질러 작용하는 상징이 유사성을 가지더라도, 각각의 사회적 실행 속에서 기호의 반복은 차이적이고 변별적이다. 이러한 상징과 기호의 이접(분기)은, 상호 규율성을 발터 벤야민이 '언어들의 이질성'(foreignness)이라고 말했던 번역의 한계적 순간의 심급으로 만든다. 언어의 이질성은 문화적 텍스트들이나 실천들 간의 내용적 번역을 넘어서는 번역 불가능의 요체이다. 의미의 체계들 사이에서나 그 내부에서 의미 전체를 옮기는 것(복사하는 것)은 결코 가능하지 않다."[34]

때문에 바바는 "전이(번역)의 행위 속에서 '주어진' 내용은 이질적이고 소원한 것이 된다. 따라서 그런 까닭에 번역의 과제를 가진 언어는 항상 이중성과 번역 불가능성에 부딪친다"[35]고 주장한다. 이처럼 번역은 원본 언어와 번역본 언어 사이에 있는 '약분 불가능한 차이'(incommensurable difference) 때문에 원본어의 의미작용 전체(어감을 포함해서)를 그대로 재현할 수 없다. 여기서 쉴즈가 말하는 누출이 발생한다. 그리고 그 누출로 인해 상실된 부분은 번역자의 상상력에 의해 메워진다. 그 상상력의 원천은 바로 전통에서 온 것이다.

## 3. 근대 조선어 형성과 근대 민족의 창출

한국문학의 기본매체인 현대 한국어와 한글은 재해석된 전통의 대표적 예다. 개화계몽기 이후 한글이 창작이나 민족적 문자생활에서 중심적으로 사

---

34) 같은 곳 ; 호미 바바는 앞의 책, 319~320면.
35) 호미 바바, 같은 책, 320면.

용될 수 있었던 까닭은 한글 자체가 문화의 서구화/근대화를 지향하는 과정에서 재해석됐기 때문이다. 즉 근대적인 민족개념이 도입되고 그에 입각해 동질적인 민족적 대중을 조직화하는 과정에서 한글은 중세의 지배적 문어였던 한자를 대신하여 선택되었다. 이러한 재해석에는 '한자 : 중세주의 대 한글 : 서구화'라는 이항대립이 작용한다. 그리고 한글이 일본어에 대해서 지속적인 응전력을 지닐 수 있었던 까닭은 당시 사람들이 일본 한자어의 침투를 새로운 중세주의의 강요로 생각했기 때문이다.

민족어는 어디까지나 민족주의를 전파하기 위해 만들어진 문화적 가공물이다.36) 국민국가(nation-state)는 '우리'라는 공통관념을 심어주기 위해 공통어(혹은 공용어)를 국민들이 사용하도록 만든다. 따라서 근대적 의미의 민족어란 곧 표준어를 뜻한다. 표준어는 실제로 말해지고 있는 다양한 계급적, 지역적 방언 가운데 하나를 골라 표준으로 삼은 것이다. 그런데 말하기보다는 글쓰기의 표준화를 위해서 고안된 것으로 표준이 되는 문자생활을 위해서 특정한 방언을 표준화한 것이기 때문에 '문어적 방언' 또는 '표준 민족 문어'37) 등으로 불리기도 한다. 실제로 또는 문자 그대로 '모국어(mother tongue)'는 글을 모르는 아동이 엄마한테 배워 일상 생활에서 사용하는 말이지 결코 민족어가 아니다.38)

근대화 과정은 기본적으로 문어적인 '민족어'를 매개로 한 거주민의 동질화와 표준화를 지향한다. 이것은 엄청난 수의 시민에 대한 근대정부의 직접적인 통치를 실현하기 위해서이다.39) 이러한 표준화의 대표적인 방식으로는,

---

36) 극단적으로 베네딕트 앤더슨은 공용어가 민족주의를 만들어낸 것이지 민족주의가 공용어를 만들어낸 것은 아니라고 주장한다 : B. Anderson, *Language and Power : Exploring Political Cultures in Indonesia*, Ithaca and London : Cornell Univ. Press 1990, 199면.

37) 이것은 홉스봄(E. Hobsbawm)의 개념이다. 『1780년 이후의 유럽의 민족주의』(강명세 역, 창작과비평사 2001) 88면 참조.

38) 카(E. H. Carr) 「민족주의의 세 단계」, 『민족주의란 무엇인가』, 창작과비평사 1981, 61면.

39) 홉스봄, 앞의 책, 127면.

근대 이전의 식자층들이 의사소통을 할 수 없을 정도로 차이가 나는 방언을 사용하는 사람들을 위해 만들었던 '문어'를 근대 정부의 필요에 의해 민족어로 활자화하고 그것을 바탕으로 표준어를 만든 것을 들 수 있다. 이러한 예로 '만다린 중국어'(mandarin)가 북경에서 사용되던 하급관리의 '관화'를 토대로 한 것이라거나, 표준 일본어의 모태가 천황에게 볼모로 잡혀온 여러 지방의 사투리를 사용하는 귀족 자제들이 편리한 의사소통을 위해 고안한 '관화'라는 점 등을 들 수 있다.

표준어는 일반적으로 교육 및 행정의 언어로 사용되고 전파됨으로써 명실상부하게 '민족어'로 자리잡는다. 이 점에 관해서 홉스봄은 초등교육이 보편화되기 이전 시대에는 '민족적' 구어(口語)란 사용되지도 사용될 수도 없다고 본다.[40] 또 서구의 경우 표준어는 근대행정국가의 행정어가 됨으로써 더 빨리 사람들에게 전파됐고, 행정력이 덜한 작은 단위의 지방(동사무소 같은)으로 퍼지게 된다. 더불어 행정어는 행정관과 시민들이 일대일 접촉이라는 친밀함 속에서 같은 말을 쓰는 민족이라는 것을 상상하게 만들었다.

그런데 주의할 것은 홉스봄이 '민족'이 근대국가의 정치적 목적을 위해서 고안된 것이라고 주장하는 점이다. 민족어는 '민족'을 상상하는 데 중요한 정치적 기능을 하며, 국가가 그러한 것을 주도한다. 예컨대 표준화되고 등질화된 민족을 상상할 수 있도록 하는 매개로서 민족어를 전파하기 위해서는 대중교육과 행정기구라는 국가제도가 필요하다. 이 점만 봐도 민족의 전파를 위한 국가와 중앙정부의 역할을 쉽게 짐작할 수 있다. 하지만 식민지 조선은 민족으로서 '조선인' 또는 이후의 '한국인'을 상상하고 조직하기 위한 결정적인 조건인 '국민국가'를 갖지 못했다. 식민지 조선은 근대적인 민족어의 성립에 필요한 조건이 충족되지 못했다.

1910년부터 1945년까지 조선은 '일본제국'의 한 지방이었다. 일본제국 내

---

40) 같은 책, 76면.

에서 '조선인'은 민족으로서 '일본인'과 분명히 구분됐다. 제2차 조선교육령에 따르면 양자의 민족적 구분은 그들이 사용하는 언어에 따라 이루어졌다. 즉 조선어를 상용하는 자는 조선인으로, 그리고 일본어를 상용하는 자는 일본인으로 규정되었다. 조선인은 헌법적으로는 일본제국의 국민임에도 —내선일체 정책이 시행됐던 일제말조차도— 이등급 국민으로 취급받고 있었다. 더구나 일제는 조선인에 대한 초등교육을 의무화하지 않았으므로 조선인을 일본제국의 국민으로 쉽게 조직하지 못했다. 이러한 사정 때문에, 아시아에서 일본이 일으킨 전쟁이 중일전쟁을 거쳐 미국을 상대로 한 제2차 세계대전으로 확대되는 과정에서, 일본제국은 조선인을 전쟁에 동원하려고 그들에게 '국가애국주의'를 주입하려고 했지만 그것을 쉽게 달성하지 못했다. 역으로 일제말기 '국가애국주의'의 주입은 '대항민족주의'(counter-nationalism)를 강화하는 결과를 낳았다.41) 이 점은 민족적인 것에 그다지 관심이 없었던 계급주의 진영의 문학인들조차도 일제말에 '국어'(일본어)와 '국민문학'(일본문학)이라는 개념에 대항하여 '민족어'(조선어)와 '민족문학'(조선문학)이라는 개념을 옹호하는 문필활동을 했던 것에서도 확인된다.

홉스봄은, 여러 변종과 불완전한 방언들을 초월해 존재하는 언어라는 일종의 형이상학적 관념을 민족과 동일시하는 것은 민족주의 지식인의 이데올로기적 건축물42)이라고 주장한다. 그럼에도 식민지 조선에서 민족을 상상하는 데 조선어가 수행했던 역할과 의의는 분명히 있다. 일제강점기에 조선어는 '원형민족주의'(proto-nationalism)의 중심요소로 작용했다.

홉스봄에 따르면 원형민족주의는 다음과 같은 양상을 보인다. 첫째로 엘리트 문어나 행정문어는 서로 의사소통하는 엘리트 공동체를 만든다. 정확성을 가진 국가표준이 없는 곳에서는 극장이 국가의 역할을 한다. 둘째로 공통어가 자연스레 발전하는 것이 아니라 고안되는 것이기 때문에, 특히 인쇄

---

41) 같은 책, 127면.
42) 같은 책, 83면.

를 통해 공통어를 활자화하면 실제보다 더 항구적으로 되며 시각적 환상에 의해, 더 '영원한' 것으로 보이는 새로운 고착성을 지닌다. 셋째로 지배층과 엘리트의 공식적·문화적 언어는 공공교육과 기타 행정기제를 통해 대개 근대 국가의 실재적 언어가 됐다.[43]

이러한 홉스봄의 주장은 국가를 상실한 식민지 '조선'에서 조선어가 어떻게 민족적 표준문어로 정착할 수 있었는지를 설명할 수 있는 단서를 제시하고 있다. 조선어는 일본의 식민지가 되면서 행정어로서 자격을 잃고 말았다. 그런데도 조선어와 한글이 일제강점기에 조선인의 문자생활의 주된 매체로 사용될 수 있었던 까닭은 3·1운동이라는 거대한 민중저항운동이 있었기 때문이다. 이러한 민족저항의 댓가로 조선인은 『조선일보』와 『동아일보』 같은 언론기관과 '조선어' 문단을 가질 수 있었다.[44] 일제강점기에 언론기관과 '조선어' 문단 그리고 라디오 방송 등은 하나의 극장으로서 국가의 역할을 대신한 것이다. 특히 『조선일보』나 『동아일보』의 지국은 일본의 지방 행정기관에 대응하는 자생적 행정기관의 역할을 대신했다고 볼 수 있다. 이 점은 당시 마르크스주의자들이 공산당을 건설하는 과정에서 『조선일보』 지국을 이용했던 점이나 조선어학회에서 조선어와 조선역사를 보급할 때 『동아일보』 지국의 네트워크를 이용했던 점에서도 잘 드러난다. 대중은 신문사의 지국이라는 자생적 행정망을 통해서 조직화됐다.

특히 표준어와 맞춤법을 제정하려는 조선어학회의 노력은 준제도적 차원에서 이 같은 국가기능을 대신한 것이다. 조선어학회의 노력을 김태준이나 백남운 같은 마르크스주의자들은 부정적으로 평가하기도 했다. 이러한 평가를 한 까닭은 표준어나 맞춤법의 필요를 부정했기 때문이라기보다는 국가가 없는 상황에서 그러한 운동이 지닌 한계를 인식하였기 때문이다. 하지만 로

---

43) 같은 책, 85~93면.
44) 이에 관한 좀더 자세한 논의는 M. 로빈슨의 『일제하 문화적 민족주의』 (김민환 역, 도서출판 나남 1990) 참조.

빈슨은 1920년대의 문화민족주의운동을 검토하면서 다른 점진주의적 운동들(물산장려운동, 민립대학건설운동 등)은 모두 실패했지만 조선어학회의 한글운동은 성공했다고 평가한다.45) 이것은 한글 자체가 지닌 민중주의적 성격 때문이다. 특히 '브나로드운동' 등을 통해서 좌익 지식인의 지지를 받을 수 있었으므로 그 이후까지 계속 활동할 수 있었다.

표준어 사용은 등질화된 문화대중을 생산해내는 과정이다. 방언을 버리고 표준문어를 사용하는 것은 민족으로 참여하는 일이라는 자기결정을 매순간 수행하는 '의식(儀式)'이다. 따라서 대중매체(신문, 문예잡지, 라디오 방송)와 결합된 조선어학회의 표준어와 맞춤법 보급은 '민족'을 상상하는 중요한 기제로 작동했다. 그러나 그것은 해방 이후 국가가 주도한 표준어 보급처럼 조직적이고 일사불란하지 못했다. 그 이유는 국가의 행정력이 뒷받침되지 못했기 때문이다. 식민지 상황은 표준어가 행정어와 교육어로 쓰이는 것을 방해했다. 따라서 당시 조선어학회 중심의 표준어 보급은 근대국가의 주도로 수행된 민족과 민족어의 형성이라기보다는 그것을 촉진하는 '운동'으로 보는 것이 타당하다.


## 4. 환유적 운동으로서 조선문학

식민지를 경험했던 나라들은 식민지 본국어와 민족어(또는 토착어)의 관계에 따라 세가지 형태의 언어 그룹, 즉 다중어 그룹(polyglossic group), 이중어 그룹(diglossic group) 그리고 단일어 그룹(monoglossic group)으로 나뉜다.46) 이에 따르면 일제의 식민지인 '조선'은 이중어 그룹에 속한다. 한일합방(한국병합늑약) 이후 행정 및 교육의 언어는 '일본어'였으며, 조선어는

---

45) 같은 책, 146면.
46) 빌 애쉬크로프트 『포스트콜로니얼 문학이론』, 이석호 역, 민음사 1996, 38면.

조선인의 실제 생활을 지배하는 언어였지만, 행정 및 교육 영역에서는 일본어의 보조역할만 했다.

이러한 경험은 언문일치운동이 일어나기 전에 조선인의 언어생활과는 전혀 다른 것이었다. 언문일치운동이 일어나기 시작했던 개화계몽기 이전의 '조선'에서는 문자생활이 이중적이었지 언어생활이 이중적이지는 않았기 때문이다. 이때까지 문자생활에서 한자와 한글—한자는 지배적인 남성 집단이, 한글은 부녀자들과 상민들이 사용했다—이 같이 쓰였으며, 한자가 한글보다 우월한 위치에 있었다. 하지만 한자는 어디까지나 쓰기 위한 언어일 뿐, 말하기 위한 언어는 아니었다. 언문일치운동이 일어나기 이전까지 문자생활을 지배했던 한자의 사용은 그 사용자에게 중국어로 말하는 것까지를 강제하지는 않았다.

그러나 일제강점기 조선인의 언어생활은 음성언어 생활까지도 이중적으로 바꾸어놓았다. 이러한 이중언어 상황에서 조선어는 어디까지나 지방어의 자격을 갖고 있었을 뿐이며, 제도적인 언어(행정어, 교육어)는 아니었다. 뿐만 아니라 교육기관에서 조선어는 어디까지나 제2외국어로 가르쳤다. 때문에 식민지 교육은 일차적 정체성을 형성하는 매개인 유년기의 배냇말(조선어)이 아니라, 외국어를 '국어'(일본어)로서 배우는 것을 의미했다.

이처럼 일본어는 조선인들이 지식을 습득하는 언어로서 강제됐다. 더불어 일본어가 지닌 사고체계도 수용됐다. 이 때문에 일본어는 당시 조선의 지식인들에게 순수한 이방인의 언어는 아니었다. 오히려 일본어는 마치 한자가 중세의 지식인들에게 그랬던 것처럼 지식인들의 지성사적 얼개를 만들어주게 된다. 그렇다고 해서 일본어가 조선인의 정서적인 얼개까지 만들어준 것은 아니다.[47] 그들은 정서적으로는 여전히 배냇말과 강하게 결합돼 있었다. 지성적 언어와 정서적 언어의 분열은 식민지 지식인이라면 피할 수 없는 근

---

47) 같은 책, 102면.

본적인 분열의 경험이다. 또 '지성어＝일본어', '감성어＝조선어'라는 구분은 일본어보다 '조선어'가 열등하다는 가치평가를 함축하고 있다. 감성적인 것은 지성적인 것보다 즉자적이고 열등하다는 생각이 그대로 '조선어'와 일본어의 관계로 전이된다.[48]

이러한 이분법은 제국담론이 식민지에 관해서 이야기할 때 종종 등장하는 것이다. 이분법은 식민지에 대한 제국주의적 억압이 언어적 통제로 나타나는 예다. 제국주의적 교육 시스템은 식민지 본국의 표준어를 공용어로 삼고 나머지 언어는 지방어로 주변화한다. 제국의 언어는 권력의 계층구조를 영속할 뿐만 아니라, '진리', '질서', '리얼리즘'이라는 개념을 구축하는 중개자로 자처한다.[49] 이 언어는 스스로 진리의 언어로 자처함으로써 대척점에 놓인 식민지의 언어를 비논리적인 것, 무질서한 것으로 폄하한다.

이분법적 용어 사용은 제국이 제국으로서 존립하기 위해서 그 반대항으로 식민지를 필요로 함을 보여준다. 이분법을 통해서 식민지는 마치 거울처럼 제국의 정체성을 비추는 존재로 작동한다. 이는 극동의 섬나라에 지나지 않았던 일본이 제국으로 일약 발돋움할 수 있었던 것은 러일전쟁을 통해서 조선을 식민지로 획득한 덕분[50]이라는 지적과 통한다. 만약 식민지 조선이 없다면 일본제국도 없다는 것이다.

이것은 제국(담론)이 의도하지 않았던 반대 효과를 가져온다. 식민지가 없다면 제국도 존재하지 않는다는 불안감 때문에 제국은 불안을 극복하기 위해서 식민지인에게 자신과 닮기를 강요한다. 이것은 일본이 조선 침략의 이

---

48) 우리말이 실제 생활에서 제도어와 교육의 언어로 쓰이고 있는 현재와 같은 관점에서 보면 위와 같은 생각은 분명히 우스꽝스럽다. 하지만 우리말이 지성적인 것을 표현하기 어렵다는 이 진술은 그 시대를 살았던 사람의 실감을 표현하고 있는 것임에 틀림없다. 제국의 언어가 피식민지인의 정체성을 형성하는 데 미친 영향에 관한 논의는 프란츠 파농(Franz Fanon)의 『검은 피부, 하얀 가면』(이석호 역, 인간사랑 1998)의 23~54면 참조.
49) 빌 애쉬크로프트, 앞의 책, 21면.
50) 아키라 이리에 『일본의 외교』, 푸른산 2002, 24~26면.

유로 내세운 '근대화' 논리에도 녹아 있을 뿐 아니라, 이후 '동양협동체론' 속에서 중국 침략의 근거로 제기된 '지나근대화'라는 논리 속에서도 반복되었다. 그러나 식민지인에게 자신의 이미지를 투사하는, 이러한 제국의 논리는 '차이'를 내적 계기로 가진다. 식민지인이 아무리 제국인을 모방해도 그것은 마치 주인의 말투나 행동을 흉내 내는 하인처럼 제국인을 흉내 내는 식민지인의 우스꽝스러움(바보 같음)을 재생산할 뿐이다. 아무리 하인이 주인을 흉내 낸들 하인은 하인일 뿐이다.51)

　　ここへ來て仁植は´叔父が內地語等一切知らない´若い妾に向つてさ
へ´いかにも得意げにそれが又大變な內地語でまくしたてゐるのを何度も見て
ゐるので´彼が誰一人內地語を知らう筈もない山民達に向つて´態々通譯
者を伴ひ全く哀れな程へんちくりんな內地語の演說をやるといふ事實に對し
ては´別段驚きもしなかった｡(……)「ええと´ちゅまり吾人は白い着物を
廢止して色を染めだ着物を着用せねばからんのである」と叔父は胸を張つて
泰然と後手をし御自慢の辯舌をふるつてゐる｡「朝鮮人が貧乏になつたのは
白い着物を着用したがらである｡經濟的にも時間的にも不經濟たのであ
る｡即ち白い着物は早ぐ汚れるから金か要り´洗ふのに時間ががゞるのであ
る｡」(여기에 온 인식은, 숙부가 내지어 등을 일절 모르는, 젊은 아낙네에게까지, 그야말로 자랑스럽게 그것이 또 대단한 내지어로 지껄여대는 것을 몇 번이나 본 까닭에, 그가 누구하나 내지어를 알 리 없는 산민들에게 일부러 통역자를 동반하여 정말 불쌍할 정도의 내지어로 연설을 하고 있다는 사실에 대해서는 그다지 놀라지도 않았다. (……)「음, 즉 우리는 흰 옷을 폐지하고 염색한 옷을 착용해야 하는 것이다.」라고 숙부는 가슴을 펴고 태연하게 뒷짐질을 하고 자랑스럽게 연설을 시작했다. 「조선인이 가난하게 된 것은 흰 옷을 착용했기 때문이다. 경제적으로도 시간적으로도 불경제인 것이다. 즉 흰 옷은 빨리 더러워지기 때문에 돈이 들고, 세탁하는데 시간이 걸리는 것이다」)52)

_____

51) 호미 바바의 『문화의 위치』, 제7장 「의고적인 것을 분절하기」는 이러한 식민주의자의 무의식에 관한 분석이다.

군수인 숙부가 지역주민들에게 '조선어'로 연설을 하면 체면이 서지 않는 다고 하여, 통역자를 내세워 일본어로 연설하는 장면을 그린 김사량(金史良) 의 일본어 소설 「草深し」는 '흉내 내기'의 불완전성을 잘 보여준다. 물색 옷 을 입어야 하는 이유를 설명하는 숙부의 논리는 흰옷, 즉 '조선적인 것'을 폄 하하는 제국의 모습을 그대로 반복하고 있다. 그러나 그것을 전달하는 숙부 의 목소리는 제국의 목소리를 그대로 재현해내지 못한다. 예를 들어 つまり (즉)을 ちゅまり로, ちゃくよう(着用)을 つおく로, けい-ざい(經濟)를 げえざ い로, じかん(時間)을 じがん으로, はやく(早く, 빨리)를 すぐ(直ぐ, 곧, 즉시) 로 잘못 발음하고 있다. 이것은 청음과 탁음을 구분하지 못하는 '조선인'의 특징을 잘 반영한다. 이 발음만으로도 그는 자신이 조선인임을 드러내고 있 다. 이러한 예는 내선일체의 구호하에 조선인에게 일본인이 될 것을 강요했 던 일본의 식민정책 속에 작동 중인 의도의 단편을 보여준다. 이것은 조선인 이 자신과 가장 닮도록 만들면서 동시에 내적으로 '차이'를 남기는 방식이다. 일본어를 말하는 조선인! 그가 아무리 일본인처럼 유창하게 말하더라도 그 가 '내지'가 아닌 '반도'의 사람이라는 사실은 차이로써 재생산된다.

언어정책 면에서 내선일체 정책은 조선인과 일본인의 구분을 없애고 양자 에 대한 동등한 교육을 표방한 제3차 조선교육령을 1938년 4월 1일부터 실 시하여, 중등학교에서 조선어 교육을 완전히 폐지하고, 초등학교(당시 소학 교)에서는 선택과목으로 바꾸고, 더 나아가 1941년에는 일상생활에서 우리

52) 金史良「草深し」,『金史良全集』1, 東京：河出書房新社 1973, 149면. 정백수는「식민 지 말기의 이중언어 상황과 모어의 소유의식」(『세계 속의 한국현대문학』, 2007, 한국현대 문학회 발표논문집, 2007.8.24~25, 154~156면)에서 김사량의「草深し」를 다음과 같이 평 가한다 : "일본어를 사용함으로써 획득하는 군수의 언어적, 문화적 우월감은 산민들이 자신 의 일본어를 전혀 모른다는 사실 때문에 더욱 강화되었으리라는 것은 충분히 예상할 수 있 다. 즉 조선어 집단에 대한 언어적 우월 의식이 식민지 말기 조선사회에 이중언어 사용자가 일본어=국어를 추구하는 중요한 동기였다는 것을「草深し」의 화자는 설명하고 있는 것이 다." 이러한 정백수의 지적은 일본어가 조선인에게 (조선인에 대해서는) 우월의 지표이자 (일본인에 대해서는) 구분의 지표였음을 보여준다.

말 사용을 금지하는 것으로 구체화된다. 일본은 조선인에게 자신이 알아들을 수 있는 언어로만 말하게 하거나 아니면 침묵하도록 강요하였다. 이러한 내선일체 정책에 흐르는 무의식은 피식민지인이 자신이 알아들을 수 없는 말로 지껄이는 것에 관한 '불안'이다.

한편 '불안'은 피식민주의자에게는 '분열'의 경험으로 재생산된다. 이를 '이중구속적'(double bind)[53] 상황이라고 말할 수 있다. 이중구속이란 "내 명령에 따르지 마"란 명령처럼 두개의 다르거나 상호모순된 타입(심급)의 메시지가 주어지고 게다가 어떤 타입의 메시지에 답할 것인지를 판단할 수 없는 경우를 의미한다.[54] 이중구속의 상황은 식민지 근대성 자체의 본질적 속성이다. 즉 후진성을 극복하기 위해서 근대성을 추구하지만 그것은 서구/제국과 내적인 차이를 지니는 한에서만 허용되는 근대성이다. 호미 바바는 이를 '양가성'(ambiguity) 개념으로 설명한다. 그에 따르면 식민담론은 피지배 민족의 야만성을 맹렬히 비난하며 서구를 모방해 '개량'될 것을 요구하지만 동시에 피지배 민족이 지배질서와 구분될 수 없을 만큼 '개량'되는 것은 용인하지 못한다.[55]

그런데 이중구속의 상황은 역설적으로 식민담론의 취약성을 드러내며 식

---

53) 질 들뢰즈·펠릭스 가타리 『앙티오이디푸스』, 최명관 역, 민음사 1994, 124~125면.

54) 그레고리 베이트슨 『마음의 생태학』, 서석봉 역, 민음사 1989, 203~281면 ; 김민정 「구인회의 존립양상과 미적 이데올로기의 상관성 연구」, 서울대학교 박사 2000.8, 152면에서 재인용. 원래 이 개념은 들뢰즈와 가타리의 『앙티오이디푸스』에서도 언급된다. 그런데 베이트슨은 이 이중구속을 정신분열의 원인으로 보는 반면, 들뢰즈와 가타리는 이를 오이디푸스화의 하나로 본다. 즉 오이디푸스의 극복이 다시 오이디푸스적 관계로 진입한다는 것이다. 이것은 출구 없는 막다른 골목의 경험일 것이다.

55) 바바는 식민담론이 피식민지인을 묘사하는 데서 그러한 재현적 이중구속을 포착한다. 예를 들어 『암흑의 핵심』(조셉 콘라드, 이상옥 역, 민음사 2000)에서 주인공 말로우에게 요긴한 도움을 주는 키잡이를 희화화한 것은 그가 흑인다움의 정체성을 버리고 어설프게 서구화됐기 때문이다. 바바는 이러한 상황을 가리켜 서구가 구성하는 타자의 담론 속에서 피지배 민족이 역사적으로 흔히 처하게 되는 이데올로기적, 재현적 이중구속이라고 표현하고 있다. 바트무어 길버트 『탈식민주의! 저항에서 유희로』, 한길사 2001 393면.

민지인을 제국주의담론 속에 완전히 포섭해내지 못함을 보여준다. 반대로 생각해보면 피식민지인은 이런 상황을 역으로 이용해 식민주의자의 나르시시즘적인 요구를 해체하고 동일화과정을 전복해 권력의 시선 위에 피식민자의 시선을 되돌려줄 수 있다.

'전통'은 이러한 피차별자의 되돌려주는 시선에 있어서 중요한 계기가 될 수 있다. 식민권력의 근대화 담론 속에서 조선/전통은 과거의 것으로 부정된다. 이것은 두 전통(조선과 일본) 사이의 '약분가능성' 즉 비교문화적 동일성을 부정하는 태도다. 그런데 이러한 부정은 마치 양날의 칼처럼 식민권력의 담론을 부정하는 것으로 작용하기도 한다. 그들이 조선적 전통을 부정할 때 그것은 그들이 사도가 돼서 전파하고자 하는 일본적 근대가 원본 형태 그대로 이식 불가능하다는 점을 폭로한다.

전통은 과거 조선의 잔여물로서 현재에서 과거를 재생산하는 기표다. '조선=과거=전통'은 한편으로 외래문화의 전유와 이식을 정당화하는 은유적 등가성이기도 하지만, 다른 한편으로는 식민지적 권위를 방해하는 환유적 기호이기도 하다.56) '조선'은 식민담론이 진리의 기호로서 출현하는 것을 합리화하는 은유지만 또한 그러한 출현의 타당성을 끊임없이 교란하는 기호이기도 하다. 전통담론은 식민지적 간섭과 그 언표작용의 양가성 때문에 불확실한 시간 형태인 과거에서 현재가 끊임없이 계속 발생한다. 이를 통해서 피식민지인에게 자신의 거울이 되기를 강요하는 식민권력 이면에 숨어있는 '불안'을 확대재생산하는 효과를 낼 수 있다.57)

---

56) 호미 바바, 앞의 책, 259~260면.
57) 특히 의식적으로 그러한 점을 추구했던 것이 1930년대 초·중반에 걸쳐서 이루어졌던 마르크스주의자들 중심의 '조선학운동'이었다. 그들은 — 그들도 역시 근대주의자였기에 — 복고주의적인 조선주의와 일본의 식민지학을 비판하면서 조선연구의 과학적 방법이라는 기치 하에 전통과 역사를 연구한 것도 그러한 불안의 재생산과 연결된다. 특히 그들은 연구를 통해서 이데올로기 비판을 수행함으로써 조선의 후진성을 식민주의의 근거로 삼았던 일본의 식민지학을 비판하는 데 주력했다.

재발견된 전통으로서 현대 '조선어'와 그것에 기반을 둔 '조선문학'도 이러한 불안의 재생산과 되돌려주는 시선에서 중요한 역할을 한다. 현대 한국어의 형성은 개화기의 국어국문운동과 식민지 기간의 '조선어운동'과 그에 기반을 둔 창작활동 등을 통해서 이루어진 것인데, 이는 두가지 저항적 계기를 내포한다. 하나는 중세적인 지배권력에 도전하고 그 담론의 권력을 해체하기 위한 것이고, 다른 하나는 식민담론의 권력에 대항하고 그것을 해체하기 위한 것이다. 중세의 권력과 식민권력은 모두 토착어(native language)와는 다른 외국어를 쓰기 때문에 이에 관한 투쟁은 결국 민족어로써 저항하는 형태를 띤다.

　베네딕트 앤더슨의 식민지에서 토착어의 정치적 기능에 관한 연구인 『언어와 권력』(Language and Power)은 인도네시아의 정치적 언어의 특성을 연구하면서 토착어가 식민어(colonial language : Dutch)에 대항해서 어떻게 형성됐는지를 논하였다. 초기 인도네시아 지식인들은 두 세계 사이의 균형을 유지하려고 노력했지만, 네덜란드어를 습득하고 식민사회의 조직과 방법을 정복하려던 초기의 급진적인 지식인들은 점점 토착민에게서 고립돼갔다. 반면 더 젊은 세대에게 그러한 '정복'은 이미 과거 문제며, 그들의 기본임무는 네덜란드어에 대항하는 언어, 즉 근대적인 민족주의 언어를 만들어내는 것이었다. 전통과 결합하려는 신세대의 노력은 민족적 창조의 개입으로 새로운 인도네시아 언어를 만들어낸다. 이 언어는 인도네시아의 민족주의를 표현할 뿐만 아니라 인도네시아 사람들의 정신과 전통 그리고 국제 현실을 (단일언어의 한계 속에서) 표현할 수 있는 의사소통 수단으로써 발전해왔음을 보여준다.[58]

---

58) Benedict Anderson, *Language and Power ; Exploring Political Cultures in Indonesia*, Ithca and London : Cornell Univ. Press, 124~125면 : 물론 인도네시아의 토착어운동의 사회적 배경 및 추이는 우리나라의 그것과는 다를 테지만 토착어운동의 이러한 성격은 비교문화/문학적 과제를 남긴다.

인도네시아에서 한 세대가 전통적인 사고방식에서 벗어나기 위해 애썼던 반면, 다음 세대는 그러한 전통적인 사고방식을 재수립하고 그것에 입각하려고 애쓴다는 식으로 지식인의 사회적 역할이 변화했던 점은 식민지 조선의 상황과도 비슷하다. 조선에서 전통과 단일언어 수립의 노력이 본격화된 것은 1930년대에 이르러서다. 조선 지식인들은 정치적 힘, 문화정체성의 힘들을 새로운 '조선어'의 발전을 위한 창조적인 힘으로 모아내고, 새로운 언어가 관료적인 식민지의 언어, 서구의 사회민주주주의의 언어, 혁명적인 민족주의자의 언어, 그리고 '조선' 전통의 언어들을 규율하고 통합할 수 있도록 만들려고 노력했다.

근대 조선어는, 비록 '국어'로서 일본어의 기능을 대체하지는 못했지만, 지방어로서 이질성을 분명히 하여 '국어'에 의해서 상상되는 일본의 국민적 통일성을 교란하고자 했다.59) 베네딕트 앤더슨은 근대적 시간을 텅 빈 동질적인 서사적 시간성으로 규정한 바 있다. 이 같은 동질적 시간이 펼쳐지고 있는 장소에서 더 즉흥적이고 하위계층인 국민의 목소리, 즉 시간과 공간의 틈새에서 말하는 소수자의 담론이 나타나기도 한다.60) 식민지 조선의 경우 그것은 '조선어'와 '조선어'로 말하는 사람들 그리고 그들의 문단이다. 그것들은 동질화 속에서 차이를 재생산하려는 제국의 의도 뒷면에 숨어있는 '불안'을 증폭하고, 제국주의적 국민주의의 상상을 파탄내려고 애썼다.

또 식민지 기간 '조선문단'은 일본문단과는 별개로 존재했으며, 이미 당대

---

59) 이와 관련해 19세기와 20세기의 핀란드, 중국, 베트남 그리고 체코슬로바키아 등에서 있었던 '언문일치운동'(unity of speech and writing movement)의 의미에 관한 앤더슨의 관점은 주목할 만하다. 그들 사회에서 지배계급은 외국어로 말하고 글을 쓰고 있었다. 따라서 행정어는 사회의 나머지들이 사용하는 언어와는 명백히 다른 것이었기에, 민중적 민족주의 그리고 사회적 개혁을 지향했던 힘들은 지배계급의 문화적 우월을 극복하기 위해서 큰 거부감 없이 상대적으로 권력에 오염되지 않은 '토착어' 또는 구어에 관심을 기울이게 됐다 ; 같은 책, 207면.
60) 호미 바바, 앞의 책, 313면.

에도 이러한 상황을 이중문단으로 인식하고 있었다.61) 당시 조선 문학인들 가운데 '조선문단'과 일본문단 양쪽에서 활동하는 사람들(장혁주, 김사량)도 있었지만, 이들은 극히 드물었고 대부분은 '조선문단'에서만 활동했다. 어떤 의미에서 보면 '조선문단'의 상대적 독자성 자체가 탈식민적인 것이다.62) 모국어로 된 독자적인 문단을 통해서 조선 문학인들은 제국담론과 문학을 상대화할 수 있는 여유를 누릴 수 있기 때문이다. 즉 조선문단은 일본문단의 한 부분이 아닌 독립된 외부시선을 일본문단에 투사할 수 있는 여지를 만들었다. 이것을 '탈식민성'(postcoloniality)이라고 규정할 수 있다.

1930년대말에서 1940년대초는 일본어 전용과 국민문학론을 매개로 한 '조선문단'의 소멸이라는 극한상황이었다. 이 상황은 여러 가지 문학적 논의에 가려져 반성되지 않았던 '조선문학'이라고 하는 자기 존재기반에 관해 근본적인 반성을 하도록 조선 문학가들을 강제했다. 1930년대말 '조선어'와 조선문학에 관한 논의는, 다 그런 것은 아니겠지만, 민족문학에 관한 조선인의 자기 이해가 구체화된 것이다. 그리고 이것은 '전통'이라는 당시 유행하는 개

---

61) 「조선문학 정의」(『삼천리』 8월호, 1936)에서 박영희는 「조선사람 읽을 것만이」라는 제목의 설문 응답에서 '이중문단'이라는 단어를 사용하고 있다 : "장혁주씨는 東京文壇뿐만 아니라 朝鮮文壇에서도 現今 勞力中이니 二重文壇의 作家라고 볼수 있다."(84면)

62) 이러한 점은 권영민의 다음과 같은 언급에서도 잘 나타난다. "한국 사회는 1910년 이후 일본의 식민지 지배로 인하여 개화계몽 시대에 추구했던 문명개화의 이상을 실현하지 못한 채 핍박과 굴종의 시대에 접어들게 된다. 한국 사회의 근대화 과정 자체가 식민지 지배에 의해 왜곡되기 시작했으며, 한국의 모든 산업이 식민지 지배에 종속된다. 특히 식민지 교육 정책에 의한 일본어 교육의 강화로 인하여 한국인의 언어생활 속에 일본어가 깊숙이 침투한다. 그 결과로 일제강점기에 한국 사회에는 모방과 굴종, 창조와 저항이라는 양가적 속성을 지니는 독특한 식민지 문화가 형성된다. 일본의 식민지 지배 정책은 한국 민족의 존재와 그 역사적 전통에 대한 정당한 인식을 부정하는 방향으로 전개된다. 그렇지만 한국 민족은 민족적 자기 인식을 확립하고 민족자존의 의지를 세우고자 일본의 식민지 지배 정책에 대항하는 다양한 반식민주의 담론을 형성한다. 한국 민족의 식민지 현실 문제에 대한 비판적 인식을 바탕으로 일본의 지배 논리를 거부했던 것이다" ; 권영민 『현대문학사』, 민음사 2003, 31면.

념을 '전유'(appropriation)함으로써 이루었다. 본고에서는 당시 전통논의를 매개로 해서 민족문학으로서 '조선문학'이 어떻게 반성되고 이론화됐는지를 살펴보고자 한다.

## 제3장

조선담론에 나타난 재현적 이중구속과 그 극복

일반적으로 근대 한국문학 비평사 연구에서 1930년대 후반의 전통론은 '전형기' 비평[1]의 하나로 설명된다. 대표적인 연구자인 김윤식은 전형기 비평을 카프 해산(1935.5.20) 이후 상실된 지배적인 문학 논리를 대체할 새로운 논리를 모색하려는 노력의 하나로 설명하고, 1935년 이후 비평계에서 전개된 휴머니즘론, 지성론, 포오즈모랄론 등을 전형기 비평에 포함시킨다. 이러한 비평들은 만주사변(1930) 이후 일본이 군국주의화되면서 조선에 대한 지배 방식이 헤게모니적 지배에서 억압적 지배로 전환되고, 일본제국 마르크스주의자들에 대한 탄압과 일본 마르크스주의자들이 전향한 여파로 조선의 지식사회가 위기에 빠지게 된 것 등을 배경으로 한다.

그런데 당시의 전통론은 전형기 비평으로 수렴되는 동시에 그것을 벗어나는 성격이 있기 때문에 1930년대 후반의 전통논의 일반을 전형기 비평의 하위항목으로 설정하는 것은 부적절하다. 왜냐하면 비평계의 논란과는 별도로 1930년대 초반부터 '조선연구' 또는 '조선학'이라는 범주하에서 조선사회와 조선의 전통에 관한 연구가 수행되고 있었기 때문이다. '조선학운동'은 대학 및 연구기관 등과 같은 아카데미 안에서의 조선연구를 의미하는 것이다. '조선학운동'에 참여한 연구자들은 우파 민족주의자들부터 마르크스주의자에 이르는, 즉 우와 좌를 포괄하는 폭넓은 스펙트럼을 형성하고 있었다. 따라서 1930년대의 전통론은 1930년대 초반부터 있어온 '조선학' 연구와 저널리즘 및 문단의 전통논의(수용론, 부정론)를 다 포괄하는 것이 되어야만 한다.

1935년에 있었던 저널리즘의 전통논의는 넓게는 '조선학운동'의 영향 속에서 이루어졌다. 조선연구는 백남운, 김태준의 경우처럼 식민지학으로서 조선연구에 대한 '대항담론'이었다. 그러나 1937년 7월 7일 중일전쟁의 발발로 인해 일본의 조선에 대한 통제가 강화되면서 '조선학' 연구는 이전과는 다른

---

[1] 이러한 비평사적 구분은 김윤식의 구분을 따른 것으로, 그는 전통론을 '제2부 전형기의 비평'이라는 장 제목 아래에서 휴머니즘론, 지성론, 포오즈모랄론, 예술주의 비평, 신체제론 그리고 세대론 등과 함께 다루고 있다.

양상을 보이게 된다. 우선 아카데미 영역에서의 조선학 연구는 1938년을 전후로 가시적인 성과를 보여서 조윤제의 『조선시가사강』(1938), 김태준의 『조선소설사』(학예사 1939), 김재철의 『조선희곡사』(학예사 1939) 등이 출판되었다. 한편 비평계의 경우, 전통론은 신체제론의 이론적 기반이 됐던 일본의 '아시아주의'에 동조하는 비평과 그에 대한 반대 담론으로서 조선 전통을 옹호하는 비평으로 분화돼 서로 대립하였다. 특히 후자는 '조선어' 말살과 내선일체라는 시대적 압력에 맞서 조선문학의 '정체성'을 확보하려는 노력에서 나온 것이었다.

이 장에서는 '조선학운동'의 전개와 그 의미, 식민지학에 대한 대항담론으로서 조선연구, 그리고 신체제론의 수용과 그에 대한 대항담론으로서 전통론을 구체적으로 살펴보기로 하겠다.


## 1. 조선학운동과 저항담론으로서 전통론

1930년대의 전통담론은 1920년대 국민문학파의 전통론의 연장선상에 있는 것으로 볼 수도 있지만, 이 둘 사이에는 엄밀한 차이가 있다. 1920년대의 국민문학 논의는 계급문학에 대한 대타의식에서 나온 다분히 정치적 성격을 띠는 것이었다면, 1930년대의 전통논의는 방법론에 입각하여 체계적으로 조선 전통과 문화를 연구하는 학문적 성격을 지니고 있었다.

1920년대의 국민문학파는 우파 민족주의자와 보수적 자유주의를 포괄하는 범주라 할 수 있다.[2] 이들을 '국민문학파'라고 부르는 것은, 최남선이 「조선국민문학으로의 시조」(『조선문학』 16호, 1926.5)라는 논문에서 처음으로 '국민문학'이라는 개념을 사용한 것에서 유래한다. 이후 1920년대 프로문학에

---

2) 김윤식 『한국근대문예비평사연구』, 일지사 1992, 107면.

대한 대타의식으로 형성됐던 민족주의문학 진영은 국민문학파로 통칭된다.

당시 조선은 일본의 식민지였기 때문에 조선문학을 '국민문학'으로 규정한 최남선의 시도는 시대착오적인 것으로 보인다. 조선이라는 나라는 이미 없어졌고, 단지 일본의 한 지방으로서만 존재하던 상황에서, '국민문학'이라는 개념은 1930년대 후반 일제의 '국민문학'이라는 개념과 혼동될 수 있다. 다만 영어의 'national literature'가 국민문학이나 민족문학 둘 중 하나의 개념으로 번역될 수 있음을 고려할 때, 최남선의 국민문학 개념은 당시의 정황상 민족문학을 의미하는 것으로 보는 것이 적절하다.

그러나 국민문학파의 민족문학은 민족주의문학을 의미한다. 민족주의문학과 민족문학은 범주상 서로 다르다. "일반적으로 민족문학이라고 하면, 한 민족이 산출한 문학 전부를 가리키는 개념으로, 예를 들어 한국인이 생산한 문학의 총체를 한국 민족문학이라고 할 수 있다. 반면에 민족주의문학은 사회운동 노선상의 민족주의에 근거한 문학으로 민족주의의 이상을 실천하는 것을 그 중요한 임무로 삼는 형태의 문학을 의미한다. 따라서 민족문학이란 개념은 프롤레타리아의 문학과 부르주아문학을 포괄하는, 조선인이 '조선어'로 조선의 사상, 감정을 형상화한 작품을 의미"[3]한다.

탈식민주의에서 민족문학은 넓은 의미의 민족문학에 비해 지시 대상이 제한적이다. 민족어와 민족어 문학에 대한 제국어 영향력을 중화하고 제국어를 탈권력화, 탈식민화하는 문학 행위만을 민족문학이라고 부른다. 이때 민족문학(national literature)은 민족주의문학(nationalist literature)과는 엄격히 구분된다. "민족적 비평(nationalism)이란 출판, 교육, 글쓰기 과정의 후원자인 제도 속에서 노골적으로 목도되는 제국어의 헤게모니를 청산하려는 노력을 의미하는 것임에 비해, 민족주의적 비평(nationalist criticism)은 담론의 개념 변경에 실패함으로써 그들 자신이 그토록 축출하고자 하던 바로 그 제국

---

3) 같은 책, 108~109면.

주의 세력의 통제 담론 속으로 내, 외적인 포섭을 당하는 것을 의미"[4]한다.

  따라서 최남선류의 국민문학론이 제국주의적 통제 담론에 대해서 과연 얼마나 저항하고 있었는지를 살펴본다면, 그것이 탈식민적인 민족문학의 범주에 들어갈 수 있는지가 분명해질 것이다. 당시의 문학이 민족주의문학과 프롤레타리아문학으로 대립하게 된 사회·경제적 배경으로 우선 3·1운동과 같은 조선독립의 시도가 좌절되고 이식자본주의의 강화에 따라 민족개량주의가 전면에 등장했다는 점을 들 수 있다. 민족주의 진영은 특히 1923년을 분기로 해서 점차 노농 대중에 대한 영향력과 민족해방운동의 지도력을 상실했다. "민족개량주의는 예속자본, 민족자본 상층, 대지주 층의 계급적인 이데올로기였다."[5] 그리고 사상적으로는 한말에 수용된 사회진화론, 자유경쟁주의에 연원을 두고 있었고[6] 미국식 자본주의의 정치제도를 추구한 다이쇼 데모크라시의 자유주의, 민본주의의 영향을 받고 있었다.

  이들은 일제 문화정치의 일정한 영향을 받으면서 1921년부터 '민립대학 설립운동', '실력양성운동', '물산장려운동' 그리고 '조선어 연구' 등을 추진했다. 이중 '조선어 연구' 외에 다른 운동들은 모두 실패로 끝나고 만다.[7] 특히 물산장려운동은 대중의 광범위한 지지를 받는 동시에 민족주의 진영에 대한 환멸과 불신을 대중에게 심어준 계기가 됐다. 그 이유는 '김성수와 같은 자본가들이 일제의 보조금을 받으면서 스스로가 주창했던 운동의 정신을 배반했기 때문'[8]이다. 김성수의 경성방직은 일제와 타협하였고, 일제의 후원을 받으면서 식민지 기간 대표적인 자본으로 성장했다. 이러한 자본의 이념적 배경을 제공했던 민족개량주의자들의 논리는 패배적 민족주의와 민족적 열등감에 기초한 민족운동의 체제내적 타협을 의미했고, 계급적으로는 식민

---

4) 빌 애쉬크로프트『포스트콜로니얼 문학이론』, 이석호 역, 민음사 1996, 17면.
5) 박찬승『한국근대정치사사상사』, 역사비평사 1992, 23~25면.
6) 같은 책, 176~185면.
7) M. 로빈슨『일제하 문화적 민족주의』, 나남 1990, 158~166면 참조.
8) 같은 책, 156면.

권력과 이식 자본에 예속된 발전을 지향했다.9)

이러한 지향이 구체화된 것이 바로 1923년말, 1924년초에 나온 자치론이다. 자치론을 뒷받침하기 위해서 김성수, 송진우, 이광수 등 동아일보사 간부와 안창호 계열, 그리고 천도교파의 최린 등은 연정회의 수립을 추진했다. 또 이광수는 「민족적 경륜」(『동아일보』 1924.1.1~4 사설)을 발표함으로써 그러한 움직임을 이론적으로 뒷받침했다. 이 때문에 민족개량주의자들의 운동은 그 정당성을 잃고 만다.10) 그 결과 민족주의 진영은 급진적 민족주의와 온건 민족주의로 나뉘었고 대안 세력으로 사회주의자들이 등장하였다.

이상의 상황을 고려할 때 최남선의 '국민문학'은 민족국가를 배경으로 한 '국민=민족문학'을 의미하는 것이 아님은 분명하다. 1920년 당시 민족주의 문학은 "좌익적 문예운동의 출발이 우익파란 것을 규정해주었고, 선전포고함으로 말미암아 소극적으로, 또는 간접적으로 그 대립을 느꼈을 따름이지 (……) 집단적 단결로서의 의식적 깃발을 가지지 않은 것"11)이라는 지적에서도 알 수 있듯이 당시 카프 중심의 계급문학론에 대타적인 것으로 나온 것에 지나지 않았다. 이 때문에 국민문학은 1930년대 이후 프로문학이 퇴조하자 그 긴장과 의의를 상실한 것으로 평가된다.

이와는 달리 1930년대의 전통담론은 1920년대의 민족주의자들의 전통논의나 조선연구와 연결되면서도 그와는 다른 면모를 가지고 있다. 이것은 1930년대에 가능하게 된 근대적인 학문으로서 조선연구를 배경으로 하고 있었으며,12) 이를 당시 사람들은 '조선학'이라고 불렀다. 지금의 용어를 따른다

---

9) 방기중 『한국근현대정치사상사』, 역사비평사 1992, 69면.
10) 이 점은 박찬승, 방기중, 로빈슨이 공통적으로 지적하는 점이다. 이러한 정황은 당시에도 분명하게 인식되고 있음을 알 수 있다. 예를 들어 임화는 일제강점기의 문학사를 기술하면서 1924년을 중요한 분기점으로 설정한다. 이때를 경계로 부르주아문학은 민족적이자 세계적인 문학의 건설이라는 임무를 아직 성장 중인 프롤레타리아에게 넘기지 않을 수 없게 됐다고 쓰고 있다. 임화, 「조선문학 20년」 참조.
11) 김윤식, 앞의 책, 108면.
12) 임형택 「국학의 성립과정과 실학에 대한 인식」, 『실사구시의 한국학』, 창작과비평사

면 '조선학'은 '국학(국내)' 또는 '한국학(국외)'에 해당하며, 영어로는 모두 'Korean studies'로 번역된다. 하지만 당시 연구자들이 조선연구를 '국학'이라고 하지 못하고 '조선학'이라고 불렀던 까닭은 앞서 1920년대의 '국민문학'과 같은 개념적 오류를 피하기 위해서였다. 이처럼 1930년대 연구자들은 1920년대보다는 조선의 상황을 객관적으로 이해하고 이에 접근하고 있었다.

'조선학'의 의미는 김태준의 정의에서 잘 드러난다. 「조선학의 국학적 연구와 사회학적 연구」(『조선일보』 1933.5.1~2)에서 김태준은 '조선학'을 "조선의 역사학, 민속학, 종교학, 미술학, 조선어학, 조선문학류…… 등을 총괄한 것"을 편의상 부르는 개념이라고 규정한다. 이러한 김태준의 정의는 현재의 국학 또는 한국학과 그 외연이 일치한다. 1934년 1월 1일부터 7일까지 4회에 걸쳐 『동아일보』에 실린 '조선학은 어떻게 수립할 것인가'는 부재를 단 「최근 조선연구의 업적과 그 재출발」이라는 신남철의 논문도 조선학의 성격과 범위를 제시하고 있다.13)

『조선학』이란 것은 결코 관념적으로 조선의 독자성을 신비화하는 국수주의적 견해와는 아무 인연도 가지지 않은 것이어야 한다는 것을 주의하지 않으면 아니 될 것이다. 『조선학』은 결코 조선의 과거만을 연구대상으로 하는 것도 아니고 초월적 존재를 신앙 대상으로 하는 종교도 아니다. 그렇다고 문학 내지 조선어학의 이론적 내지 역사적 파악을 목적으로 하는 것도 아니다. 사학 연구만도 아니요 문학적 연구만도 아니요 혹은 민속사적 연구만도 아니다. 그것은 이것들을 모두 포용한다.14)

2000, 29면.
13) 임형택은 신남철의 이 소론에서부터 '조선학운동'이 본격적으로 전개됐다고 본다. 1934년 '조선학운동'의 성립과 관련한 자세한 내용은 임형택의 앞의 책, 29~35면 참조.
14) 신남철 「최근 조선연구의 업적과 그 재출발 ― 조선학은 어떻게 수립할 것인가」(2), 『동아일보』, 1934.1.2.

'조선학'에 대해 설명하면서 김태준과 신남철은 조선에 대한 국학적 연구와 사회학적 연구를 구분하고 있다. 국학적 연구란 1920년대까지의 조선연구를 의미하는 것으로 김태준은 이것을 조선에 관한 사회학적 연구와 구분하고 있다. 신남철도 국학연구를 '신비화하는 국수주의적' 견해라 평가하면서 거리를 두고 있다. 그럼에도 신남철과 김태준의 글은 1930년대의 '조선학' 연구가 단순히 보수적인 우파 민족주의자들뿐만 아니라 급진적 민족주의자 및 마르크스주의자들이 참가하는 폭넓은 스펙트럼을 가진 것을 잘 보여준다.

　또 1930년대의 조선연구는 근대학문으로 성립됐다는 점에서 1920년대의, 이데올로기적 성격이 강했던 조선연구와 다르다. 1930년대에 조선연구가 학문으로 정착될 수 있었던 요인으로는 다음과 같은 것이 있다.[15] 첫째는 경성제국대학의 수립과 더불어 가능하게 된 학문적 역량의 축적과 조선에 대한 근대적 연구를 가능하게 할 주체적 조건의 성숙을 들 수 있다. 둘째는 일제의 학문적 지배에 대한 위기감, 즉 일제에 의해서 주도된 '조선사편수회'와 그를 통한 식민지학의 발전에 대한 위기감이다. 셋째는 정치운동이 봉쇄되면서 찾은 출로, 즉 일본의 파시즘화와 더불어 심화된 사상통제에 대한 출로 확보로서 찾은 것이다.

　이상의 원인 중 세번째는 신간회의 해소와 직접적으로 연결된다. 1929년에 접어들면서 민족개량주의자들은 제3차 자치운동을 추진했고 신간회를 중심으로 결집한 비타협적 민족해방운동 진영에 대해 공세를 강화했다.[16] 반면에 사회주의자들은 식민지 민족해방운동의 전략 전술을 규정한 코민테른(communist international) 제6차 대회의 「12월 테제」에 영향을 받아 운동의 방향을 민족 단일 정당 수립에서 공산당 재건과 혁명적 노동조합운동으로 전환하였다. 이들은 '사회파시즘'에 근거한 '계급 대 계급' 전술에 입각하여

---

15) 이하 세가지 규정은 임형택의 소론을 참조한 것임. 임형택, 앞의 책, 30~31면.
16) 박찬승, 앞의 책, 343~355면.

비타협적 민족주의자들을 민족개량주의자와 동일시하고 민족해방운동에서 그들의 혁명적 역할을 부정하고 신간회의 해소를 결정한다.[17]

이 때문에 신간회를 중심으로 민족해방운동에 집중됐던 급진적 민족주의의 역량은 모두 분산되고 그 일부가 조선연구로 선회하게 된다. 이 점은 당시 안재홍 등의 급진적 민족주의자들이 '조선학' 연구를 주도했던 잡지 『신조선』에서도 잘 나타난다. 특히 "정치적 약진이 불리한 시대이니 차라리 문화적 정진에로"라는 1935년 1월호 권두언은 정치운동에서 문화운동으로의 선회를 직접적으로 밝히고 있다.[18]

그러나 이러한 정세의 변화는 1930년대에 일어났던 '조선학운동'의 간접적인 원인은 될지 모르나 직접적인 원인은 될 수 없다. 오히려 첫째와 둘째 요인이 더 직접적이라고 할 수 있다. 1920년대 초기에 있었던 민립대학운동을 무마하고 식민지학을 수립하기 위해서 설립된 경성제국대학은 1930년대 '조선학'이 하나의 학문으로 성립하는 데 중요한 역할을 했다. 경성제국대학의 설립목적은 "동양문화 연구센터 및 그 일환으로서의 조선 문화 연구"[19]였다. 이중 법문학부 문학과에 조선어, 조선문학 전공, 사학과에 조선사 전공을 설치하여 이전에 부족했던 조선에 관한 학술적인 연구를 체계적으로 할 수 있게 되었다.

조선사와 조선어 전공 교수들은 오랫동안 조선에 나와 연구를 하고 자료를 수집한 권위자들이었다. 특히 조선어 전공의 오구라 신페이(小倉進平) 교수는 향가 해독을 처음으로 완성했다. 그가 1927년 동경제대에 문학박사 학위논문으로 제출했던 원고를 보강하여 1929년에 펴낸 「향가 및 이두 연구」(鄕歌及使讀研究)는 향가연구의 출발점이 됐으며 이후 양주동이 향가연구에 뛰어드는 계기가 됐다.[20] 또 경성제국대학이 조선 관계 고문헌을 수집,

17) 방기중, 앞의 책, 93~94면.
18) 임형택, 앞의 책, 31면.
19) 이충우, 『경성제국대학』, 다락원, 1980, 160면.

조사, 연구하는 과정에서 규장각 총서를 대학도서관으로 이관한 것도 획기적인 사업이었다. 이 대학은 이관된 장서 중에 희귀본을 복간하였는데 고서 본간은 9종 38책에 달했고, 여기에는 「이조실록」의 간행도 포함돼 있다.[21]

5회의 이숭녕, 방종현이 학부로 들어갔을 무렵(1931)까지 경성제국대학에서 조선어 문학을 전공한 조선학생은 조윤제(1회), 이희승(2회), 김재철, 이재유(3회)를 합쳐 모두 여섯 명이었다. 여기에 오구라 교수의 사전편찬을 돕고 있던 서두수(일문 2회)와 김태준(중문 3회)이 함께 어울렸는데, 이들은 1931년에 「조선어문학회」를 조직하고 3년간 회보를 만들었다.[22] 이들은 회보에 각자의 연구결과를 발표하고 논총을 만들었다. 논총으로는 김태준의 『조선한문학사』(1931)와 김재철의 『조선연극사』(1933) 등이 발간됐다. 이들 책을 보면 발행소는 조선어문학회로 발행자는 김태준으로 되어 있어, 이 학회에서 김태준이 점한 위치를 짐작하게 한다. 회보가 7호(1933.7)에 이르자, 그것을 학술 잡지의 형태로 바꾸고 이름도 『조선어문』으로 했다. 그러나 안타깝게도 그 잡지는 창간호로 끝나고 만다.[23]

1930년대의 대표적인 마르크스 이론가였던 신남철 역시 경성제국대학 철학과(3회) 출신이었는데, 그는 김태준과 함께 경제연구회에 참여했다.[24] 경제연구회는 독서회 형식을 취했는데, 이때 읽은 책으로는 플레하노프의 「유물사관의 근본문제」, 부하린의 「유물사관」, 그리고 힐퍼딩의 「금융자본론」 등이었다. 독서목록을 보면 경제연구회는 단순히 경제를 연구하는 단체가 아니라 좌익 사상을 연구하는 단체였음을 짐작할 수 있는데, 독서회를 통해서 김태준과 신남철이 마르크스주의를 내면화했던 것 같다.

이 밖에도 민간차원의 조선연구도 활발했다. 1933년에는 10월 29일 조선

---

20) 같은 책, 161면.
21) 같은 책, 163면.
22) 같은 책, 196면.
23) 같은 책, 197면.
24) 같은 책, 180면.

어학회의 한글맞춤법통일안이 발표되었고 표준어 제정 사업이 진행됐으며, 1934년에는 역사연구의 실증주의를 표방하는 『진단학보』가 간행됐고, 조선어학회의 『한글』 간행, 그리고 조선어학연구회의 『정음』 발간 등이 이뤄졌다. 더구나 개화기 이래의 실학연구는 원숙기에 접어들어 1934년에는 정약용의 『여유당 전서』가 발간돼 조선연구에 관한 폭발적인 관심을 불러일으키는 계기가 되었다.25)

이러한 조선연구는 일제의 관학 아카데미와 표리관계에 있었다. 또는 이 둘은 서로 영향을 주고받기도 하고 비판을 하기도 하는 긴장 관계에 있었다. 1930년대에 일본의 관학은 파시즘 체제의 국가이념을 대변하고 침략 정책을 학문적으로 정당화하거나 묵인하는 관제 이데올로기로 전락했다. 이러한 관학 아카데미즘은 특히 명치유신 이래 일본 국체(國體) 이념의 대변자였던 동경제국대학(현 도쿄대학)의 '국사학파'가 중심이었는데, 1920년대 후반부터 1930년대에 걸쳐서 일본학계의 일반적인 경향이 됐다.26)

조선사 연구와 관련해서 일제는 특히 '일본사의 일환으로서 조선사' 정리를 식민지 문화정책의 관건으로 간주하여 『조선사』 편찬에 심혈을 기울였다. 이를 위해 1925년에는 조선사편수회를 설치하고 그 결과물을 간행했으며, 1930년에는 경성제국대학의 사학과 교수들과 조선사편수회의 일본인들이 중심이 되어 청구학회를 조직했다.27) 이들은 방법론으로 문헌고증적 실증주의를 취했고, 일본 국사학의 일선동조론과 만주철도 지리역사조사실의 만선사관을 계승하여 식민지 정책의 이데올로기적 기반을 제공했고, 경성제국대학에서도 1928년 조선경제연구소가 설립되어 조선의 '민족성론'과 '정체성론'을 실증적으로 증명하려고 했다.28)

---

25) 당시 '조선학' 연구에서 실학 연구가 차지했던 의의에 대해서는 임형택의 소론 참조.
26) 방기중, 앞의 책, 89면.
27) 같은 책, 91면.
28) 같은 곳.

백남운은 이러한 관학 아카데미에 대항하여 『조선사회경제사』를 저술하여 '정체성론'을 비판하려고 했다. 그는 『조선사회경제사』 서문에서 연구의 취지를 밝히면서, 당대 사학 연구자들이 문헌고증이나 고적답사 및 유물수집에 심혈을 기울이고 있는데 이것은 필요한 일이긴 하지만, 다른 면에서 보면 '특수사관(特殊史觀)'을 일본에서 수입한 것에 지나지 않는 것으로 본다.

특수사관을 강조하는 역사학파의 이데올로기는 신흥 독일 자본주의가 영국에 대항하기 위한 국민적 소산이었든 것인데, 이것이 신흥 일본의 자본주의적 구정과 부합되어 대량으로 수입된 결과로 일본 사학계는 발전을 하게 되었지만 조선의 경우에는 국정의 격변으로 말미암아 역사 연구자들은 골동품을 수집하기 위해서 편력하는 학도로, 정치적으로 버림받게 되었다. 그러나 관념적으로는 조선 문화사의 독자적인 소우주로서 특수화하려는 기도가 비교적 뿌리 깊게 습관화되어 있다는 것이다. 이러한 사학계의 경향과 다르게 '관제(官製)의 특수성'이라는 것이 별도로 규정되어 유포되고 있는데 관리들의 '조선의 특수사정'이라는 이데올로기가 바로 그것이다.29)

백남운은 특수성을 강조하는 두 입장 중 복고주의는 신비적이고 감상적인 데 비해서 식민사관은 독점적이고 정치적이라는 점에서는 차이가 나지만, 본질적으로 인류사회가 발전하는 역사법칙의 공통 특성을 부인하는 점에서는 완전히 궤도를 같이하는 반동적인 관점이라고 비판한다. 그렇다고 해서 백남운이 '조선학'의 의의와 중요성을 부정한 것은 아니었다. 오히려 그는 조선민족 형성의 역사적 특성을 한국사의 합법칙적 법칙과 더불어 통일적으로 이해하고자 했다.30) 그는 마르크스주의적 방법론에 입각한 '비판적 조선학'

---

29) 백남운 『조선사회경제사』, 범우사 1989, 22~23면.
30) 백남운은, 엥겔스가 말하는 자본주의 성립 이전의 민족체 개념의 '조선적 의미'를 중시하고 자신의 저서 『조선사회경제사』에서 고대 계급국가 출현의 계급적 본질을 밝히는 데 주안점을 두었다. 그러면서도 봉건사회에 접어들어 봉건적으로 조직된 민족체, 민족집단을 형성했던 서양과는 달리 한국에서는 고대 계급국가의 형성과정을 통해서 민족체로서의 민족

을 수립하고자 노력했다.

백남운과 마찬가지로 신남철도 저널리즘에서 당시의 조선연구 동향에 대한 비판을 적극적으로 수행했다. 논리를 뒷받침할 만한 논거를 충분히 제시하지 않은 채 진행되는 심정적 차원의 고전 연구를 신남철은 복고주의로 규정하고, 이는 다분히 주체성의 포기와 상황으로의 매몰이라는 결과를 가져올 수 있다고 우려한다. 더구나 독일에서 전통을 앞세운 민족주의와 대중의 결합이 파시즘으로 변해 간 상황은 신남철이 조선의 '고전부흥' 열기를 마냥 긍정할 수만은 없게 하였다.

> 현대의 낭만적 복고사상은 개인적이고 주관적이며 나아가서는 파시스트적이기도 한 것이다. 나치 독일의 광신적 행동성을 보라! 그 광신적 행동성에 지배되고 잇는 독일에서 고대에의 복고가 문제되고 있다. 현대의 복고주의는 이와 같이 개인적 낭만적 주관적 광신적 행동성 파시스트적 요소를 가지고 있는 것이다. 그리하야 독일의 복고주의적 사조는 이와 같은 제성격하에서 히틀러적 노선에 노혀잇는 것이다.[31]

신남철은 독일에서 대중들이 파시즘에 동조한 원인으로 독일인의 낭만적, 주관적 태도와 불안에서 벗어나서 개인적 안정을 찾으려는 심리를 지적한다. 이 둘을 연결해주는 것이 거짓 유토피아에 관한 약속으로, 신남철은 그러한 지향을 미적이요 몽환적인 것으로 규정하고, 현실의 제 관계를 말살하고 역사적 의식을 부인하는 것이라고 비판한다. 그는 "조선에 있어서 복고주의사상은 너무도 비참하다 할 만치 유치한 것"[32]이라는 유보조항을 달면서도 파시즘의 연루 가능성을 부정하지 않았다.

---

이 형성되고 이에 기초한 노예국가로서의 민족국가가 성립했다고 파악했다 ; 방기중, 앞의 책, 122면.

31) 신남철 「복고주의에 대한 수언」, 『동아일보』 1935.5.10.
32) 같은 글.

이 같은 신남철의 관점은 당시 코민테른의 정세파악과 관련이 있다. 코민테른 제6차 대회에서 공식 확립된 마르크스주의 진영의 국제정세론은 자본주의의 일반적 위기론과 사회파시즘론이었다.[33] 마르크스와 레닌의 자본주의 불균등 발전론, 공황론, 그리고 제국주의론에 근거하여 코민테른은 당시 독점자본주의로의 발전과 그에 따른 통제경제의 실시를 자본주의 일반의 위기 징후로 해석했다. 그런데 이러한 관점은 제국주의 블록 간에 존재하는 차이를 구분하지 못하고 독점자본주의화 과정에서 생기는 국가 통제 일반을 파시즘으로 파악했다. 이 때문에 독일, 이탈리아 그리고 미국에서 통제경제가 실시되자 이를 모두 파시즘으로 파악하는 오류를 저지른다.

당시 독일과 이탈리아에서 전개된 파시즘은 '국가사회주의'의 실현이라는 기치하에 대중과 광범위하게 결합했는데 그 매개가 바로 '전통'이었다. 이 때문에 신남철의 소론에서 확인되는 것과 같이 조선의 마르크스주의자들은 전통론 자체에 대한 불신이 심했다. 예를 들어 김남천과 안재홍 사이의 논쟁은 '전통=조선'에 대한 마르크스주의자의 불신을 잘 보여준다. 안재홍이 「천대받는 조선」이라는 글에서 조선연구를 천시하는 시대적 분위기를 한탄하자, 김남천은 그것을 반박하는 글인 「누가 조선을 천대하는가」를 쓰고, 계급적인 것보다 민족적인 것을 앞세우는 태도를 근거로 안재홍을 민족파쇼라고 비판한다.[34]

그렇다면 김남천과 신남철 등이 우려하는 것과 같이 당시 전통논의가 파시즘으로 연결될 수 있는 가능성은 얼마나 있었던 것일까? 이 점과 관련해서는 엘리 케두리(Elie Kedourie)의 소론을 참고할 만하다. 그는 「민족자결론의 연원과 문제점」에서 독일 민족주의의 성립을 위해서 전통이 어떻게 상상되고 이용됐는지를 설명하면서, 독일 민족주의가 전통을 이용해서 대중과 결합해 파시즘으로 발전할 수 있었다고 주장하였다.[35] 그러나 조선의 전통

---

33) 방기중, 앞의 책, 201면.
34) 안재홍과 김남천의 논쟁은 임형택(2000)과 차승기(2003)의 논문에 자세히 언급돼 있다.

논의는 대중의 욕구를 수령해줄 국가가 없었던 까닭에 대중과 민족주의의 결합을 초래할 수 있는 강력한 매개로 작용할 수 없었다. 이 점은 "특수사관을 강조하는 역사학파가 조선에서는 국권 상실로 말미암아 정치적인 버림을 받았으며 골동품 애호가 수준에서 벗어나지 못하고 있다"36)는 백남운의 지적을 생각하면 쉽게 알 수 있다. 더구나 전통담론이 유행했던 1930년대 후반의 조선문단은 일본의 주변부였던 탓으로 일본의 파시즘화된 민족주의(일본=동양)를 보편적인 것으로 수용하라고 강요받았다.

전통과 파시즘의 연루 가능성에 대한 마르크스주의자들의 우려에도 조선 연구열은 막을 수 없는 흐름이었다. 이 열기는 일본의 식민 사학에 대한 비판과 근대화 과정에서 무의식적으로 내면화된 조선적인 것에 대한 열등의식을 바로잡으려는 의욕과 연결돼 있었다. 김태준과 같이 근대적인 대학교육을 받은 연구자들이 중심이 되어 이러한 흐름을 이끌었다. 김태준은 「고전섭렵수감」(古典涉獵隨感)(『동아일보』 1935.1.1, 2.7~8)에서 당시 지식인 사회에 널리 퍼져 있었던, 조선인의 민족성을 열등한 것으로 폄하하는 관점을 비판한다. 김태준은 특히 당쟁을 이 같은 판단의 근거로 제시하는 논리에 대해서 사회·역사적 원인을 무시하고 아프리오리(a priori)한 것으로 취급하는 것은 학문적 범죄라고 비판한다.

> 그러나 당쟁은 오늘날에도 그 정도 그 형태의 차이는 있을지언정 어느 나라에서나 볼 수 잇는 것이요, 특히 조선과 같이 기생 생활하는 양반의 증가와 가두 정치의 결과는 그 생활 자료를 얻기 위하여 당연히 참혹한 당쟁사를 이룬 것이거늘 이 당쟁을 이 나라의 제반 정세에 구하지 아니하고 그저 이 나라의 아프리오리적 성질로 돌리는 것은 학술상의 범죄라 할 것이다.37)

---

35) 엘리 케두리 「민족자결론의 연원과 문제점」, 백낙청 엮음 『민족주의란 무엇인가』, 창작과비평사 1981, 85~89면.
36) 백남운, 앞의 책, 22~23면.
37) 김태준 『김태준 문학사론 선집』, 정해렴 엮음, 현대실학사 1997, 259면.

그는 조선연구의 올바른 방법이 필요하다고 주장하며 조선에 대한 정당한 인식이 필요하다고 역설하였다. 이러한 관점은 「조선연구의 의의」(『조선일보』 1925.1.26~27)에서도 반복된다. 여기서 김태준은 조선적이라고 해서 배척할 아무런 이유도 없으며, "과거에 대한 정당한 인식 없는 문화운동의 정당한 진로는 없다"[38]면서 조선연구를 적극 옹호한다.

김태준은 국문학 연구의 실천적 목표를 갖고 있었다. 그는 "『조선소설사』의 뒷부분에서 민족해방과 관련된 함축된 서술을 보이고 있는데, 이를 통해서 그가 민족해방을 염두에 두면서 국문학운동을 수행하고자 했음을 알 수 있다. 그는 정치와 예술이 통일되어야 하듯 정치도 학술과 통일되어야 한다고 생각했던 것이 분명하며 국문학 연구를 '문화운동'의 일보로 인식하고 있었다."[39] 이러한 생각에 입각해서 그는 단지 아카데미의 영역에 자신의 연구를 제한하지 않고 저널리즘을 통해서 적극적으로 '조선문학' 연구를 소개하고 그 결과를 대중에게 소개하려고 노력하였다. 이는 김태준이 가장 자부심을 갖는 동시에 오늘날까지 걸작으로 손꼽는 논문 「춘향전의 현대적 해석」(1935.1.1~8)이 『동아일보』의 신춘문예현상모집에서 뽑히는 것으로 본격화된다. 이후 「고전섭렵수감」(古典涉獵隨感)을 2월 9일부터 7회에 걸쳐 『동아일보』에 연재하였다. 그 뒤 그는 1938년까지 저널리즘을 중심으로 조선의 문학전통과 그에 대한 연구를 지속적으로 소개하였다.[40]

---

38) 김태준 「조선연구의 의의」, 『조선일보』 1935.1.27.
39) 박희병 「천태산인의 국문학 연구」(하), 『민족문학사연구』, 민족문학사연구학회 1993, 201~202면.
40) 1938년 이후부터 김태준은 문화운동보다는 직접적인 정치운동으로 방향을 전환하게 된다. 이는 당시의 시대 상황 속에서 민족해방운동으로서 문화운동의 한계를 실감했기 때문으로 생각된다. 문화운동에서 정치운동으로 전환한 계기와 시기는 분명하지 않으나, 1941년 1월 9일 경성 콤그룹 사건에 연루되어 체포된 것에서 그의 정치운동으로의 전환이 실증된다. 박희병은 그가 1940년경 조직원이 됐을 것으로 추측한다. 박희병, 같은 글, 204~207면 참조.

## 2. 전통 혹은 조선적인 것의 특수성을 둘러싼 논쟁

### 1) 전통 = 조선 = 과거에 나타난 이중구속적 사유

이상에서 말한 학계의 '조선학' 논의는 비평계에도 영향을 미쳐, 저널리즘을 중심으로 고전론 또는 전통론이라는 표제하에 1930년대 중·후반에 걸쳐 지속적으로 재생산된다. 예를 들어 『동아일보』는 1934년 10월부터 12월까지 「내 자랑과 내 보배」, 「조선심과 조선색」이라는 고정란을 두고 고유섭, 현상윤, 손진태, 백남운, 김윤경, 이윤신 등의 필진을 동원하여 민족 문화의 독자성 또는 특수성을 부각하려 애썼고, 1935년 벽두부터는 정인보의 「오백년간 조선의 얼」을 연재하기 시작했다. 정인보의 예처럼 이러한 연구는 '조선심', '조선정신', '조선의 얼' 등으로 명명되는 조선 민족 고유의 멘탈리티(mentality)를 역사상의 인물, 사건, 정황 속에서 확인하는 일에 중점을 두었다. 『조선일보』도 1935년 1월에 학예면 특집으로 「조선 고전 문학의 검토」(1.1~13)와 「조선문학상의 복고사상 검토」(1.22~31)를 실었다.

그런데 1935년부터 1936년까지만 해도 저널리즘과 문단에서는 전통논의의 필요성을 인정하면서도 옛날로 돌아가자는 식의 복고주의나 배타적인 자민족중심주의에 대해서는 경계하는 경향이 주류였다. "그 이전에 '조선적'이라고 하면 함부로 거절하고 '조선학' 연구는 현실 도피의 반동적 현상이라고 손쉽게 타기하는 데 비하면 금차의 감이잇다"[41]는 김태준의 지적과 같이, 1935년 전까지는 조선의 고전 문화유산을 어떻게 이해하고 계승할 것인지에 관한 비평가들의 입장은 냉정한 편이었다. 그들은 조선 문화의 특수성을 논하는 것은 과거로 회귀하려는 보수적인 시도를 방조하는 것에 지나지 않으며, 일본의 식민지라는 현실 상황은 봉건 조선의 죄과이기 때문에 선진국가의 문화를 수용하여 조선을 빨리 근대화하는 것이 최선이라고 생각하였다.

---

41) 김태준 「조선연구의 의의」, 『조선일보』 1935.1.26.

그런데도 저널리즘에서 조선 전통에 관한 연구를 소개했던 것은 학계의 조선연구열을 무시할 수 없었기 때문이다. 또 그러한 열기의 심리적 원인이 무엇인지를 밝혀보고자 하는 동기도 있었다. 이 점은 당시 『조선일보』에서 전통 연구에 대한 특집을 꾸민 취지를 밝힌 것을 보면 알 수 있다.

本報 신년호 지상에 고전 문학 검토와 조선문학의 소개 페(이)지가 있었거니와 일부의 논자들은 새로운 문학이 탄생할 수 없는 불리한 환경 아래 오히려 우리들의 고전으로 올라가 우리들의 문학유산을 계승함으로써 우리들 문학의 特異性이라도 발휘해 보자는 것이 時運에 피할 수 없는 養策이라고 하며 일부의 논자들은 우리들의 신문학 건설 그 전일의 섭취될 영양으로서 필요하다고 말한다.[42]

일기자(一記者)는 당시의 조선연구를 수행했던 사람들을 일부의 논자들이라고 부름으로써 그들이 당시에 주류는 아님을 암시한다. 또 고전문학 연구를 '복고사상'이라고 규정함으로써 그것을 퇴행적인 것으로 바라보는 시각을 그대로 노출하고 있다. 그는 이러한 경향의 심리적 원인을 '새로운 문학이 탄생할 수 없는 불리한 환경'으로 말미암은 좌절감에서 찾고 있다. 그가 지적한 불리한 환경이란 국내적으로는 일본의 군국주의화와 사상운동에 관한 탄압 등과 같은 정치적 정세와 관련된 것이었고, 세계적으로는 나치즘과 같은 파시즘의 대두와 슈펭글러의 『서구의 몰락』과 같은 근대 서구사회에 관한 비관론의 전파와 관련된 것이었다.

이 점과 관련하여, 『동아일보』에 실린 최재서의 「고전부흥의 문제」(『동아일보』 1935.1.30)는 겉으로는 당시의 '고전부흥론'에 대한 원론적인 입장을 보여주면서도, 속으로는 복고 취향의 심리적 원인을 예리하게 지적하고 있어 주목할 만하다. 최재서에 따르면, 전통에 관한 관심이 증가한 이유는 "과도

---

42) 一記者 「조선문학상의 복고사상 검토」, 『조선일보』 1935.1.22.

기에선 모든 인간은 자기의 새로운 (그러나 막연한) 취미와 감수성과 욕구를 표현할 새로운 사상과 방법을 발견할 때까지 일시적 대피소를 구하기" 때문이다. 즉 복고주의의 이면에는 "인생 태도를 표시할 지침(指針)이 없을 때의 불안"이 존재한다는 것이다. 최재서는 카프 해산 이후 평단을 사로잡았던 극도의 혼란한 심리적 상황을 포착하고 비평 이념을 상실한 채 방황하던 당시의 문학가들이 주체성의 혼란을 극복하기 위해 조선 전통에 관심을 기울이게 되었다고 설명하였다.

그렇다고 해서 이원조나 최재서가 당시의 '조선학'이라는 기치하에 행해진 전통논의를 무조건 긍정한 것은 아니다. 오히려 그들은 하나의 현상으로 주어진 것을 무시하는 것보다는 거기서 최소한의 긍정적인 면이라도 찾아보는 것이 좋겠다는 식의 소극적인 태도를 보인다. 예를 들어 최재서는 '고전부흥'과 '복고주의'를 구분하면서 고전부흥은 '고전이 현대에서 또 다시 한 번 삶을 의미하는 것'이라면 복고주의는 '과거로 돌아가서 그 속에서 살고자 하는 것'이라고 설명한다. 이에 따르면 복고주의는 현대에는 무의미하며 그나마 고전부흥은 고려할 만한 것이다. 하지만 최재서는 고전이 현대의 문제를 해결하는 데 실제적인 영향을 줄 때 고전이 부흥됐다고 말할 수 있지만 우리는 그렇지 못하다[43]고 주장함으로써 고전부흥에 대해서도 회의적인 태도를 보인다.

이러한 입장은 김기림(金起林)의 「장래할 조선문학」(『조선일보』 1934.11.14~15)에서 좀더 분명하게 나타난다. 김기림은 전 세계적으로 내셔널리즘과 세계주의가 대립한다고 보고 조선의 내셔널리즘은 '조선주의'라고 부를 수 있는데, 이는 조선적 특수성을 가지고 세계문학에 참여하려는 강렬한 의지를 지녔을 때만 허용될 수 있다고 주장한다.[44] 또한 김기림은 내셔널리즘을 센티멘털한 민족주의와 배타적인 민족주의로 구분한다. 전자는 조선 정조(情調)를 막연히

---

43) 최재서 「고전부흥의 문제」, 『동아일보』 1935.1.30.
44) 김기림 「장래할 조선문학은」, 『조선일보』 1934.11.14.

추구하는 것이기 때문에, 이를 부정하는 굳센 문학 정신이 좌우익 양쪽의 문학에서 모두 등장해야 한다면서 이러한 경향이 허용될 수 없다고 못 박고 있다. 후자의 예로는 독일 민족주의가 있는데, 이와 같이 외부와의 구별의식에서 발로한 민족주의는 조선에서는 그다지 활발하지 않다고 본다.45) 김기림은 현대는 각종 문명 이기가 발달하여 문학이 모든 국경을 넘는 국제화시대이기 때문에 이상과 같은 민족주의문학은 시대착오적이며 국민문학은 세계문학으로 가는 과도기라고 주장한다.46)

위에서 열거된 논자들 중에 이원조는 조선 전통에 대해 논의하는 것은 피할 수 없다는 점을 인정하고 있는 반면에 최재서나 김기림 등은 김남천처럼 전통에 대한 논의를 부정적으로 본다. 이러한 사고에는 '조선=특수=퇴영적', '서구=보편=진보적'이라는 이분법이 작동한다. 이러한 이분법은 전통과 근대성이라는 개념이 상대적인 점, 즉 새로운 것이 올 때는 항상 오래된 것을 완전히 배제하지 않고 그 일부를 변화의 순간으로 가져온다는 점을 인식하지 못하는 점에 기인한다.47)

이러한 이분법적 인식은 개화계몽기를 거치면서 지식인들이 경험한 '인식론적 위기'48) 때문이다. 그러나 이러한 인식론적 위기를 더욱 강화하고 고착한 것은 일본의 관학 아카데미가 주도한 식민담론이었다. 이 식민담론의 가장 기본적인 내용은 '민족성'론과 '정체성'론이었다. '민족성'론이란 조선민족의 열등성을 아프리오리(a priori)한 것으로 규정하고 그것을 실증하려는 것

---

45) 같은 글.
46) 김기림 「장래할 조선문학은」, 『조선일보』 1934.11.15.
47) 이 점은 앞의 연구의 방법에서 언급된 야우스의 논의에서 가장 구체적으로 제시돼 있다. 또 거스필드의 소론도 전통과 근대성을 대립되는 것으로 보는 이분법적 사고의 오류를 논증하고 있다. 벤야민은 새로운 것의 도래를 '성좌(Constellation)의 변화'라는 비유적 개념으로 설명한 바 있다. 벤야민은 에피스테메의 변화는 성좌의 위치의 변화를 초래하고, 그 변화가 새로운 것의 도래로 인식된다고 주장한다. 이 점에 대해서는 야우스의 "Tradition, Innovation, and Aesthetic Experience"(1988) 참조.
48) 이 점에 관한 자세한 설명은 제2장 이론적 전제 참조.

이고, '정체성'론이란 아시아적 정체성론에 입각하여 조선의 정체성과 후진성을 토대적인 면에서 증명하려는 것이다. 이 둘은 모두 일본을 조선보다 우월한 존재로 설정하여 일제가 조선을 지배할 수밖에 없는 필연성을 증명하려고 노력했다. 그리고 독일의 실증주의 사학을 바탕으로 한 이와 같은 식민담론은 스스로 '과학'임을 자처하고 있었다.

일제의 식민지학의 전개는 권력과 지식의 관계에 관한 푸코(Michel P. Foucault)의 언급을 상기시킨다. 그에 따르면 지식 속에는 반드시 권력이 작동하고 권력은 그 작동을 위해 지식이라는 형태를 요구한다.[49] 그는 담론의 생산을 통제하고, 선별하고, 조직화하고 나아가 세분화하는 일련의 과정들이 존재한다고 전제하고 그 기본적 원리로서 선택과 배제의 원리를 들고 있다. 이러한 선택과 배제의 원리 중 하나가 바로 '진리에의 의지' 또는 '지식에의 의지'라고 부르는 것이다. 그는 이러한 의지가 배제의 다른 체계들처럼 어떤 제도적 토대 위에 입각해 있다고 본다. 예를 들면 교육학이나 책, 편집, 도서관의 체계 나아가서 과학자 집단들이나 실험실과 같은 모든 토대에 입각하고 있으며 그것들에 기반하여 강화되고 갱신된다고 본다.[50]

이러한 식민담론이 전개되는 방식을 '재현적 이중구속'(representational double-bind)이라고 규정할 수 있다. 식민담론은 피지배 민족의 야만성을 맹렬히 비난하며 서구를 모방함으로써 '개량'될 것을 요구하지만 동시에 피지배 민족이 지배질서와 구분될 수 없을 만큼 '개량'되는 것은 용인하지 못한다. 그런데 이러한 식민담론의 이중성, 즉 근대성을 추구하라고 자극하면서 그것을 제한하는 이중성은 피식민지인의 담론 속에서도 그대로 재현된다. 하지만 식민담론이 과학을 자처하면 할수록 이것의 이중성은 동일한 과학의 이름으로 폭로되고 만다. 이 점은 1930년대 후반 전통담론의 전개에서도 확인된다. 조선 지식인들은 식민담론을 무의식적으로 반복하고 비판하는 과정

---

49) 미셸 푸코 『지식과 권력』, 홍성민 역, 나남 1991, 125면.
50) 미셸 푸코 『담론의 질서』, 이정우 역, 새길 1993, 15~23면.

을 통해서 식민담론의 오류를 수정하여 제국에게 되돌려주기도 한다. 조선 지식인은 과학의 이름으로 식민주의자의 나르시시즘적인 요구를 해체하고 그 동일화 과정을 전복해 피식민지인을 응시하는 식민주의자의 시선에 피응시자의 시선을 되돌려준다.

### 2) 조선 문화 형성에 있어 주체성 문제

앞에서 이원조가 '조선문학'에서 복고논의를 제기하는 일부의 논자로 지적했던 사람 중 한 사람으로 박영희(朴英熙)를 들 수 있다. 당시 박영희의 전통론은 카프를 비판하는 성격이 강했다. 이미 박영희는 「허장과 실제 — 분기선 : 약간의 문예잡감」(『개벽』 복간 1호 1934.11)에서 카프의 계급주의적 성향 및 세계주의를 "사회운동이나 문학운동에서 남의 것을 무비판적으로 모방"한 것이라고 비판한 바 있다.51) 이러한 비판은 「조선 문화의 재인식」 (『개벽』 복간 2호 1934.2)에서도 반복된다.

한동안 조선의 젊은 사람들의 입은 "조선적"이라는 말을 거절했다. 만일 "조선적"이라는 말을 사용하게 되면, 그는 곳 퇴영적, 보수적 심하면 반동적이라는 비난을 받으며 타도를 당하엿든 것이다. (……) 이러한 일면에는, 민족도 그의 역사도, 언어도 문화도 무비판적으로 거부되었을 뿐으로, 그 유일한 존재는 "계급"일 뿐이었다. (……) 그러나 감정은 정돈되며 이지의 세계는 전개되어

---

51) 이러한 비판의 예로 다음과 같은 구절을 들 수 있다 : "이러한 무기력한 태도는 모방성을 내면으로는 역시 지지하면서 외면으로는 배척하는 듯한 기분만으로 자기의 죄과를 은닉코자 함이다. 가령 그들은 '길보틴'이 어떠니 무슨 사회적 사실주의가 어떠니 하야 정당히 선진문화를 추종하려고 하면서 자기네의 조직체의 선악을 말하며 그 개정을 요구할 때는 남을 모방치 안는다고 호언함은 그들의 공허한 생각의 허장은 진리의 통일성을 상실한 듯싶다. 더욱이 문예운동의 1931년파들이 지은 죄과는 일언반구 청산함이 없이 그 이전의 필자의 소행을 추급하기에 황망한 그들 그리고 필자를 가르쳐 '승려적 참회'라고 함은 그 당파적 허장이 실로 심하다."(박영희 「허장과 실제 — 분기선 : 약간의 문예잡감」, 『개벽』 복간 1호 1934.11, 105면.

져, 그 "열정의 야성"도 서서히 현실적, 이성적 세계로 진전하게 되매, 조선에
도 철학적 세계관이 탐색되기 시작했었다. 따라서 부분적에서 전체성을 찾게
되며 고정적에서 변천성을 알게 되며 계급적 고독에서 민족적 시야로 통일코
자 하게 되었든 것이다.[52]

여기서 그는 계급적인 것과 민족적인 것을 대립하는 것으로 설정하고 조
선=민족적인 것으로의 회귀는 계급적인 것이 초래한 고독을 극복하는 것이
라고 긍정한다. 이때의 고독이란 대중과 멀어지는 고독을 뜻하는 것으로 보
인다. 이 지점에서 박영희는 사노 마나부(佐野學)와 나베야마 사다치카(鍋山
貞親)의 전향의 한 구절, 즉 대중과 멀리 떨어져 있는 고독을 견디지 못해
천황제로 전향한다는 구절을 반복하고 있다. 사노와 나베야마가 고독을 견
디지 못해 돌아간 곳이 천황제라면 박영희가 돌아간 곳은 '조선=민족'이다.

이러한 박영희의 논리에서 '총체'는 '민족문화'다. 불과 1~2년 전까지만
해도 프롤레타리아문학가들에게 '계급'이 보편적인 범주였고 '민족'은 특수한
것이었다. 따라서 프롤레타리아국제주의를 신념으로 삼은 사람들이 볼 때는
계급으로 매개되지 않은 '민족주의문학'은 세계자본주의 발전 경로와 계급
간 적대라는 자본주의의 근본 모순을 무시하거나 은폐하려는 부르주아지의
이데올로기적 표현이었다. 그런데 "이 글에서 계급 범주가 '부분', '고립', '고
정'으로 폄하되고 민족이 '전체', '변화', '통일성'을 담지하는 개념으로 놓여
있다."[53] 이처럼 박영희는 계급과 민족이라는 범주의 가치를 완전히 전도시
켜 자신이 전향할 수밖에 없음을 합리화하려고 한다.

또 박영희는 현대 조선은 과거 조선의 정당한 인식이 없이는 그 정당한
진로를 찾기 어렵다고 주장한다. 특히 "조선 문화의 재 인식적 도정에 있어
서 오인이 주장코저 하는 바는 보편성보다도 특수한 연구에 보다 중시할 것

---

52) 박영희 「조선 문화의 재인식」, 『개벽』 복간 2호, 1934.2, 2~3면.
53) 차승기 「1930년대 후반 전통론 연구」, 연세대학교 박사 2003, 28면.

이오, 단순성보다도 복잡성을 이해할 것이며 원리보다도 실천의 성장을 주장하는 바이다"[54]라고 주장한다. 이 주장 역시 앞의 예처럼 보편/특수, 단순/복잡, 원리/실천이라는 이항대립적인 개념 쌍을 구사하여 이론적, 보편적 성격이 강했던 카프 문학론을 비판하고 있다.[55]

박영희가 카프 비판의 한 수단으로서 전통에 대한 연구를 옹호하였다면, 백철(白鐵)은 조선적 '특수성'이란 무엇인가에 대해서 좀더 진지한 탐구를 시도한다. 처음에 백철은 조선연구를 휴머니즘과 문화의 옹호라는 문제와 연결시켜 논의한다. 그는 당시의 문화적 위기를 르네상스와 비교하면서 "위기에 처해있는 근대문화는 그의 발상지를 문예부흥기에 두고 있다는 것과 무엇보다도 주의할 것은 지금 위기 가운데서 새로운 문화의 형태의 적대로 되어 있는 근대 문화가 그 당시에 있어는 새로운 문화형태로서 문화옹호의 분위기 가운데서 탄생되었다는 사실이다"[56]라고 하며, 당시의 위기 상황을 부정적으로만 볼 것이 아니라 새로운 문화의 탄생을 위한 모색기로 긍정해야 한다고 주장한다.

그러나 백철은 근대문화의 위기는 제1차 세계대전 이후 서구역사의 전개에 대한 일반론적 진술일 뿐, 이를 조선의 문화적 위기와 동일시할 수는 없다는 입장이었다. 이 점은 「조선의 문화적 한계성」(『사해공론』 3권 3호, 1937.3)에서 분명하게 드러난다. 이 글에서 백철은 조선 문화의 위기는 세계 문화 위기의 특수한 형태로 볼 수 없으며, 당시 위기가 있기 이전에 조선의 문화는 이미 외축(畏縮)된 현상에서 그 특수성을 찾아야 한다고 주장한다. 그 까닭은 "조선의 근세 문화는 일즉이 한번도 금일의 문화 위기를 경험하리 만

---

54) 박영희 「조선 문화의 재인식」, 4면.
55) 이 점은 몇 년 뒤에 쓰인 「고전 부흥의 현대적 의의」(『조선일보』 1938.6.4)에서도 반복되어 나타난다. 그는 "고전문화의 축적에 대한 정당한 이해"를 주장하며, "일체의 고전을 사악시한 급진적 유물론자의 병적 정신" 때문에 고전문학의 정당한 인식이 가능하지 못했다고 카프 비평가들을 비판한다.
56) 백철 「문화의 옹호와 조선 문화의 문제」, 『사해공론』 2권 12호, 1936.12, 27면.

치 왕성해 본 일이 없기 때문"[57])이다.

그런 의미에서 조선 문화는 완연히 일개의 이식문화였다. 근세에 와서 구주의 근대적 문화가 이번은 만리장성을 넘어 온 대륙의 태풍으로서 도래한 것이 아니고 태양을 건너서 양양한 해파로 뒤려밀어 횡류했다. 그 범람하는 해조의 물결 밑에 우리들은 아득하게 침몰하는 조선의 근세의 문화의 영상을 바라보았다. 하나 그 근세의 문화 역시 내용으로 아무 실질적인 것이 없고 일종의 무의미한 ○○○였다는 것은 석일의 그 사대주의와 동일한 것이다.[58]

백철 주장의 핵심은 조선의 근대 문화가 이식문화며 그 밑에 흐르는 정신은 중세기의 사대주의와 동일하다는 것이다. 그리고 단지 이식문화에 지나지 않는 조선의 문화는 왕성한 문화적 결실을 얻기 전에 이미 시들어 위축된 것이기 때문에, 현재의 조선 문화의 위기를 세계 문화의 위기와 동일시할 수 없다고 주장한다.

더 나아가 백철은 문화적 사대주의를 한국문화의 본질적 속성으로 설명하려고 시도한다. 백철은 '단군문화 대 기자문화'라는 대립항을 제시하고, 단군(檀君)적인 문화를 순조선적인 문화로 그리고 기자(箕子)적인 문화를 비조선적인 문화로 설정한다. 그리고 조선 문화가 외래 문화에 의지하는 문화로밖에 되지 못한 것은 "후자 즉 기자적인 정신이 항상 단군적인 정신을 압도하고 무시해온 때문"[59]이라고 주장한다. 즉 백철은 조선 문화가 원래부터 주체성을 갖고 있지 않았던 것은 아니지만, 기자의 정신이 단군의 정신을 압도했다는 주장에서 나타나듯이, 외래문화의 수용 과정에서 문화적 주체성이 약화되었다고 본다.

백철은 조선 문화의 고유한 특징을 풍류성 개념으로 구체화한다. 「동양인

---

57) 백철 「조선의 문화적 한계성」, 『사해공론』 3권 3호, 1937.3, 16면.
58) 같은 글, 14면.
59) 같은 글, 19면.

간과 풍류성」(『조광』 20 1937.5) 그리고 「풍류인간의 문학」(『조광』 3권 6호 1937.6)에서 조선 문화의 특수한 발현인 풍류성을 화랑제도, 신라향가 그리고 조선시대의 시조 등을 예로 들면서 설명하고 있다. 특히 「풍류인간의 문학」에서는 자연 속에서 풍류를 즐기며 사는 조선인의 모습을 현실을 도피하는 인간이 아닌 현실과는 무관한 소극적 인간으로 설명한다. 그리고 풍류인간의 소극적 태도를 현대 조선 지식인의 소극적 태도와 동일시하고 이러한 태도를 극복하려면 새로운 인간적 각오와 결의가 필요하다고 주장한다.[60] 백철은 사대주의와 소극적 인간이라는 자의적인 개념을 설정하고 이것을 조선 문화의 고유한 성격으로 제시한다. 그리고 이것이 현대 조선 문화와 지식인이 겪는 위기의 원인이라고 설명한다. 이러한 백철의 설명은 비록 그가 의도하지는 않았다고 해도 1920년대 이광수의 민족개조론의 발상과 연결되고 있다는 점에서 논란의 여지가 있었다.

이상의 논의가 발표되자마자 격렬한 비판을 불러일으켰다. 백철에 대한 비판을 주도한 사람들은 마르크스주의자들로, 김태준, 신남철 등이 대표적인 인물이다. 신남철은 「특수문화와 세계문화」(『동아일보』 1937.6.25)에서 백철의 「문화의 조선적 한계」(『사해공론』 1937년 3월호)와 「동양인간과 풍류성」(『조광』 1937년 5월호)을 '반역사과학적 반문화적인 논문'이라고 비판하였다. 특히 그는 백철이 이해하는 '문화의 특수성'이 지닌 문제점을 지적하면서, "문화에 잇어서의 특수와 일반이라는 양면을 씨(백철 — 인용자)는 의식적으로 일면을 보고 잇다"라고 전제하고 "동시대의 제 문화의 연관을 독단적으로 한정하야 조선의 문화를 신화적으로 운위한다"[61]고 백철을 비판한다. 또 그는 문화의 위기를 논함에 있어서 "팟시즘 대두의 역사적 정세에 대한 논리의 문화론적 파악이 잇어야 한다"[62]고 강조한다.

---

60) 백철 「풍류인간의 문학 : 소극적 인간의 비판」, 『조광』 3권 6호, 1937.6, 275~276면.
61) 신남철 「특수문화와 세계문화」, 『동아일보』 1937.6.25.
62) 같은 글.

김태준의 백철 비판은 더 실증적인 성격을 갖고 있었다. 그는 1936년 1월에 『중앙』에 발표한 「기자조선변」에서 기자(箕子)가 홍범(洪範)과 팔조지교(八條之敎)를 짓고 고조선에 와서 임금이 된 것이라는 주장은 근거가 없는 것임[63]을 문헌 고증을 통해서 밝혔다. 그리고 1937년 1월 『신흥』에 실린 「신라 화랑 제도의 의의」라는 글에서는 화랑의 연원과 역할을 사회·경제사적 입장에서 고찰하고 있다.

또 김태준은 「문화의 조선적 전통」(上)(『조선문학』 1937.6)이라는 글에서 사대주의적 태도 때문에 외래문화를 흡수하는 데 조선 문화가 전혀 주체성을 발휘하지 못했다는 백철의 주장을 비판한다. 김태준은 조선 문화의 한계는 아시아적 생산양식에 따른 문화의 기형적 발전 때문이지, 사대주의와 같은 수용 태도의 문제는 아니라고 주장함으로써 경제(토대)의 논리로 주체를 구원하려고 한다.[64] 그리고 그는 신라, 고려시대까지는 이두(吏讀)와 한자를 동등하게 사용했다고 주장하면서 조선시대에 들어와서 한자문화가 지배적인 역할을 하게 된 까닭은 계급사회의 내적 필요에 따라 향가의 사용을 억압했기 때문이라고 설명한다. 하지만 그러한 억압 속에서도 한글이 창조돼 속문학(俗文學 — 민중문학) 형식으로 조선 전통문화는 계속 발전해왔다고 주장한다.[65]

김태준의 주장에서 주목해야 할 점은 백철과 마찬가지로 외래문화와 고유문화를 대립적인 것으로 보지 않는 태도다. 그는 이두(吏讀)를 고유문화와

---

63) 이 문제와 관련해서 육당 최남선이 「조선의 기자는 지나의 기자가 아니다」라는 논문을 쓴 적이 있으며 이병도가 「삼한 문제의 신고찰」(『진단학보』 제3호)에서 기자와 조선후 준과는 아무 관계가 없다는 고증을 한 바 있다. 김태준은 전자의 논문에 대해서는 학설로서 경청할 만한 신빙성을 얻기에는 가설에 의지한 바가 많지만, 기자와 조선 정치사와는 관계가 없다는 점은 배울 수 있었다고 평가한다. 김태준의 입장에서 보았을 때 기자조선설은 '사람을 우롱하는 것" 이상의 의미가 없다.

64) 김태준 「문화의 조선적 전통」(上), 『조선문학』 1937.6. 123면.

65) 같은 글, 125면.

외래문화가 융합되어 더욱 고차원적인 문화가 된 예로 본다. 백철은 문화 창조의 주도권에 집착해서 조선 문화가 주체성이 없다는 식으로 결론을 내리는 반면에 김태준은 백철과 달리 문화가 융합할 때의 이니셔티브를 문제 삼지 않고, 더 높은 문화로 발전하기 위해 문화 융합을 필요한 과정으로 긍정한다.[66]

김태준은 조선 문화를 100퍼센트 독창적인 것으로 보지는 않는다. 왜냐하면 민족문화란 독자로 구성되는 것이 아니요, 인근의 부족 또는 민족과 문화를 교류하는 과정에서 융합되어 존재하는 것이기 때문이다. 그는 문화의 융합을 강조하며 외래적인 것과 전통적인 것은 "어느 사이에 융합되어 물과 기름처럼 선별할 수 있는 것은 아니다"[67]라고 주장한다. 이런 전제에 따라 문화의 형성과정은 외래문화에 조선의 것을 굴절하는 과정이었다는 백철의 주장[68]에 반대하면서 "문화는 문화로서는 우선 자가의 것이 구성되었다"고 하여 조선 문화의 고유한 특질을 옹호하였다.

김태준은 당시에 조선 문화가 처한 위기의 상황을 어디까지든지 이 나라의 특수한 환경(정치적 환경 — 인용자)의 산물이지 옛날 문화의 죄과가 아니라고 보았다.[69] 그는 과거 조선 문화의 성격을 사대적인 것으로 규정하고

---

66) 연구의 방법에서 쉴즈의 소론 참조.
67) 김태준 「문화의 조선적 전통」(下), 『조선문학』 1937.7, 32면.
68) 「조선의 문화적 한계성」(『사해공론』 3권 3호)에서 백철은 "조선의 고대문화가 고유의 단군적인 정신을 가지고 외래의 기자적인 일절의 문화를 하나씩 소화 흡수하는데 자기의 문화를 만들지 못하고 도리혀 외래의 문화에 자기 고유의 것을 굴절식혀간 것이엇든 것이다"(19면)라고 하여 조선 문화의 비주체성을 비판하고 있다.
69) 김태준 「문화의 조선적 전통」(下), 앞의 책, 33면 : "조선의 정치적 예속은 완전히 그 문화의 죄가 아니엿다. 문화란 스사로 同전통적인 것만으로 되는 것이 아니라 그 전승과 외래적인 것의 흡수와의 조화에서 건설되는 것이다. 우리의 문단에는 세계적인 사조와 전통적인 그것이 항상 별개의 것으로 별개의 사람들에 의하야 논의되여있는 것도 사실인듯하다. 그러나 독서틀에는 독서와 교양을 통하여 부분적으로 융합되어가리라고 생각하다. 다만 문제는 문학내지 문화유산의 전승문제다. 그 이데올로기적 발전의 구명은 경제사가 또는 문화사상가의 사적 구명을 기다릴 뿐이다"라고 주장한다. 이 글에서 그는 세계 문화와 우리

비주체적인 성격 때문에 당시에 문화적 위기가 발생한 것으로 유추하는 태도에 일침을 가한다. 그러면서 조선 문화의 독자성을 옹호하고, 당시의 정치적 예속을 조선 문화의 후진성에서 찾는 태도를 비판한다.

조선의 문화가 기자의 외래문화에 의해 단군의 전통문화가 위축되어 온 역사를 가지고 있다고 바라보는 백철의 관점은, 조선의 문화적 사대주의를 은근히 합리화하는 입장과 연결되어 있으며 일제의 식민사관과 연결되기 쉬운 논리적 한계가 있다.[70] 백철이 의도했든 하지 않았든 간에, 조선의 특수성을 강조하려는 그의 입장이 조선적인 것은 열등하다는 논의로 귀결된 것은, 서구적인 것보다 동양적인 것을 열등한 것으로 보았던 카프 시절의 관점이 그다지 지양되지 못한 채 잔존하고 있었기 때문이다.

이 같은 관점은 자칫 잘못하면 당시 유행했던 파시즘에 연루될 위험이 있다. 더구나 이것이 일본의 동양문화사론을 무비판적으로 수용한 것이라면, 그 정치적 함의는 더 큰 문제가 될 수밖에 없다. 이 때문에 김태준은 조선 문화의 고유한 특질을 '조선 문화'라는 범주로 설명하는 것은 가능하나, 일본

---

문화를 이분적으로 사고하는 것을 비판하고, 우리 문화는 외래와 전통이 융합된 산물이라고 주장한다.

70) 백철의 이러한 관점은 당시 유행했던 문화사학과 연결된다. 문화사학이란 경도제대(현 교토대학) 사학과의 니시다 나오지로(西田直二郎)와 국사학과 내부에서 그 방법론적 빈곤을 극복하고자 한 쓰다 소키치(津田左右吉), 나이토 고난(內藤湖南), 와쓰지 데쓰로(和辻哲郎) 등이 주도한 역사 방법이다. 이 학파의 철학적 배경은 신칸트학파의 보수주의적 입장을 대표한 서남학파(西南學派 — 빈델반트, 리케르트) 등이다. 백남운은 이 문화사학을 한국사의 내재적 발전을 부정하고 식민주의적 조선관을 부식시킨 일제 관학으로 간주하고 있다. 그것은 문화사학이 조선 문화의 내면적 특수성을 이해하지 못하고 외관적 문화 양상만을 보아 '지나 문화 수입설' 등을 주장하며, 특히 한국 고대문화의 타율적 특수성을 유포시킨 관념적 특수사관의 장본인으로 보았기 때문이다. 지나학의 개척자이며 구로이타 가쓰미(黑板勝美)와 더불어 조선사편수회의 고문으로 일제의 식민지 침략을 옹호했던 나이토 고난(內藤湖南)류의 문화사학이 그 전형이나, 백남운은 특히 이를 무비판적으로 받아들여 한국 고대문화의 타율성을 주장한 사노 마나부(佐野學)를 예로 들어 비판한다 : 방기중, 앞의 책, 140면.

의 천조대신(天照大神) 문화나 단군문화, 기자문화 혹은 삼황오제(三皇五帝) 문화 같은 특수한 개념으로 설명하는 것에 반대한다. 이것은 문화의 특수성을 논하는 것이 일본에서처럼 이데올로기화되는 것을 우려했기 때문이다.[71]

김태준은 "현해탄 저편에서 「日本的なもの」를 떠든다고 곧 이곳에 그것을 유입하는 것은 현명한 전통문화의 옹호책이 아니다. 독일에서 독일의 것만을 찾고 비독일적인 것을 배척하든 것도 작금의 일이다. 일본내지에서 어떤 종류의 인간들에게 무슨 필요로서 「日本的のもの」가 떠들게 되는 사회적 근거를 명백히 보여주고 그것의 조선에의 유입이 얼마나 무의미한 戱筆일이라는 것을 반성하기를 바란다"[72]고 비판한다. 이러한 비판은 '일본적인 것'을 강조하는 논리의 이면에 존재하는 나치즘 문화논리와 상동성을 꿰뚫고 있는 점에서 시사적이다.

당시의 전통론이 각종 이데올로기가 경쟁하는 이데올로기적 장의 특수태(特殊態)라고 했을 때, 그 장에 개입하여 사적 유물론이라는 방법론에 입각해 '조선문학'에 대한 과학적 지식을 구성하려 했던 김태준의 실천은 그 자체가 하나의 이론적 실천이면서 동시에 정치적인 실천이었다. 이론적 실천을 정치적으로 보는 것은 그것이 표방하는 '과학'이라는 개념이 그 내부에 진위(眞僞)라는 비판적 계기를 가지고 있기 때문이다. 연구를 통한 지식의 생산 자체가 같은 이데올로기적 장 안에 존재하는 다른 언술들에 대한 비판일 수 있다. 그러한 언술들은 각자의 정치적, 이데올로기적 계기를 포함하고 있기 때문에 과학적 지식을 구성하려는 이론적 실천은 곧 정치적 비판으로 전환될 수 있기 때문이다. 또 '이론'은 그것이 과학성을 지향한다고 하더라도 이미 이데올로기적 계기를 포함하고 있기 때문이다.[73]

---

71) 김태준 「문화의 조선적 전통」(下), 앞의 책, 33면.
72) 같은 책, 34면.
73) 루이 알튀세르, 『마르크스를 위하여』, 고길환·이화숙 역, 백의 1992, 196면.

### 3) 조선의 정체성을 둘러싼 논쟁

1930년대 전통담론의 중요한 논리적 구도는 '서구적 보편 대 조선적 특수'였다.74) 그런데 이 조선적 특수성을 어떻게 이해할 것인지를 두고 당시의 논자들 사이에 해석의 차이가 있었다. 이 점은 사회구성체로서 조선 사회의 특수성에 대한 논쟁에서 잘 드러난다. 마르크스주의자들이 조선 사회의 특수성을 설명하는 방식은 '내재론적 발전론에 바탕을 둔 조선 인식'과 '정체성론에 바탕을 둔 조선 인식'이라는 두 경향으로 나뉘어 있었다.75)

이 두 경향 중 내재론적 발전론을 대표하는 사람으로는 백남운이 있다. 백남운은 『조선사회경제사』에서 아시아적 생산양식이 봉건제를 의미함을 인정하면서도, 한반도에서 성립되었던 노예제를 독자적 사회구성체로 설정하고 조선 사회가 노예제에서 아시아적 봉건제로 발전했음을 주장했다.76) 백남운은 당시 '아시아적 생산양식론'이 함축하고 있는 한반도에서 노예제 사회가 존재하지 않았다는 관점을 비판하고 한국사가 마르크스가 설정한 생산양식의 합법칙적 발전 단계(원시공산제 — 고대노예제 — 봉건제 — 자본주의)를 밟아왔음을 증명하려고 했다. 그는 한국사의 특수성을 인정하면서도 그것은 어디까지나 세계사적 전개의 보편성 안에서의 특수성일 뿐 그것을 벗어나는(기형적인 — 인용자) 것이 아님을 주장한다. 이 때문에 그는 보편주의자라는 비판을 받기도 한다.77)

---

74) 이러한 논리의 인식론적 구조에 대해서는 류준필의 「형성기 국문학 연구의 전개양상과 특성」(서울대학교 박사 1998)의 169~180면 참조.
75) 방기중, 앞의 책, 125면.
76) 같은 책, 156면.
77) 류준필은 백남운의 아시아적 생산양식에 관한 해석과 이청원의 해석을 구분하고 있다. 그는 백남운은 '아시아적 생산양식'을 봉건제의 특수한 형태로 규정하고, 이를 통해 '아시아적 생산양식=봉건제'라는 도식을 세우고, 고대 우리사회에서 노예제가 존재했음을 인정함으로써 이청원식의 이원론을 극복했다고 본다. 이러한 백남운의 해석은 '보편—특수'의 관계 속에 시간성의 개념(선진—후진)이 개입하는 것을 막았다고 본다(류준필, 앞의 글, 178~180면). 반면 차승기는 이청원의 주장 등을 근거로 백남운의 주장이 보편주의적이라

김태준의 연구는 백남운의 『조선사회경제사』(改造社 1933)에서 많은 영향을 받고 있다. 김태준은, 조선연구는 "세계 민족 발전의 일반적 도정과 이 도정에 반하야 나온 각개 민족의 특수성을, 하나는 세계성으로 다른 하나는 민족성으로 한계를 지어 구명"[78]해야 한다고 주장한다. 이 입장은 세계사적 보편성 안의 조선적 특수성이라는 백남운의 입장과 비슷하다. 예를 들어 "조선문학의 역사성을 강조하되 그 발전의 역사를 세계 역사의 일원으로서의 역사적 법칙 위에 구했고 그 역사의 토대를 항상 조선 사회 구성의 제 형태와 합하야 자연적 기초 위에서 분석하려 했고 장차 그러할 용의를 가지고 있다"[79]는 진술은 그 근거가 될 수 있다.

하지만 김태준 역시 조선의 특수성을 해명할 때 아시아적 생산양식이라는 개념을 의식하지 않을 수 없었다. "만일 조선에 있어서 세계사와 구별되는 무엇을 찾는다면 그것은 아시아적 생산형태가 던져준 문화의 기형적 발전에 있다고 할 것이다."[80] 이는 김태준이 당시 지식인들의 인식론적 지평을 넘어서지 못하고 있음을 보여준다.

원래 아시아적 생산양식이라는 개념은 마르크스가 왜 동양에서는 서구와 같은 역사 발전의 일반적 경로가 나타나지 않았는가라는 문제를 해결하기 위해서 고안한 것이다. 따라서 이 개념에는 그 성립에서부터 동양적 후진성, 정체성이라는 의미가 내포돼 있다. 아시아적 생산양식만을 강조한다면, 그것은 조선 문화의 후진성을 인정하는 것에 지나지 않는다. 이러한 논리적 오류가 잘 나타나고 있는 예가 바로 이청원이다.

이청원(李淸源)은 "과학적 방법은 결코 구체적인 특수성, 독자성을 무시

---

고 비판한다. 특히 1933년 후반의 일본 강좌파를 중심으로 이루어졌던 '아시아적 생산양식' 논쟁의 영향하에서 백남운의 관점은 '보편주의' 또는 기계적 공식주의로 비판받게 됐다고 주장한다(차승기, 앞의 글, 41면).
78) 김태준 「조선의 문학적 전통」(上), 『조선문학』 1937.6, 122~123면.
79) 김태준 「조선문학의 역사성」, 『조선일보』 1934.10.28.
80) 같은 글.

하는 것이 아니며, 이것은 일반성하고 대립되는 것도 아니며 오직 일반성과의 변증법적 통일에 의해서만 정당한 파악이 가능하다"[81]고 주장한다. 그러나 여기에는 보편은 세계사적 보편법칙이며 특수는 아시아적 정체성이라는 이분법이 함축되어 있다.

「야만의 죽은 아세아적 지배」라든가, 「아세아적 야만성에 관철된 압솔류티슴」, 또 「로서아는 극히 많은 또 본질적인 간계에 있어서 조금도 의심없이, 아세아적 국가의 하나이다. 더욱이 가장 야만적 중세기적인 더럽게 뒤떨어진 아세아적 국가의 하나다」라고 말했다. 다시 말하면, 가부장적 농업을 기초로 한 봉건적, 반봉건적 사회 구성, 이런 종류의 속성으로서의 발전의 정체성, 인민의 무지, 궁핍, 전제, 억류 등이 이른바 아세아적 국가의 특질이다.[82]

이처럼 이청원에게 '아세아적'이라는 관용어는 '정체', '야만', '후진'과 같은 의미로 사용된다. 이청원의 관점에서 보면 1930년대 후반의 전통논의는 아시아적 정체성의 산물을 현재에 되살리려는 경향으로, '복고사상'에 지나지 않는 것이며 그에 입각한 현실 이해란 정당하지 못한 것이다. 이러한 전통 부정론은 아시아적 생산양식을 근거로 조선 문화의 특수성을 정체된 것으로 규정하는 식민담론의 논리구조를 무의식적으로 반복한다.

그런데 아시아적 생산양식이라는 개념은 마르크스주의 안에서도 명백히 규정된 것이 아니었다. 특히 제2차 세계대전 이후의 '아시아적 생산양식'에 관한 논쟁은 이것을 독자적인 생산양식으로 볼 것인지를 중심으로 전개되었다.[83] 아시아적 생산양식을 독자적인 생산양식으로 인정하지 않는 견해는 이것을 고대 노예제 생산양식의 하나로 간주하는 관점과 계급발생 이전의 원시 공동체, 또는 계급사회로의 이행을 위한 과도기적 단계로 보는 관점으

---

81) 이청원 「문화의 특수성과 일반성(一)」, 『조선일보』 1937.8.8.
82) 이청원 「조선인 사상에 잇어서의 '아세아적' 형태에 대하야」, 『조선일보』 1936.1.30.
83) 塩澤君夫·福富正實 『아시아적 생산양식론』, 편집부 역, 지양사 1984, 108~110면.

로 나뉜다. 또한 아시아적 생산양식을 하나의 독자적인 양식으로 보는 관점도 크게 두가지로 나뉜다. 하나는 사회구성체가 발전하기 위해 거쳐야 할 한 단계로서 원시공산제가 노예제로 이행하는 사이에 존재하는 단계로 보는 관점이고, 다른 하나는 원시공산제 사회하에서 봉건제로 이행하는 중간에 존재하는, 서구와는 구별되는 동양의 일반적 진화형식을 가리키는 것으로 보는 관점이다.[84]

아시아적 정체성론을 집중적으로 논의했던 1930년대의 마르크스주의자들은 그 개념을 중국을 중심으로 한 동양 사회의 특수성을 설명하는 기본 개념으로 인식했다. 조선에서도 논자가 내재적 발전론자냐 정체성론자냐에 상관없이 조선의 특수성을 논할 때면 아시아적 생산양식이 으레 등장하였다. 그런데 문제는 이 개념이 정체와 퇴행이라는 가치평가를 내포하고 있는 점이다. 이러한 개념의 무비판적인 사용은 '조선사회는 후진적(아시아적)이기 때문에 후진적이다'[85]라는 동어반복의 인식을 낳기 쉽다. 이러한 태도는 당시 지식인들의 서구 지향적 태도와 맞닿아 있는 것으로 보편을 진보로, 특수를 정체로 파악하는 인식이 반영된 것이다.

식민지 기간 아시아적 생산양식이라는 개념은 중국이나 조선의 특수성을 설명하는 중요한 방법론이었다. 더구나 후쿠다 도쿠조(福田德三)는 이 개념에 근거해 한국사의 전개에 있어 봉건제의 존재를 부정하는 논리를 전개하면서 일본의 식민지 지배를 합리화하려고 했다.[86] 백남운은 이러한 입장에 반대해서 아시아적 생산양식이라는 개념을 받아들이면서도 『조선봉건사회경제사』(1937)에서 조선시대가 봉건제 사회임을 증명하려고 했다. 그리고 이를 바탕으로 조선사회 내부에서 봉건제가 자본주의로 이행하는 계기를 발견

---

84) Jean Chesneaux, "Le Mode de Production Asiatique : Quelques Perspective de Recherche," 『아시아적 생산양식론』, 신용하 엮음, 까치 1986, 135~137면.

85) 류준필, 앞의 글, 180면.

86) 방기중 『한국근현대사상사연구 : 1930·1940년대 백남운의 학문과 정치경제사상』, 역사비평사 1993, 56면.

하고 제시하려고 했다.[87]

김태준은 '아시아적 정체성'을 조선사회를 인식하는 한 계기로 인정하면서도 그것을 '후진'이나 '정체'로 등치하지 않았다. 그런 부분보다는 사회·경제적인 요인들과 문화의 연관성에 더욱 집중하였다. 김태준은 문화적 요소들에는 그 사회의 환경이 반영돼 있기 때문에 문화를 잘 연구하면 사회·정치적인 환경을 알 수 있다고 생각했다. 이러한 관점은 그의 『조선소설사』(청진서관 1933)나 『조선민요집성』(조선어학연구회 1934) 등과 같은 구체적인 연구에 반영돼 있다. 김태준의 연구는 자학적이지도 심정적이지도 않은, 조선 문화와 전통에 관한 정당한 평가의 예다. 이는 당시의 동양문화사론과 같은 파시즘적 문화논리에 대항할 수 있는 이론적 거점을 마련했다는 점에서 문학사적 의의가 크다.


## 3. 전통과 고전 개념 전유의 두 양상

### 1) 새로운 세계사의 인식과 전통논의의 저널리즘화

이상에서 살펴본 대로 전통논의는 엄밀히 말하면 문화론의 외장(外裝)을 취한 조선의 특수성 논쟁으로 당시 '조선학'의 발전과 동시에 이뤄진 것이었다. 그 헤게모니가 비평계에 있었다기보다는 학계 쪽에 있었다. 물론 논자 중 김태준은 1935년 『동아일보』의 신춘문예를 통해서 등단한 인물이기 때문에 평론가로도 볼 수 있지만, 그의 본령은 학자였다고 하는 편이 더 맞을 것이다. 그런데 학자 중심의 전통논의를 저널리즘 쪽에서 적극적으로 수용하면서 전통은 그야말로 시사적인 문제로 취급되기 시작했다. 이것은 1937년 7월 7일의 루거우차오(盧溝橋) 사건으로 시작됐던 중일전쟁 발발 이후부

---

87) 백남운 『조선사회경제사』, 범우사 1989, 14면.

터다.

당시 '일본낭만파'의 주요 논객인 야스다 요주로(保田與重郞)는 중일전쟁 이후의 시대상황을 두고, "일본은 유사 이래로 볼 수 없던 대원정을 감행하고, 세계사의 변혁에 몸을 담았다"라고 적고 있다. 그리고 그러한 시대에 부응하는 일본낭만파의 정신을 다음과 같이 제시한다.

일본낭만파는 그 식민지 문화의 변화로서 일본의 문예에 관한 반대였다. 문학상의 관료주의도, 이 식민지 문화의 일 특성에 지나지 않는다. 문명개화의 사무가로서 필요한 것은 관료주의였다. 일본이 걸어왔던 근대 개국사 그 자체가, 식민지 문화적 건설을 이데아로 했던 것이기 때문이다. 일본의 자주독립 선언으로서, 새로운 문예의 혁신운동은 그러한 점에서 한편 하다못해 편협한 복고주의로서 좋다고 생각된다.[88]

인용문에서처럼 야스다는 중일전쟁을 서양에 대한 일본의 자주독립 선언으로 보고, 그에 어울리는 새로운 문예를 전개해야 한다고 주장했다. 그리고 그는 자주독립 선언의 정신적, 사상적 근거로서 일본 국학(國學) 전통을 제시한다. 이것은 앞서 '조선학' 중심의 전통논의와는 다른 관점에서 '고전부흥'이라는 문제를 바라보도록 '조선'의 문학인들을 강제했다.

이 점에 가장 눈치가 빨랐던 이가 이원조(李源朝)였다. 1935년에 저널리즘을 통해서 활발한 전통논의가 이뤄질 수 있는 계기를 제공했던 이원조는 이번에도 역시 그러한 역할을 한다. 그리고 본인이 먼저 「고전부흥시비론」이라는 글을 저널리즘에 발표해 전통/고전의 문제가 전과는 다른 관점에서 다뤄져야 함을 시사한다.

이렇게 생각하고 보면 문학사상의 고전이란 바로 우리 일반사상의 역사적

---

88) 保田與重郞 『浪漫派的藝術批評』, 東京 : 人文書院 1939, 321~322면.

사실이라는 것과 흡사한 것이다. 그러니 일반사에 잇어서의 이러한 중요한 사실은 역사의 고전이라고 할 수 있는 동시에 문학사상의 걸작이란 문학사의 역사적 사실이라고 할 수 있다. 그러면 역사적 사실이라는 것과 고전이라는 것을 이만한 정도로 형태를 유추할 수 있다면 고전부흥의 경로를 이야기하기 위해서는 역사의 창조과정을 이야기하는 것이 도리혀 간편할 수 있다. 다시 말하면 역사는 작고 쓰여진다고 한다. 그러나 역사가 쓰여진다는 것은 어제는 이런 일이 있었고 오늘은 이런 일이 있었다는 일기식으로 써 보태는 것이 아니라 오늘 이러한 일이 있었을 때 어제 기록된 일이 새로 씌어지는 말하자면 새로 곳쳐쓴다(三木淸)는 것이다.[89]

이원조는 미키 기요시(三木淸)의 '역사가 쓰인다는 것은 새로 쓰는 것 즉 고쳐 쓰는 것'이라는 주장을 주된 논거로, 고전부흥이란 고전을 새롭게 다시 쓰는 것으로 규정한다. 그리고 지나간 역사적 사실을 새로 돌아보고 문학적 고전을 다시 해석하는 것은 선인들에게는 없었던 새로운 방법을 가지고 하는 것[90]이어야 하며, 이런 경우에만 고전이 부흥됐다고 할 수 있으며 그렇지 않다면 역사적 추수주의나 복고주의로 타락하고 말 것이라고 주장한다.

그런데 이원조는 고전 연구의 '새로운 방법론'이 필요하다고 주장할 뿐, 그 방법론이 무엇인지는 분명하게 제시하지 않는다. 다만 그가 인용한 미키 기요시는 「신일본의 사상 원리」에서 새로운 역사 해석의 방법으로 '동아협동체'의 원리를 제시한 바 있다. 미키 기요시는 "중일전쟁의 세계사적 의의를 공간적으로 보면 동아시아의 통일을 실현해 세계 통일을 가능하게 하는 데 있다"[91]고 주장한다. 또 이제까지 "세계사로 일컬어진 것은 유럽 문화의 역사에 지나지 않으며 그것은 유럽주의에서 본 입장"[92]이라고 비판한다. 그

---

89) 이원조 「고전부흥시비론」, 『조광』 4권 3호, 1938.3, 297~298면.
90) 같은 책, 299면.
91) 三木淸 『三木淸全集』 제17권, 東京 : 岩波書店 1968 ; 최원식 외 『동아시아인의 '동양' 인식』(19~20세기), 문학과지성사 2001, 55면에서 재인용.
92) 같은 책, 53면.

런데 '제1차 세계대전과 더불어 서양의 사상가들은 유럽의 역사가 곧 세계사가 아니라는 점을 깨닫게 됐으며, 이 같은 유럽주의의 붕괴와 더불어 중일전쟁은 동아시아의 통일을 실현함으로써 진정한 세계통일을 가능케 하고 세계사의 새로운 이념을 분명하게 한다는 의의를 가지고 있다'[93]고 평가한다.

이처럼 미키 기요시는 아시아인에 의한 아시아 통일의 당위성을 주장하며 그 중심 이념으로 '동아협동체' 이념을 제시한다. 그러나 '동양주의' 같은 적극적인 주장은 「고전부흥시비론」에서는 제시되지 않는다. 다만 역사/고전 해석의 '새로운' 방법론이 필요하다는 식으로 운을 떼는 화법을 사용하고 있을 뿐이다.

이러한 소론에 뒤이어 『조선일보』에서는 1938년 6월 4일부터 「고전부흥의 이론과 실제」라는 표제하에 고전부흥의 문제를 이론적으로 논의하는 특집을 싣는다. 그 취지를 밝힌 글에서 일기자(이원조로 보임)는 "고전부흥열이란 거대한 현대적 사실을 붓드러 한편으로 그 이론적 방향을 지시하고 다른 한편으로는 그 실제적 경험을 수록하여 이 팽배한 현대적 성의와 성열로 하여금 진정한 20세기의 르네상스를 성취케 하지 아니하면 안 될 것"[94]이라고 주장한다. 이원조의 주장을 요약하면, 첫째로 현재가 르네상스를 낳기 직전 서양의 문화적 시기와 비슷하다는 것이다. 둘째로 고전부흥열 속에서 새로운 이론적 방향을 찾아야 한다는 것이다.

여기서 이원조가 말하는 새로운 이론의 탐색 방향은 1937년까지 전통론의 주요 논객들이 채택했던 과학적 방법론(특히 마르크스주의자의 사회과학적 방법론)이 아니다. 이 점은 첫 연재물인 박영희의 글에 분명히 드러난다. 박영희는 「고전부흥의 현대적 의의」(『조선일보』 1938.6.4)라는 평문에서 현대의 학문은 고전 없이는 형성될 수 없다는 점을 전제로 다음과 같이 주장한다.

---

93) 같은 곳.
94) 이원조 「고전부흥의 이론과 실제」, 『조선일보』 1938.6.4.

112

그러한 까닭에 현대적 학문이 보다 더 확실한 체계를 소유하기 위해서 고전 연구의 필요는 재론할 것도 업거니와, 기외에 소위 변증법을 신봉하는 학도들은 일보를 진하여서, 고전업시는 현대가 업다는—(그 상화관계)—논리에서 고전을 탐구하엿스나, 그러나 그곳에도 편파(偏跛)된 관찰이 잇서서 결국 완전한 결론을 엇지못하엿스니 그것은 유물적 요소만을 탐색해서 자기의 공명을 더하려 함이며, 고전을 그대로 연구하야 현대의 완전한 체계를 형성하려는 것이 아니엿다. 그것은 고전 가운데 포함한 정신방면을 아주 방기하여버린 까닭이다.[95]

위의 주장에서 박영희는 두 부류의 집단을 공격한다. 하나는 고전연구 자체를 부정하는 유물론자들—김남천이나 이청원과 같은 인물들—이고 다른 하나는 '조선학'의 방법론을 마르크스주의에 입각해서 체계화하고자 한 백남운, 김태준, 신남철 등과 같은 인물이다. 특히 박영희는 후자에 대해서 유물론자로서 자신의 공명을 더하기 위해 고전 중의 유물론적 요소를 탐색했을 뿐, 고전을 고전 자체로 연구하지 않았다[96]고 비판한다. 이 점을 고려할 때 이원조가 주장하는 새로운 방법론은 이전 연구자들이 주장한 마르크스주의적 방법론이 아님을 알 수 있다.

## 2) 반(反)전통론으로서 전통론 : 서인식의 예

변죽만 울리고 구체적인 방법론을 제시하지 않았던 다른 비평가들과는 달리, 새로운 시대를 여는 새로운 이념 혹은 방법론을 논리적인 형태로 제시한 비평가로 서인식이 있다. 서인식은 「전통론」(『조선일보』 1938.10)이라는 제목의 논문에서 당시 '조선학'을 이끌었던 학자들과는 다른 고전부흥의 새로운 방법론을 제시하였다. 이 논문의 핵심은 고전연구 자체를 부정했던 김남천이나 이청원과 같이 조선 전통의 부정 혹은 전통논의 자체의 부정이다. 서인

---

95) 박영희 「고전부흥의 현대적 의의 : 심오한 취지와 섭취의 과정」, 『조선일보』 1938.6.4.
96) 같은 글.

식은 '세계사의 발전' 원리를 제시하며 동아시아를 중심으로 한 새로운 세계사로 비약하기 위해서는 비원리적이고 특수한 조선 전통은 지양될 수밖에 없다고 주장하며, 조선과 그 전통에 집착하는 것은 감상적인 태도라고 비판한다.

「전통론」에서 서인식은, 1930년대말을 대표하는 '역사철학자'라는 현재 학계의 평가에 걸맞게, 글의 서두에서부터 놀라운 지식을 자랑하고 있다. 당시 서인식은 저널리즘에서 전통이라는 개념과 고전이라는 개념을 혼동해서 쓰고 있는 것을 정리하여 전통과 고전의 개념이 무엇인지를 분명히 규정한다. 그는 고전이라는 개념은 전통의 한 부분이 될지언정 '고전＝전통'을 의미하는 것은 아니라고 전제하고 전통의 정확한 의미를 밝히고 있다.

> 그러면 傳統이란 무엇인가? 爲先 傳統一般의 特性을 말하기 위하야 이 말의 語源에 해당한 (tradition)의 語源부터 캔다면 羅典語의 (traditio) 또는 tradaret(Tra＝trans, dare＝geden)에서 發源한 것으로 獨逸의 (widerlieferung)에 해당하며 英語의 (succession)의 意味까지 가졌다한다. 따라서 이 말은 그 語源에서 解釋한다면 讓渡, 傳達, 傳承, 繼續 등을 意味하게 된다.[97]

서인식의 지적처럼 '전통'은 전승 또는 계승된 것을 의미한다. 반면에 '고전'에 해당하는 영어 단어 '클래식'(classic)은 첫째로 이미 확립된 모델이나 기준, 둘째로 잘 알려진 또는 전형적인, 셋째로 고대 로마나 그리스의 예술이나 문화적 특징의, 넷째로 형식적으로 정제된, 공식적인 등의 의미를 가지고 있다.[98] 한마디로 고전은 '정제된' 그리고 '모범적인'의 의미를 가지고 있으며, 일반적으로 문화나 예술에 해당하는 것을 가리킨다. 반면 '전통'은 인간의 행위와 관련된 양식적인 모든 것을 가리킨다. 이러한 규정에 따르면 고

---

97) 서인식 『문화와 역사』, 학예사 1939, 154면.
98) *Oxford English Dictionary, Second Edition*, 인터넷판.

전은 전통의 하위개념이다.

또 서인식은 '전통'과 관련한 통념의 문제점을 지적하면서, 전통은 문화적 유산을 의미하는 '객체적인' 것을 가리키는 것이 아니고, 과거의 것으로 현대에 전승된 '주체적인' 것을 의미한다고 주장한다.[99] 서인식은 전통의 속성 중 주체성과 현재성을 강조하면서, 전통은 "단순한 문화적 유산이 아니고 과거의 소산으로서 현대 사회에 전승하야 현대의 사회구조에 알맞도록 모듸파이즈 되여가지고 우리의 사회생활에 있어서 없지 못할 행동양식으로 고결한 것으로 보지 않으면 안될것이다"[100]라고 규정한다. 이러한 규정은 교과서적으로 보인다.

서인식은 전통을 구성하는 개념 요소 가운데 과거에서 물려받은 것이라는 객관적 측면이 아니라, 현재 수용자의 필요에 맞게 재해석하거나 재전유하는 주관적인 측면을 강조한다. 그런데 그는 전통 수용과 관련한 주관적 측면을 다시 '행위'와 '행동'으로 구분하여 각각에 다른 의미를 부여한다.

> 그러나 인간은 협의(狹義)의 사회적 존재인 동시에 또한 승의(勝義)의 사회적 존재이다. 승의의 역사인간이란 일정한 유한한 사회에 타성적으로 적응하야 무의식적으로 행동하는 것이 아니고 늘 그가 점유하고 있는 유한한 사회를 목적의식적으로 부정하고 새로운 역사를 창조하기 위하야 행동하는 인간을 말하는 것이다. 사회를 행동(行動 behavior)의 체계로 볼 수 있다면 역사는 정히 행위(行爲 conduct)의 체계이다. 오늘날 많은 사회이론가들에 의하야 사회가 일반적 몰개성적 세계임에 반하야 역사가 개성적 이질적인 행위의 세계로 인식되는 것도 결코 이유없는 것은 아니다.[101]

서인식(徐寅植)은 '행동의 체계를 사회'로, 그리고 '행위의 체계를 역사'로

---

99) 서인식, 앞의 책, 156면.
100) 같은 책, 158면.
101) 같은 책, 168~169면.

규정한다. 또 서인식은 행위의 인간(역사의 인간)을 행동의 인간(사회의 인간)보다 고차원적인 것으로 설정한다. 이에 따르면 전통이란 행동 체계에 속하는 것으로 '역사인간 — 역사를 창조해 나가는 인간(인용자) — 의 행위에 의해서 객관적인 것으로 변하며 부정되어야 할 것이 된다.[102] 이처럼 전통이 행위에 의해서 부정된 예로는 근대 조선의 역사 전환기를 들 수 있는데, 역사적 '행위의 체계'에서 볼 때 관습과 전통은 과거의 것, 객체적인 것이 될 수밖에 없다. 이처럼 전통은 행위의 출발점이기는 하지만, 그것은 행위가 시작됨과 동시에 부정되어야 하는 것으로 서인식은 생각했다.

「전통론」에서 맛보기 정도로 제시됐던 전통 수용의 주관적인 측면에 관한 서인식의 논의는 그의 다른 논문 「역사에 잇어서의 행동과 관상」(『동아일보』 1939.4)에서 좀더 구체적으로 다루었다. 여기서 그는 '행동'과 '행위'를 구분했던 자신의 의도를 분명히 제시한다. 「전통론」에서 서인식은 당시를 새로운 역사 창조를 위한 '전형기'라고 규정한 바 있는데, 「역사에 잇어서의 행동과 관상」은 전형기에 필요한 주체적 요건에 관한 탐색이다. 역사란 행위의 체계라는 「전통론」의 주장을 전제로, 서인식은 역사가 역사학자의 해석 대상이 아니라 영웅이 창조한 역사라고 주장한다.[103] 그리고 단지 해석적 태도에 머무는 관상이란 역사에 새로운 것을 부가하지 못하지만 행위는 한 순간에 과거를 뒤집고 미래를 만들어낸다고 주장한다. 즉 행위는 유에서 무를 만들어내고 이곳에서 저곳으로 '비약'하는 것이다.

또 서인식은 "행동과 행동은 공존성과 동질성을 가진 만큼 서로 교환하여도 무방한 상대적 성질을 가진 것이지만, 행위와 행위는 단속성과 이질성을 가졌기 때문에 그들 각자의 지위를 교환할 수 없는 순간순간의 절대적 성질을 가진 것"[104]이라고 주장한다. 이 때문에 한가지 행위는 다른 행위를 낳지

---

102) 같은 책, 169면.
103) 같은 책, 246면.
104) 같은 책, 248면.

못하며 행위와 행위 사이에는 불연속이 존재한다. 이것은 과거의 것을 부정하고 전혀 새로운 장소에서 출발하는 것, 즉 무에서 유를 창조하는 행위를 가지고 있다. 이처럼 무에서 유를 창조해내는 행위 또는 영웅적 실천은 과거로서의 현재를 만들어내는 것이 아니라 미래로서의 현재를 만들어 나가는 것이기에 아직은 지성의 도움을 받지 못한다. 따라서 관상을 위주로 하는 역사학자에게 영웅의 행위는 신화로서 인식된다.

이러한 서인식의 주장은 당시의 고전부흥이 단순히 과거에 관한 해석적 연구로 일관하는 것에 대한 비판을 함축한다. 그의 관점에서 보면 해석이란 단순한 과거의 반복에 지나지 않으며 새로운 창조를 위한 비약은 아니다.

> 행위하는 인간의 편향이 현재를 과거에서 단절하여 보는데 있다면 관상하는 인간의 편중은 과거를 현재에서 분리하여 보는데 있습니다. 그들은 역사의 현재 행위로서의 역사는 문제 삼지 않습니다. 그들은 현재와 미래의 역사를 문제 삼기 위하여 과거와 현대의 역사를 문제 삼는 것이 아니외다. 관상욕의 만족을 위하여 말하자면 일종의 해석을 위한 해석을 합니다. 그들의 문제는 존재에서 비롯하여 존재로 끝나고 그 존재의 근거를 행위에 의하여 구명하지 않습니다. 그것이 역사를 문제하는 현대의 전형기적 의식에 배치되는 것은 물론이고 역사인식의 본질에 투철한 것인가도 의문입니다.[105]

인용문에서 서인식은 과거에 대한 태도에 따라서 인간을 '행위하는 인간'과 '관상하는 인간'으로 구분한다. 여기서 '관상하는 인간'은 「전통론」의 '행동의 세계에 집착하는 인간'을 다르게 표현해놓은 것이다. 행위하는 인간은 현재를 과거와 '단절'된 것으로 보는데 관상하는 인간은 현재를 과거와 '분리'해서 본다. 즉 '행위'하는 인간은 과거와 현재의 불연속성을 강조한다면, 관상(觀想)하는 인간은 과거와 현재의 차이를 인정하는 수준에 멈춰있을 뿐

---

105) 같은 책, 260~261면.

이다. 또 '관상하는 인간'의 특징은 과거에 관한 해석에 치중하는데, 이러한 태도는 새로운 역사 창조를 위해서 과거와의 단절을 강조하는 '전형기 의식'에 배치된다. 과거에 관한 해석에 집착하는 '관상하는 인간'은 결국 전통에 집착하는 인간이다.

　'전통'에 관한 서인식의 논의를 따라가다 보면, 그의 전통론이 전통 옹호론이라기보다는 반(反)전통론106)이라는 생각이 든다. 「전통론」으로 돌아가 이 점에 대해서 좀더 살펴보자.

　　과거의 제역사적 시대를 지배하든 문화적 내실은 그가 존재할 역사적 기반을 가지고 있는 한 그 시대의 사회적 體軀가 소멸하는데 따라서 소멸하는 것이 아니오 계제(Stufe)에서 성층(Schichte)으로 발전하야 현대문화의 내부에서 한낱의 전통으로 작용하는 것이다. 이렇게 볼 때 문화의 전발전과정은 縱的으로 보면 역사 제 시대를 구성하는 문화제원리의 계제에서 계제에의 연속으로 볼 수 있는 동시에 橫的으로 보면 문화제요소의 성층과 성층의 연관으로 볼 수 있다.107)

　위에서 서인식은 역사의 발전을 계제와 성층이라는 개념을 들어 설명하고 있다. 계제(階除)로 번역된 '스투페(Stufe)'는 단계(stage), 수준(level) 등의 뜻을 지닌 용어로서, 이 단어가 사용된 용례로는 생산단계(Erzeugnisstufe = stage of production)가 있다. '생산단계' 또는 '발전단계'와 같은 용례에서 알 수 있듯이 이 용어는 변화의 행위, 과정 또는 기간을 시간의 흐름에 따라 구분하는 개념이다. 한편 '슈흐테'(Schichte)는 층(layer) 또는 성층(stratification) 등의 뜻을 지닌 용어로서 그 용례는 '사회적 성층'(soziale schichtung = social stratification)이 있다. 성층(成層)이라는 단어는 원래 지질학상의 개념으로, 지층이 오래된 연대순에 따라 상하로 포개지는 상태(또는 그 형성과정)를 가

---

106) 김윤식, 앞의 책, 335면.
107) 서인식, 앞의 책, 178면.

118

리키는 말인데, 이를 사회현상에 적용하여 사회적 성층이라는 단어가 만들어졌다. 이 용어는 사회적 지위의 상하, 우열에 따라서 구별이 있어 그 격이 정해진 단계의 구분을 의미한다.[108]

이러한 개념의 의미를 생각하면서 서인식의 「전통론」을 살펴보면, 이전의 역사 시간과의 단절과 비약을 추구하는 행위는 계제에서 계제로의 이동이 된다. 그러나 이러한 비약의 과정에 있어 과거의 것은 완전히 소멸되고 부정되는 것이 아니라 성층이라는 횡적인 요소로서 축적되어 새로운 계제 안에 포섭된다. 즉 전통은 과거 형태를 그대로 유지하는 것이 아니라 새로운 계제 안에서 변형되어 잔존하는 것이다.

서인식은 계제에서 계제로 옮아가는 변화를 문화 원리의 변화로 보고 성층은 문화 '요소'의 축적으로 본다. 서인식은 역사나 문화가 발전하는 원동력을 '원리'의 변화로 보았으며, 이전 문화 요소가 완전히 사라지지 않고 성층화되는 것은 그것이 원리에 따라 재배치되기 때문이다. 즉 계제의 변화에 따라서 문화적 '차이'가 생기는 것은 문화적 요소를 해석하거나 배치하는 원리의 차이 때문이다. 이에 따르면 역사 발전을 추동하는 것은 요소와 같은 개별 또는 특수한 것이 아닌 '원리'와 같은 보편적인 것이다. 그리고 이 원리의 변화에 의해서 선택된 문화적 요소만이 인류 전체의 보편적인 전통으로서

---

108) 이상의 두가지 개념이 동시에 나타나고 있는 참고 서지로는 엥겔스(F. Engels)의 『가족, 사유재산 그리고 국가의 기원』(Der Ursprung der Familie, des Privateigentums und des Staats) 중 「제8장 게르만인들의 국가형성」 중의 일부분을 들 수 있다. 인용부분에서 엥겔스는 로마제국 말기의 사회적 성층이 그 당시의 농업과 공업의 생산단계와 일치했다는 것을 지적하면서 이 두 용어를 함께 쓰고 있다 : "This proved only two things, however : First, that the social stratification and the distribution of property in the declining Roman Empire corresponded entirely to the then prevailing stage of production in agriculture and industry, and hence was unavoidable……."[그러나 이것은 다음의 두가지 사실을 증명해줄 뿐이다 : 첫째, 로마 제국 쇠퇴기의 사회적 성층과 재화의 분배는 농업과 공업의 지배적인 생산 단계에 전적으로 조응했다…….] ; F. Engles, The Origin of the Family, Private Property, and the State, intro. and trans. by Evelyn Reed, New York : Pathfinder Press 1988, 146면.

수용되며, 나머지 문화 제 요소들은 특수 또는 비합법적인 것으로 간주되어 배제, 소멸된다.

서인식은 이러한 예로 헤브라이즘과 프로테스탄티즘의 경우를 제시한다. 그는 프로테스탄티즘을 헤브라이즘의 변형이라고 인정하면서도, 후자 그 자체는 민족적 이데올로기의 한 형태에 지나지 않는 것이기에 새로운 문화 창조의 요소로서 활용될 수 없다고 본다. 반면에 헤브라이즘의 시민적인 형태인 프로테스탄티즘은 자본주의사회의 인간윤리학이라는 더욱 보편적인 가치의 체계로 전환함으로써 새로운 전통이 됐다고 주장한다.[109] 헤브라이즘은 민족적 이데올로기라는 특수한 가치로, 그리고 프로테스탄티즘을 인간윤리학이라는 보편적 가치로 구분하는 데서 알 수 있듯이 서인식은 특수한 것보다는 보편적인 것을 더 가치 있는 것으로 보고 있다.

서인식이 현재 그러하다고 주장하는 '전형기(轉形期)'는 문화적 '원리'가 변화하는 시기, 즉 한 계제에서 새로운 계제로 변화하는 시기다. 그리고 이러한 문화 전형(轉形)의 법칙성에 의하면 "전통의 본질이 문화의 특수적 비합법적 측면을 대표함에 있는 한 그는 도리어 역사의 발전에 따라 소멸할 운명을 걸머진 것"이다. 이처럼 서인식은 특수하고 비합법적인 문화는 역사 발전에 따라서 소멸할 수밖에 없다고 생각했다.

> 어떠한 민족문화이고 정상적인 상태에 있어서는 그의 내적 발전과 외래문화의 접촉과 동화에 의하야 특수에서 보편으로 비합리에서 합리로 진행하기 때문이다. (……) 다시 말하면 전통은 전통일반으로서는 영원성을 가진 것이나 개개의 특수전통으로서는 모다 유한성을 걸머진 것이다. 인류문화의 세계사적 발전의 일정한 단계에 이르러서는 문화의 특수태로서의 제 민족적 전통이 전 인류를 통합한 문화의 일원적 체제에 지양되리라는 것을 예상하는 것도 무리한 짓은 아닐 것이다.[110]

---

109) 서인식, 앞의 책, 176~177면.

서인식은 역사 발전의 원리에 따라 세계사의 발전 단계에 조응하지 않는 민족문화의 특수하고 비합리한 부분은 소멸하고, 그러한 발전 단계에 조응하는 민족문화는 자본주의 시기의 프로테스탄티즘의 예에서처럼 전 인류를 통합하는 보편적인 문화로 지양될 것이라고 주장한다.

이러한 주장은 어찌 보면 공산주의적 세계로의 합법칙적 발전에 의해서 민족적 차이들은 소멸할 것이라는 마르크스의 주장을 반복하는 것처럼 보인다. 그러나 서인식이 주장하는 것은 마르크스와 다르다. 서인식이 역사는 민족적 차이들의 소멸과 세계사의 일원적 체계로 발전해간다고 주장했을 때, 그 주장이 함축하는 보편성은 당시 새롭게 발견된 '세계사의 철학'과 연결된다. 서인식이 생각하는 세계사는 유럽 중심의 세계사가 아니라, 앞에서 미키 기요시가 주장했던 바와 같은 서양과 동양이 함께 있는 세계사다. 이러한 세계사로의 진행은 서양 중심의 세계사라는 한 계제(단계)에서 진행은 다른 계제(단계)로의 비약이다. 이러한 철학을 실현한 것이 '동아협동체'의 성립이다.

서인식이 주장하는 새로운 보편주의를 '동양주의'라고 이름 붙일 수 있을 것이다. 서인식은 이것을 당시 조선문단에서 유행하던 '고전부흥' 또는 복고적인 형태인 '조선주의'와 구분하였다. 그리고 고전부흥을 서양주의를 대체하는 새로운 원리인 점과 견주고, 조선주의는 서양주의의 몰락과 함께 사라져갈 특수한 것으로 본다. 이러한 서인식의 태도는 일본 지식인들이 '동양주의'에 접근하는 태도와는 조금 다르다. 일제말 대표적인 문화이론가인 야스다 요주로는 '동양주의'를 일본 민족의 특수성을 발휘해보는 것으로 설명했다. 그렇지만 조선의 지식인은 이러한 구호를 문자 그대로 반복할 수 없었다. 조선 민족의 특수성을 버리고 일본 민족의 특수성으로 비약하려면 후자를 '동양주의'라는 보편적인 원리로 윤색하여 수용하지 않으면 안 됐다.

서인식이 주장하는 문화 전형의 보편적 원리를 직접적으로 제시한 글로는

---

110) 같은 책, 180면.

『인문평론』2권 10호의 「고전과 현대」라는 평론을 들 수 있다. 글의 서두에서 서인식은 집필의 이유로 심정적인 고전론에 대립하는 방법적인 고전론을 수립하기 위해서라고 썼다. 그리고 당시 조선문단에서 전개되는 고전 논의들에는 국수주의적인 폐쇄적 방향과 동양사론적인 개방적 과학주의의 이원적 구조가 내포돼 있다고 평가한다. 서인식은 세계가 한계 상황, 즉 제국주의의 승리와 구미제국의 몰락 그리고 사회주의의 성립과 같은 상황에 도달했다고 전제하고, "이러한 시대에 있어서 시민문화의 고귀한 전통이 파괴되는 것을 애상하는 것은 값없는 감상에 지나지 않으며 그보다는 그 파괴가 회피할 수 없는 운명이라면 차라리 탄생될 새 시대에 관한 가능한 예견을 갖고 현재의 분열 확산의 상태에 있는 문화 제 형상을 재종합하는 것이 필요하다"[111]고 주장한다. 이처럼 서인식은 일본의 '동양주의'를 과학적인 것이라고 주장하면서 '동양협동체'로의 통합을 저해하는 『문장』파류의 심정적 역사주의를 제거하려고 했다.[112]

당시 지식인들이 느꼈던 근대의 위기는 그들에게 심리적 불안과 동시에, 그것을 대체할 새로운 논리를 찾지 않으면 안 된다는 강박을 심어주었다. 해결책의 하나로 찾은 것이 바로 서구에 대립되는 것, 즉 동양적인 것으로의 귀환이다. 이것은 서인식이나 미키 기요시가 제시한 '동양주의'인데 서양적 근대를 초극하는 새로운 세계사의 원리라고 주장한다. 영미 등 서양제국과 전쟁을 벌이면서 일본이 내세웠던 논리가 일본적인 근대의 쟁취가 아니라 '근대의 초극'이라는 것은 놀랄 일이 아닌데, 일본 지식인에게 서구는 곧 근대이기 때문에 서구를 뛰어넘는다는 것은 자연스럽게 '근대의 초극'으로 인식될 수밖에 없었다.

한편 이원조는 이를 '제3의 원리'로 수용하고 있다. 이원조는 「비평정신의 상실과 논리의 획득」(『인문평론』 창간호)에서 당시의 상황은 비평정신의 상실

---

111) 같은 책, 271~272면.
112) 이 부분에 관한 자세한 설명은 김윤식의 앞의 책 332~333면 참고.

이 특징이라고 규정하고, 상실된 비평의 영도성과 재단성 회복을 위한 제3의 원리의 예로 '세계사론'이나 '협동체론'을 든다.113) 1935년에 『조선일보』를 통해서 전통론을 촉발시켰고 오랫동안 전통론의 귀추를 주목해왔던 이원조의 이러한 결론은 이미 「고전부흥시비론」에서 예견했던 대로 결국 동아협동체론을 수용한 것에 지나지 않았다.

### 3) 고전/보편에 이르는 길로서 전통/특수 : 임화

반면에 임화는 「역사·문화·문학」이라는 제목의 평문에서, 서인식이 일련의 평문을 통해서 던진 주장들에 대해 나름의 대응을 하고자 했다. 임화는 이 평문에서 당시의 시대적 상황을 재래에 통용되던 현실 이해의 방법이나 행위의 기준 또는 공상 구조의 통용이 정지되는 순간이라고 주장한다. 이러한 순간은 사람의 생각과 외부현실의 조화, 즉 문화와 정치의 조화가 모순되는 순간이다.114) 임화는 당시 지식인들이 경험했던 '인식론적 위기'를 문화와 정치의 모순으로 표현한다.

문화와 정치의 모순, 즉 '인식론적 위기'를 해소함에 있어 서인식이 행위를 통한 새로운 역사의 창조 즉 정치를 우위에 둔 것에 비해서, 임화는 그와는 다른 입장을 보인다. 임화는 역사가 행위로 구성되기는 하나 행위의 주체인 영웅의 계보 즉 인물의 계보가 역사 그 자체는 아니라고 반박한다. 또 영웅의 성공과 실패는 그 인물의 역량 문제라기보다는 객관적인 것, 즉 경제에

---

113) 이원조 「비평정신의 상실과 논리의 획득」, 『인문평론』 창간호, 1939.10, 22면.
114) 이러한 문화와 정치의 모순에 관한 인식은 임화에게만 보이는 것은 아니고 백철의 「시대적 우연의 수리 : 사실에 대한 정신의 태도」(『조선일보』 1939.12.2~4, 6)라는 평문에서도 나타난다. 이 글에서 백철은 당시의 시대적 상황을 하나의 우연으로 수리할 것을 권고하면서 때로는 정치가 문화를 앞서는 경우도 있다고 주장한다. 그러나 문제해결 방식에 있어서 그는 임화보다는 서인식에 가까운 입장을 취하고 있다. 예를 들어 백철은 문화는 자신을 불안 속에 몰아넣는 정치를 부정할 것이 아니라 신뢰해야 하며 이를 통해서 동양의 평화건설이라는 목표를 달성함으로써 문화의 안정을 꾀해야 한다고 주장한다(『동아일보』 1939.12.6).

있다고 주장한다. 그리고 그는 변화를 만들어낸 근본적인 원인에 대한 '해석'을 강조한다. 이러한 태도는 위기를 인정하되 이미 주어진 '해석틀'을 포기하지 않는 것이다.

그가 보기에 현상은 언제나 본질을 속이지만 그 속에는 언제나 인과성이 존재하기에 우연을 우연으로, 사실을 사실로 받아들이는 것이 아니라 그 속을 관통하는 인과성을 찾는 노력이 필요하다고 역설한다.

그러나 "현상은 항상 본질을 속인다"는 말의 의미는 이런 경우엔 어떻게 해석해야 올흘가? 항상 사람의 예상을 뒤집어엎든 우연사와 불의사의 번리으로! 번리으로, 라는 기묘한 과정을 통하야 표현되는 것이 아닐가? 그러므로 날마다 일어나는 역사상의 제 사건은 모두가 우연적인 예기하지 않었든 일의 부단한 연속일지도 모른다. 그곳엔 단지 어제 일어난 일과 오늘 일어난 일, 또는 오늘 일어난 일과 내일 일어난 일을 연결하는 한줄기 인과성만이 존재하지 않을가? 115)

자신의 신념과 조화되지 않는 시대적 사실 앞에서 어떻게 행동할 것인지를 두고서 임화는 회의 혹은 신념의 경화(硬化)라는 두 길 이외의 다른 길이 없는 것인지를 고민한다. 그리고 그 두가지를 피하는 제3의 길로 그가 취한 것이 바로 우연적으로 보이는 시대를 관류하는 인과성에 관한 탐구를 발견한다.

임화가 보기에 문화영역에서 인과성의 탐구는 문화양식에 관한 탐구다. 그리고 임화는 이 같은 탐구는 결국 시대성에 관한 이해로 귀결될 것이라고 주장한다. 이러한 주장은 서인식의 용어를 빌리면 행위보다는 관상을 옹호하는 것이다. 서인식이 역사로 능동적인 '기투'(project)를 주장하는 것과 견주어 임화는 한 걸음 물러나 우연적으로 보이는 역사적 현상의 밑바닥에 흐

---

115) 임화 『문학의 논리』, 학예사 1940, 740면.

르는 인과성을 찾아 현대를 '해석'하고자 하는 강한 의욕을 보인다. 이러한 그의 생각은 1930년대말 그가 수행했던 신문학사 저술의 중요한 한 계기로 작용했다.

더 나아가 임화는 「고전의 세계 ― 고전주의적인 것의 심정」에서는 전통이라면 복고주의로 무조건 부정했던 기존의 태도를 버리고 전통을 긍정적으로 보려고 한다.

> 예술사 위에는 비연속적인 것을 연속시키는 것. 즉 전승의 결과가 표현되어야 한다. 이것이 전통이라고 불러질 수 있을 것이 아닐가. 예술사에 있어 정신적인 것이나 형식적인 것이나 모두 면면히 흘러내려 오는 것이 사실이다. 이것은 단순히 고전과 고전과의 거리를 매개하는 것도 아니오, 오히려 고전과의 단속과 독립해서 연속되어 있는 것이다. 고전은 일정한 시대에만 아니라 특수한 풍토 고유한 민족 가운데 나서 독자의 사고와 감수의 양식 가운데 있음에도 불구하고 보편적인 것으로 세계와 영원 가운데 나아가 독립한 것이다. 그러므로 전통이란 전승한 자에 의해서 소유된 고전들이다. 즉 나의 고전이란 말은 전통에서 성립한다. 사람이 고전에서 발견하는 것은 세계의 고전이나 들어가는 길은 항상 나의 고전이다. 그런 의미에서 전통이란 고전에로 들어가는 도로이다. 전통이란 또한 그런 의미에서 현대인에게 고전주의적인 심정의 태반이다.[116]

여기서 임화는 전통과 고전의 개념을 서로 바꿔서 사용하고 있다. 이미 서인식이 전통론에서 문화적 형식인 고전은 행동의 체계를 의미하는 전통의 한 부분이라고 그 의미를 한정했지만, 임화는 전통과 고전의 개념을 자기식으로 쓴다. 그의 글에서 고전이란 세계적인 것 즉 보편적인 것을 의미하며 이러한 세계적인 것으로 나아가는 매개는 전통 즉 조선적인 것이다. 이것은 김기림 등의 용법에서 나타나는 것처럼 '고전'의 개념이 조선적인 것과 세계

---

116) 임화 「고전의 세계」, 『조광』 1940.12, 301~302면.

적인 것(서양적인 것)을 모두 포함하고 있었던 당시의 용례를 어느정도 따르는 것이다. 또 여기에는 규범으로서의 고전과 계승된 것으로서의 전통이라는 임화식의 개념 이해가 반영되었다. 즉 그는 서양적인 것을 규범적인 것(고전)으로, 그리고 조선 고유의 것을 민족 안에서 계승된 것(전통)으로 본다.

서인식이 새로운 역사로 비약하기 위해서 전통을 극복해야 할 대상이며, 특히 민족적 전통이란 세계사의 일원적인 것에 흡수돼 소멸할 것이라고 주장한 것과는 달리, 임화는 세계적인 것(고전)으로 나아가기 위한 통로로써 민족적 전통은 여전히 의미가 있다고 주장해 서인식의 논법에 맞서고 있다. 이처럼 대비되는 두 사람의 주장을 정치적으로 해석해보면, 서인식은 조선 민족을 해소하여 대동아공영권을 구성하는 '국민'으로 편입할 것을 주장하는 반면, 임화는 여전히 '조선'이라고 하는 민족적인 차이를 고집하고 있다. 이 연장에서 임화는 '신문학사'를 기술하고, 조선 신문학을 통해서 발현되는 근대정신의 조선적 특수태를 규명하고자 했다.

그러나 전통이란 현대인에게 고전주의적인 심정의 태반이라는 임화의 언급은 전통에 관한 자신의 관심이 논리적이기보다는 '심정적'임을 적시하고 있다. 이것은 조선의 지식인들이 '동양주의' 또는 '동아협동체론'에 대항할 다른 논리를 갖고 있지 못함을 암시한다. 즉 중일전쟁 이후로 마르크스주의적 '조선학' 연구가 위축된 상황에서 '동양주의'에 맞설 새로운 논리가 없음을 시사한다. 그럼에도 임화는 사실에 대해서 심정, 즉 신념으로써 맞서고자 했다.

심정적인 것으로의 귀환은 신문학사 이후 임화의 행적에서도 확인되는 바로, 그 한 단편은 이병기(李秉岐)의 일기에서도 엿보인다.

12/12 (1943 — 인용자) 석남이 열빈루로 오라고 기별했다. 열빈루로 가 김동익, 이혜구, 이호상, 김익균, 이동백, 임화, 송석하와 모여 이동백의 춘향가 시청을 하고 녹음과 기타 기록을 분담했다. 임화와 나는 그 사설(辭說)을 맡았다.[117]

당시 서인식이 「고전과 현대」라는 글에서 비판의 대상으로 삼은 것이 마르크스주의자들이 아니라 상고취미로 특징지어지는 『문장』파의 전통지향성이었던 것은 이론적인 것에 대한 심정적 저항의 반향을 의식했기 때문이다. '싫다는데 왜 그래?'라는 항변처럼 심정적인 것에는 논리가 없기 때문에 서인식과 같은 형이상학적 논리로는 그것을 논파하기 힘들었던 것이다.

---

117) 이병기 『가람일기』 Ⅱ, 신구문화사 1976, 541면.

## 제4장

# 조선문학의 역사철학적 근대성에 관한 고찰

현대 우리말의 형성은 개화계몽기의 국어국문운동과 식민지 기간의 조선어운동 및 그에 기반을 둔 창작 활동 등을 통해서 이루어진 것인데, 이는 두가지의 저항적 계기를 내포한다. 하나는 중세적인 지배권력에 도전하고 그 담론의 권력을 해체하기 위한 것이고 다른 하나는 식민담론의 권력에 대항하고 그것을 해체하기 위한 것이다. 중세적 권력과 식민권력의 공통점은 모두 '토착어'(native language)와는 다른 외국어를 사용하고 있다는 점이다.

개화계몽기의 국어국문운동은 중세 공동문어의 권력을 해체하는 성격이 있는 것과 견주어, 식민지 기간의 조선어운동은 식민지어의 권력에 대항하는 성격이 있다. 이를 통칭해 '언문일치운동'(the unity of speech and writing movement)[1]이라고 할 수 있다. 이 운동은 토착어에 기반을 둔 '민족적 표준문어'를 만들어내고 그에 근거하여 민족적으로 통일된 언어생활을 지향했다.[2]

언문일치운동을 통해서 형성된 근대 '조선어'는 이미 축적된 조선어 전통―조선어 문학작품과 조선어 연구―을 재해석한 예다. 개화계몽기 이후 한글이 문학창작과 민족 문자생활의 주요 매체가 될 수 있었던 까닭은 한글 자체가 문화의 서구화/근대화를 지향하는 과정에서 재해석됐기 때문이다. 근대적 민족 개념이 도입되고 그에 입각해 등질적인 민족적 대중이 조직화되는 과정에서 한글은 중세의 지배적 문어였던 한자를 대체하는 문자로써 선택됐다. 이러한 재해석에는 '한자 : 중세주의 대 한글 : 서구화'라는 이항대

---

1) '언문일치운동'과 우리 근대문학의 형성과정에 관한 의미 있는 연구로 권영민의 『현대문학사』(민음사 2003)가 있다.
2) 베네딕트 앤더슨은 식민지 기간 인도네시아의 정치적 언어의 특성을 연구하고 '토착어'(native language)가 '식민어'(colonial language : Dutch)에 대항해서 어떻게 형성됐는지를 논하고 있다. 그는 새로운 인도네시아의 언어는 인도네시아의 민족주의를 표현하기 위해서 뿐만 아니라 인도네시아인의 정신과 인도네시아의 전통 그리고 국제적인 현실을 단일언어의 한계를 딛고 표현할 의사소통의 한가지 수단으로서 발전해왔음을 강조한다 ; Benedict Anderson, *Language and Power ; Exploring Political Cultures in Indonesia*, Ithca and London : Cornell Univ. Press, 124~125면.

립이 작동하였다. 그리고 한글이 일본어에 대해서도 계속적인 응전력을 지닐 수 있었던 것은 일본 한자어의 침투를 새로운 중세주의의 강요로 해석했기 때문이다.

이처럼 당시 지식인들은 근대 '조선어'의 형성을 우리말의 근대화 또는 서구화로 이해했으며, 그것을 매체로 한 문학 창작도 중세적인 것과 대립되는 근대적인 것으로 이해했다. 이러한 관점의 가장 극단적인 예는 근대 조선문학을 서양문학의 '이식'으로 보는 관점이다. 그런데 근대 조선문학을 외국문학의 이식으로 보는 지식인의 관점은 '양가성'(ambivalence)을 함축하고 있었다. 즉 조선문학은 외국문학을 '원본 그대로 복사하는 것이 불가능하다' ― 이것은 원본과는 다른 새로운 문화가 생겨날 가능성을 낳는다 ― 는 점과 '수용자의 주체성이 결여되어 있다' ― 자신이 다른 민족과 견주어 열등하다는 생각을 심어준다 ― 는 당시 지식인들의 자기 이해에서 나타나는 '재현적 이중구속'(representational double-bindness)의 한 예다.

조선 문학인의 자기 이해에 함축되어 있는 재현(再現)적 이중구속을 극복할 수 있는 중요한 계기가 바로 전통에 관한 올바른 인식이다. 실제로 외부 전통의 수용은 내부 전통과 교섭 없이는 불가능하다. 위의 논의를 전제로 당시 지식인들이 그러한 교섭을 인식하지 못했던 까닭은 개화계몽기 이래의 '인식론적 위기'에서 기인한 것이다. 하지만 모든 지식인이 조선과 전통을 무시하고 평가절하한 것은 아니었다. 식민지 기간에 전통에 관한 피식민지인의 인식론적 한계지평이었던 '이중구속' 상황을 극복하려고 노력하였다.

위의 논의를 전제로 이 장에서는 '조선문학' 및 '조선어'에 대한 당시 조선문학자들의 설명을 살펴보고자 한다. 특히 임화의 논의를 대상으로 문학어로서의 조선어에 대한 이해를 살펴보고 그것이 그의 문학사 기술과 어떻게 연결되는지를 해명하겠다. 또 임화의 문학사 기술에 있어서 외래문화의 수용과 전통문화의 교섭이 어떻게 설명되고 있는지를 구체적으로 밝히겠다.

## 1. 조선어의 근대화와 조선문학의 정의

우리나라에서 일본이 행한 식민 언어정책은 프랑스의 식민 언어정책 — 베트남어를 로만화한 것에서 드러나듯이 토착어의 서구화를 지향했다 — 과 견주어 훨씬 가혹했으며, 조선어 사용을 억압하고 조선인을 일본어에 동화시키는 것을 목표로 삼았다. 이런 상황에서 조선어를 연구하고 그 언어로 문학을 한다는 것은 어디까지나 제도권 밖 또는 준제도권 안에서의 문제였다. 언문일치운동이 일어난 지 40년이 지난 1933년 10월 29일에 이르러서야 '조선어학회'라고 하는 사설단체를 중심으로 한글맞춤법통일안(원제 : 조선어철자법 통일안)을 제정, 발간하고 1936년 10월 28일에 표준말 어휘집인『조선어표준말모음』을 발간하였다.

하지만 지금처럼 국가가 의무교육을 통해서 표준어와 맞춤법을 강제적으로 보급, 교육하지 않았기 때문에3) 조선어학회의 맞춤법과 표준어 보급은 쉽지 않았다. 이것들은 어디까지나 사설 어학 기관이 제정, 공포한 것이기 때문에 사람들이 이것에 따라 글을 써야 한다는 강제성은 없었다. 당시 맞춤법과 표준어를 지킬 것인지 아닌지는 전적으로 그것을 사용하는 사람의 의지에 달린 상황이었다. 더구나 '정음'파(조선어학연구회)와 '한글'파(조선어학회)의 대립처럼 조선어를 표준화하는 것에 대해 학자들 간에 이견이 있었기 때문에 문제는 더욱 복잡했다.4) 또한 조선어연구는 부르주아 문화운동으로 간주되어 좌파의 공격을 받기도 했다. 1933년 김태준의 다음과 같은 언급을 그 예로 들 수 있다.

---

3) 해방 이후에도 우리말을 표준화하는 일은 상당히 힘들었고 오랜 과정이 걸렸다. 고영근의 연구에 따르면 우리말의 표준화 작업은 1989년에 이르러서야 일차적으로 완료됐다고 한다. 이는 북한에서 이미 1950년대 중반에 일차적으로 표준화 작업이 끝났던 것과 비교된다.
4) 맞춤법 개정과 관련한 두 학파의 이론적 대립은 고영근의『한국어문운동과 근대화』(탑출판사 1993)의 77~103면을 참조할 것.

근래에 이르러 하여튼 조선학연구열이 인플레이션된 셈이다. 잡지『조선민속』을 발행하는 손진태·손석하 양씨를 비롯하여 조선사 연구의 열은 중추원을 능가하고 조선어학에 있어서도 수표정 조선어학회, 인사동 조선어학연구회, 숭사동 조선어문학회의 3단체가 있어서『한글』,『계명』,『조선어문학회보』라는 기관 잡지를 발행하여 재래의 태평통 어학회보다는 퍽 활발하게 연구하는 셈으로, 더욱 조선어학회에서는 그 소위 "최후적 회의"를 개성에 열며 동아일보사 3층에서 조선어학연구회의 주요인물과 논전이 있은 후 즉시 그 안은『동아일보』의 활자에 채용됐으니, 어쨌든 이 문화운동의 획시기적 공헌에 감사할 따름이지만 다만 이러한 학리와 실제를 합하여 한글운동의 사용 또는 본질에 좀더 생각했으면…… 하는 느낌도 있다. 객관적 형편과 주체의 역량을 경솔히 생각하고 근본 문제는 '골발'로 하고 주력을 지엽문제에 집중시켜서 떠드는 것은 우리네 조선학연구 자체가 급박한 현실에 비추어 기회주의적 현실 도피적이라고 할 터인데 그도 너무도 경거가 아닐까?[5]

김태준은 1933년 즈음의 조선어 연구 상황을 설명하고, 조선어학회가 준비 중인 맞춤법 통일안에 대해 '획기적 공헌'이라고 평가한다. 하지만 그는 그러한 연구 발표가 식민지 상황이라는 객관적 형편과 주체의 역량을 다소 간과한 것으로 비판한다. 나아가 당시의 '조선학' 연구는 국학적 경향을 극복하고 사회학적 방향으로 나아가야 한다고 주장한다. 이것은 조선어학회류의 조선어 연구가 근대민족어의 형성이 근대국가를 전제로 하는 현실을 무시한 점을 지적한 것이다. 다른 한편으로 이 글은 몇 가지 중요한 사실을 알려주고 있는데 첫째는 당시(1933) 조선어 연구단체로 크게 네 개의 단체가 있었다는 점이고, 둘째는『동아일보』가 조선어학회의 철자법을 수용했다는 점이다.

『동아일보』에서 조선어학회의 철자법을 수용하게 된 것과 관련해 다음과 같은 일화가 있다. 1931년 즈음에『동아일보』에서 조선어학연구회의 박승빈을 보성전문의 교장으로 모시려고 했다. 그때 박승빈은 보성전문의 교장직

5) 김태준「조선학의 국학적 연구와 사회학적 연구」,『조선일보』1933.5.2.

을 수락하는 댓가로 조선어학연구회의 맞춤법을 『동아일보』에서 수용할 것을 요구했다고 한다. 이 때문에 『동아일보』에서는 조선어학회와 조선어학연구회의 대표자들을 불러서 공개토론회6)를 열었는데, 조선어학회에서는 대표적인 연구자인 이희승, 이병기, 최현배 등이 나갔으나 조선어학연구회에서는 토론을 제안한 당사자가 나오지 않았을 뿐만 아니라 나온 사람들도 성실하게 준비하지 않아 조선어학회가 토론회에서 대중의 압도적인 지지를 받았다고 한다.

또 조선어학회의 맞춤법은 1931년에 공포된 조선총독부의 개정 맞춤법에 수용됐다. 이 개정 맞춤법에서는 학자들 간에 이견이 심했던 'ㅎ'이 받침으로 수용되지 않았으나, 전체적인 내용은 조선어학회의 맞춤법안과 일치한다. 이 때문에 조선어학회에서는 한글맞춤법통일안의 확립에 더욱더 박차를 가하여 총독부안을 수정한─또는 그에 저항한─통일안을 1933년 10월 29일에 공포했다.

이처럼 조선어학회의 조선어 연구의 결과는, 그것이 총독부의 표준맞춤법안에 수용되고 『동아일보』와 같은 공신력 있는 언론기관이 채택한 덕분으로, 다른 조선어 연구회와 견주어 대중적 영향력이 컸을 뿐만 아니라, 문학인을 포함한 대중의 지지를 받았다. 이러한 지지는 발표 이듬해에 한형택에 의해서 「한글과 조선문단」으로 발표됐다. 이 성명서의 내용과 서명자들의 이름을 살펴보면 다음과 같다.

1. 우리문학가 일동은 조선어학회의 『한글통일안』을 지지 준용하기로 함.
2. 『한글통일안』을 저해하는 타파의 반동운동은 일절 배격함.

---

6) 이 공개토론회는 『동아일보』에 「한글 좌담회」라는 제목으로 1931년 10월 29일부터 31일까지 3일 동안 실렸다. 그 주제는 '가. 한자 제한의 실제 방법, 나. 개정철자법의 보급방법, 다. 횡서의 可否, 可하다면 보급 방법, 라. 조선어 평이화의 실제 방법'이었다. 자세한 내용은 고영근의 앞의 글 72~73면 참조.

3. 이에 제하야 조선어학회의 통일안이 완벽을 일우기까지 일 진보의 연구 발표가 잇기를 촉함.

甲戌 7월 9일(1934년 7월 9일)

강경애 김기진 함대훈 윤성상 임린 장기제 김동인 이종수 이학인 양백화 전영택 양주동 박월탄 이태준 이무영 장정심 김기림 김자혜 오상순 서항석 이활 박태원 피천득 정지용 김광섭 이종명 조벽암 박팔양 모윤숙 최정희 박화성 이기영 박영희 주요섭 백철 장혁주 윤백남 현진건 김남천 김상용 채만식 박노갑 유도순 윤석중 이상화 백기만 임병철 여순옥 최봉측 차상진 구왕삼 홍효민 노자영 엄흥섭 심훈 김해강 임화 이선희 조현경 김유영 노천명 김오남 주장섭 주수완 염상섭 김동환 최독견 김억 유엽 이광수 이은상7)

이상의 서명자들 가운데 이태준(李泰俊), 김기림(金起林), 정지용(鄭芝溶), 박태원(朴泰遠) 같은 모더니스트들과 김기진(金基鎭), 조벽암(趙碧巖), 박팔양(朴八陽), 이기영(李箕永), 박영희(朴英熙), 백철(白鐵), 김남천(金南天), 홍효민(洪曉民), 엄흥섭(嚴興燮), 임화(林和) 등의 맑스주의자들의 이름이 보인다. 이런 점을 보면 조선어학회의 통일안이 당파와 상관없이 광범위한 지지를 받았음을 알 수 있다.

당시 어문통일의 당위성은 언어를 지킴으로써 민족성을 지켜야 한다는 언어 민족주의적 발상에서뿐만 아니라, 당시 조선 지식인들이 언어생활에서 느끼는 위기의식과도 관련이 있는 듯하다. 이 점은 박영희의 "한글 통일운동과 나의 약간의 감상"이라는 부제를 단 「조선어와 조선문학」(『신조선』 1934.10)에서 잘 나타난다. 그는 우리말 대신 일본어가 사람들의 일상 언어로 세력을 넓혀가는 것에 대해서, "근자에 보면 조선말의 용도는 일층 없어져 가는 것 같다. 우리들의 일상회화로부터, 회사에서 가두에서, 다방에서, 학교에서, 집

---

7) 한형택 「한글과 조선문단」, 『조선문단』 1934.8, 28면. 한글맞춤법통일안에 관한 성명은 이 밖에도 『학등』 2권 8월호(1934.8)의 「한글철자법에 대한 성명서」, 『한글』 3권 7호(1935.7)의 「맞춤법통일안 지지성명」 등이 있다.

회에서, 어디서나 조선 사람이 모힌 곳에는, 이러한 경향을 늘 감촉하는 바이지마는, 조선말은 그들의 주고받는 말 가운데 점점 적어간다. 경우에는, 전연이 조선말을 모른다는 것으로 영광을 삼으려 하며 높은 사람, 귀한 사람, 학식잇는 사람이 될 것같이 생각하는 듯한 일도 잇다"(57면)라고 지적한다. 박영희의 글에서 일본어가 중세의 한자처럼 교육받은, 교양 있는 사람의 언어로 그리고 신분상으로나 지적으로나 조선말을 사용하는 사람보다 우월한 위치에 있는 것을 표시하는 구별의 언어로 사용되고 있음을 알 수 있다. 이를 박영희는 '조선어의 위기'라고 규정하였다.[8]

당시 좌우를 불문하고 많은 이들이 한글맞춤법통일안을 지지했던 까닭은 교육어, 행정어로서 일본어의 세력이 점점 커지면서 일상생활에서조차 조선어가 위축돼 있던 상황과 연결돼 있었다. 이 때문에 당파와 상관없이 조선어 연구의 필요성을 인정했던 것으로 보인다. 조선어학회 내부에도 당파의 구분이 존재했던 것으로 확인되는데, 이 점은 해방(1945.8.15) 후 이극로, 김두봉, 정열모, 이만규, 김병제 그리고 유열과 같은 학자들이 북한으로 올라가 북한의 어문 통일에 초석을 놓았다는 점에서 알 수 있다.[9] 하지만 최현배는 내부에 당파 차이가 있었지만 조선어학회가 순조롭게 연구를 진행하여 1939년 외

---

8) 마루야마 마사오에 따르면 명치 유신기에 모리 아리노리(森有禮)가 『일본의 교육』 (Education in Japan)이라는 책에서 "영어를 국어로 삼자"는 주장을 했다고 한다. 모리가 영어 국어론을 주장한 이유는 '야마토 말에는 추상어가 없기 때문에, 야마토 말을 가지고서는 도저히 서양문명을 일본 것으로 만들 수 없다'는 것이다. 이에 대해 마루야마 마사오는 영어를 도입하지 않은 것은 잘한 일이라고 평가한다. 왜냐하면 영어가 도입되면 영어는 상층의 언어로 일본어는 하층민의 언어로 사용되어, 일본인의 언어생활이 계층적으로 이중화됐을 것이기 때문이라고 한다 ; 카토 슈이치 외 『번역과 일본의 근대』, 임성모 역, 이산, 2002, 49~51면.

9) 최경봉 『우리말의 탄생』, 책과함께 2006, 348~352면 ; 최경봉은 이 중 적극적으로 북한으로 간 학자로 정열모, 김만규, 유열 등을 들고 있다. 그리고 최경봉은 북한국어학계가 우리말의 기원이나 발전사를 정립하는 과정에서 민족어 단일 기원을 채택했으며 이는 조선어학회의 언어민족주의를 그대로 이어받은 것이라고 평가한다(351면).

국어 표기법을 끝으로 어느정도 어문정리를 할 수 있었던 것은 '어문 통일'을 이뤄야 한다는 공동 목표가 있었기 때문이라고 회고하기도 했다.[10]

이에 관한 카프측의 공식 반응은 1935년초 발표된 박승극(朴勝極)의 논문에서 확인된다. 이 글이 카프 해소 문제에 대해서도 운을 떼는 것으로 보아, 당시 카프의 공식적인 입장을 밝힌 것임을 알 수 있다. 당시 카프를 대표하던 박승극은 1934년의 가장 중요한 사건으로 "조선심에의 경향과 언어에 대한 시비"를 제시한다. 박승극은 조선어학회의 한글운동은 당시 무르익던 '조선학' 연구와 더불어 회고적 사상을 지식인들에게 심어주고 있다고 비판하고 있다. 더구나 위에서 언급한 맞춤법 옹호 성명에 대해서는 회고적 사상의 영향이 조선심(朝鮮心)과 같은 감상적이고 회고주의적인 경향을 비판하던 카프 계열 문학인들에게까지 미친 것을 지적[11]하고, 박승극은 한글운동이 민족주의의 영향력이 확대되는 데 기여할 뿐 아니라, 기왕에 민족주의에 대해 무관심한 사람들에게까지 '민족' 또는 '민족적인 것'에 관한 관심을 환기한다고 걱정하였다.

특히 다음과 같은 박승극의 주장은 당시 조선어운동이 '조선문학'의 역사적 이해가 만들어낸 그때의 특수한 상황을 잘 포착하고 있어 주목할 만하다.

이와 같이 문학상 언어 문제도 제기되어 한문이나 같이 외국문자로 써진 것은 「조선문학」이 아니고 조선문자—한글—으로 된 것이 「조선문학」이라는 억설까지 하는 자가 있었다. 이 국수주의적 용맹은 가관이거니와 자주국이 되

---

10) M. 로빈슨 『일제하 문화적 민족주의』, 나남 1990, 146면 ; 조선어학회의 맞춤법에 관한 논란과 비판은 계속됐던 것으로 보이는데, 이것을 기사화한 것으로 일성자(一聲子)의 「한글/정음 대립 소사」(『사해공론』 4권 7호, 1938.7)가 있다. 여기서 「한글」은 조선어학회의 기관지이고 「정음」은 조선어학연구회의 기관지이다. 또 조선어학연구회의 회원으로 보이는 고재휴의 조선어학회에 관한 비판적인 글이 「조선어 연구의 금일 전망」(『비판』 10권 7호, 1939.7.29)이라는 제목으로 실리기도 했다.
11) 박승극 「문예시평」, 『신인문학』 1935.2, 82면.

여 보지도 못한 특수 조선을 인식치 못하고 국자(문)화햇든 한문으로 써진 문학 작품까지 조선학에서 구축하자는 것은 가소러운 일이라고 아니할 수 없다. 그렇다고 홍기문씨 등의 이원론적 논법에도 오인가 없는 것은 아니다. 우리는 신년에 체계 있는 이론의 수립을 위하야 힘써야 할 것이다.[12]

한글로 된 것만이 '조선문학'이라고 억설하는 자는 이광수(李光洙)인 것으로 보인다. 이광수는 1934년『사해공론』창간호(1934.5)에 실린「조선문학의 개념」과 같은 호에 실린「조선문학사」라는 평문에서 '조선어'로 쓰인 것만을 '조선문학'이라고 규정한 바 있다. 특히「조선문학의 개념」에서 경성제국대학의 조선어문학과에서『격몽요결』을 강의하는 것에 대해서 격분하여 한문학은 '조선문학'이 아니라고 비판했다. 당시 경성제국대학의 조선어문학과 강사로는 어윤적(魚允迪), 정만조(鄭萬朝), 그리고 권순구(勸純九)가 있었는데 이들은 모두 유학자였다. 개교 초기의 강사 구성을 보아도 당시 조선어문학의 학제(discipline)가 갖추어지지 않았음을 알 수 있다.[13]

「조선문학의 개념」이라는 글을 보면 이광수가 이미 1920년대 후반에『격몽요결』을 강의하는 것에 대해 비판하는 논문을 쓴 것을 알 수 있다. 1934년에 이를 다시 거론한 것은 당시 유행하던 '조선학' 연구열과 한글맞춤법통일안의 발표로 말미암아 어문 통일에 관한 세간의 관심이 증가한 동시에 그에 대한 학리적 논쟁이 일어났기 때문이다. 이 글에서 이광수는 '조선문학'은 한글로 쓴 것에 한하며, 한글로 쓰지 않은 것은 '조선문학'이 아니라는 주장을 한다. 특히『구운몽』이나『사씨남정기』모두 한문으로 쓰였기 때문에 중국

---

12) 같은 곳.
13) 이충우『경성제국대학』, 다락원 1980, 111~112면 : 이광수가『격몽요결(擊蒙要訣)』을 강의하는 것을 알았던 까닭은 그가 특별편입으로 1926년에 경성제국대학 문학과(1회)에 입학했기 때문이다. 그때 한 교수가 당신은 조선에서 유명한 문학인으로 아는데 왜 문학과에 입학했느냐고 물으니 "와세다에서는 철학을 했으나 영문학이 하고 싶다"고 대답했다고 한다. 그러나 그는 병으로 얼마 다니지 못하고 중도에 학업을 그만두었다.

문학14)이지 '조선문학'에 들어가지 않으며 『수호전』이나 『삼국지』와 같은 외국소설이라도 좋은 '조선어'로 번역됐다면 그것이 오히려 '조선문학'이라는 다소 엉뚱한 주장을 한다.15)

이것을 두고 홍기문(洪起文)은 8회에 걸친 「조선문학의 양의」(『조선일보』 1934.10.28~11.6)라는 긴 평문에서 민족과 언어만으로 '조선문학'을 규정하기 어렵다고 주장한다. 오히려 민족어가 민족문학의 기준으로 작용한 것은 근대적 현상16)임을 지적하고, 그 이전에 쓰인 문학에 대해서는 민족어라는 기준으로 민족문학의 범위를 설정해서는 안 된다고 주장한다. 이 때문에 그는 "조선문학의 실협 양의를 인정하야 광의로 민족별로 의미코 협의로 언어별을 의미하드라도 조코 또는 조선의 한문학을 조선한문학이라고 하야 협의의 조선문학과 구별하더라도 좋을 것이 아니냐?"17)고 하여 협의의 '조선문학'(한글문학)과 광의의 '조선문학'(한문학+한글문학)으로 나눌 것을 주장한다. 이러한 홍기문의 핵심은 '언어=문학'으로 볼 수 없다는 점인데 이는 후에 임화가 '신문학사'를 기술할 때에 수용했다는 점에서 의의가 있다.

---

14) 사실 『사씨남정기』와 『구운몽』은 모두 원본이 한글로 쓰였다. 김만중의 손자인 김춘택이 한문으로 번역한 것이다. 이 점은 이미 김태준의 『조선문학사』에서 고증된 바 있다. 이광수가 『사씨남정기』와 『구운몽』의 원본을 한문본이라고 생각하는 것은 저자가 양반이니까 당연히 한자로 썼을 것이라는 편견 때문이다.

15) 이광수 외 「조선문학 정의」, 『삼천리』 1936.8, 83면.

16) 다음과 같은 진술이 그 예다. "그런데 우리가 지금 영불 문학이라고 하는 것은 곳 영불민족의 문학을 운위하는 것이요 영불민족의 문학이라고 하는 것은 곳 영불민족발생 이후의 문학을 지칭하는 것이 아니냐? 그럼으로 이태리문학이라고 하더라도 라마로부터의 오랜 역사를 의미하는 것이 결코 아니요 한갓 딴테 전후의 소위 속어문학을 의미하는 것이 아니겠느냐? 요컨대 중세의 암흑시대를 지나서 서구 각국에는 민족構成이 급격히 촉진되는 동시에 각국의 국어가 수립되어 각국 문학의 생성과 발달을 보게 되엿다. 이태리에 국민문학이 발생하기 이전 라틴어의 문학이 존재치 안한 것 아니언만 그것은 라틴 문학이라고 하야 이태리 문학과 혼동키를 질기지 안는다" ; 홍기문, 「조선문학의 양의(2) — 구미민족문학과 조선문학」, 『조선일보』 1934.10.30. 이 점은 임화의 「개설신문학사」(임화 『임화 신문학사』, 임규찬·한진일 엮음, 한길사 1993, 17면)에서도 반복되고 있다.

17) 홍기문 「조선문학의 양의」, 『조선일보』 1934.11.6.

이 논쟁은 이후 「조선문학 정의」(『삼천리』 1936.8)[18]라는 설문이 실시되는 배경이 된다. 이 설문은 "조선 사람이, 조선 사람에게 읽히우기 위해, 조선말로 쓴 문학이 조선문학이다"를 '조선문학의 정의로 제시하고 그에 관한 각자의 생각을 말해줄 것을 요청하고 있다. 이에 대해서 이광수, 박영희, 염상섭(廉想涉), 김광섭(金珖燮), 장혁주(張赫宙), 서항석(徐恒錫), 이병기(李秉岐), 박월탄(朴月灘, 박종화), 이헌구(李軒求), 임화, 김안서(金岸曙, 김억) 그리고 이태준 등의 문학가들이 답했다. 그 설문의 구체적인 질문을 보면 다음과 같다.

A. 박연암의 "열하일기", 일연선사의 "삼국유사" 등등은 그 씨운 문자가 한문이니까 조선문학이 아닐까요? 인도 타골은 "신월, 끼탄자리" 등을 영문을 발표하고, 씽그, 그레고리, 이에츠도 그 작품을 영문으로 발표했건만 타골의 문학은 인도문학으로, 이에츠의 문학은 애란 문학으로 보는 듯합니다. 이러한 경우에 문학과 문자의 규정을 어떻게 지어야 옳겠습니까?

B. 작가가 조선 사람에게 꼭 한해야 中西伊之助의 조선인의 사상 감정을 기조로 하여 쓴 "汝等の背後より"라든지 그 밖에 이러한 류의 문학은 더 一顧할 것이 없이 조선문학에서 제거해야 옳겠습니까?

C. 조선 사람에게 읽히기 위하야 써야 한다면 장혁주씨가 동경문단에 누누 발표하는 그 작품과 영미인에게 읽히기를 主眼삼고 쓴 강용걸씨의 "grass roof" 등은 모두 조선문학이 아닙니까? 그렇다면 또 조선 사람에게 읽히기 위하야 조선글로 훌륭히 씨워진 저 "구운몽" "사씨남정기" 등은 조선문학이라고 볼 것입니까?[19]

이상의 질문은 탈식민주의 문학론의 주요 쟁점을 모두 포괄하는 점에서

---

18) 「조선문학 정의」라는 이 설문에 관한 연구로는 다음과 같은 것이 있다. 와타나베 나오키 (渡邊直紀) 「조선문학이란 무엇인가 : 1930년대 중·후반의 임화의 견해를 중심으로」, 『한중인문학연구』 제9집, 한중인문학회 2002. 12, 111~133면.
19) 이광수 외 「조선문학 정의」, 앞의 책, 82면.

의의가 있다. A, B, C의 질문은 사실 매체, 주체 그리고 대상을 구별하여 질문하는 것처럼 보이지만 한가지 공통점이 있다. 그것은 외국어로 쓴 것을 조선문학의 범위에 넣을 수 있느냐는 것이다. A는 식민지에서 흔히 나타나는 이중언어 작가의 이중언어 창작을 '조선문학'에 넣을 수 있느냐는 질문이다. 그리고 C는 이산(diaspora)[20] 문학의 문제를 제기한다. 강용걸의 경우처럼 이산 문학은 대체로 작가가 이민 간 나라의 언어로 쓰인다. 이런 경우도 조선문학의 범위에 넣을 수 있느냐는 질문이 있을 수 있다. B의 경우는 다른 것과 견주어 비교적 대답하기 쉬운 질문이다. 나카니시 이노스케(中西 伊之助)의 경우처럼 외국인이 외국어로 조선인의 삶을 묘사할 때 그것을 '조선문학'에 넣을 수 있느냐는 질문인데, 이것은 펄벅의 대지가 중국문학이 아니듯 역시 '조선문학'에는 들어갈 수 없다. 다만 외국인이 조선어로 쓴 것은 어떻게 할 것인가라는 문제는 좀더 논의해볼 수 있겠다.

이 세가지 질문 중 당시의 상황과 가장 관련된 질문은 A이다. '조선어'로 쓰인 것을 '조선문학'으로 볼 것인지, 아니면 한자어나 일본어로 쓴 것도 '조선문학'으로 볼 것인지라는 질문은, 당시 이중언어 상황과 연결된 민감한 질문이다. 당시 지식인들이 실제로는 이중언어를 사용하였음에도 이광수처럼 '조선어'로 된 것만을 '조선문학'의 범위에 넣어야 한다는 생각이 강했다. 이것은 설문에 응한 문사들 중 염상섭[21]과 박종화를 제외한 모든 이들이 조선 글로 쓴 것만을 '조선문학'으로 볼 수 있다고 응답한 데서도 잘 드러난다. 이처럼 '조선말'로 쓴 것만을 '조선문학'으로 보고 문학사를 기술함에 있어서도 그것을 결정적인 기준으로 삼고자 했던 것은 조선어의 근대화가 토착어에 바탕을 둔 '언문일치운동'을 통해서 성장해왔던 역사적 사실과 연결된다.[22]

---

20) 이민자란 뜻. 원래는 유태인의 방랑 생활을 가리키는 개념이었는데, 현재의 탈식민주의 문학이론에서는 이를 이민자를 가리키는 개념으로 확장해서 쓰고 있다.

21) 염상섭은 조선어로 쓰이지 않았더라도 조선인의 생활과 감정을 다룬 것이면 '조선문학'으로 보자는 입장을 보인다. 이것은 일본어 창작까지도 염두에 둔 포괄적 개념규정이다.

22) 이것은 우리의 언문일치운동이 중국에서의 백화운동이나 1917년경의 후스(胡適), 천두슈

이광수는 앞서 언급됐던 두 논문의 입장 즉 '언어=문학'을 그대로 반복하고 있다. 반면에 임화는 '조선어'의 역사성을 주장하면서 '언어=문학'이란 근대적 현상임을 주장하여, 당대의 언어의식을 아프리오리(a priori)한 것으로 설정하는 이광수의 태도와는 구분된다. 그럼에도 임화는 A의 질문에 대해서 '조선어'로 쓴 것을 '조선문학'으로 해야 한다고 주장한다.23) 그 이유는 "문학의 형식적 이유에서뿐만 아니라, 거위 전부 조선 사람이 방금 조선말 이외에 말로는 글을 쓰지 못하는 때문이요, 또 조선의 현실 조선인의 사상 감정을 미소한 '뉴-안쓰'는 이 말 아니고는 최후의 예술적 표현을 획득하기 어려운 때문"24)이다. 이러한 기준에서 본다면 한자로 쓴 것은 '조선문학'의 범위에 들지 않을 것이나, 임화는 '조선문학'의 역사성을 고려하여 고전문학사 중 한문학사로 독립시켜 처리할 수 있다고 본다. 그럼에도 그는 "한문학적 저술을 대체로 시조류보다도 더욱이 구비전설, 가요 등에 비하야 엿게 평가하는 자"25)라고 하여 한문으로 쓰인 것보다는 한글로 쓰인 것을 높이 평가함을 분명히 밝혔다.

B의 질문에 대해서 임화는 일본인으로 조선을 취재하여 쓴 것은 나카니시 이노스케 씨 외에 기무라 기(木村基) 등이 있으나 그것은 '조선문학'이 아니라고 대답한다. C에 대해서 임화는 배경은 비록 우리나라가 아니더라도, 조선 사람이 조선말로 조선인에게 읽히기 위해 썼기 때문에 『구운몽』, 『사

---

(陳獨秀)의 문학혁명과 연결돼 있는 점을 시사한다. 이 점은 이광수, 김태준 그리고 이병기 등이 후스의 근대적인 문학 개념을 수용하고 있는 데서도 증명된다.

23) "조선문학이 단순히 형식적으로만 아니라, 조선 사람의 생활 및 그 장래에 대하야 일정한 공헌을 하랴면 불가부득키 조선말에 의하야 씨워질 것은 위선 결정적인 조건이며 이러한 의미에 잇서 언어는 명료히 사상의 체현자로서의 의의를 갓는 것임니다" ; 이광수 외, 「조선문학 정의」, 앞의 책, 95면.

24) 같은 것. 이러한 임화의 주장은 일관된 것으로 보인다. 나중에 일본어로 창작하는 것이 논쟁이 됐을 때 조선인은 조선어로 창작해야 한다는 당위의 근거로 "자신에게 가장 익숙한 언어로 창작해야 한다"는 것을 제시한다.

25) 같은 곳.

142

씨남정기』는 '조선문학'이라고 본다. 비록 배경은 중국이지만 그 속에는 조
선인의 생활과 감정이 표현되어 있고 또 독자에게 유익하기 때문이다. 이 관
점은 김태준의 『조선소설사』의 주장을 그대로 반복하는 것이다.

임화나 홍기문의 관점은 이광수가 '조선어' 문학의 가치를 지나치게 강조
한 나머지 근대 이전의 문학 생산조건을 고려하지 않고 소급해서 적용한 것
에 대한 비판이다. 이광수에게 '조선문학은 조선어로'라는 문자 의식 이외에
근대 조선문학의 성립배경인 근대적 국민국가와 그 이데올로기에 관한 인식
이 분명히 있었는지는 의문이다. 국민국가라는 배경을 무시한 채 민족어 문
학을 논의하는 것은 다분히 주관성을 띨 수밖에 없는 것이다. 이광수가 일제
말기 친일논의로 쉽게 이전할 수 있었던 까닭도 국민국가에 관한 인식 없이
민족문화나 민족어 문학을 생각했기 때문이다.

한편 임화가 「조선문학정의」에서 제기한 "조선문학이 시작되면서 소멸되
었다"[26]는 주장은, 앞에서 박승극(朴勝極)이 '자주국이 되어본 적이 없는 특
수 조선'이라는 언급과 연결된 것이다. 박승극처럼 당시 마르크스주의자들은
식민지 현실에 천착하였으므로 국민국가를 전제로 하지 않은 민족어 논의에
대해서 다소 회의적이었던 것 같다. 임화 역시 대한제국이 망하고 한반도가
일본의 식민지가 되면서 조선인이 민족적 국민국가(nation-state)를 갖지 못
한 상황을 의식하고 있었던 것으로 보인다. 민족문학이 국민국가를 배경으
로 한다면, 국민국가의 위기는 민족문학의 위기로 이어질 수밖에 없다.

임화가 프롤레타리아문학의 형식으로 민족적인 내용을 앞세우는 것도 이
와 같은 민족문학의 완성이라는 점을 염두에 두고 있기 때문이다.[27] 국민 문

---

26) 같은 곳.
27) 이러한 관점은 해방 이후 조선 근대문학의 변칙성을 밝힌 임화의 주장에서도 나타난다 :
"그러므로 조선 신문학의 40년 역사는 단순히 제국주의 치하에서 식민지 민족이 영위한 문
학이었다는 점에서만 특이한 것이 아니라 문학사적 발전의 법칙으로 보아서 민족적으로 민
족문학 수립의 역사적 계기요, 문학적으로 보면 근대문학 성립의 현실적 계기였던 근대적
시민적 개혁의 과제를 해결하지 아니하고 고유한 봉건적 문학과 외래한 근대적 문학이 기

학으로서의 프롤레타리아문학의 완성이란 결국 국민국가의 수립과 불가분의 관계에 있는 것이므로 임화의 주장은 상당히 정치적인 함의를 띠는 것이다. 이 점은 근대 민족(어) 문학의 성립에 있어 국민국가라는 매개를 무시하고 단지 '언어로서의 민족'이라는 개념에만 집착한 이광수식의 속문주의(屬文主義)가 도달할 수 없는 급진적인 면이다.

이상의 논의와 직접적인 연관은 없지만 '언어＝문학'이냐는 문제 그리고 문학사 기술의 대상을 어떻게 한정할 것인지 하는 문제에 대한 김태준의 관점도 주목할 필요가 있다. 김태준은 이미 『조선한문학사』(1931)와 『조선문학사』(1933)에서 이상의 물음에 관한 자신의 입장을 분명히 정립한 바 있다.

a. 조선문학이란 것이 순전히 조선문자인 「한글」로서 향토고유의 사상, 감정을 기록한 것이라고 할진대 다만 조선어로 쓴 소설, 희곡, 가요 등이 이 범주 내에 들 것이요 한문학은 스사로 구별될 것이다.[28]

b. 그러나 이 사이 피치못할 현상은 정음 문학과 한문학과의 대립상태였고 전자는 항상 후자의 견제를 받은 관계로 그다지 진보치 못하고 도리어 후자에 의해서 역량이 많고 가장 광망을 많이 가진 작품을 보게 되었다. (……) 그러므로 조선의 한문소설을 중국문학의 일방계로 본다면 별문제려니와 조선의 국민문예 및 그에 포함되는 소설을 논코자 함에 하물며 특권계급의 손에서 사랑받던 한문소설의 고찰만이 나의 주안이 아니어든, 정음의 제정과 정음 문학의 난숙기인 세종, 숙종의 시대를 대서특필하지 않을 수 없다. 갑오경장 이후 구미문화의 대량 수입과 함께 문예운동이 융성해서 이래 수십 년 동안 소설 창작이 매우 흥성하게 된 것은 우리네 목전에 보고 있는 일인지라 대략 사적으로 기술하여 둔다.[29]

---

계적으로 연결 결합되었다는 사실에서 변칙적인 것이다"(임화 「조선 민족문학 건설의 기본 과제에 대한 일 과제」, 임규찬 엮음 『임화 신문학사』, 한길사 1993, 409면).
28) 김태준 『조선한문학사』, 김성언 교주, 태학사 1994, 11면.
29) 김태준 『증보조선소설사』, 박희병 교주, 한길사 1990, 27~28면.

a는『조선한문학사』에서 나온 주장으로 A에 관한 대답을 내포하고 있다. 김태준이 보기에 한글문학이 아닌 한문학은 '조선문학'의 범위에 들어갈 수 없다. 글을 읽어보면 그는 한문학사를 전통이 아니라 유산으로 취급하고 있음을 알 수 있다. 이는 한문학을 박물관에 전시된 석기시대의 도끼나 선영의 묘지에 묻힌 뼈 한 조각과 비교한 것에서도 엿보인다. 그는 한문학사 기술은 조선 한문학사의 결산 보고서와 같은 의미가 있을 뿐이라고 평가한다.

또『조선문학사』의 서론에서는「조선문학 정의」라는 설문에서 주어진 C의 질문에 관한 답을 제시하고 있다. 그는『사씨남정기』,『구운몽』과 같은 고전소설의 배경이 비록 중국이더라도 '조선문학'으로 보아야 한다면서, "지명과 인명만은 외국에서 가차(假借)할지라도 작가 감정의 발로인 동시에 전 국민의 사회생활을 묘사한 것이므로 소위 민족문학이라는 가치에 변동을 주는 것은 아니다"[30]라고 평가한다. 요컨대 그는 고전소설의 배경이 비록 중국이더라도 조선인의 생활과 감정을 담고 있기에 '조선문학'으로 볼 수 있다는 입장이었다.

김태준이『조선문학사』를 기술할 때의 가장 기본적인 목표는 b에서 언급된 것처럼 '조선의 국민문예'의 형성 과정을 밝히는 것이다. 그는 특권계급뿐 아니라 평민들의 문학도 문학사 기술의 대상이 될 수 있다고 생각했다. 이것은『옥단춘전』,『춘향전』,『흥부전』,『심청전』을 조선색을 띤 걸작[31]이라고 평가하는 예처럼『조선문학사』를 일관하는 서민문학에 관한 그의 관심을 뒷받침한다. 그가『조선문학사』를 기술할 때 취한 중요한 방법은, 문학 작품을 통해서 작품 속의 사회·경제적 제 환경을 이해하고 특권 계층의 문학에 대항하는 평민문학의 성장을 진화론적으로 설명하는 것이었다. 이중 후자는 이상주의에서 사실주의로 가는 성장으로 김태준의『조선소설사』에서 구체화된다. 또 언어상의 발전도 주요 평가 기준이었다. 예를 들어 그는『춘향전』

---

30) 같은 책, 19~20면.
31) 같은 책, 21면.

을 논하면서 "자유자재하게 전례 없이 유창한 조선어의 사용법을 보여주었다. 그는 조선어가 가진 내재적 특질을 잘 알아서 도처에 기교적 경구와 미언을 나열한다"[32]고 평가한다. 특히 그는『춘향전』이 봉건적 소설 형식에서 근대적 소설 형식으로 가는 이행을 보여주는 예라고 고평한다. 이러한 김태준의 관점은 나중에 임화의 신문학사 기술에 수용된다.

이상에서 조선어학회의 한글운동이 지닌 문화사적 의미와 조선문학의 개념 규정을 둘러싼 당시 지식인들의 관점을 살펴보았다. 한문학을 '조선문학'의 범위에 넣을 것인지에 관한 논란은, 조선어학회가 순우리말 사용을 주장했던 것과 함께, 당시 지식인들의 민족어와 민족문학에 대한 인식의 수준을 가늠할 중요한 시금석이다.


## 2. 민족문학 형식으로서 민족어에 관한 재인식

### 1) 프로문학에서 민족어의 위상

여기서는 1930년대 중·후반기에 임화의 '민족어'와 '민족문학'에 관한 논의를 검토하고자 한다. 또 리얼리즘 문학을 통한 민족어와 민족문학의 완성이라는 임화의 구상, 그리고 앞서 했던 논의와 해방공간에서 전개된 임화의 민족문학론과의 연속성을 해명하고자 한다.[33]

---

32) 같은 책, 201면.
33) 임화의 언어론 및 민족문학론과 관련한 기존의 논의로는 신두원 「계급문학, 민족문학, 세계문학」,『민족문학사연구』제21호, 2002.12 ; 와타나베 나오끼 「임화의 언어론 ─ 1930년대 중·후반의 견해를 중심으로」,『국어국문학』138호, 2004, 433~540면 ; 신재기 「임화의 문학언어론 연구」,『한국문예비평연구』9권, 2006, 160~180면 등이 있다. 김윤식이『임화연구』에서 임화가 민족이나 민족문학에 대해서 관심이 없었다(김윤식『임화연구』, 서울 : 문학사상사 2000, 522면)는 주장을 한 이후 그와 유사한 관점들이 반복되고 있으나, 그가 조선어 창작을 끝까지 옹호했으며 더불어 내선일체론 자체를 함구함으로써 자신의 정치적 입장을 고수하는 그룹 즉 '조선적 민족파'로 분류됐던 정황을 고려한다면 정당지 않은 평

이를 논하기 전에 프로문학에서 '민족어'가 지닌 중요성을 살펴보자. 한마디로 식민지 기간 조선어는 근대적인 의미의 민족어로서 성숙하지 못하고 정체돼 있었다. 그것은 민족어의 근대화와 표리관계에 있는 근대국가의 형성이 식민지배로 말미암아 지연 또는 중단됐기 때문이다. 따라서 순전히 이론적 관점에서 보면, 식민지 기간에 민족어 형성과 불가분의 관계에 있는 민족문학의 완성도 지연 또는 중단된 상황에 처해 있었다. 하지만 당시 조선문학가들은 '조선문단'이라는 준제도적인 영역을 구축하고 국가가 행하지 못한 문학의 정치적 기능을 대신 수행했다.

이 문제와 관련해서 1933년 10월 29일 조선어학회는 '한글맞춤법통일안'을 발표해 '조선어'가 근대적 민족어로서 발전할 수 있는 토대인 '표준어'의 기초적인 토대를 마련했다. 조선어학회가 발표한 한글맞춤법통일안을 둘러싸고 조선 문학인들은 총 1200페이지에 이르는 두 권 분량의 논쟁을 각종 신문과 잡지를 매개로 전개했다.34) 그런데 놀라운 점은 비좌익 계열이 아니라 좌익 계열의 지식인들이 한글맞춤법통일안을 더 많이 찬성했다는 것이다. 비좌익 계통의 문학인들의 견해에는 조건부 찬성이 많았고 세부적으로는 통일안이 지니는 문제점을 지적한 것이 많았다. 그와 견주어 좌익 계통의 문학

가임을 알 수 있다. 한편 해방공간에서 전개된 임화의 민족문학론에 관한 연구들로는 임헌영 「8·15직후의 민족문학관 — 문학가동맹과 민족문학론」, 『역사비평』 제1호(1987 겨울호), 136~152면 ; 김외곤 「민족문학론의 근대성에 대한 비판적 연구 — 임화의 논의를 중심으로」, 『한국현대문학연구』 제6집, 1998.1, 267~192면 ; 임규찬 「8·15직후 민족문학론에 있어서 민중성과 당파성의 문제」, 『실천문학』 통권12호(1988 겨울호), 425~442면 ; 김재용 「민족주의와 관념적 국제주의를 넘어서 — 한국근대문학사에서 민족문학의 의미」, 『한국근대문학연구』 1, 2000.7, 34~54면 등이 있다. 해방공간에서 임화의 민족문학론을 바라보는 대표적인 관점은 조선문학가동맹과 조선프롤레타리아문학동맹 사이의 대립이라는 구도에서 그 특징을 해명한다. 이 관점은 식민지 기간의 문학론과의 연관성을 인정하나, 문학가동맹은 카프해소파이고 프로동맹은 카프비해소파라는 구도하에 후자에 비해서 전자를 다소 변질적인 것으로 평가한다.

34) 이 논쟁은 김민수·하동호·고영근 편저의 『역대한국문법대계』 제3부 제10~11권(탑출판사 1986)에 해당하는 『한글논쟁집』(상)과 (하)에 각각 수록되어 있다.

인들의 견해에는 통일안의 사상적 측면(언어민족주의)은 경계하면서도 표기법이 통일된 것 자체는 환영하는 논조35)가 많았다.

그런데 이후에 발표된, 조선어학회의 표준어사정안(1936)36)의 사정 기준이 '서울의 중류 계층에서 사용하는 말'로 정해진 것은 카프 쪽에서 쉽게 수용할 수 없었다. 임화의 언어관에 많은 영향을 미쳤던 홍기문은 표준어 사정의 기준을 비판하면서 '노농계급어'를 배제하는 것은 부당하다고 지적하였다. 그 이유는 한자 어휘가 많은 중산계급의 언어와 견주어 노농계급의 언어는 고유어를 많이 보유하고 있기 때문이다. 이를 전제로 그는 "우리 조선의 언어연구자들은 언어정화의 이상(理想) 아래 한문으로 된 말을 크게 기피하는 만큼 적어도 노농계급어를 표준어의 중심으로 삼지 안하여서는 안 된다"37)며 노농계급의 언어를 바탕으로 한 표준어 제정을 주장하였다.

홍기문의 주장은 카프로 상징되는 계급문학 진영의 사회·계급적 토대가 노동자, 농민이었다는 점과 무관하지 않다. 사실 제도교육을 받을 기회가 상대적으로 많은 중간계층 이상에서 조선어나 일본어 중 어떤 말을 사용할 것인지는 그렇게 중요한 문제가 아니었다. 그러나 노농계급이 의지할 수 있는 언어 표현 수단은 조선어밖에 없었다. 1930년의 '국세조사'를 보면 일본어와 한글을 읽고 쓸 수 있는 사람은 6.8퍼센트, 한글만을 읽고 쓸 수 있는 사람은 15.4퍼센트, 일본어만 읽고 쓸 수 있는 자는 0.03퍼센트였고 문맹률은 77.7퍼센트였다.38) 문맹 상태에 있던 다수의 농민과 노동자를 대상으로 한 교육을 위해서도 조선어(의 표준화)는 필요했던 것이다. 카프 대중화 논쟁의

---

35) 와타나베 나오키 「임화의 언어론 — 1930년대 중·후반의 견해를 중심으로」, 『국어국문학』 138, 440면.
36) 1936년 10월 28일, 표준어사정안 발표, 9,547개 낱말 사정.
37) 홍기문 「표준어 제정에 대하야」, 『조선일보』 1935.1.15~2.3 ; 최경봉 『우리말의 탄생』, 책과함께 2006, 180면에서 재인용.
38) 김진균·정근식·강이수, 「일제하 보통학교와 규율」, 『근대주체와 식민지 규율권력』, 김진균·정근식 편저, 문화과학사 2003, 82면.

핵심에도 '문자의 표현방식과 내용의 수준'이 있었던 것은 이러한 상황과 관련이 있다.

조선 대중의 문자 해득률은 일제가 1930년대말 내선일체의 기치하에 문자언어로서의 조선어 교육과 창작을 금지했을 때도 반대 논거로 활용되었다. 예를 들어 인정식(印貞植)은 「내선일체의 문화적 이념」(『인문평론』 1940.1)에서 황민으로서 정신적 훈련을 위해서 국어(일본어) 사용과 보급이 필요하다고 인정하면서도, 조선인구의 80퍼센트인 농민들은 문화와 교육을 위한 지출은 전혀 없는 것이나 마찬가지기 때문에, "현금에 있어서는 위선 황민화의 정신적 훈련을 위해서도 조선어의 폐기가 아니라 도리혀 그의 광범한 활용이 필요하다는 것은 더 말할 필요가 없다"[39]고 주장하였다. 총력문화연맹 부장인 야나베 에이자부로(矢鍋永三郎) 역시 농민을 대상으로 한 황민화와 전시정책의 교육과 선전에 조선어 사용이 불가피하다는 점을 인정하였다 : "下級의 農民에대하야 諺文을 使用하지않고는 아무런것도 傳할 方法이 없으니까 그런意味에서 諺文의 發達은 또 適當하게 하지않어서는 안되겠지오."[40]

이런 상황 등을 고려할 때 프롤레타리아문학의 '용어'를 무엇으로 할 것인지는 프로문학이 '운동으로서의 문학'을 지향하는 한 더욱더 중요한 문제가 된다. 그러나 1934년부터 1935년 당시 있었던 '창작방법' 논쟁에서 '용어' 문제에 관한 고민은 없었다. 오직 임화만이 이 부분에 대해 프롤레타리아문학 측의 고민을 진지하게 드러낸다. 일례로 그는 「담천하의 시단 일년」(『신동아』 50호 1935.12)[41]에서, "신흥시는 넘우나 유소함과 또 전시대로부터 받은 수다한 언어 상의 유산이라든가, 또 그 문학전체를 지배한 정치편중적인 도식주

---

39) 인정식 「내선일체의 문화적 이념」, 『인문평론』 1월호, 1940, 7면.
40) 임화 「失鍋永三郎 林和 對談」, 『조광』 1941.3, 152면.
41) 이 평문은 임화의 평론집 『문학의 논리』(학예사 1940)에서도 언어 문제를 다룬 다른 논문들, 예를 들어 「언어의 마술성」, 「언어의 현실성」, 「예술적 인식수단 및 표현의 수단으로서의 언어」와 함께 같은 항(VII)에 분류되어 있다.

의의 경향 때문에 그 사상적 예술적 달성에도 불구하고 경향시의 가장 약한 부분은 역시 언어적인 그것이었다"[42]라며 프로문학의 용어로서 '민족어' 문제에 대해 좀더 관심을 기울일 필요가 있다고 역설한다.

더불어 임화의 관심은 계급문학에서 민족문학으로 이동하게 되며, 민족문학의 조건에 관한 진지한 논의를 전개하게 된다. 「언어와 문학」(『문학창조』 창간호 1934.6 ; 『예술』 창간호 1935.1)에서 정식화된 '민족문학' 개념은 그가 『조선신문학사』를 저술하는 기본 전제가 됐으며, 이후 해방공간에서 전개한 '민족문학론'의 토대가 됐다. 이때 임화가 주목한 것은 '문자언어의 정치적 성질'이었다. 가라타니 고진(柄谷行人)은 민족(nation)이란 언문일치로 가능하며, 이는 입말이 아닌 문어에 그 기원을 두고 있는 것[43]이며, 음성언어가 국가나 민족에 관계없이 존재하는 것이라면 문자언어는 반드시 정치적 가치 즉 국가나 민족에 관계하며, 더 나아가 경제적 '가치'에 관여하게 된다[44]고 주장한 바 있다. 그런데 임화는 그 같은 통찰을 이미 1930년대 중반에 획득하였으며, 문자언어의 정치적 성격을 의식하면서 자신의 주장을 전개했다.

### 2) 두개의 민족문학과 민족어
#### ① 부르주아적 민족문학 대 프롤레타리아적 민족문학

『문학창조』 창간호에 실린 「언어와 문학」은 서로 대립하고 있는 것처럼 보이는 계급과 민족이라는 범주가 어떻게 하나로 결합될 수 있는지에 대한 논리적 해명을 시도하고 있다. 카프 문학의 현 단계를 진단하고 나아가야 할 방향을 제시하기 위해서 임화는 문단에 팽배해 있던, '민족'과 '계급'이라는 개념이 만들어낸 이념적 대립을 재검토하고 두개의 개념이 카프 문학에서

---

42) 임화 「담천하의 시단 1년」, 『문학의 논리』, 학예사 1940, 620~621면.
43) 柄谷行人 「文字論」, 『戰前の思考』, 東京 : 講談社 2001, 150면.
44) 가라나타니 고진 『일본정신의 기원』(언어, 국가, 대의제 그리고 통화), 송태욱 역, 이매진 2003, 30~31면.

지니는 의미를 해명한다.

　(가) 이 현실적 조건은 지금의 국민적 민족적 차별을 변화와 소멸의 방향으로 이끌고 잇는 세계사적 조건인 근대적 노동 계급의 발생과 성장 그것이다. 이 계급은 첫째 인류의 대부분이 그것에 관해 잇고 또 그들은 민족적 국민적으로 자기들이 분열하는 것보다 그러한 구별을 초월하야 세계적으로 접근 결합하는 것으로서 자기들의 생존상의 이익을 삼는 것으로 결정되든 것이다. (……) 이것이 사상적으로 집약될제 민족 국민주의의 쇠퇴와 국제주의의 발전으로 표시되는 것이다.[45]

　(나) 다시 말하면 프로문학이 프롤레타리아의 문학인 한에서 일 계급의 문학이라는 것, 즉 사회가 계급적으로 생활하고 있는 시대의 예술적 산물이라는 한 개의 역사적 특성을 이해해야 한다.
　이것은 무엇을 의미하느냐 하면 계급사회라는 것은 더욱이 자본가적 사회의 시대라는 것은, 민족이 비로소 통일적으로 자체를 완성한 시대이며 동시에 인류가 관세벽, 국경 등의 제 조건으로 말미암아 분열된 민족적 차이가 완성한 시대인 만큼, 그것의 부정적 요소인 국제정신은 그것에 비하여 몹시 어리다는 그것이다.
　다시 말하면 계급사회가 그 정치 생활에 있어 집약하는 국가이라는 것이 계급 대립의 존재와 함께 존재한다는 사실은, 계급사회에 있어서의 생활양식, 풍속, 문화, 예술 등의 민족적 양식이 실로 불가분의 것이라는 것이다.[46]

(가)의 글은 카프의 문학가 임화의 면모가 잘 드러나는 글이다. 그는 카프가 추구해야 할 방향으로 '국제주의'를 제시하고 있는데, 레닌이 사회주의를 민주주의 또는 국제주의라는 용어와 병용[47]했던 점을 고려한다면 그 함의는

45) 임화 「언어와 문학」, 『문학창조』 창간호, 1934.6, 20면.
46) 같은 글, 26면.
47) 레닌 「민족문제에 관한 비판적 고찰」, 이길주 역 『레닌의 문학예술론』, 논장 1988, 126면.

명백하다. 국제주의의 의미는 마르크스가 『공상당선언』에서 자본과 노동의 국제적인 성격을 논하면서 자본주의사회에서 공산주의사회로 발전하려면 국가적, 민족적 장벽을 붕괴시키고 거대한 노동자의 국제연대를 만들어내야 한다고 말했던 것과 연관된다.

그러나 1930년대의 상황에서 계급을 논하는 일은 민족이라는 공동체를 떠나서는 가능하지 않다. 왜냐하면 민족은 프롤레타리아트와 부르주아지라는 두 계급이 형성하는 자본주의사회의 공동체 형태[48]이기 때문이다. 더구나 사회주의가 실현된다고 해도 민족의 존재가 완전히 사라지는 것은 아니다. 이는 스탈린이 1929년에 민족의 차이와 민족어의 소멸을 주장하는 레슈코프와 코왈슈츠를 반박하면서 소련의 사회주의는 일국에서 이루어진 것이지 세계사적 규모가 아니기 때문에 민족의 차이와 민족어의 존재는 여전히 존재할 수밖에 없다고 반박한 것을 봐도 잘 드러난다.[49] 요컨대 민족어와 민족의 차이가 소멸하고 민족들이 융합하고 단일한 공통어를 형성하는 것은 세계사적 규모의 사회주의의 승리를 통해서만 실현될 수 있다.

하지만 임화는 민족적 차이와 민족의 소멸이라는 세계사적 전망과 관련해서 풍속적, 언어적 습성은 경제적, 정치적인 것이 완전히 세계적 규모로 변화한 이후까지 상당히 장기간 지속될 것이라는 더욱 완고한 전망을 제시하면서[50], 예술과 문학 그리고 그 표현수단인 언어가 지닌 민족적 특성을 고민하지 않으면 안 된다고 주장한다. 더구나 제국주의에 동화된 부르주아가 방기한 시민적 과제—민주주의와 국민국가의 형성—를 프롤레타리아가 떠안게 된 당시의 상황에서는 (가)에서 주장된 국제주의와 (나)의 민족적 문화의 필연성은 서로 모순되지 않는다고 본다. 더 나아가 임화는 자본주의사회

---

48) 칼 마르크스 외 『마르크스-레닌주의 민족이론』, 편집부 편역, 나라사랑 1989, 57면.
49) 스탈린 「민족주의와 레닌주의」, 『마르크스-레닌주의 민족이론』, 편집부 편역, 나라사랑 1989, 373면.
50) 임화 「언어와 문학」, 『문학창조』 창간호, 23면.

에는 두개의 민족문학이 존재한다는 관점을 제시함으로써 계급문화와 민족문화라는 서로 모순되는 두 개념이 결합될 수 있음을 보여준다.

　　그럼으로 우리는 이곳에서 다갓치 '민족문화'라고 불러지는 한 개의 개념 가운데 두개의 상반된 내용을 구별하게 되는 것이다.
　　하나는 그 내용에 잇서서 뿌르조아적이고 형식에 잇서 민족적인 문화 즉 일즉이 우리가 말한 바 잇는 민족주의의 정신의 강화를 목적으로 하는 문화 그것이다.
　　다른 하나는 '형식에 잇서서 민족적이고 내용에 잇서서 국제주의'의 정신으로 대중을 교육하고 그 힘의 강화를 목적으로 하는 문화 그것이다. 그럼으로 '이리잇치'가 자본주의하의 민족문화의 스로강의 반대한 것은 민족문화의 민족적 형식이 아니라 그 썍르적 내용을 공격한 것이다.
　　싸라서 민족적이 아닌 계급적 문화는 어듸에도 존재할 수 없는 것이다.[51]

위에서 임화는 민족문화라는 외연 속에 "내용에 있어서 부르주아적이고 형식에 있어서 민족적인 문화"와 "형식에 있어서는 민족적이고 내용에 있어서는 국제주의적인 문화"가 존재하고 있음을 지적한다. 이처럼 임화는 카프 작가들이 민족문화와 계급문화를 양립 불가능한 것으로 보았던 관점을 수정하여 계급적 민족문화라는 개념을 1934년을 전후로 해서 정식화했다.
　　임화 스스로가 언급했듯이 두개의 민족문화에 대한 그의 논의는 레닌을 수용한 것으로 보인다. 레닌은 「민족문제에 대한 비판적 고찰」이라는 논문에서, 자본주의사회에서 민족문화를 부르주아적인 민족문화와 등치하는 고정관념을 비판하면서, 두개의 민족문화가 존재할 수 있음을 지적한 바 있다 : "민주주의 문화와 사회주의 문화의 요소들은 비록 초보적인 형태로나마 모든 민족문화 속에 존재한다. 왜냐하면 모든 민족 내에는 그 생활의 조건상

---

51) 같은 글, 25~26면.

불가피하게 민주주의와 사회주의의 이데올로기를 산출하지 않을 수 없는 피
착취 근로대중이 존재하기 때문이다."52)

또 임화는 민족문학의 내용으로서 국제주의가 지닌 의미를 "국제주의적
정신에 의하야 일관된 문화이지 결코 국제 문화 자체가 아니다"라고 한정함
으로써 당시에 카프 계열 문학인들이 침윤돼 있었던 국제주의와 다소 거리
를 둔다. 임화는 계급문학의 현실성을 전제로 계급문학으로서 프로문학의
현존재를 인정한다. 하지만 민족적 차이와 민족어가 소멸된 국제 문화란 역
사의 방향성을 지시하는 예언적인 가능성일 뿐이므로 현 단계에서 그것을
논의하는 것은 무의미하다고 주장한다 : "프로문학은 프롤레타리아트의 문
학인 한에서 일 계급의 문학이며, 이것은 사회가 계급적으로 생활하고 있는
시대의 예술적 산물이라는 역사적 특성에 제약을 받고 있다. 반면에 '국제
문화'란 계급적 차이가 소멸한 공산주의 사회에서나 실현 가능한 문화 형태
이다."53) 한마디로 민족적 형식을 무시한 계급문학이란 존재할 수 없으며,
민족적 현실을 초월하는 프롤레타리아의 문학이라는 것도 존재할 수 없는
것이다.

임화는 '민족'과 '계급'이라는 두 범주의 상관관계를 해명—민족이란 프롤
레타리아와 부르주아지라는 두 계급을 포함하는 자본주의사회의 공동체—
하고 이를 바탕으로 '민족문학'이라는 개념의 현실성을 논증한다. 이 문학은,
민족이라는 공동체가 두 계급으로 분열되어 있는 것처럼, 두개의 민족문학을
포괄하는 광의의 민족문학이다. 여기서 프로문학이 지향해야 하는 것은 프롤
레타리아의 민족문학을 건설하는 것이다. 그는 이 문학을 '민족적 형식과 국
제적 내용'으로 정식화한다.

---

52) 레닌 「민족문제에 관한 비판적 고찰」, 앞의 책, 129면.
53) 1975년에 소련에서 발행된 M.S 카간의 *Verlesungen Zur Marxistisch-Leninstischen*
  *Ästhetik*(Dietz Verlag, Berlin 1975)에서도 이것은 여전히 하나의 가능성으로 남아 있다. 이
  부분은 진중권이 번역한 『미학강의』2(새길 1998)의 300면 참조.

② 프로문학의 민족적 형식으로서 조선어

임화는 '내용에 대해서는 국제주의'란 국제주의적 지향성을 의미하는 것이라고 하여 그 외연을 다소 모호하게 처리한 것과 달리, 민족적 형식에 대해서는 분명한 관점을 갖고 있었다.

다시 말하면 계급사회가 그 정치 생활에 있어 집약하는 국가라는 것이 계급 대립의 존재와 함께 존재한다는 사실은, 계급사회에 있어서의 생활양식, 풍속, 문화, 예술 등의 민족적 양식이 실로 불가분의 것이다.
즉 **계급적인 문학으로서의 프로문학의 민족적 형식은 고유의 것**이란 말이다. 그러므로 엇더한 의미로서이고 민족적이 아닌 국제적인 문화는 오늘날에 있어서는 추상계에 있어서만 존재할 수가 잇다.[54] (강조 : 인용자)

이상의 주장에서 민족문학의 중심점은 내용보다는 형식의 방향으로 훨씬 많이 움직이고 있음을 알 수 있다. 이는 국제주의라고 불렸던 사회주의가 식민지 조선에 있어서는 분명한 현실성을 갖지 못한 한 개의 지향점이었음에 반해, '민족적 형식' 즉 민족어는 상대적으로 분명한 실체가 있었기 때문이다. 임화는 '민족적 형식'의 기초인 조선어의 사용을 옹호하고 조선어 창작의 당위성을 이론적으로 해명하고자 노력하였다. '조선어'는 프로문학의 형식을 규정하는 중요한 매체로서 노동자가 조선인인 한 그는 여전히 조선어를 사용할 수밖에 없으며, 거기에는 문학인도 예외일 수 없다.

우리는 우리들의 고향, 우리들의 언어, 그 밧게 우리들의 고유한 모든 것을 사랑하는 것이다. 우리는 이 고향의 산천 가운데서 살고 이 땅의 대기 가운데서 숨쉬며 이 나라말로 모-든 것을 이약이 하는 것이다.
대체 어떠한 문학이 이러한 모-든 것으로부터 자유로울 수가 있으며 대체 엇더한 언어가 이 아름다운 풍부한 말 외 이실 수가 잇슬 것인가?

---

54) 임화 「언어와 문학」, 『문학창조』 창간호, 26면.

그럼으로 우리는 진정한 의미의 민족문학의 건설을 위하야 생애를 밧칠 용기를 가지고 붓을 잡을 수가 있는 것이다.[55]

임화는 민족어를 문학어 또는 예술어로 발전 — 이러한 관점은 완미한 언어로서의 조선어에 관한 그의 강조에서 분명히 드러난다 — 시키는 것이 프롤레타리아문학인의 임무라고 주장하였다.

민족어의 정치적 성격에 대한 임화의 생각은 근본적으로 '민족자결'과 연결되어 있다. 사실 제국 내의 소수민족 언어에 대한 옹호는, 제국주의 지배에 대항하여 소수민족의 '민족자결권'을 강조했던 레닌과 초기 스탈린의 기본 입장이었다. 이들 마르크스주의자들은 제국의 상징지배에 대해 저항할 수 있는 대항적인 상징 자본으로서 '민족어'의 가치를 전략적 관점에서 사고했다. 짜르시대의 러시아가 제국주의적 국민주의(imperial nationalism)를 전파하기 위해 소수민족에게 '대러시아어'를 공용어로 사용하도록 강요한 것에 비판적이었던 레닌은 '의무적인 공용어' 정책을 반대했다. 그는 또한 「의무적인 공식어는 필요한가?」라는 1914년의 글에서 공식어는 필요하지만 그것을 의무화하는 것은 필요하지 않으며 민주주의의 정신에 어긋나는 것이라고 반대했다.[56]

그러나 당시 일본의 언어정책은 레닌이 민주주의적이라고 불렀던 것과는 반대 방향으로 진행되고 있었다. 일본이 '조선어'와 '일본어'의 공존을 인정하지 않고, '고쿠고'(國語)라는 사상을 내세워서 소수민족의 언어를 방언으로 천시하고 억압했던 것은 짜르시대의 대러시아 정책과 비슷한 것이었다. 이러한 일본의 정책 때문에 제국과 피식민지 간의 정치적 긴장은 종종 '국어'와 '민족어' 사이의 긴장으로 표현됐다. 특히 만주사변(1930) 이래로 전쟁 수

55) 같은 글, 24면.
56) 레닌 「의도적인 공식어는 필요한가?」, 앞의 책, 142면. 이 글은 1914년 1월 18일, 『쁘롤레따르스까야 쁘라브다』(Proletarskaya Pravda) 14(32)호에 실렸다.

행을 위한 사회통제가 점점 심해지면서 '문자언어'(학교교육에서 읽기와 쓰기 영역)로서 조선어에 대한 억압은 점점 강화됐다.

문자언어로서 민족어의 정치적 기능을 예민하게 알아차렸던 임화는 「공학제와 위기하의 조선문학」(1936)에서 민족어 사용의 문제를 정치적 문제와 직접 연결하여 논하기도 했다. 그런데 이러한 방향 설정이나 실천을 일본의 제국주의적 국민주의의 전도된 형식으로 폄하할 수는 없다. 왜냐하면 민족어는 제국이 약소민족을 지배하기 위한 수단으로도 사용하지만 반대로 약소민족의 민족자결을 옹호하고 제국주의 지배를 해체하는 방편으로도 사용될 수 있기 때문이다. 요컨대 임화의 민족문학과 민족어에 관한 논의는 '제국주의적 국민주의'와 '민족자결' 사이의 긴장 속에서 생산됐던 것이다.

이러한 점은 해방공간에서 발표된 「조선 민족문학건설의 기본과제에 대한 일반보고」를 참고하면 더 분명해진다. 이 글에서 임화는 민족어와 민족문학에 관한 옹호가 1930년 만주사변 이래 몰아쳤던 일제의 파시즘적 통치방식에 대한 대응이었다는 점을 밝히고 있다. 그는 조선어를 지킨다는 것이 일제의 위협과 박해에 대항해서 조선문학이 취한 공동전선이었음을 주장한다. 그 이유는 "조선어의 수호는 우리나라의 작가가 조선어로 자기의 사상, 감정을 표현할 자유가 위험에 빈(瀕)하고 있었던 것이 당시의 추세이었을 뿐만 아니라 모어를 수호를 통하여 민족문학 유지의 유일한 방편을 삼고 있었기 때문이다."[57]

임화의 민족어와 민족문학 개념은 단순히 소련 이론의 이식이 아니라 식민지 조선이라는 현실 대응 속에서 형성된 것이었다. 때문에 민족문학의 방향성, 즉 '민족적 형식과 사회주의적 내용'이라는 틀은 해방공간의 '민족문학론'과 이후 북한의 '주체예술'을 정의(定意)하는 정의항의 자리에 놓일 만큼 견고할 수 있었다. 더구나 1970년 이후 소련아카데미는 '민족적 형식, 프롤

---

57) 임화 「조선 민족문학건설의 기본과제에 대한 일반보고」(『건설기의 조선문학』 조선문학가동맹, 1946년 6월), 『해방공간의 비평문학』 1, 송기한·김외곤 편, 태학사 1910, 301면.

레타리아적 내용'이라는 기왕의 규정을 '형식의 민족적 계기와 민족적 내용'으로 수정함으로써, 소수민족에 대한 공용어의 지위를 강화하는 쪽으로 방향 전환을 하였다.[58] 이와 견주어 해방공간, 그리고 북한에서 이러한 규정이 교조적으로 보일 만큼 견고하게 유지됐던 것은 일본어와 긴장 관계 속에서 민족어가 형성됐던 우리 근대문학의 역사적 발전과 무관하지 않다.

### 3) 리얼리즘 문학을 통한 민족어 완성

이상에서 살펴본 것처럼 임화는 '민족적 형식과 국제주의적 내용'이라는 도식에 기대어 문학어로서 조선어의 현재와 미래에 대해서 논의할 수 있었다. 그런데 임화의 독창성이 두드러지는 부분은 민족문학의 매체인 민족어를 어떻게 형성해 나갈 것인지에 있다. 즉 '민족어', '민족문학'이라는 선언적이고 자기 예언적인 개념들을 구체적인 현실 속에서 실현해 나가는 방법을 제시한 것에 임화의 독창성이 있다. 그리고 이 수준에서 '한국 프롤레타리아 문학'의 존재 의의가 부각된다. 이 장에서는 이 점을 좀더 자세히 살펴보도록 하겠다.

임화는 조선어를 순수하게 언어적 관점에서 논의한 적은 없다. 그는 조선어를 '문학어'라는 관점에서 논했다 : "언어가 문학 없이 존재할 수 있다는 가상은 사실 불가능한 일로 언어 없이 문학의 존재를 생각할 수 없음과 동일한 뜻이다."[59] 그리고 "경향문학은 민중의 언어 위에 선다"는 주장에서도

---

58) 민족적 형식에 관한 강조가 형식의 민족적 계기라는 다소 약화된 규정으로 바뀐 것은 1930년대 이후부터 시작됐던 소련 내에서의 소수민족에 관한 정책 변화와 무관하지 않다. 소비에트 초기의 레닌이나 스탈린은 제국주의를 해체하는 수단으로서 소수민족 및 그 문화에 대해서 우호적이었던 반면, 소비에트가 점점 국가주의적 성격을 강화하게 되면서, 공용어로서 '러시아어'를 강조하고 이에 따라 소수민족의 언어나 문화에 관한 억압이 증가하였다. '형식의 민족적 계기와 민족적 내용'은 그 자체로는 틀린 말이 아닐 수 있지만, 제국주의적 국민주의가 내셔널리즘을 강요할 때, 즉 공용어를 강요할 때 종종 사용되는 논리이기도 하다.

59) 임화 「언어의 마술성」, 『비판』 32·33합호, 1936.3, 67면.

알 수 있듯이 임화는 프롤레타리아문학이 민중어를 매체로 사용해야 한다고 생각했다. 그러나 이러한 주장을 전제로 임화가 현실적으로 존재하는 노동자농민의 언어를 무조건적으로 차용해야 한다고 주장했다는 결론을 내리는 것은 성급한 판단일 뿐이다. '언어'가 아닌 '문학어'라는 임화의 개념 사용에서 알 수 있듯이 그가 생각하는 민족어는 '문자언어'였기 때문이다.

임화는 문학어를 다음과 같이 규정한다 : "무수한 언어 가운데로 선발된 선업을 득한 언어는 원어(보통으로 실재한 말을 이리 부른다면)보다는 특별히 다른 형태를 가지고 예술적 건축 가운데 참여하는 것으로 우리는 위선 이것을 원어로부터 문학어라고 구별한다."[60] 이러한 규정에서 알 수 있듯이 문학어는 일상어를 예술적으로 가공한 특별한 언어다. 임화는 문학어의 역사적 발전과정을 고찰하면서, 문자로서의 문학어는 원시문학어에서 중세공통문어 그리고 민족어로 발전해왔으며 이러한 발전과정은 언어상의 민주주의를 실현하는 과정이라고 규정한다. 그리고 프로문학은 이러한 언어상의 민주주의, 즉 '만인에게 평등한 (문자)언어'를 실현하는 데 결정적인 역할을 한다고 주장한다.

언문일치 문장은 언어상의 부르주아적 혁명으로서 국민국가 또는 민족국가의 성립과 민족적 통일의 요구에 따라 만들어진 것이다. 이는 중세공동문어에서 해방되어 민족어를 문자생활의 기본으로 삼고자 하는 근대적 욕구의 구체적 표현이다. 임화는 언문일치가 표준어를 확립하고 "씨족어의 통일 — 표준어의 확립 — 봉건적 격리(隔離)의 유물인 방언의 소멸"[61]을 달성했기 때문에 가치있는 것으로 본다. 하지만 이 '통일어=표준어'는 시민사회의 생활 특징에 따라 달성된 것으로, 사실은 시민 자신의 계급적인 언어를 국민적 형식으로 일반화한 것뿐이므로 부분적으로만 긍정적이다.[62]

---

60) 임화 같은 글, 69면.
61) 같은 글, 70면.
62) 같은 곳.

특히 조선의 경우는 부르주아적 민족어조차도 제대로 형성되지 못한 상황에 처해 있었다. 그것은 첫째로 당시 시민계급이 국민국가를 수립하는 데 실패하여 표준어 — 근대적 통일어 — 를 획득할 지위를 상실했기 때문이다. 둘째는 표준어가 확립되지 못해 개별 작가의 문학적 개척도 통일되지 못하여 작가에 따라 소시민적, 인텔리적, 또는 봉건 농민적 경향으로 개별화되고 말았기 때문이다. 따라서 시민문학의 차세대인 프로문학은 시민문학이 성취하지 못한 시민적 과제를 수행하는 동시에 조선어를 완미(完美)한 문학어로 성숙시켜야 한다는 이중의 임무를 떠안게 됐다.63)

그렇다면 당대의 프로문학은 이 같은 역할을 수행할 만큼의 자격을 갖추고 있었던 것일까? 이에 대해 임화는 부정적인 견해를 피력한다.

　　그러나 이文學의 初期에 있어 遺憾된일이나 그들은 言語의 無視者이었고 그뒤最近年까지는 거위 無方針으로 一貫되어왔다.
　　그러나 이러한 諸缺陷에도 不拘하고 이文學이 文學語上에 끼친功績은 일즉이 新文學이 開拓치못하았든 勤勞民衆의언어를 文學化할랴고 努力한點이고 또하나는 새롭은 社會的 科學的인 內容을 가진 言語를 解說할랴는 데 있었다.
　　그러나 言語의領域에 있어서의 이文學의無方針은 곧 글자그대로 「되는대로主義」로變하야 勞動者와 農民의言語에 對한無原則的 追從의態度로서 表示되었다.64) [sic]

임화는 프로문학이 언어문제에 대해서 무관심했다고 진단한다. 이러한 점은 그가 민족주의자 — 이후 『문학의 논리』에서는 전통주의자라고 용어를 변경한다 — 라고 규정한 일단의 사람들, 예를 들어 조선어학회의 언어학자들이나 이태준, 정지용, 김기림, 이상(李箱), 박태원(朴泰遠)과 같은 사람들과

---

63) 배개화, 「1930년대 후반 전통담론의 탈식민성 연구」, 서울대학교 박사 2004, 88면.
64) 임화 「언어의 마술성」, 74면.

는 명백히 구분되는 태도다.

물론 임화가 프로문학의 공적을 무시한 것은 아니다. 그는, 프로문학이 첫째로 근로인민의 언어를 문화화하려고 했던 점, 둘째로 사회과학적 내용을 지닌 언어를 문학 속에 도입하려 한 점을 높이 평가한다. 하지만 이러한 공적에도 프로문학의 언어에 관한 무관심과 무방침은 노동자나 농민의 언어를 단지 문학상에 묘사하는 것과 같은 민중어 추수주의(追隨主義)로 그친 경향이 없지 않았다. 덕분에 그가 부르주아문학가들의 과오로 지적했던 언어상의 무질서는 프로문학에 와서도 크게 나아지지 않았다.

임화는 시민적 과제를 떠안은 프로문학의 언어가 나아가야 할 방향을 구체적으로 규범화하여, 프로문학이 언어 혹은 문학어 문제에 소홀했다는 스스로의 비판에 대한 면죄부를 얻고자 한다. 그가 제시한 프로문학의 언어가 갖춰야 할 요건은 다음과 같다 : 첫째, 그것은 민중의 생활어에 기반해야 한다.[65] 둘째, 문학어는 "완전한 의미에 잇서서의 구체적인 또 현실적인 언어"[66]가 돼야 한다. 셋째, 통일되어야 한다. 넷째, 전형성을 가지고 있어야 한다. 다섯째, 교육적이어야 한다.[67]

그러므로 言語的創造가운데 典型性이란 言語의 合理性가운데 審美性을 統一하는것으로 그것은 다시 文學 自體가 그러함과같이 創造的教育的인것이다. 例하면 自己妻를 부를때 慶尙道方言이 「봐라! 물좀 떠오니라!」하는것은 明白히 낡은 家長制農村의 謬習을 表示하는 語法으로 文學은 이것을 肯定助長 할것이아니라, 새로이 이야기 되는 「여보 물좀 떠오소」로 敎育할줄 알아야 한다.
　더욱이 『前衛』, 『組合』, 『科學』, 『團體』, 『共販』 等의 새롭은 言語를 높은 文化語로 文學가운대 살니고 解說함을 잊어서는 아니된다.[68] [sic]

65) 임화 「언어의 문학」, 『예술』 창간호, 1935.1, 4~5면.
66) 임화 「언어와 문학」, 『문학창조』 창간호, 1934.6, 20면.
67) 프로언어의 방향성에 관한 임화의 논의는 필자의 앞의 논문, 88면 참조.

이상의 논의 가운데 가장 중요한 것은 프로문학의 언어는 전형성을 획득해야 한다는 것이다. 전형성은 프롤레타리아적 문학어를 창조하는 데 있어서 핵심이 되는 원리라고 할 수 있다. 또 당시 카프의 창작방법 논쟁과도 직접적인 관련이 있다. 문학어가 전형성을 획득하게 되면 그것은 자연스럽게 대중을 교육할 교육어(표준어)가 된다. 요컨대 전형성의 획득은 문학어가 민중성, 현실성, 교육적이라는 자질을 갖출 수 있는 바탕이며, 그러한 문학어를 바탕으로 표준문이 만들어진다면 어문통일은 자연스럽게 이루어질 수 있다.

임화가 생각하는 이상적인 문학어는 리얼리즘의 미학 원리에 따라 구축된 것으로 문학의 생산조건인 계급적 제 관계와 모순들을 생생하게 묘사할 수 있는 규범적인 언어여야 한다. 이것이 성실하게 수행될 때 임화가 '되는 대로 주의'라고 비판한 민중어 추수주의를 극복할 수 있다. 이런 점에서 민족어에 대한 임화의 관심은 그의 창작방법에 대한 관심과 모순된다고 할 수 없다. 오히려 서로 유기적인 관계에 있다고 할 수 있다. 최상의 리얼리즘 문학이 창조되면 될수록 그 문학에서 사용된 문학어는 미래의 통일된 민중어의 토대가 될 것이다.

이 점은 임화가 어문통일, 즉 표준어 형성과 관련해서 '세익스피어적 길'과 '푸쉬킨적 길' 중 전자를 지지한 것에서도 잘 나타난다.[69] 그가 말하는 세익스피어적 길이란 위대한 시인이 나타나서 타의 추종을 불허하는 작품을 창작하여 그 나라의 언어나 문법을 완성하는 것이다. 반면에 푸쉬킨적 길은 위대한 언어학자나 문법학자가 한 나라의 문법이나 말을 정리, 완성하여 놓으면 푸쉬킨의 문학과 같은 위대한 문학이 창조될 수 있다는 것이다. 임화는 이중 위대한 문학인이 나와서 언어의 정리자가 되지 않는 한, 언어학자에 의한 인위적인 어문정리 ─조선어학회의 어문정리 작업을 겨냥한 듯─는 곧 문예의 강성으로 연결될 수 없다고 전망한다 : "언어일반의 정리란 추상적

---

68) 임화 「언어의 마술성」, 75면.
69) 임화 「예문의 강성과 언어정리」, 『사해공론』 1938.7, 48~50면.

목적을 따르기 때문에 문학이 개개의 구체적인 세부에서 내용에 적응한다는 견지를 고수하는 대신 언어학은 일반의 추상적인 전부를 통하여 언어 그것의 이곳에선 내용이 철저한다는 것은 제이의다! 정비를 한다는 입장을 취하게 된다. 그럼으로 시인이 곧 언어의 완전한 정리자가 되지 못하는 대신 어문의 정리는 곧 문예의 강성 그 자체는 될 수 없다."[70]

이러한 관점은 가라타니 고진이 서양과 일본의 '언문일치' 성립이 음성언어를 문자언어로 옮겨 적은 것에서 생겨난 것이 아니라, 문자언어가 언문일치로 상상되는 음성언어를 만들어간 결과라고 지적한 것을 선취하고 있었음을 보여준다. 사실 이러한 관점은 임화만이 아닌 다른 문학인들도 갖고 있었으나, 이것을 실천해나가는 방식에서 차이를 보인다. 예를 들어 이병기, 이태준, 정지용 등과 같은 『문장』파는 언문일치를 위한 '문어적 규범'을 내간체라는 중세의 귀족계층이 사용했던 여성적 문체에서 발견했다. 그런데 노동자계급은 근대적 현상이기 때문에 중세의 언어로써 그들의 존재와 의식을 표현할 수 없다는 것은 분명하다. 때문에 임화는 이를 복고주의적인 경향으로 비판했다.

그렇다고 해서 임화가 방언 등과 같은 토속어를 문학어로서 수용하는 것을 찬성한 것도 아니었다. 사실 토속어의 수용은 현실에 존재하는 음성언어를 바탕으로 언문일치를 실현하려는 노력이라고 할 수 있지만, 이미 당시에도 서울말과의 권력관계에 따라 소설의 경우 지문에서는 사용되지 못하는 경우가 많았고, 몇몇 시에서 겨우 사용되는 정도였다. 또한 임화가 주장하는 '최상의 언어'가 민중들이 실제 생활에서 쓰는 언어 자체를 의미하는 것이 아님은 분명하다. 이는 그가 지역적인 차이를 담고 있는 언어인 방언을 작품에 수용하는 것을 부정했던 것으로도 알 수 있다. 예를 들어서 「언어의 마술성」의 다음과 같은 발언을 보자.

---

70) 같은 글, 49면.

월전의 간행된 백석씨의시집「사슴」가운데 나타난 향토적서정시는 우리들에게 좋은 교훈을 준다. (……) 그곳에는 생생한 생활의노래는 없다. 오즉 이제 막 소멸할나고하는 과거적인 모든것에대한 끗없는애상 그것에대한 비가이다. (……) 이난잡한방언은 시집「사슴」의 예술상가치를 의심할것도 없이 저하시킨 것이라 믿으며 내용으로서도 이시들은 보편성을가진 전조선적인문학과 원거리에것이다.

이경향은 또한 전월「신동아」「중앙」 양지에발표된 김동리씨의소설「바위」「무녀도」중에서 그전형적인 표현을 받었다.

「무녀도」가운데서 멸망해가는 민속으로서의 무녀생활에대한 작가의 태도는 명료히 탐미주의적이며 이경향은 '무녀'나 그의딸의 성격을 한개의 사회적 전형성을가진 「타잎」으로 앙양시키는—(방향으로 : 인용자) 부정적으로 움즉이었다.[71]

위에서 임화는 백석의「사슴」과 김동리의「무녀도」등을 평가하면서 문학적 언어와 계급성의 관계에 관한 그의 생각을 적고 있다. 임화는「사슴」과「무녀도」가 모두 '조선색' 또는 '지방색'에 집착하고 있으며, 그것들은 모두 과거에 관한 회고적 집착이라고 비판한다. 더불어「사슴」에 나와 있는 평안도 방언은 시집의 가치를 저하시키고 있으며,「무녀도」는 사회적 전형을 그려내는 데 실패했다고 평가한다.

이러한 임화의 지적에서 우리는, 그가 의미하는 언어의 계급성이 방언의 사용이나 특정 계급의 언어를 그대로 작품에 재현하는 것을 뜻하는 것은 아님을 알 수 있다. 오히려 '문학은 사회적 전형을 표현해야 한다'는 주장에서 알 수 있듯이, 임화는 문학어가 사회적 현실의 전형을 효과적으로 표현할 때 계급적이라고 생각했다. 이런 점에서 임화는, 앞서 지적한 홍기문의 경우처럼 언어 그 자체로서 계급적인 것을 고려했다기보다는, 사회적 삶의 계급적 성격을 표현한다는 '형상성'의 측면에서 계급성을 고려했음을 알 수 있다.

71) 임화「'문학상의 지방주의' 문제」,『조광』 1936.10, 174면.

그런데 문학의 전형(典型)은 작가가 선택하여 배치한 문학어를 통해서 창조될 수 있는 것이다. 때문에 임화는 원어와 구분하여 문학어를 특별한 것으로 규정하는 동시에, 사회적 삶의 실재를 잘 드러낸다는 의미에서 생활어의 엣센스라고 규정했다.

프로문학은 그본래의 성질상 새로운언어적 세계를 개척하였다. 본래에있어 모든고유의조선어를 이해기하는 근로적생산인민의 생활심리묘사를위하야 또 그들에게 읽힐현실적인 이유등 이중의 필요에의하야 그존립의 십년간을 노력한것이다. 이것은 결코 필자의낭만적 과장이 아니라 최서해와염상섭을 정확히 비교할줄는 사람은 곧수긍할일이며 또염상섭과 이기영의『고향』은 이기영과 가장 많은어휘를 가젓다는『임거정』의 작가 홍명희(洪命熹)씨를 비교하면 명확해질 것이다.

이기영의『고향』은『임거정』이나『만세전』이나그외 춘원의『그 여자의 일생』『흙』등에 비하야얼마나많은생생한어휘와조선어의고유의아름다움을 가젓는가?

염상섭의 조선어를, 석판화라고하면, 홍명희씨의언어는, 색채를빼낸묵색만의묵화(墨畵)석인(石印)이고 이기영 씨의 언어는,『라파엘』따, 뷘치의 그것이다.72)

위의 글은 이기영(李箕永)의『고향』에서 쓰인 언어를 당시 조선어가 성취할 수 있는 최고의 수준이라고 평가하고 있다. 이러한 평가는『고향』자체에 사용된 어휘 수에 따른 것이 아니다. 그것은 조선어로 말하는 근로인민의 생활 심리를 전형적으로 묘사하고 그들에 관한 교육적 기능을 가장 잘 수행하고 있기 때문이다. 이러한 판단은『고향』이 1930년대 중반에 프로문학이 이룩한 리얼리즘의 최고봉이라는 평가와 무관하지 않다. 리얼리즘 문학으로서 완성도가 높을수록, 즉 전형성이 확보될수록 작품 속 언어는 프로문학이 지향하는 문학어의 요건 — 근로인민의 생활 심리묘사 및 그들에 관한 교육적

72) 임화「조선어와 위기하의 조선문학」7,『조선중앙일보』1936.3.20.

기능—을 갖추게 되는 것이다.

이처럼 임화가 추구하는 계급문학의 용어로서 조선어는 단순히 민중의 언어를 수용하여 활자화한 것이 아니라, 리얼리즘이라는 일정한 미학적 원리에 따라 재구축되고 규범화된 언어다. 이 점은 "문학어는 항상 '랭'(langue)이고 언어 동태의 모태는 '퍼롤'(parole)"73)이라는 임화의 주장을 이해한다면 깨달을 수 있다. 임화는 문학어의 토대는 파롤(parole), 즉 실제 민중들의 생활어지만 문학어는 랑그(langue), 즉 민중들의 생활어 중 교육적이고 아름다운 말들을 선택해서 규범화한 것이어야 한다고 본다.

왜냐하면 문학어는 개인의 언어인 동시에 '계급' 또는 '민족'이라고 상상된 사람들 모두의 언어이기 때문이다. 따라서 임화가 말하는 프롤레타리아의 문학어를 특정 지역이나 특정 계층의 방언이나 언어와 동일시하는 것은 부적절하다. 이것은 민중의 삶을 사실적으로 묘사한다는 것과 실제 민중의 육성(肉聲)을 그대로 묘사, 활자화하는 것 사이에 존재하는 간극을 보여준다. 이 간극은 음성언어와 문자언어 사이의 간극과 정확하게 일치한다. 이 점은 그가 조선의 토속적 언어와 삶을 문자 그대로 문학화했던 백석이나 김동리와 같은 작가들을 비판했던 점에서도 잘 드러난다.

프로문학 언어의 발전방향에 대한 임화의 해결책은 '계급'이라는 개념에 얽매여 있지만, 기본적으로는 근대적 글쓰기의 전제인 '언문일치'의 사상과 연결되어 있음도 보여준다. 즉 프로문학의 언어든 부르주아문학의 언어든, 그것이 '언문일치'에 얽매여 있는 이상, 말한 것을 쓴다는 상상 속에서 탄생한 '근대적 문어'라는 것이다. 또한 언문일치가 국가 또는 민족의 정치적 기능을 전제한다는 점에서 프로문학 역시 그러한 가치와 떼려야 뗄 수 없는 관계에 있음은 분명하다. 임화는 이것을 프로문학의 언어를 규범화함으로써 실현하고자 했다.

---

73) 임화 「문학어로서의 조선어 : 일편의 조야한 각서」, 『한글』 7권 7호, 1939.7, 20면.

## 4) 조선문학의 위기와 민족어의 옹호

문학어로서의 조선어에 대한 임화의 논의는 기본적으로 계급 사이의 상징투쟁이라는 관점에서 전개되었다. 그의 논의에서 식민자와 피식민자 사이의 상징투쟁은 상대적으로 표면화되지 않았다. 이것은 1919년 이래 일본의 식민지 정책의 방향 때문이었다. 문화영역의 상대적인 자율성 덕분에 조선의 지식인들은 직접적인 정치투쟁을 일본에 대한 투쟁으로 생각했다. 그리고 그들은 문화영역의 상징투쟁을 민족문학을 구성하는 여러 계급적 경향들 사이의 헤게모니 쟁탈전으로 인식했다. 그러나 1936년 가을 '공학제' 즉 일본인 학생과 조선인 학생들을 같은 학교에서 일본어로 교육하는 것이 총독부의 방침으로 정해졌다는 소문이 세간에 돌면서 임화는 상징투쟁의 직접적인 대상을 일본으로 바꾸게 된다.

임화는 1930년대 카프 문학의 용어 문제를 진지하게 고민하고 그것을 규범화하려고 시도했다. 이러한 시도의 배경에는 당시 조선어학회를 중심으로 한 한글운동과 그것과 연결된 여러 문학적 경향들에 대한 비판이 놓여 있다. 성공한 문화적 민족주의운동으로 불리는 조선어학회의 한글운동은 기본적으로 언어=민족이라는 사유에 기반하여 조선어의 가치를 절대화하고 이것을 지키는 것이 곧 민족운동인 것처럼 맹신하는 경향이 있었다. 이러한 경향을 임화는 '언어의 마술성'에 대한 맹목적 믿음이라고 비판하고 그 허구성을 폭로하고자 했다.

(다) 우리의 많은 언어학자(조선어)들이 고조하는 것과같이 『말은 문화의어머니』라든가 『말없이 문화는 없다』는 류의말은 일견 그럴듯하게 들리면서도 인간생활의 한개 관념적 산물을 언어를 가지고 문화와 생활 모든 것을 제할냐는 관념론의 표현인 것이다.

즉 문화의 국한된 부분에서 나타나는 한 개 형식상의 구별 차이를 언어그것의 같은 외관상의 마술성 우에고의로 확대 허장한다.

이러한 주장이 일견외관상에서는 긍정될것같으면서도 그실허망함은 만일「말」이 글자대로 문화를 가능케하는 聲이라면 언어만을 지키면 그 문화 그 민족의 생활이 불멸케 될것이라하겠으나 주지하는 바와 같이 언어만 가지고 문화와 그 민족의 생활은 결코 개선되지 안는다.[74]

(라) 한편 금일에 와서 조선어의 운명에 관하야 고조된 관심을 기우리고 그것의 발양 정리 등을 부르지즘도 정치 사정이 변한 근 이십년 간의 생활적 결과가 초래한 현상과 장래에 대하여 의구의 염(念)을 일으키는 때문이다. 사실 문학상의 경험을 본다면 신문학 있은 이후 금일까지 정치상의 이유를 빼놓으면 창작 상 최대의 곤란은 조선어의 혼란이 가져오는 그것이었다. 주로 이 혼란을 초래한 직접의 원인은 첫재 천년 넘어 씨어오는 한문에 잇고 둘재로는 근간 약 이십년 내에 가공할 세력을 넓힌 '국어'에 그 다음 원인이 있다.[75]

언어를 민족과 동일시하면서 언어 또는 문학을 지키는 것으로 민족자결의 문제가 해결될 것이라고 생각했던 조선어학회의 언어학자들 및 이것과 유기적 관계를 맺고 있었던 일련의 문학인들(이태준, 정지용, 박태원, 이상, 김기림)에 대한 임화의 비판은 '언어의 마술성 비판'이라는 이름으로 행해진다. 임화는 '말'(음성언어)을 지킨다고 해서 민족의 생존이 보장될 수 없으며, 민족자결이라는 정치적 목표도 성취될 수 없다고 믿었다.

임화는 1930년대 중반을 전후로 해서 언어 문제가 문학인들의 관심을 끌게 된 것도 모두 정치적인 상황에 의해서 강제된 것이라고 본다. 그리고 조선어학자들이 애쓰며 공을 들이고 있는 '어문의 통일'과 짝패를 이루는 '조선어의 혼란'은 모두 정치적인 원인 때문이라고 생각한다. 하지만 임화는 원인을 제시하는 데에는 매우 조심스러운 태도를 보인다. 『비판』에 실린 원글에

---

74) 임화 「언어의 마술성」, 63면.
75) 같은 글, 72면. 이 인용문은 『문학의 논리』(학예사 1941)에 재수록된 「언어의 마술성」에서는 생략되어 있다. 일본어의 영향이 조선어의 혼란을 가중시켰다는 이러한 언급이 삭제된 것은 1936년과도 또 달라진 1941년의 정치적 현실을 반영한다.

서는 단지 "20년 이래의 생활적 결과"라는 애매한 말을 써서 직접적으로 언급하지 않으며, 이후 『문학의 논리』라는 단행본에 포함되어 출판할 때는 삭제했을 정도였다. 이러한 임화의 태도에도 불구하고 "20년 이래의 생활적 결과"란 한국병합늑약에 따른 식민지 상황을 가리킴은 분명하다.

식민지로의 진입은 개화계몽기에 활발히 이루어졌던 민족어의 통일과 민족문학의 건설이라는 부르주아적 과제 수행을 지연시켰다. 이것은 일본어가 행정어, 교육어의 지위를 차지하면서 국가 및 민족과 관련한 영역에서 조선어의 기능과 역할이 현저하게 위축되고 억압받았기 때문이다. 당시 '국어'로 일컬어졌던 일본어의 영향을 임화는 '중세주의'의 부활로 이해했고, 이것을 극복하기 위해서는 조선어학회식의 단순한 문자운동이 아닌 민족자결이라는 정치적 목적을 달성하는 것만이 조선어에 국가 또는 민족의 언어라는 지위를 되돌려 줄 수 있다고 믿었다.

사실 개화계몽기 이래 신문학운동의 과정 속에서 한자와 투쟁하면서 형성된 언문일치의 한글 문장은 중세에서 근대로 옮겨가는 에피스테메의 변화 과정에서 선택된 것이다. 신문학 이전에도 한글문학의 전통은 있었지만 문화적 헤게모니는 한문문학에 있었다. 그런데 개화계몽기를 거치면서 한글이 근대적 문학 매체로 재해석되었다. 하지만 조선어는 언문일치가 완성되기도 전에 일본의 식민지 강점으로 말미암아 행정어, 교육어, 그리고 국어(國語)의 지위를 일본어에 뺏기고 한낱 지방어의 자리로 밀려나고 만 것이다.

이를 임화는 '새로운 한자어'와의 투쟁이라고 부른다. 그가 새로운 한자라고 부른 까닭은 일본어가 한자와 가나를 병기하는 동시에 가나가 한자어를 읽기 위해서 만들어진 것이기 때문이다. 이처럼 일본어는 조선의 언문일치 문장과 견주어 훨씬 더 많은 한자를 수용하고 있다. 이와 비교해 개화계몽기 이후 우리 근대문학의 문체는 한자어 사용을 줄이고 순우리말 문장을 지향하고 있다. 무엇보다 명치시대의 서양화(西洋化)가 한자 번역어에 기반하였다. "유교가 국민교육을 통해서 일반화된 것은 오히려 명치시대였으며, 서양의 개념이 중국어로 번역됐다는 점에서 명치시대의 서양화는 어떤 점에서 중국화인 것'[76])이라는 가라타니 고진의 지적은 일본에 있어서 서양화의 특징을 잘 설명하고 있다. 이 때문에 당시 공용어로서 세력을 키워나가던 일본어의 사용은 당시 조선 문학가들에게 '중세주의로의 회귀' 즉 중세 공통문어로의 회귀로 인식될 여지가 있었다.

더구나 한글 문장에 기반을 둔 근대 조선문학은 일본어를 국어/표준어로 하고 있는 이중언어적인 상황에서 성장해온 것이기에, 언제든지 제도권의 언어인 일본어에 의해서 억압받을 조건에 놓여 있었다. 식민지적 상황은 조선어를 제2외국어의 지위로 떨어뜨렸으며, 교육 과정에 일본어가 일주일에 열다섯 시간 배정된 것과 견주면 고작 세 시간 또는 한 시간 정도 배정됐다. 이 때문에 학술적이고 논리적인 언어로서 조선어를 배우고 익혀야 할 청소년들은 그 습득의 기회를 박탈당했다. 궁극적으로 그것은 조선어와 조선어에 기반을 둔 문화에 관한 수요를 줄이고, 조선어는 비록 사라지지는 않겠지만 한낱 구어로서 생활어의 차원에 머무르는 결과를 낳을 수 있었다.

'민족어'에 관한 임화의 논의는 언어의 계급성에 대한 그의 주장과 견주어 분명한 성격을 띠고 있다. 이것은 민족어가 '조선어' 대 '일본어'라는 이항대립 속에서 좀더 분명하게 인식된다는 점과 식민지 지식인이라는 실감이 거기에 결합돼 있다는 점에서 기인한다. 민족어에 관한 임화의 관점이 현실의 구체적인 사안과 결합된 예로는 「조선어와 위기하의 조선문학」(『조선중앙일보』 1936.3.8)이 있다. 이는 1935년 10월초 조선인 학생과 일본인 학생의 공학제가 실시될지도 모른다는 언론 보도에서 촉발되어 쓴 글이다. 1935년 10월 8일 『동아일보』 보

---

76) 柄谷行人 「文字論」, 『戰前の思考』, 講談社 2001, 136면 : "たとえば　儒教が國民教育を通して一般化されたのは、むしろ明治時代です。**つまり、重要なのは、明治時代の「西洋化」は、別の面から見れば、「中國化」でもあったということです。**それは、西洋の概念が漢語に譯されたということにもよづいています。　したがって、文字の問題は重要な鍵を　握っているのです。" (강조 : 인용자)

도에 따르면 조일(朝日) 학생의 공학제 실시는 총독부의 공식 입장이 아니고 합병 초기부터 1919년까지 조선총독부 학무국장이었던 세키야 데이자부로(關屋貞三郞)가 조선을 방문했을 때 우연히 흘러나온 말이 기사화된 것이라고 한다. 이 문제에 대해 와타나베(渡邊) 학무국장은 "문물의 통일 전에 공학할 수 없다"는 총독부의 공식 입장을 표명하기도 하였다.[77] 총독부의 부인에도 불구하고 공학제 논의는 조선인의 반발을 사서 『조선일보』에는 공학제 실시를 반대하는 사설[78]이 일주일 동안 계속해서 실리기도 했다.

임화 역시 공학제 실시를 '조선어의 위기'로 규정하고 투르게네프의 유언[79] 즉 "러시아 말의 순수성을 보전하라!"를 인용하면서 자신의 의견을 간접적으로 표현하였다. 그는 "문학의 개성은 언어의 개성이고 언어의 운명은 문학 그것의 운명이며 궁극적으로는 문학의 운명은 그 언어가 속하는 민족의 생활적인 운명의 표현인 것이다"[80]라는 전제하에 "현대에 있어 민족어의 언어적 열등은 곧 정치적 열등의 직접의 표현으로 그것은 곧 문화적 열등의 최대한 자이다"[81]라고 결론을 내린다. 이처럼 임화가 언어/문화의 문제를

---

77) 「조선어, 한문폐지와 공학 실시는 허설 — 조선 고유언어를 없앨 수 없다, 학무당국에서도 사실 부인」, 『동아일보』 1935.10.8.
78) 「공학제와 각계 여론」이라는 제목으로 공학제에 항의하는 논설이 『조선일보』에 1935년 10월 6일에서 13일까지 실렸다.
79) 투르게네프는 박영희의 글 「조선어와 조선문학」(『신조선』 1934.10)에서도 나타난다. 박영희가 이 글을 쓰게 되는 계기는 1933년 10월에 있었던 조선어학회의 한글맞춤법통일안 공포이다. 그는 투르게네프의 시를 인용하면서 우리말의 정리와 발전의 필요성을 역설한다. 이후 조선어학회의 맞춤법에 관한 논란이 일어나자 문학인들이 조선어학회의 한글맞춤법통일안을 지지하는 성명(「한글과 조선문단」, 『조선문단』 1934.8)을 내었는데, 여기에도 박영희, 임화 등의 이름이 보인다. 그 밖에 이태준, 정지용, 김기림 등의 이름도 보이고 홍명희, 김남천 등의 이름도 보인다. 이상의 성명서에서 맞춤법에 관한 지지는 모든 문단을 아우르며 이념 대립을 초월하고 있었음을 보여준다.
80) 임화 「조선어와 위기하의 조선문학」, 2, 『조선일보』 1936.3.10.
81) 임화 「조선어와 위기하의 조선문학」, 4, 『조선일보』 1936.3.12. 신두원은 이러한 관점이 소련의 언어학자 N.Y. 마르의 언어상부구조론에서 영향받은 것(신두원, 앞의 책, 46면)이라고 보지만, 임화가 언어를 상부구조로 보고 있는지는 인용문만으로는 분명하게 해석하기

정치 문제와 연결한 까닭은, 일차적으로 1930년의 카프 1차 검거와 1934년 카프 2차 검거에 이은 카프의 해산과 같은 공산주의운동 탄압과 이차적으로는 조선어가 민족국가를 배경으로 한 민족어로 성장할 수 없었던 식민지 상황을 의식했기 때문이다.

공학제가 실시된다[82]면 교사들은 모두 일본어로 강의하게 될 것이고, 조선인 학생들은 학교에서 조선어를 배울 기회를 잃게 된다. 어린 학생들이 모국어를 배울 기회가 점점 줄어들어 사변적이고 학술적인 언어로서 '조선어'의 가능성은 물론 생활어로서 '조선어'의 가능성도 위축될 것이다. 또 "민족어의 옹호는 프롤레타리아의 성장을 위해서도 필요한 것인데, 언어 탄압이나 학교 폐쇄와 같은 제국의 탄압은 부르주아지가 그들에게 미치는 영향만큼이나 심각한 타격을 입힐 것이기 때문이다. 즉 그 같은 탄압은 종속 민족의 프롤레타리아트의 지적 능력과 자유로운 발달을 방해하기 때문이다."[83]

이러한 인식은 '민족어'의 형성과 관련된 임화의 논의에서, 민족어의 완미(完美)한 발전을 저해하는 요소에 관한 비판의 초점이 '언어적 마술성에의 맹신'이라고 비판했던 조선문학 내의 부르주아적 경향에서 임화가 '구화주의'라고 불렀던 서구중심주의에 관한 비판으로 이동하는 데에 잘 반영되어 있다. 즉 언어적 미성숙과 혼란의 원인을 검토하면서 임화는 신지식인들이나 문학인들의 언어가 일본색으로 오염된 서구중심주의의 맹목적인 추수로 점철됐음을 지적한다.

위선 신지식을 가지고 원어의 예술인 문학의 종사한다는 필자 자신의 문장을 보고 또 필자를 대해서 교답을 해보라! 또 나보다도 몇 개 더 많이 구라파

어렵다.
82) 제3차 조선교육령이 실시된 1938년 4월 1일부터 중등학교에서 조선말 교육이 폐지된다. 공학제 형식은 아니지만 1935년말부터 예상되어온 조선어 교육 폐지는 1938년초에 들어와 현실이 되었다.
83) 스탈린 「마르크스주의와 민족문제」, 앞의 책, 328면.

말을 알고 광범한 학문을 아는 '대학자'들의 논문을 보고 그들과 담화를 바꾸어보라!

저 아래로 가서는 독자들이 동경이나 외국유학을 갈 때 배를 타는 부산 부두에서 왕래하는 조선 유학자의 회화 또 손에 든 '튜렁크'(그들은 '도랑구'라고 한다!)를 달라는 어린 소년들의 언어를 들었는가?[84]

유학생들이 '도랑구'를 손에 들고 서 있는 부산 부두의 풍경은 서양식 교육을 받기 위해 일본이나 유럽 혹은 미국으로 떠나는 지식인들을 묘사하고 있다. 이 장면은 식민지 사회에서 근대의 지식이 수입되고 지식권력이 형성되는 과정에 관한 한 개의 우화적 소묘다. 조선인들은 유학이라는 통과의례, 즉 동경이라고 하는 보편적 중심 ─ 이상(李箱)은 이러한 중심의 허구성을 그의 작품을 통해서 지적한 바 있지만 ─ 을 향한 순례를 통해서 근대적인 지식인으로 생산됐다. 그런데 임화는 트렁크(trunk)를 도랑구(トランク)라는 일본식 영어 발음으로 표기함으로써 일본을 통해서 서구 지식을 습득했던 당시 지식인의 실상을 풍자하고 있다. 일본식 외래어를 뒤섞은 언어 사용은 일본의 식민주의와 서양중심주의에 의해 이중으로 굴절된 지식인의 의식을 단적으로 반영하고 있다.

이를 통해서 임화는 당시 팽배해 있던 보편주의의 함정을 지적하고 있다. 이 시점에서는 카프의 국제주의도 예외는 아니었다. 물론 이러한 비판은 보편주의 일반을 부정하는 것이 아니라, 1930년대 중반의 정치적 상황에서 맹목적 보편지향성이 지닌 문제점에 관한 비판이라고 보는 편이 적절하다. 사실 임화가 「조선어와 위기하의 조선문학」에서 비판했던 보편주의는 이후 '동아협동체'라고 하는 가짜 보편주의로 재생산된다.

이후 중일전쟁의 발발과 더불어 내부 통제용으로 고안된 '내선일체'와 '국민문학론'과 같은 일본의 억압적 문화정책이 실시되자, 임화는 「문학어로서

84) 임화 「조선어와 위기하의 조선문학」 5, 『조선중앙일보』 1936.3.18.

의 조선어」(『한글』7권 7호, 1939.7)라는 글을 써서 문자언어의 지위에서 끌어내려져 음성언어로의 가치 하락을 겪고 있는 조선어의 현실을 근거로 문학어로서 조선어의 발전 가능성에 관한 비관적 의견을 제시하였다. 그는 문학어로서 조선어의 성능에 대해서 본질적으로는 회의하지 않는다고 주장하지만 '조선어'의 문학어로서 기능에 한계를 느낀다고 쓰고 있다.

　　창작 앞에 나타나는 조선어, 그것은 우선 담화에서 쓰여지는 말, 그리고 사유에서 머릿 속에 떠오르는 말이다. 그것이 함께 우리 앞에는 생활어로서의 조선말이다. 그러나 유감이나 우리의 사유상의 언어로부터 떨어진 것은 오래다. 그러므로 우리가 의지할 말은 자연 담화어다. 담화어가 우리에겐 현재 유일의 생활어다. 우리는 모어의 충분한 교육을 받을 기회를 많이 갖지 못했기 때문이다. 거기서 자연 우리는 외(국)어, 또는 빈약한 말로 사유하여 풍부한 말로 표현해야 할 고통을 어느 곳 작가보다도 많이 받는다.[85]

위에서 임화는 '조선어'가 담화어, 즉 일상생활의 필요를 충족하는 데 필요한 언어적 기능만을 가지고 있을 뿐, 사유를 위한 언어의 기능은 떨어진다고 지적하고 있다. 그 이유는 조선인들이 모국어, 즉 '조선어'를 학교에서 충분히 교육받지 못했기 때문이다. 이런 이유로 조선 작가들은 외국의 언어로 사유하고 '조선어'로 표현해야 하는 고통을 겪고 있다고 토로한다. 이러한 고통이란 김동인(金東仁) 이래로 조선 문학인들에 의해 계속해서 토로돼왔던 것이다.

임화는 '언어란 곧 사유'라는 인식을 가지고 있기 때문에 이러한 사정은 더욱 심각한 것이 된다.[86] 문자어로서 조선어에 대한 억압과 통제가 심하지

---

85) 임화 「문학어로서의 조선어」, 『한글』7권 7호, 1939.7, 19면.
86) 언어는 관념의 산물이다. 그러나 그것은 모든 관념이라고 불리는 사회생활의 상층건축과 더불어 여러 사회적 생산관계에 의해 제약되는 물건으로 그것이 지니는 의의는 사유의 형식에 있는 것이다 ; 임화 「예술적 의식의 표현 수단으로서의 언어」, 앞의 책, 126면.

않았던 1920년대에서 1930년대 중반의 문학인들만 해도 생활 언어와 사유 언어 사이의 괴리 때문에 고통받았다. 설령 조선어가 문학적 표현을 하는 데 부족하지 않을 만큼 풍부하더라도, 표현의 바탕이 되는 사유 언어가 '조선어'가 아닌 외래어, 즉 일본어였기 때문에 다수의 문학인들은 일본어로 사유한 다음 그것을 조선어로 표현하는 이중 과정을 거쳐야 했다. 사유 언어와 표현 언어 사이의 괴리는 예술어로서 조선어의 가능성을 위축하는 원인이 된다. 그런데 교육어와 문화어 영역에서 '조선어'가 완전히 추방되고 있었던 1930년대 후반의 상황에서는 이 같은 괴리는 고착될 수밖에 없다. 이는 결국 사유 언어의 자리, 더 나아가 정치적 상징투쟁의 장소에서 조선어를 영원히 소외하는 결과를 낳을 것이 분명하다.

때문에 임화는 국민문학론에 대응하여 필사적으로 조선어 창작을 옹호한다. "최량의 『민족문학』만이 최량의 민족어를 소유할 수 있다. (……) 정확한 문학의 자기표현의 가장 적응하는 최대한 요건은 위선 민족의 말이다."[87] 이 시기 임화의 논의는 그가 그토록 비판했던 민족주의적인 것에 경도된 것은 아닌가 하는 착시현상을 일으키기조차 한다. 실제로 그는 1936년에 「언어의 마술성」에서 비판했던 민족주의 문학인들을 1940년의 단행본에 실린 글에서는 전통주의로 재규정함으로써 전통주의와 민족주의라는 용어를 구분하고 후자가 비판 대상에서 비켜 나가도록 하는 수고를 하기도 했다. 그러나 이러한 임화의 태도는 '내선일체' 정책에 따른 식민지 모순이 민족, 민족어 등을 중심으로 표출되었기 때문이다. 즉 임화는 정세의 변화에 대응한 전술로써 민족적 이슈들을 제기하는 것이지, 민족주의 자체에 기울어진 것은 아니었다.

또 임화는 일본어로 창작하는 것에 대해 독자 없는 문학이 어떻게 가능한지라는 반문을 던진다. 이러한 그의 입장은 조선어로 창작하는 것을 금지한

---

87) 임화 「조선어와 위기하의 조선문학」 7, 『조선중앙일보』 1936.3.20.

일본의 내선일체 정책을 비판하는, 1938년 이후에 쓰인 글들을 통해서 지속적으로 확인할 수 있는 것이다 : "말은 풍토와 더불어 자연스러운 것이다. 타인이 읽기에 알맞고 또 자기가 표현하기에 충분하며 또한 아름답다면, 그것은 문학에 있어서는 좋은 말이다. 반대로 읽기에도 표현하기에도 부적절하고 불충분하며 아름다울 수 없다면 이는 당연히 부자연한 언어여서 좋지 않은 말이다."[88] 이는 식민지를 경험했던 다른 나라들의 문학 엘리트들이 자국어를 포기하고 식민본국의 언어를 따라 문학활동을 한 것과 비교해볼 만한 태도다.

이 연장에서 임화는 장혁주(張赫宙) 등의 일본어 창작은 조선문학을 외국어로 번역해서 수출한다는 점에서는 의의가 있지만, "그것은 그 테-마에서만 고향의 문학이지 실제로는 외부의 문학"[89]이라고 규정한다. 이러한 인식은 일본어가 '국어'이고 일본문학이 '국(민)문학'인 상황에서, 일본어 중심의 국문학이 아닌 조선어 중심의 민족문학을 상정하고 있다는 점에서 탈식민주의 인식을 보인다고 할 수 있을 것이다.

### 5) 1930년대의 소론과 해방공간에서 민족문학론의 연관성

해방공간은 임화가 「언어와 문학」(『문학창조』 창간호 1934.6)에서 주장한 프롤레타리아의 민족문학이 완전히 실현될 수 있는 상황을 조성했다. 그러나 실제로 식민지 시기와 큰 차이가 없었는데, 제국주의와 봉건적 유산의 청산이라는 과제가 여전히 해결되지 않았기 때문이다. 이들 과제를 해결하지 않고 '근대적 의미의 민족문학'을 현실화하는 것은 불가능함이 당연하다. 이런 점에서 해방공간은 '근대적 국민국가' 성립이 정치적으로 현실화됐다는 점에서는 식민지 시기와 질적으로 차이가 나지만, 국민국가를 형성하기 위한 필

---

88) 임화 「말을 생각한다」, 김윤식 엮음 『일제 말기 한국 작가의 일본어 글쓰기론』, 서울대학교출판부 2003, 308면.
89) 임화 「언어와 문학」, 『예술』 창간호, 1945.1, 10면.

수조건이 미비했다는 점에서는 식민지와 연속적이라고 할 수 있다.

　이와 관련해서 임화는 조선문학사에서 가장 큰 객관적 사실로서 첫째는 일본제국주의 문화지배의 잔재가 남아 있는 것이고, 둘째는 봉건문화의 유물이 청산되지 않은 것 등을 제시한다. 그리고 이러한 유재들이 잔존하는 이유는 조선의 모든 영역에서 민주주의의 개혁이 수행되지 않고 있기 때문이라고 설명한다. 임화는 이러한 장애물을 제거하는 투쟁을 통해서 건설된 문학은 완전히 근대적인 의미의 민족문학 외에 있을 수 없다고 전망한다.[90]

　임화는 이상의 과제 청산과 관련한 혁명의 성격을 부르주아혁명으로 규정하고 그 방향성을 진보적 민주주의로 설정했다. 해방공간에서 제시된 '진보적 민주주의'란 인민민주주의 혁명일 수밖에 없으며, 여기서 인민은 노동자, 농민, 진보적 지식인, 소부르주아 등이며 그 이니셔티브는 노동자계급에 있었다. 이는 1925년 이래 민족해방을 전제로 한 부르주아혁명의 주도권이 부르주아계급이 아닌 프롤레타리아계급에게 이전됐다는, 해방 전 임화의 관점과 연결된다. 따라서 인민민주주의혁명을 통해서 성립되는 '민족문학'은 부르주아의 민족문학과 혼동될 수 없다. 이 점은 그가 인민의 범주에 부르주아가 들어갈 수 없다고 못 박은 것에서도 분명히 드러난다.[91]

　(마) 오즉 근대문학의언어는 1880년대의단초적으로 형성되어 긴암흑기를통하야 1900년대초엽의 ××적 천재적작가 '이인직'등에 와서준비되어 20년대의 염상섭, 춘원, 김동인, 김억, 주요한등에 이르러 완성된현대문학어는 모든재능잇는 작가 시인들의 존경할만한노력에도 불구하고 언문의일치의문체적 이상 또 文語 문학상의민주주의개혁을 달성치못한채로 근대로동계급의문학의세대로 유전된것이다. 이것은 예술적천재도어찌할수없는 역사의비극인것이다. 그

---

90) 임화 「조선 민족문학건설의 기본과제에 대한 일반보고」, 『건설기의 조선문학』, 문학가동맹서기국 1946 ; 『해방공간의 비평문학』 1, 송기한·김외곤 편, 태학사 1991, 303면.
91) 임화 「민족문학의 이념과 문학운동의 사상적 통일을 위하여」, 『문학』 3호, 1947.4 ; 송기한·김외곤 엮음 『해방공간의 비평문학』 2, 태학사 1991, 308면.

러므로 조선의근대언어사문학사는 조선의계급의 비상히특성적인구성부분인것이다. 이것은 역사적천재도어찌할수없는 역사의비극인것이다. 그러므로 **조선의푸로문학은 그절정에잇어서도완성하지못한 문학 언어사의민주적개혁의임무까지 그억개의 질머져야하는것이다**.[92] (강조 : 인용자)

(바) 1924~25년대로부터 10년간 프롤레타리아문학이 이론적 창조적으로 문학계의 주류를 이룬 것은 단순히 외래사조나 문학적 유행의 결과도 아니며 조선문학이 이미 역사상으로 민족문학 수립의 과제가 해결됐거나 과거의 일로 화했기 때문도 아니다.

조선의 시민이 힘이 미약하고 그 진보성이 역사적으로 단명했다 하더라도 근대적 민족문학 수립 과제는 의연히 전 민족 앞에 놓여있는 것이다.

그럼에도 불구하고 민족문학 수립운동이 계급문학운동으로 바뀐 것은 이 시기에 있어 문학적 진보와 민족해방의 정신이 계급문학의 형식으로밖에 표현될 수 없었기 때문이다. 바꿔 말하면 타협화하고 있는 시민에 대한 반대투쟁을 추진하면서 노동자계급은 자기의 반제국주의 투쟁을 계급적 형식으로 전개한 것이다.[93]

(마)는 1935년 1월에 발표된 글이고, (바)는 1946년 6월에 발표된 글이다. 이 글들의 표현은 다소 상이하지만 그 핵심 내용은 매우 유사하다. (마)에서 임화는 프로문학이 부르주아문학을 대신해서 언문일치 및 문학어 또는 문학상의 민주주의 개혁을 달성할 임무를 떠안게 되었다고 주장하고 있다. 그리고 (바)에서 그는 1924년 이래 노동자계급이 '근대적 민족문학의 수립'이라는 과제를 수행할 수밖에 없게 되었다고 언급한다.

1934년 이래로 임화는, 언문일치라는 사상이 언어상의 민주주의를 표방하는 것으로 보고, 그것의 완성이 곧 근대적인 민족어의 완성이라고 생각하고

---

92) 임화 「언어와 문학」, 『예술』 창간호, 1945.1, 9면.
93) 임화 「조선민족문학 건설의 기본과제에 대한 일반보고」, 『건설기의 조선문학』, 문학가동맹서기국 1946, 299면.

있었다. 여기서 제시된 민족자결과 국민국가의 수립이라는 근대적 과제가 탈식민적 과제를 내포하고 있음은 분명하다.[94] 그러나 임화가 (마)의 글을 쓸 당시에는 식민 치하라는 정치적 특수성으로 말미암아 그것을 공식화하지 못하고 함축적 방식으로만 제시할 수밖에 없었다. 반면에 해방공간에서 발표된 (바)에서는 1925년 이래로 계급문학이 근대 민족어 및 민족문학의 완성이라는 시민적 과제를 추구할 수밖에 없었던 것은 문학적 진보와 민족해방 정신을 표현하기 위해서라고 해설함으로써, 그 같은 실천의 정치적 성격을 분명히 하고 있다.

임화가 민족어에 대해서 관심을 지니는 동시에 민족문학론을 전개하기 시작했던 시점이 1934년을 전후해서임을 고려할 때, 그의 행보는 1932년 이래의 일본제국주의가 파시즘화됐던 정황과 밀접한 관련이 있는 것으로 보인다. 또 이는 식민지에서 부르주아민주주의혁명의 완성이 지닌 특수성 — 반제국주의, 탈식민 — 을 간취함으로써 프롤레타리아계급에 의한 부르주아혁명 완수라는 조선 프롤레타리아계급의 역사적 임무를 임화가 인식했기 때문으로 보인다. 그리고 이 지점에서 레닌을 수용한 '프롤레타리아적 민족문학'이라는 개념이 성립된 것이다. 이러한 개념 성립은 '민족문학이냐? 계급문학이냐?'라는 당대에 팽배했던 이분법적 구분을 극복함으로써 가능했다.

즉 계급적인문학으로서의 푸로문학의 민족적 형식은 고유의것이란말이다.

그럼으로 엇더한의미로서이고 민족적이아닌국제주의적문화는 오늘날에잇서서는 추상계에잇서서만존재할수가잇다.

더욱 이것은 언어를그유일의표현수단으로하는 문학에잇서 언어의민족적특성을 부정하거나 소홀히하는것은 훌륭한 넌센스이다. (……)

즉 형식 내용에잇서 다국제주의적이고 쏘 공통한언어를사용하는 한개의공

94) 임헌영은 식민지 조선이라는 특수한 상황 때문에 당시 문인들이 '계급'으로 '민족'이라는 구호를 대체하여 사용했음을 지적한다 ; 임헌영 「8·15 직후의 민족문학관 — 문학가동맹과 민족문학론」, 『역사비평』 제1호(1987 겨울호), 145~147면.

통한문화로융합되어가는도정으로서 형식에잇서서는민족적이고 내용에잇서서
는 국제적인문화의번영 그것이 국제주의문화의 민족적정신인 것이다.

　그럼으로 **국제주의적정신으로관철된 문학은 능히 민족어에유의한샌만 아니
라 문학어로써의민족어의완미한개화를위하야 의식적으로노력해야**하고 또한편
으로 그모-든이상을실현케하는 일절의가능성이 객관적으로 존재하고 그것은
우리들의 문학에게만 부여된귀중한사명인것이다.[95] (강조 : 인용자)


이처럼 계급적 민족문학에 관한 임화의 생각은 자본주의사회 및 그 정치
적 형태로서의 국민국가라는 현실적 조건에 관한 고찰과 그것의 성립이 중
단, 지연될 수밖에 없는 식민지 상황에 대한 인식에서 나온 것이다. 만약 식
민지의 모순이 8·15 해방과 더불어 일조일석(一朝一夕)에 해결되지 않는다
면, 해방공간의 정치적 과제는 식민지 시기의 그것 — 민족형성과 민주국가
의 건설 — 과 다르지 않게 된다. 정치적 과제가 변하지 않는 이상 문학의 과
제도 갑자기 변화될 수는 없다. 때문에 해방공간에서 필요한 문학이란 계급
또는 민족이라는 양자택일의 것이 아닌, 계급적 민족문학이 될 수밖에 없다
고 임화는 판단했다.


　식민지 노동계급은 먼저 자기 민족을 제국주의와 봉건유제의 속박으로부터
해방하지 않으면 자기 자신이 해방되지 않는 계급임을 알아야 한다. 즉 민족해
방은 계급해방의 불가피한 전제요, 그 제일보인 것이다. 그러므로 민족해방 투
쟁은 농민과 소시민들의 과업인 동시에 노동계급 자신의 과업이며, 식민지 노
동계급에 있어 민족형성과 민주국가의 건설은 자기에게 부과된 피할 수 없는
임무의 일부분인 것이다. 이리하여 노동계급의 이념은 (……) 인민들의 민주주
의적 결합인 민족형성의 정신적 기초가 되는 것이다. 이러한 이념을 기초로 한
문학이 한 계급의 문학이 될 수 없는 것은 물론이다. 현상에 있어서 한 계급의
이념을 기초로 하였다 할지라도 본질적으로는 전 인민의 문학이 되는 것이요,

---

95) 임화 「언어와 문학」, 『문학창조』 창간호, 1946.6, 26면.

따라서 전 민족의 문학이 되는 것이다.96)

인용된 것과 같은, 해방공간에서 전개된 임화의 민족문학론은 '8월 테제'
나 마오쩌둥(毛澤東)의 신민주주의론의 영향을 받아서 갑자기 제시된 것이
아니라, 앞에서 살펴본 바와 같이 카프 해산을 전후한 시기에 형성·성숙되어
온 것이다.

본고는 해방공간에서 임화의 민족문학론을 식민지 기간 진행된 논의와 단
절된 것으로 바라보는 관점, 예를 들어 '임화가 비서구 식민지 나라가 갖는
특수성 문제에 관한 새로운 시각을 갖게 된 것은 해방 이후에 이르러서이다'
와 같은97) 관점을 단순히 반복, 심화하는 것을 지양하고자 노력했다. 본고는
임화의 논의를 충실히 따라감으로써 식민지 기간과 해방공간에서 진행된 문
학론 사이의 연속성을 발견했다. 그리고 그러한 사유의 계기를 해명하고자
노력했다. 이 연구가 1934년 이래 전개된 임화의 민족어와 민족문학에 관한
논의가 정당하게 평가될 수 있는 한 계기가 되기를 희망한다.98)


## 3. 한국 근대문학의 양가성 : 전통과 이식

### 1) 신문학사의 기원에 관한 탐구열의 원인

문학인인 이상 민족어에 관한 고민은 순수하게 언어 자체에 관한 고민일

---

96) 임화 「민족문학의 이념과 문학운동의 사상적 통일을 위하여」, 『문학』 3호, 1947.4, 314면.
97) 김재용 「민족주의와 관념적 국제주의를 넘어서 ; 한국근대문학사에서 민족문학의 의미」,
    『한국근대문학연구』 1, 2000. 7, 40면.
98) 기존 연구사 중에서 1930년대 임화의 민족문학론과 해방공간에서 민족문학론 사이의 연
    속성을 지적하고 있는 논문으로는 신두원의 「계급문학, 민족문학, 세계문학」(2002)과 임헌
    영의 「8·15 직후의 민족문학관 ― 문학가동맹과 민족문학론」(『역사비평』 1호, 1987년 겨울
    호)을 들 수 있다.

수 없으며 '민족문학'의 건설이라는 고민을 동반한다. 여기에 언어학자와 문학인의 차이가 있다. 민족문학에 관한 고민은 민족문학의 과거와 현재 그리고 미래에 관한 사적 통찰을 요구하며 이는 결국 '문학사' 기술로 나아갈 수밖에 없다. 문학사, 특히 임화가 수행한 당대 문학사를 기술하기 위해서는 '현대 조선어'란 무엇인가라는 문제로 다시 회귀할 수밖에 없다.

임화가 조선어의 문학적 가치와 문학사에 관한 연구로 나아가게 되는 동기를 보여주는 중요한 글로는 「역사에의 반성 요망」(『조선중앙일보』 1935.7.4~16)을 들 수 있다. 여기서 1930년대말에 이루어졌던 임화의 '신문학사' 기술은 이미 1935년부터 계획됐음이 확인된다.[99]

동시에 감상적 회고로부터 완전히 자유로운 과학적 정신을 가지고 이제 차디찬 역사적 반성의 문학사적 비평적 사업을 조직하고 우선 현대 문학의 문학사적 지위와 현대 문학 자기 자신의 제 성격을 천명하여 명일에의 방향을 발견해야 할 것이다.

그러나 우리는 오늘날까지 이러한 기도의 일편도 찾아볼 수 없는 조건 가운데 놓여있다. 작가들은 자기의 예술적 영양의 섭취를 위한 암중모색에 열한을 흘리고 있는 때 **창작 방법의 논쟁은 그야말로 구체적인 조선의 문학적 현실과는 지극히 먼 순수 이론의 상공에서 졸렬을 극한 권투를 하고 있으며 문학사가라고 지칭되는 이들은 낡은 소설의 민속학적 해석에서 만족하고 있다.** 어째서 고소설과 한말의 잡다한 신소설 또 국초, 춘원을 거쳐 20년대 문학에 이르는 역력한 문학적 발전의 계열을 설명하지 않는지 이해하기 어렵다. 이것은 가장 학적으로 흥미있고 또 작가들에게 유익한 사업이 아니면 아니된다.[100] (강조 : 인용자)

---

99) 임화는 「조선문학 20년」(1935)이라는 논문에서 춘원에서 카프 문학에 이르는 신문학사를 부분적으로 집필하기도 했다.
100) 임화 「역사에의 반성 요망」, 『조선중앙일보』 1935.7.4~16.

인용문은 임화가 '문학사'를 쓴 목적이 무엇인지를 잘 제시하고 있다. 첫째 당시 카프 비평가들이 열중하던 창작방법과 관련한 논쟁 방식에 대한 비판이다. "조선의 문학적 현실과는 지극히 먼 순수 이론의 상공에서 졸렬을 극한 권투를 하고 있다"는 평가에서 볼 수 있듯, 임화는 구체적인 창작 현실과는 무관한 추상적인 문예이론을 전개하는 카프 이론가들의 행태에 대해서 비판적이었다. 둘째는 '조선학운동'의 지배적 성격인 복고주의적 문학연구 태도에 대한 비판이다. 임화는, '조선학의 수립, 조선문학의 재건, 그리고 조선적 현실 분석을 나열하면서 말로만 '조선'에 관한 과학적 연구가 필요함을 이야기 할 뿐, 실제로는 비관주의와 복고적인 정신을 담고 있다고 '조선학운동'을 비판한다. 전자가 보편지향이라고 한다면 후자는 특수지향인 태도라고 할 수 있다. 임화는 이 둘을 지양한 조선신문학에 관한 과학적인 예술사회학을 수립하고자 했다. "어째서 고소설과 한말의 잡다한 신소설 또 국초, 춘원을 거쳐 20년대 문학에 이르는 역력한 문학적 발전의 계열을 설명하지 않는지 이해하기 어렵다"는 진술처럼 임화는 조선문학의 과거와 현재를 바탕으로 한 조선문학의 이론과 문학사를 만들고자 하였다.

이러한 의지는 「조선신문학사론서설」(『조선일보』 1935.10.9~11.13)로 구체화된다. 하지만 임화는 '서설'을 쓴 후에 「개설조선신문학사」(『조선일보』 1939.9.2·11.25)를 쓰기까지 4년 정도 문학사를 쓰지 않았다. 임화가 1939년 다시 문학사 서술에 임한 것은 백철이 주장한 바, '시대적 우연의 수리'라는 문제에 관한 나름의 대응이었다. 임화는 우연으로 보이는 시대를 관류하는 인과성을 탐구하여 당대의 시대정신을 모색하려고 했다. 그리고 시대정신을 파악하기 위해서 그는 문학적 양식을 탐구해야 한다[101]고 주장하는데, 그의 문학사 연구란 문학적 양식을 매개로 시대정신을 탐구[102]한 예다.

---

101) 임화 「역사, 문화, 문학 ─ 혹은 시대성이란 것에의 일각서」, 『동아일보』 1939.2.18, 19, 23, 3.3 ; 『문학의 논리』, 학예사 1940, 740면에서 재인용.
102) 조남현은 현대문학을 대상으로 하여 문학사 형태의 글을 제일 먼저 남긴 이는 『조선근

또 하나는 신세대 논쟁에서 불거진 조선 신문학에는 전통이 없다는 신세대측의 공격이다. 이러한 공격은 기성세대로 하여금 어떤 식으로든지 대답하지 않을 수 없게 강제했는데, 임화의 신문학사는 신세대의 공격에 관한 응답으로 쓰인 것으로도 볼 수 있다. 이러한 정황은 최재서의 다음과 같은 진술에서도 잘 나타난다.

일년을 두고 세대론을 떠드러도 세대구분에 대한 결론조차 얻지 못하고 헤지고 말았다. 그것은 무슨 까닭이냐? 신세대 무성격론에 대하여 신인 측에서 구세대의 정신적 유산을 논할 때 아무 대답이 없음은 무슨 까닭이냐? 그리고 특별히 험난한 처지에 있어 조선문학의 장래를 헤아릴 수 없이 됨은 무슨 까닭이냐? 전통이 없고 문학사가 없는 때문이다. 전통이 없는 문학이 자립할 수 없고 또 전통은 문학사적 정리가 없이 건설될 수 없다. 전통은 역사로서 정의되고 기술되기까지는 무의식적인 에∙토스에 지나지 못하기 때문이다.103)

이상에서 최재서가 신세대론이 아무런 결론도 없이 흐지부지된 것에서 '조선문학'의 장래에 관한 비관론을 이끌어내고 있음을 알 수 있는데, 이는 당시 기성세대의 문학 이념으로는 현실 문제에 제대로 대답할 수 없는 막다

대소설고』와 『문단 30년사』를 남긴 김동인이지만, 문학사 방법론을 가장 체계 있게 정리한 이는 임화라고 평가한다. 그는 임화가 "정신사/사상사의 탐구를 통한 주제사로서의 문학을 크게 보지 않는다"라고 평가한다 ; 조남현 『한국현대문학사상논구』, 서울대학교출판부, 2002, 44~45면.
103) 최재서 「전형기의 비평계」, 『인문평론』 1941.1, 12~13면. 최재서는 임화의 문학사 기술을 비평의 아르바이트화라고 규정하고 그것을 비평과 학술적 작업의 결합으로 정의한다. 그는 아르바이트화의 예로 자신의 「현대소설연구」, 김남천의 「발자크 연구」 그리고 서인식의 「동양문화의 이념과 형태」(『동아일보』 1940년 1월), 「문학과 윤리」(『인문평론』 1940년 10월) 등을 들고 있다. 이처럼 비평이 학술 작업과 결합한 이유는 당시의 "비평이 역사적 입증이 희박하여 글의 권위를 잃을뿐더러 안계가 항상 현실적인 문제에만 국한 되어 멀리 과거를 회고함으로써 미래에 대한 교훈을 얻는다던가 하는 이익을 버리게 되었"(최재서 「전형기의 비평계」, 『인문평론』 1941.1, 10면)던 상황에 관한 반성이다.

른 골목에 도달해 있음을 시사한다. 더불어 '조선문학'의 장래, 즉 '조선문학'의 종말을 적절히 예상하지 못했던 것에는 우리에게 전통이 없고 문학사가 없기 때문이라고 최재서(崔載瑞)는 안타까워한다. 이런 의미에서 최재서는, 임화의 "신문학사는 아직까지 정신적 수준에만 매달려 있어 조급한 생각이 없지 않으나 앞으로 이상과 같은 생각 밑에 전진한다면 우선 문제의 제출만으로도 큰 공적이 될 것을 믿는다"[104]고 하여 긍정적으로 평가하고 있다.

위에서 최재서가 "특별히 험난한 처지에 있는 조선문학의 장래"라고 말한 것은 1940년 8월 13일에 『조선일보』, 『동아일보』가 폐간되었던 것과 1941년에 들어오면서 조선어 잡지의 폐간을 예상한 것과 관련이 있다. 매체의 상실은 곧 조선문학 자체의 존립을 위협하기 때문이다. 이러한 상황은 중일전쟁 발발(1937.7.7) 이후 전쟁 수행의 효율성을 위해서 추진한, 일본의 내선일체 정책의 결과다. '내선일체'라는 것은 일본과 조선이 하나라는 의미인데 조선인이 일본인에 동화되는 것을 목표로 한다. 내선일체의 중심 내용 중 하나인 '이중언어정책'(일본어와 조선어의 공존)을 포기하고 단일언어정책(일본어 전용)으로 정책을 전환한 것이다. 이러한 정책 변화는 1935년 10월초에 있었던 공학제 실시 해프닝에서 예상되었던 우려가 현실화된 것이다. 당시 임화는 언어 약화가 정치상의 약화를 반영하는 것이라고 경고하였다.

그런데 신체제 수립과 함께 소수민족문학 또는 지방문학으로서 명맥을 이어가던 조선문학이 종말을 고할 수밖에 없는 상황에 처하였다. 이는 앞서 말한 두 조선어 신문의 폐간과 1941년 4월 30일에 실시된 『문장』과 『인문평론』 등의 조선어 문예 잡지의 폐간으로 더욱 구체화된다. 이러한 위기에 맞서, 근대조선문학은 하나의 통일된 전체로서 인식되고 기술됐다. 이 점에서 일본의 단일언어정책으로의 선회가 낳은 '조선문학'의 위기가 역사 또는 전통으로서 근대조선문학을 인식하도록 자극했다고 볼 수 있다.

---

104) 같은 글, 13면.

임화가 쓴 일련의 조선신문학사는 김태준의 『조선문학사』(청진서관 1933)와 『조선한문학사』(조선어문학회 1931), 김재철의 『조선연극사』(조선어문학회 1933), 그리고 조윤제의 『조선시가사강(朝鮮詩歌史岡)』(박문출판사 1937) 등과 같은 일련의 '조선문학 연구 중 비어 있었던 근대조선문학사 부분을 메우는 것이었다. 이 중 「개설신문학사」(『조선일보』 1939.9.2~11.25), 「신문학사」(『조선일보』 1939.12.5~12.27), 「조선신문학사의 일 과제」(『동아일보』 1940.1.13~1.20), 「속신문학사」(『조선일보』 1940.2.2~5.10) 그리고 「개설조선신문학사」(『인문평론』 1940.11~1941.4)라는 제목으로 발표된 일련의 논문은 갑오경장 이후부터 이광수 이전까지 발표된 작품 중에 구문학과 구분되는 새로운 문학을 그 대상으로 한다.[105]

## 2) 신문학의 의의 – 질적으로 새로운 조선어의 성립

임화는 「개설신문학사」를 "신문학의 어의와 내용"으로 시작한다. 그는 광무(光武) 3년 10월 『황성신문』 논설에서 문학이라는 용어가 나타나기는 했으나, 이때는 학문 일반의 의미로 사용된다고 상고(上考)한다. 임화는 당시 사람들이 신문학을 신학문으로 해석한 까닭을 문학이 'literature'의 역어인 줄을 모르고 그것을 문자 그대로 해석했기 때문이며, 이러한 해석에는 예술 문학을 멸시하는 전통 의식이 적용된다고 본다. 임화는 신문학이란 개념이 신학문의 의미를 떠나서 문학예술의 의미로 정착된 것은 육당, 춘원시대에 이르러서라고 주장한다. 그 근거로 이광수의 「문학이란 하오」(『매일신보』 1916.11.11~23)를 들고 있다.

또 임화는 『청춘』에 실린 「考選餘言」에서 이광수가 신문학의 특징으로 제시한 다섯 개의 항목을 소개한다 : 첫째는 시문체(時文體), 즉 언문일치의 신 문장, 둘째는 정성, 즉 할 일 없이 소일로 소설을 쓴 것이 아니라 엄숙하고 신성한 사업으로 생각한 것, 셋째는 예술성, 즉 전습적, 교훈적이 아니라

---

105) 이광수 이후의 조선 근대 소설에 대해서는 1941년에 출판된 『소설문학 20년』에서 간단히 다루었다.

순수 자율적, 넷째는 현실성, 다시 말해 고대문학이 이상적인 데 비하여, 다섯째는 신사상의 맹아 등. 그리고 이에 대해서 "이 5개조는 근대의 서구적 문학을 완벽에 가깝게 특징지은 것으로 한문으로 쓰인 구문학과 구별이 엄격할 뿐 아니라(시문체, 예술적, 자율성, 신사상), 실로 언문으로 쓰인 구문학과의 구별이(엄숙 신성한 것으로서의 문학, 시문체 — 비운문성, 현실성, 예술성, 신사상성) 또한 준열하다"106)고 평가한다.

이러한 주장은, 임화가 신문학은 구문학 전통 중 한문학과 결별했을 뿐 아니라 언문문학과도 결별한 것으로 인식하고 있음을 보여준다. 언문문학이 한글로 쓰였다는 점에서는 신문학과 같지만, 문자적 공통점을 넘어서는 차이가 둘 사이에 있는 것으로 임화는 생각하였다. 임화의 관점에서 신문학이란 이전 문학과는 질적으로 다른 새로운 문학이었다. 그렇다면 임화가 생각하는 조선근대문학이란 무엇인가?

(가) 신문학[사 — 인용자]이란 **새 현실을 새 사상**의 견지에서 엄숙하게 순예술적으로 언문일치의 조선어로 쓴, 바꾸어 말하면 내용, 형식 함께 서구적 형태의 문학사이다.107)

(나) 신문학사의 대상은 물론 조선의 근대문학이다. 무엇이 조선의 근대문학이냐 하면 물론 근대정신을 내용으로 하고 서구문학의 장르를 형식으로 한 조선어 문학이다.108)

(가)는 「개설신문학사」에서 밝힌 '조선문학' 정의고, (나)는 「'조선문학' 연구의 일 과제」에서 나오는 '조선문학' 정의다. 다섯 달 남짓한 시간 차이로 (가)는 『조선일보』에 1939년 9월 7일에 발표됐다. (나)는 『동아일보』에 1940

---

106) 임화 『임화 신문학사』, 임규찬·한진일 엮음, 서울 : 한길사 1993, 16면.
107) 같은 곳.
108) 임화 「'조선문학' 연구의 일 과제」, 『동아일보』 1940.1.13.

년 1월 13일에 발표됐다. 그런데 (가)와 (나) 사이에는 표현의 차이가 조금 있다. (가)의 "새 현실을 새 사상의 견지에서"는 내용면을, "순 예술적으로 언문일치의 조선어로 쓴"은 형식면을 규정하는 것이다. 여기서 임화는 "서구적"이라는 수식어를 붙였다. 이처럼 임화는 예술적인, 언문일치의 '조선어'도 서구적인 것으로 보았다.

(나)에서는 '새 현실, 새 사상'이 '근대정신'으로 대체됐고 "순 예술적으로 언문일치의 '조선어'"가 "서구문학의 장르를 형식으로 한 조선어"로 바뀌었다. '예술적으로'라는 수식어를 서구문학 장르라는 형식 개념으로 좀더 구체화한 것이다. 즉 현대시나 소설 등을 서구적인 장르 의식이 적용된 예술의 하위유형으로 설정하였다.

미세한 차이가 있지만 두 개의 정의는 '조선어'를 유개념으로 설정하여 '조선어'로 쓴 문학 작품만이 조선 신문학의 범위에 들어갈 수 있음을 분명히 하고 있다. 이것은 앞 절에서 논의된 민족어와 민족문학에 관한 임화의 사고를 집약적으로 표현한다. 문학어로서 '조선어'에 관한 임화의 생각은 민족어, 민중어, 예술어라는 것으로 집약할 수 있다. 이중 민중어 항목은 다른 문학가들도 대체로 공유하고 있는 보편적인 생각으로 보기는 어렵다. 하지만 당시에는 근대 '조선문학'에 대해 문학가들이 서로 공유한 정의가 있었는데, 그것은 조선의 근대문학은 현대 '조선어'로 써야 한다는 것이다.

임화는 "조선의 문학사와 같이 부자연하게 변칙적인 경로를 밟아온 지역의 문학에 대하여는 '언어 즉 문학'이라는 개념을 공식적으로 적용해서는 아니된다"[109]고 주장한다. 즉 근대조선문학은 한글로 쓴 것이어야 하지만 근대 이전에는 한자로 쓴 것도 인정해야 한다고 주장한다. 근대 이전의 조선이 계급사회였던 점, 지배계급이 한자 사용자들이었다는 점, 그리고 특정한 역사적 시기의 문화는 그 시기 지배계급의 문화라는 점을 고려할 때 조선 한

---

109) 임화 『임화 신문학사』, 임규찬·한진일 엮음, 서울 : 한길사 1993, 20면.

문학도 넓은 범위(사적으로 보았을 때)의 '조선문학'에 들어갈 수 있다는 입장이었다.110)

이런 전제에 따라 임화는 조선문학사와 조선 신문학사를 구분하고, 다음과 같은 문학사 도식111)을 제시한다.

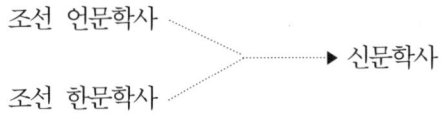

임화는 "신문학사는 신문학의 선행하는 두가지 표현형식을 가진 조선인의 문학 생활의 역사의 종합이요 지양"112)이라고 주장한다. 임화의 문학사 인식은 '언어＝문학'이라는 도식을 고집하며 한문학사를 조선문학사에 포함시키지 않은 이광수류의 속문주의와는 차이를 보인다. 이것은 정치·사회적 특수성을 고려해 한문학사를 조선문학사의 일부로 수용해야 한다는 홍기문이나 김태준의 관점을 계승한 것으로 과학적 문학사 기술을 지향하고 있다.

위의 도표는 임화가 근대문학이 서양문학의 이식이라고 주장함에도 불구하고 그 토양인 '조선문학'의 전통을 의식하고 있음을 보여준다. 임화가 '이식'이라는 개념을 쓴 것은 언문학사와 한문학사로 이원화돼 있던 '조선문학'이 언문일치의 현대문장으로 된 신문학으로 일원화되는 데 있어서 서구문학 개념이 촉매 작용을 했다고 생각했기 때문이다. 임화가 '이식'이라는 개념에 얽매이는 것은, 근대문학의 발전이 사람들이 이전과는 전혀 다르다고 느끼게 만들 정도로 에피스테메의 변화를 겪었기 때문이다. 문학을 이해하는 에피스테메의 변화 때문에 그 전의 문학사와 그 이후의 문학사가 '단절'됐다는 의식을 사람들에게 심어주었다. 서구문학 개념의 도입이 그 같은 에피스테

---

110) 같은 책, 20~21면.
111) 같은 책, 21면.
112) 같은 곳.

메의 변화에 촉매작용을 하였기 때문에, 임화는 이 단절의 측면을 이식이라는 개념으로 구체화했다.

그렇다면 새로운 현실을, 새 사상의 견지에서, 예술적으로 언문일치의 '조선어'로 쓴 전통적인 양식을 채택한 문학은 신문학에 들어갈 수 없느냐는 질문이 가능하다. 이것에 대한 임화의 답은 몹시 냉정하게도 '아니다'이다. 임화의 도식에 따른다면 양식사란 정신사를 반영하므로 낡은 문학 양식으로는 도저히 근대의 정신을 담을 수 없다. 임화가 시대를 구분하는 근대조선문학이라는 용어를 피하고 굳이 신문학이라는 개념을 쓰는 것도 구문학과의 '양식' 차이를 분명히 하기 위해서다. 이런 의미에서 본다면 1920년대에 있었던 '시조부흥운동'은, 낡은 양식을 근대에 되살리려는 시도로 시대정신에 역행하는 것이므로 임화의 신문학사에서는 논외의 대상이 될 수밖에 없다.

실제로 시조부흥운동은 자유시운동에 밀려서 대중의 호응을 크게 얻지 못했다. 이것은 일본에서 '하이쿠'와 같은 전통적인 시가 양식이 대중의 인기를 얻으면서 지속적으로 창작돼왔을 뿐만 아니라 서구문학 장르인 자유시가 전통 시가의 인기에 못 미치는 상황과 비교해볼 만하다. 일본에서 이러한 공존이 가능했던 까닭은, 근대성의 관점에서 과거의 것을 철저하게 부정했던 우리나라와는 달리 일본에서는 그 기준을 차별적으로 적용했기 때문이다. 특히 예술 교육은 '일본 것은 일본식으로 서양 것은 서양식으로'라는 두가지 기준을 적용해 양자가 별개로 병존한다.113) 하지만 근대조선문학은 과거의 것을 복고적인 것으로 부정하는 경향이 강했다.

임화는 전통적 문학 양식의 계승을 부정적으로 보았음에도 불구하고 언문문학의 언어 의식만은 계승하고자 하였다. 임화는 근대문학이란 민족어 사용을 바탕으로 해야지만 성립한다는 점을 강하게 의식하고 있었으며, 근대조선문학 개념을 설정할 때도 그점을 분명히 하였다. 이것은 중세기를 지배

---

113) 마루야마 마사오·가토 슈이치, 『번역과 일본의 근대』, 임성모 역, 이산 2000, 174면.

해왔던 귀족 중심의 문학에서 평민문학으로 이행함을 의미하는 것이기도 하다. 임화는 이러한 평민문학의 발흥을 시민사회를 바탕으로 한 근대정신의 발현으로 해석한다.

그것은 언어적 해방이다. 조선의 문학이란 신문학의 시대가 비롯하기 전엔 자기의 국유어로 표현될 자유를 갖지 아니했었다. 정통의 문학적 작물, 시, 전기, 사기, 신화, 전설의 기록, 소설, 희문, 일기, 수필류에 이르기까지 한문으로 씌어졌다.

오직 구전의 가요, 전설이 겨우 고유어를 그대로 사용해온 데 불과했다는 것은 신문학의 고유어 전용이 하나의 정신사적 의의를 가짐을 상상시키기에 족하다.

이 점에선 지나의 백화운동이 조선 신문학의 모어 전문과 비슷하다. 그러나 백화운동은 서구 제국의 근대문학사와 같이 구어의 문어체로부터의, 또는 산문의 운문으로부터의 해방과 비교될 정도의 것이다. 즉 낡은 자국어로부터의 새 자국어 수립과정의 일종이다.

그러나 우리 신문학은 장구한 자기 문학을 지배하고 있던 외국어로부터의 해방의 결과, 우리 신문학은 이러한 의미에서 언어, 형식, 내용 전부가 재래의 문학으로부터의 비약이다.[114]

임화는 근대조선문학은 '외국어로부터 해방'됐다는 점에서 구문학과 결정적인 차이가 난다고 생각했다. 이러한 해방이 가능했던 것은 조선사회 내에서 발아했던 근대정신 덕분이었다. 이 근대정신 덕분에 조선문학은 이전과는 질적으로 다른 새로운 조선어를 문학적 매체로 창출할 수 있었다고 임화는 생각하였다. 그는 신문학의 매체인 근대 '조선어'를 구문학의 언문과는 질적으로 다른 언어로 인식하였다. 이 둘을 결정적으로 구분하는 기준은 '언문일치', '예술적', 그리고 '산문적'이라는 점이다.

---

114) 임화 『임화 신문학사』, 임규찬·한진일 엮음, 서울 : 한길사 1993, 19면.

임화는 또한 근대 '조선어'가 발전할 수 있었던 토대를 역사적으로 고찰하고 있다. 그 과정을 요약해보면 첫째는 신교육 실시와 유학생 해외파견, 둘째는 신문, 잡지와 같은 저널리즘의 발생과 성장, 그리고 마지막으로 성서번역과 언문운동 등이다.

(다) 조선의 저널리즘은 다른 신문화와 같이 이식 문화의 하나로 조선 사회의 문명 개화와 신문화의 형성상 막대한 의의가 있는 것으로 대략 다음의 두 가지 점에서 그 공헌을 이야기할 수 있다. (……) 둘째는 문화의 대중화와 인민 대중이 문화에의 참여를 본래의 기능으로 하여 타고났던 '저널리즘'인 만큼 소수인에게만 적용되는 한문 대신 다대수 인민에게 해독될 언문으로 표현수단을 삼지 아니할 수 없었던 점, 즉 현대 조선 언문 개척과 발달상에 끼친 공적이다.[115]

(라) 새 시대는 먼저 새 시대에 적응한 표현형식을 가져야 됐었다. 이것이 오래 버려져 있던 조선어와 언문에의 귀환이었다. 그러나 갑오의 개혁정신도 한문으로부터 곧장 순언문으로 들어오지는 못하였다. 언한문 혼용체 사용에는 명백히 갑오 개혁의 중세에 대한 반타협 의식이 숨어 있었다.

그러나 민중은 소설에, 노래에 모두 순조선어, 순언문으로 자기의 의사를 표현해 오고 문화를 가지고 있었다. 이러한 민중의 문화는 한문 문화의 지배 하에 이름도 없이 매몰되어 있을 때, 기독교는 자기의 경서를 언문으로 번역하여 가지고 조선에 들어온 것이다. 물론 이것은 우매한 남녀에게 자기의 종지를 선전하기 위함이나, 좌우간 이 기독교서가 언문 부흥에 기념할 선구가 된 것은 사실이다.[116]

저널리즘이 근대 민족개념을 형성하는 데 미친 영향에 관한 연구(베네딕트 앤더슨, 1989)는 이미 알려져 있지만, 개화계몽기 조선에 있어서도 그러한 점

---

115) 같은 책, 72면.
116) 같은 책, 108면.

은 확인할 수 있다. (다)에서 임화가 지적한 바와 같이 저널리즘이 새로운 사상을 보급하는 데 결정적인 역할을 했을 뿐만 아니라, 한글 보급과 발달에 있어서도 결정적인 역할을 했다. 저널리즘의 대상이 소수의 특권층이 아닌 다수 인민을 대상으로 하고 있었기 때문에, 그 표기매체로서 한문을 포기하고 언문 사용으로 나아가지 않을 수 없었다. 이러한 과정은 저널리즘이 독자를 만들어 나가는 과정에서 지방어 사용을 활성화했다는 점과 연결된다. 이것은 서구에서도 확인되는, 보편성을 띤 현상이다.

(라)에서는 두가지 면이 눈에 띈다. 하나는 민중문화가 조선어의 근대화에 끼친 공헌이며 다른 하나는 기독교 전파가 조선어 발전에 끼친 영향이다. 전자는 임화의 민중주의적인 성향을 보여주는 예이고 후자는 기독교 전파가 중인과 농민 등 서민들을 중심으로 전파됐다는 점을 고려할 때 반드시 억지 주장은 아닐 것이다. 일본에서 최초의 일영사전을 외국인 선교사가 만들었다고 하는데, 우리나라 또한 예외는 아니다. 조선어 연구가 학문으로 정착되는 데 끼친 서양 선교사의 영향을 임화는 신문학사의 111쪽에서 112쪽 사이에서 짧게 언급하고 있다. 그리고 이 점은 고영근의 연구[117]에서도 확인할 수 있다.

성경책의 조선어 번역은 당시 조선어가 변하는 구체적인 양상들을 보여주고 있어 중요하다. 더구나 당시에는 양반계층이나 궁중에서 쓰는 말과 민중들이 쓰는 말이 달랐다는 점을 생각한다면, 어느 계층의 언어가 현재 우리가 쓰고 있는 우리말의 모델이 됐는지를 고구(考究)하는 것도 가치 있는 연구가 될 것이다. 뿐만 아니라 성경공부, 즉 성경책 읽기가 기독교도의 중요한 종교적 행위의 하나로 간주된다는 점에서, 성경책 읽기의 대중화는 잠재적인 독서대중들을 생산하는 데 기여했을 것이다.

번역이란 다른 나라에서 이미 성취한 지식을 가장 빨리 수입하는 방법이

---

117) 남기심·고영근 공저의 『표준국어문법론』(탑출판사 1999)에서 고영근은 우리 문법사에서 외국인 선교사가 차지하는 위치에 대해서 상세하게 논하고 있다.

다. 조선조의 경우, 명대의 많은 소설들을 수입, 번역하여 독자들에게 보급했다. 그러한 명대 소설의 독자들이 나중에 창작된 고전소설의 독자들이 됐다. 비슷하게 개화계몽기에 이뤄진 성경책 번역 등은 이질적 사유체계를 가진 새로운 유형의 독자를 형성하였다. 따라서 번역 현상을 단지 '이식' 또는 '모방'이라는 관점에서만 보는 것은 타당하지 않다.

더구나 번역 문체로 인식되는 '~다'체 또는 '~엇다/였다'체는 그 기원이 16세기로 올라간다. 예를 들어 「순천김씨언간」 가운데 "훠 신발 그 진쉬려 주엇다" 또는 "지믄 오며 즉시 여 보내자 니 근사니 병을 그저여 누엇다"다와 같은 표현이 보인다. 「번역 노걸대」(1517)에서는 "王 아뫼 일홈 두고 즈즘 장의 뫼 일홈두엇다" 그리고 「번역 박통사」(1517)에도 "가짓 사아모은 각각 일홈두엇다"와 같은 표현이 나온다. 물론 글 전체에서 이러한 표현이 나오는 빈도는 1~2회 정도고 지배적인 것은 아니다. 하지만 '~엇/엿다'체는 18세기부터는 그 세력이 점점 커져 19세기의 말에 출판된 글에서는 광범위하게 발견되고 있다. 신소설에서는 보통 '~엇다'체와 '~더라'체가 병존하는데, 그것의 미학적 기능을 떠나 전자를 일본문체의 이식으로 보는 것은 우리말의 역사적 발전과정을 간과하는 것이다. 이를 좀더 살펴보자.

구름뒤에 구름이 이러나고 구름엽혜 구름이 이러나고 구름밋헤서 구름이 치밧쳐올러오더니 삽시근에 그구름이 하늘을뒤덥허서 푸른하늘은 볼수 업고 식검은구름턴지라 희끗희끗흔 눈발이 공 으로회회도라 닉려오는뒤 쎠러지는빗곳갓고 **날라오는 버들기지갓치** 심업시쎠러지며 **끗업시스러진다**
잘든눈발이굴거지고 드무던눈발이 아조쎠러지기시작ᄒᆞ며 공중에갓득차게 닉려오는거시 눈-쏜이오 쌍에싸히는거시 하얀눈-쏜이라 쉴식업시닉리는뒤 굴근체구녁으로 하얀썩가루쳐서 닉려오듯 솔솔닉리더니 하날밋헤 쌍덩어리는 **하얀 흰무리썩 덩어리 갓치되엿더라.**[118] (강조 : 인용자)

---

118) 이인직 『은세계』, 동문사, 융희 2년(1908), 1면 ; 『개화기문학총서』 3, 아세아문화사 1978, 89면.

인용문은 이인직의 『은세계』의 가장 앞부분을 인용한 것인데, 일단 인용 문에서 눈에 띄는 것은 이 소설이 두가지 형식의 종결어미를 사용하고 있는 점이다. 하나는 현재형 '~ㄴ다'체고 다른 하나는 과거형 '~더라'체다. 이인직 의 『은세계』에서 보이는 '~ㄴ다'체와 '~더라'체의 혼용은 다른 신소설에서 도 종종 관찰되는 특징이다.

그런데 이 같은 혼용은 '~었/았다'는 종결어미에게 익숙해져 있는 우리에 게는 조금 낯설게 느껴진다. 더불어 왜 현재시제인 '~ㄴ다'체는 버젓이 사용 하면서 과거시제로는 '~더라'체를 사용하고 '~엇다'체는 사용하지 않는 것일 까 하는 의문이 든다. 사실 '~더라'체는 고전소설 문체의 표징으로 인식돼 신소설이 아직 구소설의 영향에서 벗어나지 못한 증거로 종종 제시되기 때 문에 이 문제는 좀더 자세히 논할 필요가 있다.[119]

한마디로 말해 이 같은 혼용은 당시의 언어관습과 밀접한 관련이 있다. 신소설에서 '~ㄴ다'체가 자연스럽게 등장할 수 있었던 것은 이 문체가 이미 당시에 세력을 얻어 광범위하게 입말에서 사용되고 있었기 때문이다. '~ㄴ 다체는 17세기로 넘어오면서 세력을 얻은 종결어미의 대표적인 예다. 이것 은 이미 16세기에도 인용절 등의 안긴문장에서 제한적으로 사용되기도 했는 데, 17세기에 들어와서는 그 쓰임이 대단히 확대되어 환경에 얽매이지 않고 보편적으로 사용되고 있었다.[120]

반면 과거시제를 표시하는 데 있어 '~앗/엇다'체는 17세기에도 제한적으 로 사용되었다. '~앗/엇'은 17세기에 이미 일반적인 과거시제 표시 형태소로 확립됐으나 다른 선어말어미와 결합해서 주로 사용됐고 완전히 단독으로 종 결어미 앞에 쓰이는 예는 드물었다.[121] 이것은 주로 안긴문장으로 실현될

---

119) 아래에서 논의되는 종결어미 문제는 배개화 「백화 양건식과 근대적 문체의 실험」, 『한 국현대문학연구』 18, 2005, 163~167면 참조.
120) 이영경 「17세기 국어의 종결어미에 대한 연구」, 서울대학교 석사 1992, 42~44면.
121) 같은 글, 45면.

때만 단독으로 사용됐는데, 이 같은 용례는 "한님흑ᄉ 하원뵈 니이 듀 왈 **신등이 망극**호 **되명을 므릅**써 익미ᄒ**온 아비 블ᄱ의 뜻을 두엇다** ᄒ오니 흔갓 신등 부ᄌ와 일문 어육을 슬허ᄒ올 쁜 아니라"[122]는 『명주보월빙』의 한 구절에서도 확인할 수 있다. (강조 : 인용자)

이처럼 고전소설에서 '~엇다' 체는 주로 안긴문장에만 등장하는데, 한 작품 안에서 나오는 빈도수는 그다지 높지는 않으나 여러 고전소설에서 발견되는 특징이다. 이 같은 경향은 성경책 번역에서도 확인할 수 있다.[123] 하지만 번역 성경은 대체로 '~더니라' 또는 '~더라'가 종결어미로 사용되고 있다. 이를 볼 때 '~다'체의 확립과 관련해서는 번역 성경이 큰 기여를 하지 못했음이 분명하다.

개화계몽기의 글쓰기에서 확인되는 이 같은 특징은 구어체에서 언어변화를 반영하는 것으로 보인다. 같은 '해라'체면서도 '~ㄴ다'체에 비해 '~엇다' 체는 아직 세력을 얻지 못한 문체였기 때문에, '~ㄴ다'와 '~엇다'가 동시에 사용되지 않고 대신 '~더라'체가 과거시제로 선택됐던 것이다. 비록 '~엇다'가 '해라'체의 평서형 종결어미라는 점에서는 '~ㄴ다'와 등질적이라고 하더라도, 이를 같이 쓰는 것은 당시 사람들이 느끼기에는 화용론적인 관점에서 보았을 때 상당히 어색할 수도 있었다고 생각된다. 이 때문에 이인직은 현재시제는 '~ㄴ다'체로 과거시제는 '~더라'로 실현했던 것이다. 하지만 이 둘은 모두 '해라'체이므로, 『은세계』는 하나의 문체를 일관되게 적용하고 있었다.

---

122) 『명주보월빙』 필사본, 券之一에서 券之五, 188면, 『명주보월빙』은 작자미상, 연대미상의 한글소설로서 『완월회맹연』과 더불어 가장 긴 소설의 하나로 꼽는다. 연대는 대략 숙종조에서 철종조 사이에 쓰인 것으로 예측한다. 인용 부분은 필사본의 '권다삼'의 앞부분이다. 제1권에서 제5권까지 '~엇다'체는 총 열 번 나오는데 모두 안긴문장으로 실현되고 있다.

123) 예를 들어, 로쓰 역의 『예수셩교젼서』(1887)의 "요안늬는 닐으러 먹지도 은코 마시지도 은이ᄒ되 사름이 일오기를 뎌 귀신을 품엇다 ᄒ고" (마태복음 11장 18절)를 들 수 있다. 이 『젼서』에서는 '~엇다'가 안긴문장의 형태로 약 19회정도 나온다. 또한 절대 문장으로도 나타나는데, "우리 예수가 죽엇다"(데살로니카젼서 5장 14절)와 "뉘가 죄 줄야 키리쓰토 예수가 죽엇다"(로마서 8장 34절)와 같은 경우가 예이다.

그런데 주의할 점은 '~더라'체의 사용이 내용 또는 사상의 고루함과 일치하지 않는 점이다. 『學之光』이나 『靑春』 등에 실린 많은 논설문과 논문들이 '~더라'체를 차용했던 점을 고려할 때 문체의 낡음이 곧 내용의 낡음과 동일시될 수 없음은 분명하다. 다만 언어 관습의 영향으로 쉽게 '~엇다'체로 나아가지 못하고 있었을 뿐이다. 이 점에서 개화기나 1910년대 초반까지만 해도 에피스테메의 변화가 문체의 변화를 앞지르고 있었다고 볼 수 있다.

또 종결어미 '~다'와 '~라'는 어떤 선어말어미가 오느냐에 따라서 자동적으로 선택되는 경향을 보인다. 보통 '~라'는 '화자의 주관적 의도를 나타내는 종결어미'로서, 이와 결합하는 선어말 역시 화자의 주관적 의도를 나타내는 것이 많다.124) 반면에 종결어미 '~다'는 전달하는 내용의 의미를 청자의 판단에 맡길 때 사용한다. 과거회상시제 선어말어미 '~더'125)가 종결어미 '~라'와만 결합하는 것은 '~더'가 화자의 주관적인 의도를 표현하는 기능을 가지고 있기 때문이다. "하날밋헤 쌍덩어리는 하얏 흰무리쩍 덩어리 갓치되더라"는 『은세계』의 용례에서처럼 '~더라'체의 문장은 화자 자신이 의식했거나 판단한 사실을 청자에게 전하는 것으로, 그 인식 내용이 청자에게 '참'으로 받아들여지건, '거짓'으로 받아들여지건 그 결과에 개의치 않는 의미를 함축한다.

반면에 '~다'는 발화자가 객관적인 사실을 있는 그대로 진술하려 할 때 사용한다. "경오의 노적이 북경을 침노ᄒᆞ니 황뎨 원승환이 잘 막ᄌᆞᆯ디 못ᄒᆞ다 ᄒᆞᄉᆞ 잡아다가 죽이시다"126)의 예에서처럼 주로 존경법(-시-)이나 공

---

124) 이광호 「후기 중세 국어의 종결어미 {-다/-라}의 의미」, 『국어학』 1983, 154면.
125) 임홍빈에 의하면 과거회상시제 선어말어미 '~더'는 관찰시에서 어떤 사건에 관한 인식이 이루어진 이후 발화시(또는 주절 사건시) 전까지 그 사건에 관한 인식이 단절됨을 나타낸다. 따라서 '~더라'체로 말할 때 화자는 단절됐던 인식 내용을 다시 의식하기 위해 자신의 주관적 의도 또는 해석이 개입하게 된다 ; 같은 책, 150~151면.
126) 작가미상, 『산성일기』, 김광순 역주, 형설출판사 1985, 108면. 인종을 모신 어느 궁녀의 일기로, 1637년경에 쓰인 '내간체' 일기이다. 구어적인 특징을 잘 나타내는 것으로 국어학

손법(-습-)의 선어말어미와 함께 사용되는데, 이 같은 표현은 발화된 내용을 청자(또는 독자)의 객관적인 판단에 맡긴다는 뜻을 함축한다. 또 '~ㄴ다'나 '~엇다'체는 공손법이 중화돼 '평칭'으로 격화된 형태[127]로 인격화된 청자를 넘어선 추상적 존재를 지향한다. 이는 17세기에 '~ㄴ다'가 명제, 속담 또는 영원한 진리를 진술할 때 사용됐다는 점에서도 확인할 수 있다.[128] 한마디로 현재 행위에 관한 설명뿐만 아니라 단정적인 진술 기능도 한다. 비슷하게 '~엇다'체도 '순수한 사실 기술'의 성격을 매우 많이 지닌 것으로 보인다.

이처럼 '~ㄴ다'나 '~엇다'는 청자와 화자의 인격적 결합이 중화된 중성적 문체로 화자의 주관적 판단이 배제된 사실을 기술한다는 의미를 내포한다. 그런데 이인직이 '~엇다'로 바로 나아가지 못하고 '~더라'에서 머뭇거린 것은, 앞서 살펴본 바처럼 당시 '~엇다'체가 우리 실제 언어생활에서 그다지 실현되지 않는 '문어체'였기 때문이다. 이것은 마치 프랑스어의 반과거가 소설이나 글쓰기 속에서만 등장하는 것과 유사하다. '아! 눈이 온다'는 문장이 말해질 때의 자연스러움을 '어제 눈이 왔다'는 문장은 갖지 못했다. 이 같은 낯설음으로 말미암아 이인직은 선뜻 '하얀 흰무리 떡덩어리같이 되었다'라고 하지 못하고 '같이 되었더라'라고 기술한 것이다.

한마디로 지금에는 자연스러운 것으로 느끼던 '~ㄴ다'와 '~엇다'의 혼용이 개화기 때까지는 조금 어색한 것임에 분명하다. 때문에 최초의 근대장편소설로 평가받는 이광수의 장편소설 『무정』은 과거시제를 회피하고 있다. "경성학교 영어교사리형식은 오후두시사년급 영어시간을마치고 나려쪼이는 륙월볏혜 짬을흘니면서**안동김장로의집으로간다.**"[129] (강조 : 인용자) 이처럼 '~ㄴ다'와 같은 현재 시제 종결어미는 개화기 이래로 일반적으로 사용됐

---

연구 자료로도 많이 이용된다.
127) 이영경, 「17세기 국어의 종결어미에 대한 연구」, 서울대학교 석사 1992, 37면.
128) 같은 글, 44면.
129) 김윤식 『한국근대소설사연구』, 을유문화사 1991, 75면.

기 때문에, 현재 문학 연구자들이 볼 때 당시 문학의 문체는 '~더라'체와 '~ 엇다'체 사이의 경쟁으로 보였던 것 같다. 그리고 김동인이 '~었/았다'라는 과거형을 의식적으로 실천했다는 사실을 유난히 자부하면서 "일본에서는 아 직도 「シタ」와「スル」가 철저히 구획되지 않았다"[130]고 진술한 것에 촉발되 어 '~엇다'체는 일본문체라는 편견이 형성됐다. 물론 이러한 믿음의 배경에 는 신문학은 외국문학의 이식인 까닭에 그 문체도 외국에서 온 것이라는 생 각이 놓여 있다.

명백한 것은 개화계몽기에 '~더라'체와 '~엇다'체 또는 '~ㄴ다'체가 종결 어미로서 서로 경쟁관계에 있었으며, 근대문학의 형성과 함께 후자가 전자 를 대신해서 일반적인 서술체의 종결어미로 선택됐다는 점이다. '~엇다'나 '~ㄴ다'가 원래 안긴문장으로만 실현되는 문어체인 점을 고려할 때 근대문 학의 문체란 말을 옮겨 적는 것, 즉 언문일치에 의해 생겨난 것이 아니라 문 어를 언문일치라고 상상한 데서 시작됐다고 할 수 있다.

그리고 이러한 작업들을 통해서 '네이션'의 상상이 가능해졌다. 이것이 현 실 속에서 구체화된 것이 대한제국이라는 근대국가를 배경으로 한 개화계몽 기의 '국어국문운동'이었다. 임화는 주시경의 이름으로 대표되는 이 시기의 '국문운동'에 대해서도 상당한 지면을 할애하고, 이 운동의 성격을 다음과 같 이 설명하였다 : "이러한 각종 문화가 모두 근대 조선이 정신적 진전의 길을 걸으면서 그 표현형식으로 모두 '조선어'의 한문으로부터의 해방과 새로운 조선어문의 확립을 위하여 편편히 노력하는 중 어문 영역의 본격적 운동이 싹텄으니 그것은 그대 말로 하면 '국문운동'이다."[131]

임화는 당시의 국문운동을 '언어학사'의 관점이 아닌, '문화사'의 관점에서 다루면서, 구체적인 연구 결과보다는 연구의 취지에 더 관심을 보인다. 임화

---

130) 김동인 「한국근대소설고」, 『전집』 8, 홍자출판사 1964, 601면 ; 권보드래 『한국 근대소 설의 기원』, 서울 : 소명출판 2000, 240면에서 재인용.
131) 임화 『임화 신문학사』, 임규찬·한진일 엮음, 서울 : 한길사 1993, 112면.

는 국어국문운동을 근대문학의 내용이라고 규정한 근대정신이 스스로를 담을 형식을 찾아 나가는 운동이라고 설명한다. 물론 개화계몽기에는 에피스테메의 변화가 양식의 변화를 앞질렀다는 점에서 임화의 주장이 틀린 것은 아니지만, 더 정확히는 한문과 결별한 '조선어문'이 근대정신을 그 내용으로 창출했다고 말할 수 있다.

임화는 주시경의 『국어문법』의 서문을 인용함으로써 근대 민족어의 성격을 간접적으로 제시한다 : "其域은 獨立의 基요, 其種은 獨立의 體요, 其言은 獨立의 性이라. 此性이 無하면 體가 有하여도 基體가 아니요, 體가 有하여도 其基가 아니니 其國家의 盛衰에도 言語의 盛衰에 在하고 國家의 存否도 言語의 存否에 在한지라." 임화는 인용된 부분에 표현된 주시경의 언어관이 신문학의 정신적 기초의 한 부분이 됐다고 평가한다. 위에서 인용된 주시경의 주장은 그후 결성된 '조선어학회'의 기본 노선이 돼 식민지 기간 일본어의 침식에서 조선말을 지켜내는 정신적인 배경이 됐다. 그러나 임화가 이를 인용한 까닭은 조선어학회의 어문운동을 긍정하기 위해서가 아니라, 그것이 민족어문과 근대적 내셔널리즘과의 관계를 명료하게 표현했기 때문이다. 이 점에 한해서 주시경의 언급은 신문학의 정신적 기초를 제시한 것임에 틀림없다.

임화는 조선 근대문학 형성에서 서양문학의 이식을 의식하면서도 그 매개로서 '현대 조선어'를 설정하고 그 발전과정을 논증함으로써 이식이 복사(copy) 또는 복제(duplication)가 아님을 증명하려 했다. 그리고 개화계몽기의 중요한 성과 가운데 하나가 한문 즉 외국어에서 '조선어'를 해방했다는 임화의 평가는 일본어와 경쟁해야 했던 식민지 기간에 조선어의 수난, 특히 일본어 전용 정책으로 말미암은 '조선어' 쇠퇴라는 미래를 고려할 때 더욱 의미심장하다.

## 3) 신문학의 문예 계보학 설정

신문학사에서 임화는 '조선문학'의 계보학을 만들려는 노력을 보여주고 있다. 이것은 신세대 논쟁에서 제기됐던 신인측의 '신문학의 전통이 없다'는 공격에 관한 답이다. 임화는 조선근대문학의 기원을 밝히려는 의도에서 신소설을 집중적으로 분석한다. 그는 프리체(Friche)의 주장132)에 기대어 신소설을 이상주의에서 사실주의 문학으로 변하는 과도기로 설명한다. 그리고 조선 신문학이 사실주의적인 경향으로 발전해왔음을 증명하려 한다. 이러한 임화의 연구는 '문학사=양식사=정신사'라는 자신의 관점에 입각한 것이다. 문학사 연구를 통한 양식사 탐구라는 목표는 이미 1935년의 「역사에의 반성 요망」에서 천명된 바 있고, 1939년의 「역사, 문화, 문학」에서도 재천명되었다. 이처럼 임화가 양식사에 집착한 까닭은 양식사 탐구를 통해서 시대정신을 파악하려 했기 때문이다.133)

양식사에 관한 관심은 특히 「신문학사의 방법」과 「개설신문학사」에서 두드러지게 나타나는 특징이다. 1935년에 쓰인 「조선신문학사론 서설」에서는 시기를 구분할 때 기존에 쓰던 개념들을 비판하지 않고 그대로 사용하고 있다. 예를 들어 이인직은 신소설이고, 이광수는 낭만적 이상주의, 염상섭은 자연주의, 백조파는 낭만주의 그리고 신경향파 문학은 사실주의 등으로 설명하고 있다. 그런데 1939년에 이르러서는 다양한 문학적 현상들을 관통하는 시대적 공통성을 양식이라는 개념을 매개로 설명하려 했다. 그는 "고전주의 또는 낭만주의라 하듯이 그것은 문학에 있어서는 시대적 양식이란 개념으로

---

132) 프리체(Vladimir Maltsimovich Friche) 『예술사회학』, 김휴 역, 온누리 1986, 100면 : 프리체의 『藝術社會學』은 노보루(昇曙夢)의 번역으로 도쿄(東京)의 신초사(新潮社)에서 1930년에 출판됐다. 임화가 이 책을 참조했을 가능성이 높다. 프리체는, 예술은 '이상주의'에서 '사실주의'로 발전해가며, 전자가 훨씬 사회 경제적으로 낮은 단계의 주된 예술 경향이라면 사실주의는 전자보다 더 높은 단계의 예술 경향이라고 주장한다. 그리고 이러한 발전과정에는 반드시 이상주의로부터 사실주의로의 과도기가 존재한다고 보았다.

133) 이 점은 김윤식의 『임화연구』(문학사상사 1996) 등 다수의 연구자들이 지적한 것이다.

불러온 것으로, 문학사는 이러한 몇 개의 특색 있는 양식"을 발견하는 것이 주된 목표라고 주장한다.[134] 이러한 관점에 입각해서 그는 이상주의와 사실주의라는 크게 대별되는 두개의 양식 개념으로 구문학과 신문학을 구분하고 신문학의 양식사를 구성하려고 시도한다.

임화의 신문학사[135]는 신문학사의 시대 중 개화계몽기만을 다룬 채 완성되지 못하는데, 개화계몽기 문학에 관한 그의 연구는 신문학의 기원을 밝히고 있다는 점에서 의의가 있다. 그는 이 시기를 규정할 용어로 '과도기'라는 단어를 사용할 것을 주장한다. 이 "과도기의 진정한 내용은 신시대의 탄생이나 구시대의 사멸이 모두 가능적이었을 때가 아닌가 한다. 즉 양자의 승패가 모두 확정적이 아닌 때"[136]며, 시간적으로 "육당의 신시와 춘원의 새 소설이 나오기 이전, 그리고 한문과 구시대의 언문문학이 지배권을 상실한 중간의 시대를 지정하는 좁은 의미"[137]를 띤 개념이다.

임화가 신문학사의 시간적 영역 중 특히 이광수 이전의 '개화계몽기'(그의 개념에 따르면 과도기)에 많은 관심을 기울였던 것은, 이 시기가, 신문학사가 포괄하는 기간을 통틀어 유일하게 대한제국이라는 단명하기는 했지만 민족국가의 형태를 갖춘 국가를 배경으로 문화활동을 전개했던 때이기 때문이다. 임화는 그 시기를 검토하고 당시의 조선 상황을 반성하려 했다.

이것을 내지 문학사에선 '개화기의 문학'이라고도 하고, 중국 문학사에선 주지하는 바와 같이 문학 혁명의 시대라고도 불러온다.
두가지 명칭이 다 중간 시기를 형용함에 응분의 진리를 가지고 있으나, 내

---

134) 임규찬 『문학사와 비평적 쟁점』, 태학사 2003, 64면.
135) 이것은 「개설신문학사」(『조선일보』 1939.9.2~11.25), 「신문학사」(『조선일보』 1939.12.5~12.27), 「속신문학사」(『조선일보』 1940.2.2~5.10) 그리고 「개설조선신문학사」(『인문평론』 1940.11~1941.4)를 합친 것이다.
136) 임화 『임화 신문학사』, 임규찬·한진일 엮음, 서울 : 한길사 1993, 129면.
137) 같은 곳.

가 이루러 양자 중의 일자도 취하지 않고 특히 평범한 과도기란 용어를 사용함은 다름이 아니라 보다 객관적으로 이 시기를 보고자 하는 의미에서이다. 개화기라 함은 구시대를 몽매기라 하여 그것이 문명개화됨에 중대한 역할을 연한 서구 외래문화를 중히 평가한 데서 온 결과 같고 문학 혁명이라 함은 신문학에 주관적 입장을 설정하여 구문학을 개혁했다는 의미에서 이 시기를 보아 새 문학의 탄생과 구문학의 몰락에 있어 서구 외래 문화의 큰 역할을 몰각한 것 같아 취하지 아니했다.

요컨대 일방은 지나치게 의타적이고, 일방은 지나치게 주관적이다.[138]

임화는 과도기란 아직 신구 시대의 대결에서 승패가 완전히 확정적이 아닌 시기로 본다. 이 시기를 과도기라고 부르는 까닭은, 일본의 '개화기'와 중국의 '문학혁명기'라는 개념을 과도기라는 개념과 비교해볼 때, 전자의 개념이 문명개화에 있어 외래문화를 중심에 두는 듯한 느낌을 주고 후자는 주체성을 강조한 나머지 새 문학 탄생에 있어서 서구문화의 역할을 무시하는 듯한 느낌을 주기 때문이다.[139] 이 점에서 임화의 '개념규정'(terminology)에서 외래문화 지향성도 자문화 중심주의도 피하고 상황을 좀더 객관적으로 설명하고자 하는 그의 의지를 읽을 수 있다.[140] 또한 임화는 과도기라는 개념을 이광수나 육당의 등장 이전까지의 문화 현상에 대해서만 한정적으로 적용하고 있다.

이상에서 설명한 '과도기의 문학'이란 항 아래에 어떤 문학들이 포함될 수 있을까? 첫째는 정치소설과 번역문학, 둘째는 새로 생긴 창가, 그리고 마지

---

138) 같은 책, 130면.
139) 「언어와 문학」(『예술』 창간호, 1935.1, 10면)에서는 개화계몽기를 혁창기라고 표현한다. 이러한 사용은 중국에서의 문학혁명기라는 개념에서 영향을 받았기 때문으로 보인다. 그러나 「신문학사」에서는 혁창기 대신에 과도기라는 개념을 쓴다. 그 이유는 본고에서 이미 지적했다.
140) 이러한 임화의 문제의식은 현재의 근대문학 연구자들에게 계승되어 과도기를 대체할 개념으로 애국계몽기나 개화계몽기 등의 다양한 개념들이 제시되었다.

막으로 신소설로, 이 모두는 구문학에서 신문학으로 이행하는 중간에 놓인 문학 형식이다. 김태준은 『조선소설사』에서 신소설과 구소설을 구분하는 근거를 제시하고 있다. 그는 "신소설은 아직도 구미의 소설을 모방하여 아직 그 완비한 역(域)에 달하지 못한 자로서 기미운동 이후의 원숙한 소설작품을 소설이라 부름에 대하여 이때의 소설 풍은 그대로 신소설이라고 불러 이제는 소설, 신소설, 구소설(고전소설)의 3종 구별이 있게 되었다"[141]고 설명한다. 이러한 김태준의 개념 규정에 따르면 신소설은 서구 또는 일본 소설을 모방하는 수준에 그칠 뿐 아직 완전히 서구화되지 못한 문학 형식이다. 이것은 이후 근대문학에 관한 임화의 개념 규정에도 영향을 미친 것으로 보인다.

신소설에 관한 임화의 관점은 "낡은 형식 속에 새로운 사상을 담았다"[142]로 집약할 수 있다. 이것은 근대의 사고방식을 구시대의 고전소설 형식 속에 담고 있다.[143] 즉 자유연애와 신교육의 필요성을 권선징악의 가정 비극 형식을 통해서 표현하고 있다. 임화가 이광수 이전의 근대 소설의 선구자로 평가하는 이인직, 이해조 그리고 최찬식은 앞에서 언급한 과도기 문학의 절충성을 가장 잘 보여주는 대표적인 예다.

한말에 신문이나 잡지 및 공문서에 사용되던, 한문에 토만 단 것 같은, 혹은 한문을 번역한 것 같은 언한문공동체가 현대 문장이 한문으로부터 해방되는 제일보였다면, 그 시대의 문학 형식인 정치소설이나, 창가나, 신소설은 현대문학이 이조의 언문문학으로부터 탈출하는 제일보였다고 말할 수 있다.

이것은 이조의 언문문학과 신문학과의 교섭을 주로 부정적인 측면에서 고찰한 것이나 돌이켜 신문학 형식에 있어 이조의 언문문학이 연(演)한 역할을

---

141) 김태준 『증보조선소설사』, 박희병 교주, 한길사 1990, 228~229면. 여기서 소설은 이미 서양 소설을 모방하는 것에서 완전히 벗어난 것을 의미한다.
142) 임화 『임화 신문학사』, 임규찬·한진일 엮음, 서울 : 한길사 1993, 156면.
143) 신소설의 구소설과의 형식적 연관성은 조동일의 『신소설의 문학사적 성격』(한국문화연구소 1973)에서 구체적으로 증명된 바 있다.

생각하면 또한 그 공적이 불소함을 놀라지 아니할 수 없다.

한문과 결별하여 그야말로 의지할 곳이 없는 문학으로 하여금 재출발의 기점이 되어 준 것도 이조의 언문문학이요, 아직 자기의 형식을 발견하지 못하여 방황하던 나신(裸身)의 새 시대 문학정신에다 풍우를 피할 의장을 입혀준 것이 또한 이조의 언문문학이다.[144]

위의 내용은 첫째로 신문학은 현대문학이 조선시대의 언문문학에서 탈출하는 제일보였으나, 둘째로 한문과 결별한 신문학에 새로운 시대정신을 담을 형식을 제공한 것도 역시 언문문학이었다고 요약할 수 있다. 임화가 이러한 평가를 내린 까닭은 신소설의 대중적 인기 때문이다. 당시 신소설이 유행할 수 있었던 것은 영정조 이후로 나타나기 시작하여 개화계몽기에 육전소설이라는 명칭으로 대량 출판됐던 고전소설 덕분이다. 한마디로 말해, 고전소설의 독자가 신소설의 독자로 이전한 것이다. 언문 고전소설이 형성했던 소설에 대한 수요가 없었다면 한글로 쓰인 신소설의 대중적 성공은 불가능했을 것이다. 언문 고전소설의 대중적 수요는 개화계몽기의 한글문학이 새로운 문학 형식으로 대중적인 지지를 받는 데 핵심 역할을 했음이 분명하다.

개화계몽기의 문자의식, 즉 '언문일치'가 근대 '조선어' 문학의 매체로 확산되는 데 기여를 했다. 이 점에 대해서 임화는 "신소설 작가 중 구소설의 양식적 영향을 떠나서 객관소설의 신기원을 개척하고 권선징악 설화가 아닌 신소설을 쓴 사람은 이인직밖에 없다"[145]고 평가하면서도 이해조를 평가하는 데 있어 인색하지 않은 것을 보면 알 수 있다. 임화는 특히 이해조가 의식면에서는 이인직을 뒤따르지 못하나 "경성어의 구사에 있어서는 강원도인인 이인직에 비해서 능숙하고 정교했다"[146]라고 평가하는 등 이해조의 언어의식을 높이 평가하였다. 비록 그들의 의식성에 있어서 어느정도 차이가 있

144) 임화 『임화 신문학사』, 임규찬·한진일 엮음, 서울 : 한길사 1993, 133면.
145) 같은 책, 172면.
146) 같은 곳.

었을지 모르나 '조선어'에 관한 감수성이나 정교한 묘사를 가능하게 하는 언어 구사능력이라는 점에서는 각각의 공과가 있다고 생각한 것이다.

그러나 언어에 대한 칭찬이 단지 형식적인 측면에만 머무르고 있는 것은 아니었다. 임화는 『빈상설』에서 사용된 이해조의 문장을 "이 가운데서 약간의 한문 숙어와 구투의 어조를 제하면 조선소설 가운데 씌여진 산문문장의 궤범의 하나로 뺄만한 글이다"[147]라고 평가한다. 이 같은 평가의 이유는 상부구조의 붕괴에 따라 급격히 세상 가운데 내던져진 기생계급(寄生階級)의 자태에 관한 명확한 관찰과 그 결과에 관한 서술이 조금도 단조롭지 아니하고 뼈를 찌르는 풍자와 야유를 섞고 있기 때문이다. 이처럼 그는 형식과 내용의 결합을 중시하였다.

무엇보다 신소설 작가 중에서 임화가 가장 고평한 것은 이인직이었다.[148] 이인직의 작품 가운데 임화가 특히 주목하는 것은 『은세계』와 『혈의 누』다.[149] 그렇다면 『은세계』와 『혈의 누』는 어떤 점에서 다른 신소설과 다른

---

147) 같은 책, 295면. 소론을 입증하기 위해 임화가 인용한 부분을 보면 : "자기네 생각에도 할 수 없고 할 일 없어 만전불패로 큰 의사를 낸다는 것이 멀고 가깝고 제각기 시골로 반이 하여 묘하일가와 향곡우민의 잔 전량을 취하기도 하고 빼앗기도 하여 원숭이 이 잡아먹듯 구석구석 뒤지다가 그 노릇도 한 두 번이지 허구한 날에 속던 사람도 꾀가 나서 빼앗기던 사람도 악이 나서 여일령 시행을 아니하니 그 다음부터는 선산 발치에 푸릇푸릇한 솔포기 낱을 송충이 모양으로 모조리 베어 먹으니 참말 송충이 같고 보면 그 솔나무 없어지기 전에 저부터 집을 짓고 들려와 이 송충이는 이 솔나무를 다 먹고 집짓고 들 날이 아직도 멀어 기갈들이 자심하여 껄덕껄덕 하더라."(같은 책, 294면)

148) 이인직에 관한 임화의 평가는 김태준의 관점에 영향을 받고 있는 것으로 보인다. 김태준은 『조선소설사』에서 이인직을 평가하면서 그의 작품이 1) 갑오경장 당시의 조선사회를 여실히 보여준다, 2) 사실적인 묘사가 나타난다, 3) 새로운 세상에 관한 기대가 표현되고 있다, 4) 언문일치의 신문체를 표현하고 있다. 특히 4)와 관련해서는 "소설이라면 신화, 전설 정도로 알던 당시의 독자와 작가 속에서 이러한 수법을 보인 것은 청천벽력이라고 할 만큼 진정한 의미의 소설과 언문일치의 신문체를 보여주었다"라고 평가한다. 또 그의 소설과 문체가 일본에서 배워온 것이나 그의 작품에서 "일본 냄새와 일본격식을 찾지 못한다"라고 평가하며 이 때문에 그를 조선문학운동사상 첫 사람으로 추앙한다고 말한다. 김태준, 앞의 책, 227~228면.

것인가? 그것은 구한말의 사회적 모순을 사실적으로 그리고 있기 때문이다.

(마) 작가가 주인공을 설정함에 있어 특히 개화당 갑신봉기의 여문을 고르고, 관권의 포악을 묘사함에 개화 조선의 비극과 교접시킨 것은 단순히 작가의 왕성했던 시대의식을 증명할 뿐 아니라 작가가 사회를 종합적으로 작품 가운데 반영하려고 하던 예술적 태도를 표시하는 귀중한 부분이다. 작가는 이조 말 사회를 가정 소설의 측면에서 보기 시작하여 첨차로 다면적으로 보기 비롯하고, 이 작품에 이르러서는 그것을 입체적·구성적으로 관찰하여 자기의 입장을 역사적인 지점에까지 높였다고 말할 수가 있다. 그러한 점에서 『은세계』는 수많은 신소설 중 최고봉에 속할 것이다. (『임화 신문학사』, 219면)

(바) 청일전쟁은 한 사람의 또는 한 가정에 또는 한 국가에 적지 않은 변동을 야기하면서도 조선의 역사를 전체로 낡은 세계로부터 새로운 세계로 내밀은 추진력이 된 것만은 사실이다. 이렇듯 굴곡 많고 다면적인 역사적 운동은 소설 『혈의 누』를 통해서 더욱이 옥련이란 소녀의 기구한 운명 위에 교묘하게 표현되어 있음을 볼 수가 있다. 이것은 작자가 그 시대에 대하여 가지고 있는 역사적 투시력의 소산이다. (같은 책, 245면)

위에서 임화는 『은세계』와 『혈의누』가 갑오경장이나 청일전쟁과 같은 역사적 사건을 포착하고 이것이 조선인의 삶에 어떤 영향을 주었는지를 묘사했다는 점에서 이인직의 역사의식과 더불어 작품의 사실주의적인 측면을 드러내고 있다고 주장한다. 다른 개화계몽기의 소설이 '이상주의'(理想主義), 즉 현재는 구세력이 강하여 수난을 당하지만 그 수난과 고생 끝에는 신세력의 승리와 행복이 온다는 식의 믿음을 기본 색조로 하고 있다면, 이인직의 두 소설은 이러한 '이상주의'에서 벗어나 있다는 것이다.

---

149) 임화는, 그 밖에 이인직의 작품인 『치악산』, 『귀의성』, 『백로주강상촌』 등은 새로운 정신을 낡은 양식으로 담은 대표적인 작품으로 평가한다.

「소설 문학 25년」 등을 통해서 나타나는 임화의 소설에 관한 평가 기준은 묘사의 성취를 통한 사실주의로의 진전이다.150) 프리체는, 예술은 '이상주의'에서 '사실주의'로 발전해가며, 이상주의가 사회·경제적으로 낮은 단계의 주된 예술 경향이라면 사실주의는 전자보다 더 높은 단계의 예술 경향이라고 주장한다. 그리고 이러한 발전과정에는 반드시 이상주의에서 사실주의로 가는 과도기가 존재한다고 본다. 임화는 프리체의 이러한 관점을 받아들여 신문학을 중세적인 이상주의에서 근대적인 사실주의로 이행하는 과도기로 해석한다. 이러한 생각은 임화의 다음과 같은 진술에서 잘 드러난다.

현대소설이 역사적으로 신소설을 대신한 후 신소설은 자연히 그 시대적인 생명을 현대소설에 빼앗기고 형해만 남아있는 때문이다. 그 형해라는 것은 계모소설의 양식이나 가정소설의 양식 같은 구소설의 형식이요, 시대적인 생명이라고 할 것은 형식적으로 신소설 가운데 구소설 형식과 더불어 병존했던 현대소설의 양식적 맹아인 리얼리즘 형식이요, 내용적으로는 새 시대의 의식이다. 그러므로 리얼리즘적 형식과 새로운 의식이 현대소설에 의하여 통일되고 발전되면서 신소설은 단지 조금 변형된 구소설로 낡은 양식과 낡은 테마를 유형적으로 반복하는 상태에 머무르지 아니할 수 없었다. 그것은 과도기의 소설이요 신구 혼합형의 소설이기 때문이다. 그 이상 발전하자면 신소설이 되지 아니할 수 없는 고로 현대소설이 탄생하고 발전하면서부터 신소설은 이미 역사적 역할을 다한 것으로 발전은 정지하고 급기야는 사멸하지 아니할 수 없었다.151)

임화가 『혈의 누』를 높이 평가한 까닭은 '청일전쟁'(1895)이 개화기의 조선에 미친 역사적인 의미를 이인직이 파악하고 있는 점을 높이 샀기 때문이다.

---

150) 물론 이때 '묘사'라고 함은 객관묘사와 주관묘사를 동시에 의미하는 것인데, 어떤 경우든 묘사 정신이라는 것은 사실을 정확하게 보려는 관찰자의 의지에 기반을 둔 것으로 근대 개인주의의 산물이다.
151) 임화 『임화 신문학사』, 임규찬·한진일 엮음, 서울 : 한길사 1993, 181면.

이 전쟁에서 일본은 청나라에 승리하여 배상을 받아냄으로써 일본의 실력을 세계에 과시하였다. 더불어 일본은 조선을 그 영향력 아래에 둠으로써 명실상부한 제국주의 국가로 도약하는 발판을 마련하였다. 1890년 당시 일본의 외교는 아시아에서 제국주의 국가들과 한패가 되어 일본을 국제적인 권력정치의 체제 속에 편입시키는 것이었다. 또 일본은, 남진하는 러시아에 맞서 '조선독립'을 유지하는 것이 일본의 안전에 꼭 필요한 요소라고 생각해 조선 반도에 관한 러시아의 지배를 저지하는 것을 제일의 외교 목표로 삼고 있었다. 그렇지만 일본은 1905년에 러시아와 부딪치기 전에 먼저 청나라를 상대로 싸우지 않으면 안 됐다. 이것은 한국에서 종주권을 재확립하려는 청나라의 시도가 일본의 '조선독립' 방침과는 상반된다고 해석했기 때문이다. 하지만 청일전쟁 동안 일본 외교의 모든 신경은 열강의 동향에 집중돼 있었는데, 그것은 구미 열강의 간섭을 피하고 싶었기 때문이다. 하지만 그러한 노력을 했음에도 전쟁 승리 후에 조선 지배를 계속하기 위한 군사적 필요에 의해서 요동반도 점령을 시도하자 독일, 프랑스, 러시아의 3국 간섭에 직면하게 된다.[152)

청일전쟁에서 일본이 승리하자, 이 사건은 조선에서 청나라 중심의 중화사상에 조종(弔鐘)을 울리는 계기가 됐고 조선인들로 하여금 과거 세계에서 새로운 세계로 나아가는 것을 강제했다. 이러한 변화를 이인직은 고아 옥련의 수난과 성장으로 묘사했다. 주인공 옥란은 평양 전투에서 어머니를 잃고 이노우에(井上) 소좌에게 구원되었지만 그는 전투에서 사망하고 그 미망인의 손에서 자라다가 미망인이 다시 제가를 함으로써 미국으로 가서 미국인에게 구원받아 대학교육까지 받는다. 이러한 『혈의 누』의 설정은 당시의 국제 정세에 관한 알레고리로 볼 수 있다. 즉 청나라를 물리쳤지만 3국 간섭으로 조선 지배를 공고히 하지 못했던 일본의 처지를 열강의 남성적인 이미지

152) 아키라 이리에 『일본의 외교』, 이성환 역, 푸른산 2002, 51~55면.

에 대비해서 남편을 잃은 미망인으로 표현한 것이다. 이처럼 이인직은 조선을 어린아이로, 일본을 미망인153)으로, 그리고 구미제국을 건장한 중년 남성의 이미지로 창조함으로써 국제 관계에서 힘의 관계를 표현하려고 했다.

『혈의 누』의 알레고리는 일본을 서구와 연결해주는 매개로 설정함으로써 '근대＝서구'라는 인식의 기원을 보여준다. 일본을 배워서는 서구 눈치를 보는 미망인의 수준에 지나지 못한다는 것, 따라서 힘을 갖기 위해서는 서구에서 직접 배워야 한다는 생각이 『혈의 누』 속에 숨어 있는 것이다. 이처럼 이인직은 예리한 외교 감각을 가지고 있었지만, 자신의 사상을 표현할 때에 취한 구소설적 장치, 즉 '기부자'의 우연한 등장 때문에 임화로부터 "작가의 비범한 현실관과 소설적 재능"154)을 보이는 것이나 중간중간에 나타나는 구소설적 양식의 잔재로 말미암아 『은세계』보다 못한 것으로 평가받게 된다.

그렇다면 임화가 『은세계』에서 본 것은 무엇일까? 그것은 갑오전후 조선의 모순이다. 특히 그는 최병도가 잡혀가는 장면에 삽입된 민중 봉기를 주목하고 그것이 당시 조선사회의 부패상을 구체적으로 묘사하고 있다고 평가한다. 뿐만 아니라 『은세계』의 전반부가 '최병도 타령'이라는, 당시에 강원도 지방에서 유행하는 '민요'(民謠)에 근거하고 있음을 실증한다. 임화는 『은세계』에 나오는 민요를 하나하나 인용하면서, 그 민요 속에 담긴 민중의 생활 현실과 의식을 읽어내고 있다. 『은세계』가 다른 어떤 신소설보다도, 그리고 『혈의 누』보다도 더 뛰어난, 당시 소설의 최고봉으로 평가를 받는 것은 '최병도 타령'이라는 민중적인 요소를 작품 속에 도입함으로써 당시의 사회상을 사실적으로 묘사하고 있기 때문이다.

임화가 신소설을 구소설과 근대소설 사이의 과도기 형식으로 설정하면서

---

153) 아키라 이리에는 이러한 일본이 성인으로서 서구와 동등한 위치에 올라가게 된 것으로 러일전쟁을 들고 있다(같은 책, 24면). 러일전쟁에서 승리함으로써 일본은 조선에 관한 구미 열강의 진출을 차단하고 조선을 식민지로 삼을 수 있게 됐다.
154) 임화 『임화 신문학사』, 임규찬·한진일 엮음, 서울 : 한길사 1993, 254면.

도 그것이 이전 시기의 문학과 차이를 주장하는 것은 신소설에서 '사실적 묘사'라는 리얼리즘의 맹아를 보았기 때문이다. 임화는 「조선신문학사론서설」 (1935)에서 '이광수 → 염상섭·김동인 → 신경향파'로 흐르는 사실주의적 발전을 논한 바 있는데, 「조선문학 20년」에서는 '계몽적 이상주의 → 자연주의 → 신경향파 문학 → 사회주의 리얼리즘'이라는 도식을 통해서 사실주의 문학의 진화 과정을 밝히고 있다.

이러한 양식상의 진화론적 설정은 근대문학이 서구문학의 이식에서 시작했다는 그의 주장과 모순된다. 임화는 이러한 모순을 해결하기 위해서 '전통'을 그 매개로 설정한다. 이 점은 다음 장에서 좀더 자세히 살펴보자.155)

### 4) 이식과 전통
#### ① 신문학사의 예

임화는, 신문학의 내용과 형식이 구시대 문학의 그것과 다르다고 인식하였다. 그 점은 신문학의 내용인 현실과 사상이 '새롭다'는 한정어의 수식을 받는 데서도 잘 나타난다. 특히 신문학의 내용이 된 '현실'이 구시대의 그것과는 질적으로 다른 '새로운' 것이라는 인식은 주목할 만하다. 질적으로 다른 현실의 도래는 그 현실을 해석하고 이끌어갈 새로운 사상을 필요로 하며, 그 사상은 자신을 표현할 새로운 형식을 가질 수밖에 없다. 이런 점에서 신문학은 중세의 질서에서 벗어난 새로운(근대적인) 현실과 부딪히면서 생겨났다고 말할 수 있다.

따라서 신문학의 본질을 밝히기 위해서 가장 필요한 작업은 이전과는 전혀 다른 새로운 현실의 구체적인 양상이 무엇인지를 확인하는 것이다. 임화

---

155) 이러한 해석은 신승엽의 「이식과 창조의 변증법 : 임화의 '이식문학론'의 정당한 이해를 위하여」(『창작과 비평』 73호, 1991 가을)에서도 시도되고 있는데, 이 글에서 그는 임화가 전통을 강하게 의식하고 있었음을 지적함으로써 이식론자라는 비난으로부터 임화를 옹호하려고 한다.

는 그 현실을 다음과 같이 규정한다.

바꿔 말하면 조선도 다른 동양제국과 같이 이식자본주의, 타력에 의한 수입
근대화사회의 길을 밟았음에도 불구하고 직접 영, 미, 불과 접촉한 것보다 간
접으로 지나와 내지를 통하여 더 많이 서구 자본주의와 관계한 것이다.[156)]

임화는 동양제국(아시아)이 근대화하려면 서구 자본주의를 필연적으로 이
식하지 않을 수 없다고 본다. 그 이유는 아시아의 정체성 때문이다. 아시아
적 정체성 때문에 동양은 근대 사회로 들어갈 조건을 충분히 갖추지 못하게
됐다. 따라서 동양의 여러 나라들은 서구 사회가 근대화되는데 바탕이 된 서
구의 전통을 이식하지 않을 수 없게 된 것이다.[157)]

마르크스는 비서구 사회의 특수성을 설명하기 위해 아시아의 정체성이란
개념을 썼는데, 그 영향을 받은 1930년대의 마르크스주의자들은 조선의 특
수성을 설명할 때면 의례 이 개념을 적용했다.[158)] 그런데 "아시아적이라는
용어는 서구 사회에서 상당히 일반화된 개념으로 특정한 아시아를 가리키는
의미가 아니라 비 서구를 가리키는 의미였다. 아시아적이란 말은 인간의 삶
이 자연 속에 아직 구속되어 인간이 자연의 속박과 제한에서 탈출하지 못한,
다시 말하면 개인이 인격으로서 독립하고 자각하는데 이르지 못한 상태를
뜻한다."[159)] 따라서 '아시아'란 그 자체로 정체성이라는 개념을 포함하는 부
정적인 개념이었다.

---

156) 임화 『임화 신문학사』, 임규찬·한진일 엮음, 서울 : 한길사 1993, 27면.

157) 같은 책, 26면.

158) 임규찬은 임화가 이 개념을 사용했다고 해서 임화를 이식론자로 몰 수는 없다고 주장하
는데 그 근거로 그 개념이 임화 혼자만이 사용한 것이 아니라 당시에 일반적으로 사용되고
있던 개념이었다는 점을 들고 있다. 임규찬 「임화의 문학사 방법론과 문학사 서술」, 『문학
사와 비평적 쟁점』, 태학사 2003, 56~57면.

159) 良知力 『向う岩からの世界史』, 未來社 1978, 272~273면 : 박희병 「임화의 신문학사론
비판」,(『한국문화』 제22집, 1998) 89면에서 재인용.

이와 달리 임화는 아시아의 정체성을 조선에만 해당되는 것이 아니라 일본 중국에도 모두 해당되는 일반적인 개념으로 보았을 뿐 아니라, 서양과 동양의 차이를 절대적인 것이 아닌 단지 속도의 문제로 보았다 : "그러므로 만일 서구 자본제의 동점이 없이 장구한 동안 동양 또는 조선 봉건제를 그대로 두었다면 먼 장래에 독자적으로 근대사회로의 전화를 수행했을지도 모른다"160) 즉 선진국들도 한때는 개발도상국이었다는 것이다.161) 이러한 인식은 동양의 정체성을 서구의 근대성과 구분되는 절대적인 것으로 간주하는 서구 중심적인 이분법을 극복하였다는 점에서 의의가 있다.

존 버로우(J. W. Burrow)는 『진화와 사회』에서 "미개한 제도와 유럽의 과거나 (심지어) 현재의 미개한 제도 사이의 연속성의 사실과 일치성을 강조하려 할 때, 그들은 진화론적 방법으로 이야기를 한다. 그러나 거의 그와 마찬가지로 그들은 흔히 평행적인 이분법(dichotomy)의 견지에서 이야기한다. 즉 신분제와 계약제, 진보와 비진보, 미개와 문명 등이다"162)라며 서구제국이 지닌 화법의 이중성을 비판한다. 즉 버로우는 서양제국이 자신에 대해서는 진화론적 개념, 즉 발전과 진보라는 개념을 적용하면서도 그와 비교대상이 되는 다른 사회나 제도에 대해서는 진화론적 개념 적용을 허용하지 않는다고 비판하였다. 즉 유럽제국 자신의 발전은 진화론적으로 설명하면서도, 상대적으로 뒤쳐진 나라나 제도에 대해서는 그 후진성이 영원한 것으로 설명하는 이중성을 보인다. 그들은 미개한 사회와 제국의 현재적 차이를 두 사회 사이의 근원적인 차이로 비약한다. 이러한 예로는 신분제/계약제, 발전/진보, 미개/문명 등의 이분법이 있으며 이것의 가장 추상적이자 극단적인 형

---

160) 임화 『임화 신문학사』, 임규찬·한진일 엮음, 서울 : 한길사 1993, 26면.

161) 柄谷行人 「文字論」, 『戰前の思考』, 講談社 2001, 144면 : 發展途上國ならどこでも、流入さらた概念は、現實の生活と隔たったものだから、「抽象的」に見えます。しかし、先進國というのも、もともとは發展途上國ですね。

162) J. W. Burrow, *Evolution and Society : A Study in Victorian Social Theory*, Cambridge : Cambridge University Press 1966, 159면 ; 호미 바바의 『문화의 위치』 259면에서 재인용.

태는 서구적/아시아적이다.

　하지만 임화는 진화론으로 그 같은 이분법을 전복함으로써 제국에게 그들의 담론을 다시 되돌려주고 있다. 임화가 말한 바와 같이 나라마다 발전 속도에 차이가 나더라도 생산양식의 합법칙적 발전 과정을 따른다면 속도가 느린 나라도 언젠가는 스스로의 힘으로 자본주의화될지도 모른다. 그러나 근대 자본주의의 속성은 그런 인내력이 없다. 이것은 '제국주의'로 이름 붙여진 1880년 이래 서구의 새로운 자본주의의 전개 때문이다.[163] 19세기 중반을 정점으로 한 자유방임주의 사상, 경제 중심의 국가정책, 경제력에 비례한 정치력의 국내·국제적 분포 등의 현상이 점차 쇠퇴하고, 중상주의 시대 이후 주춤했던 국가권력의 경제에 개입하는 경향이 또다시 나타난 것이 1870년에서 1880년대의 특징이다.[164] 그리고 경제적인 면도 포함해서 더 넓은 범위에서 국방관념이 강조되기 시작했다. 국가의 안전과 이익이라는 견지에서 국가, 경제와 그 밖의 활동을 파악하는 '국가정책론'은 국가권력과 같은 '인위적'인 것을 초월한 '합리적', '국제적'인 경제력을 국가정책의 수단으로 생각하게 됐으며, 이는 기계, 교통, 통신, 항해기술 그리고 무기의 성능 개량 등의 과학기술에 의해서 뒷받침되었다.[165]

　이 때문에 봉건제에서 자본제로 넘어가는 이행기나 아직 자본주의의 발전이 성숙되지 못한 나라들은 자신의 의지와는 상관없이 근대성의 깃발을 휘날리며 근대적 군사력을 앞세워 무기를 들고 밀어닥치는 불청객을 맞이하지 않을 수 없었다. 1876년 제물포 조약 이후 조선의 상황은 제국주의 시대에 후진국이 겪을 수밖에 없던 것의 전형이었다. 그런데 문제는 이러한 상황 자체가 아니라 그것을 어떻게 극복할 것인지였다. 임화는 조선의 근대화 과정을 짚어가면서 조선의 위기 대처 방식의 문제점을 찾아내고 그것으로부터

---

163) 아키라 이리에, 앞의 책, 38~39면.
164) 같은 곳.
165) 같은 곳.

'타산지석'의 교훈을 얻고자 하였다.

임화는 조선 근대화 과정을 제1과정, 제2과정, 제3과정으로 나누어서 논한다. 근대화의 제1과정은 실학을 중심으로 한 실사구시 정신이 대두한 시기로 실학파는 "갑오개혁 이래 조선 신문화를 건설한 급진적 인텔리겐치아의 선구요, 실사구시의 학풍이야말로 개화문명 사상과 실증정신의 모태였다."[166] 제2과정은 강화도 사건과 같은 서구열강과의 직접적인 접촉이다. 그리고 제3과정은 고종 13년(1876년)에 있었던 일본과의 강화조약(일명 강화도조약)이다. 임화는 이것을 계기로 서양 자본주의가 조선에 들어오게 됐다고 파악한다.

임화는 1876년의 강화도조약 이후 모방과 이식의 형태로 서구 자본주의가 유입됐다고 주장한다. 특히 그는 갑오개혁(1884) 이후에 있었던 개화가 자주적이지 못했기 때문에 신문화의 건설 전체가 서구문화의 이식과 모방에 그치게 됐다고 생각했다. 예를 들어 다음을 보자.

도대체 자기에의 철저한 회귀, 심원한 반성, 깊은 침잠 없이, 바꿔 말하면 자주 정신의 진정한 실현을 보지 못하고 개화의 마당으로 창황히 달려나간 데서 오는 결과라 할 수 있다.

또한 그것은 자주적 개혁의 주체가 토착 신세력에 있지 않고 더 많이 외래 세력의 힘을 빌려 구세력과 대체한 까닭이다. 통틀어 고유문화의 유산이 새 문화 형성 위에 실질적으로 발흥하는 여부라든가 거기에 따라 새 문화가 얼마나 개성적 가치를 취득 창조하는 여부가 모두 자주 정신의 건립자인 신세력의 정치적 실력에 의존하기 때문이다.[167]

이처럼 임화는 개화계몽기의 실패를 객관적 상황보다는 당시 개화의 주체 세력의 탓으로 보았다. 즉 개혁 세력이 자주성을 잃은 채 외부 세력, 특히

---

166) 임화 『임화 신문학사』, 임규찬·한진일 엮음, 서울 : 한길사 1993, 32면.
167) 같은 책, 55면.

일본의 힘에 의존하여 개혁을 시도한 것이 이것을 이식과 모방으로 그치게 만들었다고 설명한다. 결국은 실력이 부족했기 때문인데, 정확히는 정치적 실력이 부족했기 때문이라고 할 수 있다. 명시적이지는 않지만 갑오경장의 주역이었던 개화파에 대한 위의 평가, 즉 "실력이 부족하여 외세에 의존한 성급한 개혁이다" 또 "자주가 결여된 개화는 진정한 개화일 수 없다"는 그가 일제의 조선 강점의 원인을 무엇으로 생각하고 있었는지를 잘 보여준다. 이 점은 갑오경장을 작품의 주요 모티브로 삼은 『은세계』를 분석하는 과정에서도 잠깐 언급되고 있다.

그것은 갑오경장이 조선의 정치와 민중 생활 위에 파급한 영향이다. 갑오경장을 통해서 상당히 많은 것이 새로워졌으나, 또한 그와 동시에 적지 않게 중요한 것이 구태의연한 대로 남아있었다. 어떤 의미에서는 이러한 것이야 말로 개혁되어야 할 것임에도 불구하고 그것은 의연히 존속하면서 단지 새로운 형식을 뒤켜 쓴데 지나지 않았다. **이러한 점은 갑오경장이 하부의 실력에 의한 개혁이 아니고 상부로부터의 개혁인 때문이며, 자주적으로 되어진 개혁이 아니고 외부의 힘을 많이 빈 개혁이기 때문이다.** 그러므로 그 개혁이 정치에 미친 영향은 형식상 개변에 불과하며, 따라서 민중생활은 결국 형식만 새로워지고 본질은 낡은 재래적 생활에서 일보도 전진하고 있지 못했다고 말할 수 있다.168) (강조 : 인용자)

이러한 정치상의 주체성 부족은 앞 절에서 살펴본 것 같은, 언문일치 문장을 바탕으로 한 신문학의 성장과는 차이를 보인다. 임화는 조선의 신문학이 서구적 문학의 이식이라고 주장하면서도 신소설을 실제로 분석할 때는 고전소설에서 신소설로 옮아가는 진화론의 관점을 보이는 반면에 정치 개혁에 대해서는 주체성의 결여를 부각한다.

---

168) 같은 책, 222~223면.

더구나 '이식'이라는 개념은 임화가 독창적으로 만들어낸 것이기보다는 당시에 상당히 일반화된 개념이었다. 이 개념의 가장 전형적인 사용은 백남운의『조선사회경제사』에서 발견된다. 이 책에서 백남운은 조선의 근대자본주의를 '이식자본주의'로 규정한다. 조선후기와 대한제국기에 맹아적인 형태로나마 자본주의로의 내재적 발전을 위한 조건이 형성됐지만, 일제 강점에 의해 '독자적인 조선자본주의 발전의 길'이 억압 차단되고, 왜곡된 형태의 길로 나아가게 됐다고 백남운은 주장한다.[169] 이 점은 "조선 경제의 전 기구에 대한 이식자본주의의 (……) 이중대립은 1910년 8월의 정치적 혁명(한일병합)으로부터 확립된 것으로 보인다"[170]는 진술에 잘 표현돼 있다.

하지만 그의 주장은 아시아적 정체성론과는 거리가 멀다. 오히려 그는 조선고대사회사를 분석하면서 조선사회가 서구와 유사한 보편적인 발전과정, 즉 노예제에서 봉건제로의 발전 과정을 밟았음을 증명하려고 했다. 그런데도 백남운이 이식이라는 개념을 사용할 수밖에 없었던 것은 1880년 이래 조선에서 성장한 자본주의의 속성에 관한 객관적 인식 때문이었다. 더구나 조선사회에 대한 백남운의 규정은 문화나 문학사 연구에서도 중요한 파장을 미치게 된다. 백남운의 말에 따르면 토대가 이식됐다는 것인데, 마르크스주의적 관점에서 볼 때 토대가 이식됐다는 주장은 상부구조인 문화도 이식됐다는 뜻을 함의하기 때문이다.

당시 문단에서 사용된 이식 개념이 백남운의 논의에서 직접 영향을 받고 있었는지는 분명하지 않으나, 이와 유사한 개념들이 다양하게 사용되고 있음은 확인된다.

　　(마) 문화의 후진한 민족은 대체로 선진문화의 영향을 대부분 밧게 된다. 말

---

169) 방기중『한국근대정치사상사』, 역사비평사 1992, 202~203면.
170) 백남운「朝鮮經濟の現段階論」,『改造』16권 5호 1934.4, 304~305면 ; 같은 책 203면에서 재인용.

하자면 후진문화라는 것은 늘 선진문화의 모방에서 흔히 그 발달의 출발을 삼는 일이있다. 그러나 무엇이든지 **모방**만하는 것이 아니라, 어떠한 것을 모방하는 동안에 자기의 특수한 창작이 잇어야 하는 것이다. (박영희 「허장과 실제 —분기선 : 약간의 문예잡감」, 『개벽』 복간 1호, 1934. 11)

(바) 즉 자문학의 풍부는 그 초창기에 있어서 단순히 창작만으로써 완성되는 것이 아니요 실로 그것은 타문화-문학을 **이식**하는데 중대한 의의가 잇는 것이다. '호-머-'나 성서번역이 외국문학에 끼친 바 중대한 감화와 영향은 물론 조선에서도 불완전하나마 순수조선문자로 된 것은 성격이 효시가 아니엿든가? (이헌구 「조선문학 정의」, 『삼천리』 1936.8)

(사) 그 무력한 시대 정신에서 생긴 의뢰 정신 거기서 왕생한 퇴폐에 각잡은 낙천성, 자신을 버리고 운명관에 떠러진 무력성은 조선 문화에 뚜렷한 전통성을 갓게 하지 못하고 또한 그 문화에 독창적인 것을 보지하지 못했고 다만 외래의 문화가 그대로 조선에 유입된 것에 불과한 것이었다. 그런 의미에서 조선문화는 완연히 일개의 **이식**문화였다. (백철 「조선의 문화적 한계성」, 『사해공론』 3권 3호, 1937.3, 14~15면.)

(아) 모종은 조선자체에서 좋은 씨가 생기지 못하므로 인해 생기는 것이다. 조선신문학30년의 역사는 가위 모종의 역사라고 해도 과언이 아닐 것이다.
사람들은 거의 경쟁적으로 다음다음 새 종자를 **모종해다십었다.** 그러나 모종해다 심은 새종자는 전것보다 반듯이 이곳 풍토에 맞는 것이라는 법은없고 보니 그것들도 다음다음 전자의 철을 밟고 말았다. (유진오 「구라파적 교양의 특질과 현대조선문학」, 『인문평론』 1권 2호, 1939.11. 43면)

(자) 조선에는 아직까지 톨스토이도 안낫고 떠스터에프스키도 안낫고, 빨레리도, 조이스도, 로렌스도, 프루스트도 나지 안헛지만 조선문학이 세계문학의 계열로 전진할 수 잇는 길은 지금부터 그들을 **이식**하고 추종하는데 잇는 것이 아니라 실로 그들까지도 자신 속에 포함하고 극복하고 그들과 같은 선상에서

질주를 시작할 비장한 각오를 갖는 곳에 잇는 것이다. (유진오, 「조선문학의 새길」, 『동아일보』 1940.1.13)

위에서 '이식'이라는 개념은 '모방'이라는 개념과 함께 쓰이며 유진오는 이식을 '새 종자를 모종해다 심었다'고 풀이해 사용한다. 유진오처럼 현재의 문학 연구자들은 '이식'을 다른 나라 문화나 선진 문화를 조선 문화에 복사한다는 의미로 이해한다. 그런데 1934년 박영희의 글이나 1936년 이헌구의 글에서 모방/이식은 자기 문화를 폄하하는 부정적인 개념으로 쓰이지 않는다. 박영희의 예는 다소 해설적이고 중립적인 개념이며, 이헌구는 긍정적인 뉘앙스를 풍기기까지 한다. 한편 임화는 1935년에 쓴 글(「조선신문학사론서설」)에서는 이식이라는 개념을 사용하지 않았다.

이식 개념이 현재 우리가 이해하는 것과 같은 부정적 의미로 쓰인 것은 백철의 「조선의 문화적 한계성」에서부터다. 여기서 백철은 이식 개념을 조선 문화의 사대성을 설명하기 위해서 사용한다. 이 점은 이후 유진오에게도 반복된다. 예를 들어 (아)의 '모종'이나 (자)의 '이식'은 서양적인 것을 무조건적으로 추종하거나, 그것을 잘못 적용한 것을 뜻한다.

이상의 예들에서 '이식' 개념은 임화만의 전유물이 아님을 알 수 있다. 더욱이 백철이나 유진오의 용례와 비교해보면, 임화가 '이식'을 가치중립의 개념으로 사용하고 있음을 확인할 수 있다. 물론 유진오도 이식 개념을 항상 부정적인 의미로 사용한 것은 아니다. 예를 들어 유진오가 카프 문학과 세계 문학의 동시성을 평가할 때 이식은 긍정적 의미로 쓰인다 : "조선의 계몽운동도 세계문학과의 교류 없이 16세기적인 신경으로써 고립적 봉건적으로 진전시켜가지고는 영구히 끝날 날이 없는 것이며 이런 점을 비록 그 자신 자각적으로 한 것은 아니라 하드라도 거진 외과수술로서 조선 문학인 앞에 보여준 것이 즉 좌익문학운동이엇다고 할 수 잇는 것이다."[171] 이처럼 유진오

171) 유진오 「조선문학에 주어진 새길 — 세계문학의 계열에로」, 『동아일보』 1940.1.11.

는 마르크스 문학의 이식으로 조선문학이 세계적인 문학운동과 동시성을 갖게 되었다고 옹호한다. 유진오의 예에서 볼 수 있듯이 '이식' 개념은 근대 조선문학의 비정상적 발전을 설명하는 데 사용되기도 하고 근대성의 동시적 체험과 그것의 촉진을 지시하는 것으로도 사용되는 등 '양가성'을 지녔다.

히라노 켄(平野謙) 역시 일본의 프롤레타리아문학을 논하면서 이식을 '동시성'이라는 뜻으로 사용한다. 그는 일본에서 전개된 프롤레타리아문학론을 혁명 이후 소련에서 전개된 논의의 이식으로 보고, 프롤레타리아문학론의 이식을 통해서 일본문학이 명치 이래로 비로소 서구의 문학과 동등한 입장에서 문학적인 이슈들을 논의하는 것이 가능해졌다고 평가한다. 여기서 그가 주목하는 것은 '동시성'이다. 이 점은 다음과 같은 주장에서도 확인된다 : " '전위의 눈으로 세상을 묘사하라'는 주장에서 사회주의 리얼리즘의 제창에 이르기까지 모두 소비에트 문학이론을 거의 동시에 이식한 것에 다름 아니다. 여기에는 이미 후타바테이 시메이나 자연주의 문학의 경우처럼 많은 시간적 격차는 볼 수 없다. 이것은 어쨌든 일본문학이 세계문학의 일익으로 세계의 고뇌를 공통으로 고뇌했음을 의미한다. 일찍이 시마무라 호게쓰는 『파계』를 평하면서 벨트슈메르츠(Weltschmerz, 염세주의)라는 말을 사용했는데, 이 시기(프롤레타리아문학의 시기 ― 인용자 주)에 이르러 비로소 현대문학은 세계고(世界苦)에 직면했던 것이다."[172]

외국문학 사조의 수입을 『전통』의 저자 쉴즈는 전통의 이주(migration)로 설명하기도 하고 '이식'이라는 개념으로도 설명하기도 했다.[173] 그런데 그는 전통이 이식의 과정에서 변화한다는 점을 강조한다.[174] 전통이 다른 세대나 다른 사회에 전파될 때 전파자와 수용자 사이의 차이가 크면 클수록 수용

---

172) 히라노 겐 『일본쇼와문학사』, 고재석 역, 동국대학교출판부 2003, 12면.
173) 호미 바바는 이식 대신에 번역(translation)이라는 개념을 쓴다 ; 호미 바바 『문화의 위치』, 나병철 역, 소명출판 2003, 318면.
174) 같은 책, 318면.

과정에서 원래 전통이 불가피하게 '누출'(leakage)된다고 한다. 전통이 소유자 세대에서 그것을 아직 소유하지 못한 세대로 계승되는 과정에서, 교육은 수용자에게 그 전통의 행동 체계와 규범을 주입하는 기능을 한다. 전달자는 교육을 통해서 자신이 이해하는 형태와 내용으로 수용자에게 전통을 가르쳐주고 수용자를 훈련시킨다. 그러나 훈련과 선택에도 전통이 전달자에게서 수용자로 전해질 때, 초기 신념과 후기 신념 사이의 변화와 중재를 피할 수 없다.[175] 쉴즈는 이러한 누출에 따라 전통은 변화하며 진전한다고 본다.

이러한 전통의 이식 과정에서 일어나는 누출을 호미 바바는 '복사'(copy)와 '번역'(translation)이라는 개념 대비를 통해서 이론화한다. 호미 바바는 식민지 문화가 피식민지에 이식될 때, 그것은 복사 형식이 아니라 번역 형식을 취한다고 한다. 복사란 원본을 그대로 반복하는 것이지만 번역은 의미의 동질성을 유지하려고 하면서 한 언어를 다른 언어로 바꾸는 것이다. 이러한 번역은 문화의 동일한 차이를 생산해낸다.[176] 때문에 바바는 "전이(번역)의 행위 속에서 '주어진' 내용은 이질적이고 소원한 것이 된다. 그리고 그로 인해 번역의 과제를 가진 언어는 항상 이중성과 번역 불가능성에 부딪힌다."[177]고 주장한다. 이처럼 번역은 원본 언어와 번역본 언어 사이의 약분 불가능한 차이 때문에 원본어의 의미작용 전체(어감을 포함해서)를 그대로 재현할 수 없다. 이것은 불가피하게 누출을 초래한다. 그로 인해 상실된 부분은 번역자의 상상력이 보충한다. 이때 작용하는 상상력의 원천이 바로 전통이다.

② 신문학사 방법의 예

임화는 조선의 근대화가 일본적 서구 혹은 중국적 서구의 모방과 이식을 통해서 이뤄졌다고 주장한다. 그런데 앞에서 살펴본 것처럼 그러한 주장을

---

175) 에드워드 쉴즈, 『전통』, 김병서·신현순 역, 민음사 1992, 319면.
176) 쉴즈, 같은 책, 319면 ; 호미 바바, 『문화의 위치』, 319~320면.
177) 호미 바바, 같은 책, 320면.

통해서 그가 문제 삼고 있는 것은 이식 그 자체라기보다는 서구문화를 이식할 때 수용자의 주체성이다. 임화는 근대성의 추구가 예속의 심화로 나타나는 현상에 주목하고 이를 주체성의 문제와 연관시킨 것이다. 이것은 '이중구속'(double-bind)으로 식민지적 근대성에 관한 반성이다.

이식이 일어나려면 수용자와 전파자가 있어야 한다. 임화는 전파자를 해명하기 위해 '환경'이라는 개념을 설정한다. 그런데 그의 글을 읽다보면 '환경'이라는 개념 사용이 일관되지 않음을 알 수 있다.

> (차) 사회적 혹은 국민적 풍토라는 것은 곧 물질적 토대를 혹은 정신적 배경에 불외한다. 이러한 의미에서 우리가 사용하는 개념은 환경보다 훨씬 명확하다. 그러므로 환경이란 말을 우리는 토대와 배경에서 분리하여 한 나라의 문학을 위요하고 있는 여러 인접 문학이라는 의미로 쓰고자 한다.
>
> 즉 문학적 환경이다. 문화교류 내지는 문학적 교섭이라는 것이 환경 가운데서 연구될 것이다. 이것은 따로 비교문학 혹은 문학사에 있어서의 비교적 방법으로 별개로 성립할 수 있는 것이다.
>
> 그러나 신문학사의 연구에 있어 문학적 환경의 고구란 것은 신문학의 생성과 발전에 있어 부단히 영향을 받아온 외국문학의 연구다.[178]

> (타) 동경에서는 벚꽃이 3월 초순에 피지만 서울에서는 4월 하순에 피는 것. 일본에서는 밀감이 재배되나 조선에서는 안 되는 것과 같은 이치가 아니겠는가. 서울의 벚꽃을 3월 초에 피울 수는 없다. 밀감을 억지로 조선에 가져올 필요가 있을까. 이것은 평범한 생활의 특수성에 지나지 않는다. 현실의 개성에 지나지 않으며, 고유한 환경에 지나지 않는다. 고유한 환경 속에서 고유한 문화가 생김은 조선에서는 재배되지 않는 밀감이 일본에서는 재배되는 것과 똑같은 이치다. 밀감 대신 조선에서는 맛있는 밤이라든가 잣이 산출되지 않겠는가?[179]

---

178) 임화 『임화 신문학사』, 임규찬·한진일 엮음, 서울 : 한길사 1993, 377~378면.
179) 임화 「현대 조선문학의 환경」, 『문예』 1940, 7 ; 김윤식 편, 『일제말기 한국작가의 글쓰

(차)는 신문학사 방법의 한 부분이고 (타)는 1940년 일본의 월간 문예지 『文藝』에 실린 「現代朝鮮文學の環境」의 한 부분이다. 두 인용문에서 '환경'의 개념이 다른 의미로 쓰이고 있음을 알 수 있다. (차)에서 환경은 외국문학을 의미하는 것이고, (타)에서는 텐느의 환경(milieu)과 같은 의미다. 신문학사의 방법에 따르면 (타)의 환경은 토대에 수렴될 것이다.[180]

　(타)에서 임화의 요지는 일본과 '조선'은 문화적 환경이 다르기 때문에 '조선'의 문학인들에게 일본어 창작을 강요하는 것은 타당하지 않다는 것이다. 이러한 그의 주장은 언어란 물질적 제 관계의 반영이라는 마르크스주의적 언어관에 입각해 있다. 서로 다른 환경은 서로 다른 언어를 만들어낸다. 그리고 어떤 환경에서 생겨난 언어는 그 환경에서 살고 있는 사람들이 사용하는 데에 그리고 그들의 삶을 표현하는 데에 가장 적합하다는 것이 '조선어' 창작을 옹호할 때 임화가 구사한 논리다.

　그런데 (타)와는 달리 (차)에서는 환경을 외국문학이라고 설정하고 근대조선문학에 영향을 준 외국문학에 관한 비교문학적 연구가 필요함을 강조하고 있는데 이러한 설정은 실감을 반영한 것이라고 할 수 있다. 개화계몽기에 많은 외국문학이 번안 혹은 번역됐고 프롤레타리아문학도 모두 외국문학의 영향하에서 전개됐기 때문이다. 더구나 식민지 상황은 일본문학을 의식하지 않을 수 없게 만들었기 때문에 이를 해결하기 위해 그는 '환경'이라는 항을 설정한 것으로 보인다. 조선은 일본의 식민지였고 많은 지식인이 일본 유학을 통해 근대지식을 습득했기 때문에, 근대 일본은 근대 조선을 이해하는 데 중요한 '상수'(constant)이다. 또 총독부의 식민정책은 교육, 출판, 검열 등의 다양한 제도를 통해서 조선인의 문화/문학활동에 영향을 미쳤다. 따라서 근대조선문학은 식민종주국인 일본이라는 환경을 떠나서 생각하기 어렵다. 이

<hr>

기론』, 서울대학교출판부 2003, 314면에서 재인용.
180) 일본과 조선의 환경을 전혀 달리 파악하고 이를 토대와 연결시킨 임화의 주장은 그가 '사회구성체'라는 개념을 인지하고 있지 않았던가 하는 추측을 가능하게 한다.

를 임화는 '환경'이라는 용어를 사용해 비유적으로 설명한다.

비교문학적 연구라는 것은 현재도 문학연구의 중요한 한 방법이기는 하지만 그가 '환경'이라는 항을 굳이 설정하고 외국문학과 비교문학적 연구가 필요함을 강조한 까닭은 "신문학이 서구적인 문학 '장르'(구체적으로는 자유시와 현대소설)을 채용하면서부터 형성됐고, 문학사의 모든 시대가 외국문학의 자극과 영향과 모방으로 일관되었다"[181]고 생각했기 때문이다. 신문학의 장르 의식이 고전문학의 장르의식과는 명백히 다르다는 점을 임화는 외국문학의 영향으로 설명하였다.

하지만 개화계몽기 이후의 문학 형식이 서양문학의 그것과 일치한다고 말할 수도 없다. 따라서 임화의 주장은 훨씬 더 '에피스테메'의 변화와 관련된 것이다. 즉 고전문학과 결별하고 이것과는 전혀 다른 새로운 문학을 하고 있다는 의식의 변화와 관련된 것이다. 이처럼 에피스테메가 변화할 때 가장 근본적인 동력이 됐던 것은 물론 서구적인 가치관들의 영향이다. 그것은 윤리적, 정치적 가치들을 동반하는 것임과 동시에 글쓰기 방식에 있어서 근대적 발상의 수입과 연결될 것이다. 이전의 문학과는 질적으로 다른 새로운 문학, 혹은 서구적인 문학을 해야 한다는 의식이 그것이다.

그러나 이 의식은, 앞 절에서 살펴본 바와 같이 춘원 이래의 새로운 문학 형식으로 막바로 나아가지 못하고, 신문학(신소설)이라는 과도기를 거쳐야만 했다. 왜냐하면 새로운 의식은 그것을 담을 새로운 형식을 아직 발견하지 못했기 때문이다. 이런 까닭에 임화의 장르의식은 서구적이었지만 그 서구적 장르의식이 실제로 문학을 통해서 실현되는 과정을 진화론적으로 설명할 수밖에 없었다. 임화는 의식의 단절/비약과 양식의 진화라는 모순을 극복하기 위해서 「신문학사의 방법」에서 전통이라는 개념을 설정한다.

---

181) 임화 『임화 신문학사』, 임규찬·한진일 엮음, 서울 : 한길사 1993, 378면

또한 그것이 완전히 진행되기는 문명인과 야만인과의 사이에서만 가능한
것이다. 동양제국과 서양의 문화교섭은 일견 그것이 순수한 이식문화사를 형
성함으로 결정하는 것 같으나 내재적으로는 또한 이식문화사 자체를 해체할냐
는 과정이 진행되는 것이다. 즉 문화이식이 고도화 될수록 반대로 문화창조가
내부로부터 성숙한다.

이것은 이식된 문화가 고유의 문화와 심각히 교섭하는 과정이오, 또한 고유
의 문화가 이식된 문화를 섭취하는 과정이다. 동시에 이식문화를 섭취하면서
고유문화는 또한 자기의 구래의 자체를 변화해 나아간다.

이 경우에 있어 고유문화라는 것은 외래문화에서 부정되고 있는 과거의 문
화, 그 유산이다. 여기에서 유산은 더욱이 외래문화와 마조 스는데서 표현되는
상대적인 주체성에서도 떠나 순전한 여건의 하나인 '유물'(Überreste)로 돌아
가고 과거의 고유문화는 다시 '전통(tradition)'으로 부활한다.[182]

전통이란 과거에서 현재로 계승된 것이다. 그런데 전통에 관한 이와 같은
개념규정은 "외래문화의 섭취가 전통의 부활을 가져온다"는 임화의 주장과
모순되는 것처럼 보인다. 그러나 사실은 그렇지 않다. 쉴즈에 따르면 전통은
그것을 따르는 사람들에 의해서 언제나 그 타당성이 검증된다. 만약 우리나
라의 개화계몽기처럼 환경, 특히 국제 환경이 급격히 변할 경우, 사람들은
기존의 전통이 변화된 현실을 올바로 해석할 수 있는지에 대해서 의구심을
품게 되고, 결국 그를 대체할 새로운 틀을 찾고자 노력한다. 이때 외래의 전
통이 새로운 해석틀로써 수용된다. 따라서 근대 조선의 전통은 서구전통이
라는 해석틀에 의해 재해석된 것이다.

외래의 전통(또는 제도)이 수용될 때 기술 수입과 문화 수입은 구분할 필
요가 있다. 그것은 자동차 설계도를 수입하여 수입한 나라의 것과 똑같은 자
동차를 만들어내는 것과는 전혀 다른 경로를 걷는다. 설계도가 물질적인 것
을 대상으로 하는 것과 견주어 문화는 인간을 매개로 하기 때문이다. 덕분에

---

182) 같은 책, 380~381면.

외래 전통이 수용되는 과정에서 '누출'이 생긴다. 외국 유학과 새로운 교육체계를 통해서 비록 새로운 지식을 교육한다고 하더라도, "도입된 전통을 학습자가 그대로 재생하도록 가르치려는 교육자의 의도와는 달리 학습자는 학습한 것을 모두 기억하지 못할 뿐 아니라 배운 그대로 실천하지도 못한다."[183]

또 외래전통의 수용은 토착전통이 그 후대에 계승되는 것과 마찬가지로 '재해석'(reinterpretation)이라는 과정을 거친다. 재해석은 크게 두가지 유형으로 구분된다. 하나는 기존 의미들이 새로운 요소들로 바뀌는 과정이고 다른 하나는 새로운 가치들이 낡은 형태의 문화적 의미를 변화시키는 과정이다. 재해석은, 외래 전통이 세대에서 세대로 이어지면서 수용되는 동안에 빌려온 요소가 수용 중의 문화로 통합되는 데 작용한다. 이중 후자와 같은 새로운 요소의 소개는 기존 의미를 변화시켜 '합성문화'(hybrid culture)를 만들어낸다. 반대로 전자는 이전의 여러 세대로부터 이미 존재하던 형태들을 새로운 의미로 해석한다.

이러한 외래전통 수용의 가장 중요한 현상 중 하나가 번역이다. 특히 개화계몽기에 서양 학문 및 문화의 번역은 단순히 조선에 국한됐던 것만은 아니고 당시 한중일 세 나라에 공통된 현상이었다.[184] 당시의 번역을 살펴보면, 서구의 개념이 문자 그대로 복사되지 못함을 확인할 수 있다. 그것은 수입된 전통이 누출과 재해석이라는 과정을 통해서 변형됐기 때문이다. 마루야마 마사오는 『번역과 일본의 근대』에서 국제법이 중국에서 번역된 양상과 그것이 이후 다시 일본에서 번역될 때의 차이점을 비교하는데, 국제법을 '만국공법'이라는 용어로 번역하면서 서구의 개념을 어떻게 이식했는지를 보여주는 동시에, 어떤 '누출'을 가져왔는지를 증명한다.[185]

---

183) 에드워드 쉴즈, 앞의 책, 319면.
184) 마루야마 마사오는 명치시대 서양 지식의 번역이 국가정책적 차원에서 이루어졌음을 지적하고 이를 '번역주의'(마루야먀 마사오 『번역과 일본의 근대』, 49면)라고 명명한다. 이는 임화의 '이식' 개념이나 이를 자책적으로 바라보는 현재의 한국문학연구자들의 관점과 비교할 때 참고할 만한 용어 사용이라고 생각된다.

226

또 '누출'의 다른 예로 개화계몽기 당시 'literature'를 '문학'으로 번역하고, 그것을 신학문을 지시할 때 사용했던 것을 들 수 있다.[186] 일본에서도 유사한 현상을 확인할 수 있는데, 니시 아마네(西周)는 현재의 백과사전에 해당하는 『百學連環』[187]에서 'literature'를 문장(文章), 문학(文學) 또는 문장학(文章學)으로 번역한다. 그리고 '문장(文章)'을 "Rhetoric 文章學, Poetry 詩, History 歷史學, Philology 語源學, Criticism 論弁學"[188]이라는 다섯 개의 하위 항목으로 분류하는데, 여기서 그가 문(literature)을 학술(學術)이라는 개념과 혼동해서 쓰고 있음을 알 수 있다. 또 'Romans'를 패사(稗史)로, 'Fable'을 소설(小說)로 번역하고 이를 모두 역사와 유사한 것으로서 역사의 하위항목으로 분류한다.

그런데 'literature'가 서구의 고어에서 학문을 의미했다는 점을 고려한다면 우리나라나 일본의 초기 번역이 반드시 틀렸다고는 할 수 없다. 하지만 'literature'의 근대적인 의미를 생각한다면 이 같은 번역은 틀렸다고 할 수 있다. 현재 우리가 '문학'을 "사상이나 감정을 언어로 표현한 예술"이라는 의미로 사용하는 까닭은 학문을 의미하던 문학이라는 개념을 재해석했기 때문이다. 그리고 'knowledge'나 'science'를 의미하는 것으로 학문(學問) 또는 학술(學術)이라는 단어를 씀으로써 문학은 근대적 의미의 'literature'를 의미하는 것으로 특권화된 것이다. 따라서 근대적 의미의 'literature'의 번역으로서 '문학'은 이전에 특정한 형태의 기술을 가리켰던 어휘가 재해석된 예라고 할 수 있다.

임화는 전통의 재창조는 다음과 같은 과정, 즉 "처음에 그것은 의식하지

---

185) 마루야마 마사오, 앞의 책, 113~144면.
186) 'literature'에 해당하는 문학의 번역 양상에 관한 고찰로는 황종연의 「문학이라는 譯語 : '문학이란 하오' 혹은 한국 근대문학론의 성립에 관한 고찰」(『동악어문론집』, 32집, 1997. 12)를 들 수 있다. 그 역시 462면부터 463면에서 니시 아마네의 번역을 언급한다.
187) 이것은 'encyclopedia'의 니시 아마네식 번역이다.
188) 吉田精一 『近代文藝批評史 : 明治篇』, 東京 : 至文堂 1975, 34면.

아니한 사이에 새 창조 가운데 들어오고 나중에는 명확히 파악되고 표상 가운데 들어오는 대상으로 나타나"는 과정을 거친다고 주장하고 그 예로 신문학을 제시한다. 신문학은 그 생성과 발전에 있어 조선 재래 문화가 무의식에서 의식적인 재해석으로 이동하면서 신문학의 창조와 관계한 것이라고 임화는 보았다. 그리고 이를 전제로 "서구의 르네상스와 같이 우리문학사는 자기의 상대(上代)에 부흥될 전범을 가지지 못했으나, 그러나 신문학은 그러면서 고유한 가치를 새로운 창조 가운데 부활시키는 문화사의 한 영역이다. 신문학이 한문에서 벗어나는 것에서 출발한 것은 동시에 언문문화의 복귀에서 출발했음을 의미한다"[189]는 결론을 내린다.

앞에서 내린 임화의 주장을 요약해보면, 비록 르네상스와 같이 모방할 만한 전범을 가지고 있지는 못하지만 언문문학이라는 전통을 재해석함으로써 신문학을 형성했다는 것이 된다. 임화는 신문학이 조선어 문학의 전통과 서구적인 장르 의식이 결합해서 형성된 것으로 규정한다. 도식적으로 말해 신문학은 '외래문화의 수용 → 전통문화의 지양 → 새로운 전통 창조'의 과정을 거치면서 형성된 것이다.

그러나 이러한 과정에서 우리 신문학은 고전문학과는 다르면서도 비슷한 경험을 반복하지 않을 수 없었다. 이것은 일본의 식민지가 됨으로써 우리말은 일본어의 압도적인 영향과 간섭을 경험한 것과 연관된다. 임화는 이러한 점을 누구보다도 강하게 인식하였다.

(파) 그들의 문학이 구조선의 문학, 특히 과도기의 문학인 창가나 신소설에서 자기를 구별하기 위하여 필요한 것은 일본의 메이지, 다이쇼 문학이었음은 주지의 일이다. 그러나 그때 혹은 그 뒤의 신문학이 일본문학에서 배운 것은 왕년의 경향 문학과 최근의 단편 소설들을 제외하면 극소한 것이다. 그러면 직접 서구문학을 배웠냐하면 그렇지도 아니하다. 그럼에도 불구하고 신문학은

---

189) 임화, 『임화 신문학사』, 382면.

서구문학의 이식과 모방 가운데서 자라났다. (……) 여기서 우리가 봉착하는 것은 서구문학의 직접 연구보다도 일본문학 내지 메이지 다이쇼 문학사의 상세한 연구의 필요다.[190]

(하) 우리가 유의할 것은 신문학의 생성기에서 가장 중요한 문제였던 언문일치 문장에 있어 조선문학은 전혀 메이지 문학의 문장을 이식해왔다. 이 신문장의 생성과 발전에 있어 일본 문장의 영향을 조선에 있어 국어교육(일본어 교육 : 인용자)의 발전과 더불어 심대한 관계를 가진 것으로 특별히 주의를 요한다.[191]

(파)는 많은 것을 함의하고 있어 주의가 필요하다. 첫째로 그들이라고 함은 춘원의 소설과 육당의 자유시다. 임화는 이 두 사람으로부터 조선 신문학이 출발한다고 본다. 둘째로 이들의 문학과 개화계몽기 문학, 즉 창가나 신소설 문학을 구분한다. 셋째로 춘원과 육당의 신문학이 신소설로부터 자기를 구분하기 위해서 필요로 했던 것은 메이지, 다이쇼 문학이었다는 점이다. 그러나 이러한 임화의 주장은 사실 개화계몽기 문학을 논할 때의 주장과 일면 모순되는데 정치소설이나 신소설을 논하면서 그는 이 소설들이 일본의 메이지 문학에서 영향을 받았다고 말하기 때문이다. 따라서 임화의 머릿속에는 근대소설이 그 발생 및 성장에 있어서 일본 문학의 영향을 계속해서 받았다는 생각이 들어 있다고 할 수 있다. 이는 조선이 일본의 식민지였다는 사실이 낳은 근대문학 형성 과정의 특수한 사정과 연관이 있다.

이상의 주장은 임화가 이식문학론자라는 비난의 근거가 되는데, 오히려 반대로 생각할 수도 있지 않을까? 일본문학과의 관계를 주종이나 부분과 전체의 관계로 설정하지 않고 환경이라는 '주변부'로 설정할 수 있었던 임화의 주체성이 더욱 부각돼야 하는 것은 아닐까? 환경이란 어디까지나 환경에 지

---

190) 같은 책, 378~379면.
191) 같은 책, 379면.

나지 않는 것이고 그것이 바로 '조선문학'의 내부가 될 수는 없기 때문이다.

이러한 인식을 임화만의 독창적인 것으로 보기는 어려운데, 여기에는 당시 일본문단과 조선문단의 관계를 이중문단의 관계로 보았던 관점이 반영되어 있기 때문이다. 즉 내지에 일본문단이 있다면 조선에는 조선문단이 있다. 그리고 이 양자에서 활동하는 사람 즉 '조선어'와 일본어로 동시에 작품 활동을 하는 사람은 이중문단 작가라는 의식이 있었다. 이 이중문단이 지닌 함의는 이중언어 환경과는 전혀 다른 것이다.

오히려 문제가 되는 점은 (하)에서의 임화의 언급이 아닐까? (하)에서 언급된 '국어교육'이 '조선어'인지 일본어인지는 분명하지 않으나, 임화가 우리말을 의미할 때는 '조선어'라고 구분하여 쓰고 있음을 고려할 때, '국어'란 일본어를 의미함이 분명하다. 당시 학교교육을 받은 사람들이면 대부분 일본어를 능숙하게 할 수 있었다는 점, 다른 어떤 외국어보다도 일본어가 가장 친숙했다는 점은 일본문학을 더욱 친근하게 받아들일 수밖에 없게 만든다. 이 점은 "외국어 지식의 부족뿐만 아니라 일본문학의 외국문학에 대한 관심과 '조선문학'의 그것의 근사성으로 더욱 그러했다. 특히 원서에 접하는 편의가 우리보다 훨씬 좋기 때문이기도 하다"[192]는 임화의 언급에서도 잘 드러난다. 지식인에 대한 일본어의 영향은 해방 후에도 오랫동안 남아 있었음을 우리문학사에서 확인할 수 있는데, 우리말이 일본어보다 능숙하지 못해서 힘들었다는 장용학, 김수영 등 오륙십년대 문학자들의 고백이 그 예일 것이다.

현대문학 연구자들이 이식이나 모방이라는 단어에 민감할 수밖에 없는 것은, 연구자들이 근대를 생각할 때 마음속으로 서구적 근대를 표준으로 하고 있기 때문은 아닐까? 서구의 근대를 표준으로 한다면 조선의 근대는 언제나 미달형일 수밖에 없다. 임화 역시 이러한 의식에서 자유롭다고는 할 수 없는데, 그의 개화계몽기 평가 등에서 이러한 점은 잘 드러난다. 또 조선문학 연

---

192) 같은 곳.

구의 선구자인 김태준의 개화계몽기 문학 평가에서도 그 편린이 보인다. 임화가 '이식'이라는 개념으로 근대조선문학의 특수성을 설명할 때 그의 목표는 근대조선문학이 서양 또는 외국문학의 모방임을 증명하는 것이 아니었다. 오히려 그는 '이식'에 따른 근대조선문학의 기형적이고 비주체적인 성장을 비판하고자 하였다. 다시 말해 '이식' 개념을 조선문학에 내재된 식민성을 비판하기 위해 사용한 것이다.

그러나 포스트모더니즘 이론가들이 주장한 '차이의 철학'은 임화나 근대문학을 평가하는 데는 아직 실천되고 있다. 얼마나 미달이고 얼마나 비슷한지를 밝히는 것보다는 한국문학의 근대가 서양의 근대와 어떤 차이가 있는지를 밝히는 것이 더 의미 있는 작업일 것이다. 그러나 정작 이 서양의 근대라는 것도 구체적으로 들어가면 영국의 근대인지 프랑스의 근대인지 또는 독일의 근대인지 아니면 미국의 근대인지 그 기준을 잡기가 어려워진다. 이점에서 임화의 주장은 비교문학적 과제를 던진다. 일본의 영향을 받았다면 무엇을 받았고, 그와 더불어 얼마나 다른지, 더 나아가 서양의 그것과는 얼마나 다른지를 논해야 할 것이다. 이런 까닭에 임화의 극복은 우리 마음속의 오리엔탈리즘을 극복하는 작업이 될 것이다.

# 조선어의 재해석과 심미적 근대성의 구축

**1930년대 후반의 전통논의는** 이인직 이래의 근대주의인 '근대는 서양과 같다(근대＝서양)'라는 도식에 대해 반성을 보인다. 이것은 직전의 전통논의와는 조금 차이가 있다. 1935년부터 1937년까지의 전통논의는 지금까지 정치적인 문학 논리에 의해 무시됐던 조선의 전통을 되살리자는 주장과, 전통이란 반근대적이고 후진적인 것이므로 극복해야 할 대상이지 수용할 대상은 아니라는 주장 사이의 논쟁을 중심으로 전개된다. 여기에는 사람들이 전통을 이야기할 때, 그것이 서양의 문학전통을 이야기하는 것인지, 아니면 동양 또는 조선의 문학전통을 의미하는지에 관한 논쟁도 포함돼 있다. 이청원, 신남철과 같은 마르크스주의 비평가들은, 전통을 이야기하는 것은 파시즘으로의 경도를 의미한다며 전통논의 자체를 부정적으로 본다.

　　이상과 같은 전통에 관한 논의는 중일전쟁 이후 가속화된 일본의 군국주의화와 더불어 변모된다. 중일전쟁 이후의 전통논의는 대동아공영권으로 표방된 일본의 아시아주의를 어떻게 처리해야 할 것인지를 중심으로 전개된다. 일본의 아시아주의는 당시까지 사람들의 의식을 지배했던 '근대＝서양'이라는 도식을 흔들어놓는 역할을 했다. 이것은 서양 사회에 만연한 서양의 위기에 관한 인식을 곧 근대의 위기로 받아들였기 때문이다. 그러한 서양＝근대의 위기를 극복할 새로운 대안으로 제시됐던 것이 곧 일본의 아시아주의였다. 하지만 당시 일본의 아시아주의는 '아시아＝일본'이라는 도식으로 다른 아시아 민족의 차이를 모두 일본적인 것으로 흡수하려는 경향을 보인다.

　　이러한 논리에 이론적인 토대를 제공했던 것이 야스다 요주로(保田與重郞)로 대표되는 '일본낭만파'와 니시다 기타로(西田幾多郞)로 대표되는 '경도학파'의 논리였다. 특히 일본낭만파의 대표적인 논객이었던 야스다 요주로나 가메이 가쓰이치로(龜井勝一郞) 등은 전에는 모두 마르크스주의자였는데, 이들이 소화 10년대에 아시아주의에 휩쓸리게 된 것은 마르크시즘의 퇴조로 상실된 절대적 타자를 천황제에서 찾고자 했기 때문이라고 한다.[1]

　　김윤식과 같은 연구자들은 당시 조선문단의 전통논의를 일본의 논의와 연

234

관지어 1939년 이후부터 가속화된 일제의 군국주의화의 이론적 배경이 된 '신체제론' 또는 '근대의 초극'론으로 넘어가는 전 단계로 보았다.[2] 그러나 이 점과 관련한 김윤식의 관점은 일관적이지 않다. 그는 당시의 전통담론 중, 특히 서인식의 전통담론은 '신체제론'으로 넘어가는 전 단계로 보고 있지만, 『문장』의 전통담론은 오히려 '신체제론'에 관한 반담론으로 보고 있다. 그는 『문장』의 전통담론이 상고취미로 전락할 유혹이 있었음에도 이를 창작의 차원으로 끌어올리고 순수한 문학정신을 옹호함으로써 당시의 문단을 휩쓸었던 문학의 정치화에 심정적으로 저항할 수 있었다고 평가한다.[3] 1939년 이후에 있었던 조선문단의 전통논의는 논자나 매체에 따라서 성격이 다른 경우가 많기 때문에, 모든 전통논의를 일본의 그것과 동일한 성격을 가진 것으로 보는 것은 바람직하지 않다.

일본의 아시아주의는 내적으로 보면 민족주의 성격을 띠지만, 외적으로는 제국주의 속성을 지녔다. 당시 일본 아시아주의의 이데올로기적인 토대가 된 '일본낭만파'의 전통논의는 일본 내부로는 서양에 관한 반성을 가져옴으로써 서양 중심의 근대성에 관한 재고를 가져왔다. 반면에 외부로는 제국주의적 속성을 드러내며 타민족(조선이나 중국)과의 민족적 차이를 억압하거나 말살하는 경향을 띠었다. 때문에 그 반동으로 우리나라에서는 민족의식이 심화되는 결과를 낳았다. 당시 조선을 일본의 한 부분으로 파악하고 조선인에게 내선일체를 강요했던 일본의 논리는 확실히 이 시기 '조선인'의 민족의식을 자극하는 측면이 있다고 생각한다.[4]

---

1) 三枝康高 「共同體は可能がという問題」, 『日本浪曼派の運動』, 東京 : 現代社 1958, 180면. 좀더 자세한 것은 橋川文三 「日本浪曼派批判序說」, 『동시대』 4호 참조.
2) 김윤식 『한국근대문예비평사연구』, 일지사 2002, 325면.
3) 김윤식, 같은 책, 331~332면.
4) 이것은 1939년 9월에 있었던 강원도 고성 지역을 중심으로 한 비밀결사 검거 사건에서도 확인된다. 강원도 고성 지역에 거주하는 20대 초중반의 젊은이들이었던 천성환, 김종희, 황종연, 박용태, 김동가들은 조선독립을 목적으로 한 '민족문학연구회'라는 비밀결사를 만들었다. 이들의 주된 강령은 조선어와 조선의 전통을 지키는 것이었다. 이들은 1938년 제3차

조선문단에서도 유행 사조였던 전통논의를 그늘로 삼아서 민족의식은 표출된다. 이러한 경향의 대표적인 예로『문장』을 들 수 있다. 당시 우리나라는 일본어와 '조선어'의 공용이라는 이중언어적 상황이었다. 식민지 상황으로 말미암아 조선어는 근대 민족어로 발전하는 것이 방해받고 있었다. 일본어가 국어 또는 표준어로 교육된 것과 견주어, 조선어는 제2외국어로 가르쳤다.「去益 減少되는 各校 朝鮮語 時間」이라는 제목의『조선일보』기사(1927.3.12)를 보면 중등학교 교과과정에 일본어는 일주일에 열다섯 시간이지만 조선어는 세 시간으로 배정됐다고 한다. 이러한 시간 배정은 조선어를 제2외국어로 취급하고 있음을 알 수 있는데, 때에 따라서는 한 시간이 배정되는 곳도 있었다. 당시 조선어 강습이나 작문 시간을 늘여달라는 요구는 학생들의 동맹 휴학이 중요한 이유였다.

그러나 1935년 11월 8일자『조선일보』기사를 보면 공립뿐 아니라 일반 사립학교에서도 조선어를 사용하지 못하게 하는 지침을 내렸다고 한다. 더구나 1937년 7월 7일 중일전쟁 발발과 더불어 사회통합 등의 필요성과 전쟁에 조선인을 동원하는 문제 등으로 법률적으로만 존재했던 '일본 국민'으로서 조선인의 가치에 관해 재인식 붐이 일어나면서 '내선일체'라는 구호 아래 조선인을 '일본 국민'으로 재조직하려는 움직임이 활발하게 일어났다. 그 결과 조선인과 일본인의 평등한 교육을 목표로 한 제3차 조선교육령이 1938년 4월 1일부터 실시되었다. 이 교육령의 실시로 중등학교에서 조선어 강의가 폐지되고 초등학교에서는 조선어가 선택과목이 되었다.

여러 가지 어려운 상황에서도 조선어학회나 조선어학연구회 등의 소장 언어학자들을 중심으로 조선어가 정비돼왔지만, '내선일체' 정책이 실시되면서 조선어 사용은 금지당했으며, 국민문학론의 기치하에 조선어로 창작활동을 하며 상대적인 자유를 누리고 있었던 조선문단을 일본문단과 통합하려는 시

---

조선교육령과 조선육군지원병 제도에 불만을 품고 이 제도들이 조선인을 말살할 것이라고 생각했다.

도가 나타났다. 이러한 상황을 맞아『문장』은 조선어학회의 국문운동 축적의 결과물들(표준어, 맞춤법 사정)을 창작에 적용하여 실천하려고 했을 뿐아니라, 조선어의 문학어로서 가치를 옹호하고 그것을 이론화하려고 했다.

이 점과 관련해서 김윤식은『문장』의 전통담론이 한글로써 문학한다는 문학 사활문제와 관련돼 있었으며 그것이 더 나아가 민족성의 사활문제와 관련돼 있었다고 본다.5) 이 관점은 한형구의 글6)에서도 확인할 수 있는데 그는『문장』을 '일본낭만파'와 비교하면서『문장』의 심미주의를 '주체적 미의식'을 지향한 문화적 민족주의의 맥락에서 다루고 있다. 또한 김영실7)은 언어를 개성의 발현물이기 이전에 한 공동체의 소유물로서,『문장』은 우리말을 민족의 기억을 담고 있는 문화재로 인식함으로써 당시의 문화 민족주의를 고취할 토대를 만들었다고 주장한다.

이 점과 관련해서 가장 주목할 만한 것은 이태준의『문장강화』다.『문장강화』는 말 그대로 문장 작법에 관한 글이다. 이 글에서 그는 자신이 생각하는 글쓰기 방법을 규범화하려고 한다. 또『문장』의 고전 소개와 수용은 일제말 조선어와 조선문학의 말살에 맞서 그것을 옹호하려 했다는 점에서 매우 중요하다. 특히 '내간체'는 단순히 소개되는 것에 그친 것이 아니라, 창작으로도 실천(정지용)했고, 또『문장』파로 불리는 이병기, 정지용 그리고 이태준이 공유했던 미의식을 규정하는 중요한 매개가 됐다는 점에서 의미가 있다. 당시 고전에 관한『문장』의 태도는 그에 관한 자신의 심회를 읊은 이병기의 시조를 보면 알 수 있다.

　　더져 놓인 대로 고서는 산란하다
　　해마다 피어 오든 수선도 없는 겨울

---

5) 김윤식, 같은 책, 325면.
6) 한형구「일제말기 세대의 미의식 연구」, 서울대학교 박사 1992.
7) 김영실「문장과 문학의 고전 수용 양상 연구」, 서울대학교 석사 1999.

한종일 글을 씹어도 배는 아니 부르다

좀먹다 석어지다 하잔히 남은 그것
푸르고 누르고 천년이 하로 같고
검다가 도로 힌 먹이 이는 향은 새롭다

홀로 밤을 지켜 바라든 꿈도 잊고 그윽한 이 우주를 가만히 엿을 보다
빛나는 별을 더불어 가슴 속을 밝히다.8)

위의 시조는 『문장』 2권 2호 즉 1940년 2월에 실린 것인데, 조선어 말살
과 그에 따른 조선문단의 소멸이라는 상황을 맞은 이병기의 심정이 잘 표현
되었다. 같은 달 7일과 8일에 실린 일기에서도 『조선일보』와 『동아일보』가
폐간될 것이라는 소식을 듣고 난 뒤의 스산한 심정이 표현돼 있기도 하다.
그는 당시의 분위기를 자신이 그토록 사랑하던 '수선도 없는 겨울'로 표상하
였다. "암담한 시대에 가슴 속을 밝힐 수 있는 빛나는 '별'이었던 것")이 이
병기에게는 바로 한글 고전(古典)이었다.

## 1. 조선어 문장의 규범화와 그 이론적 배경

『문장』을 읽어보면 알 수 있겠지만, 이 잡지는 조선어학회의 한글맞춤법
통일안을 잘 따르고 있다. 당시의 맞춤법과 현대 맞춤법의 가장 큰 차이는
의존명사와 수식어를 붙여 쓰는 것과 본용언과 보조용언을 구분하지 않는
것이다. 이것은 의존명사와 보조용언을 종속적인 것으로 보아서 조사처럼
처리한 탓이다. 『문장』의 표기는 당시의 맞춤법에 따라 위의 규정을 철저하

---

8) 이병기 「고서」, 『문장』 2권 2호, 1940.2, 159면.
9) 이숭원 『정지용시의 심층적 탐구』, 태학사 1999, 151면.

게 따르고 있다.

이처럼 『문장』이 맞춤법에 충실할 수 있었던 것은 이병기가 교정을 보아 준 것과 편집을 총책임졌던 이태준이 표준어 선정위원으로 참가할 정도로 조선어학회와 관련이 있었기 때문이다. 예를 들어 『조선일보』 1935년 1월 4 일자에 열거된 표준어 선정 위원 명단에 이태준의 이름을 확인할 수 있다 : "'표준어'를 精選할 標準語査定委員會가 朝鮮語學會 主催로 지난 二日 溫陽서 開催. 韓澄, 李熙昇, 尹福榮, 李命七, 文世榮, 洪에스더, 李淑鎭, 方信榮, 李沅鎔, 金允經, 李鉀, 安在鴻, 李康來, **李泰俊**, 李萬珪, 申允局, 咸大勳, 朴觀植, 方鍾鉉, 徐恒錫, 李基允, 金炯基, 李克魯, 李允宰, 鄭寅燮, 崔鉉培, 金炳濟, 金克培가 위원으로 참가."[10]

또 정지용을 포함해서 편집위원 모두가 언어에 대해 예민한 감각을 지니고 있었다. 이들은 '개성'이 담긴 개인적인 문장을 추구하고 있다는 점, 문학어로서 조선어가 지닌 가치를 높이 평가하는 점, 그리고 감각어를 이용해 자신이 원하는 표현을 만들어내는 데 탁월한 솜씨가 있는 점이 공통된다.

『문장』이라는 잡지의 이름이 표방하듯이, 이들은 아름다운 조선어 '문장'을 만드는 것에 관심이 있었으며 그것을 이론화하려고 노력했다. 그리고 그 노력의 결과 중 하나가 바로 이태준의 「문장강화」이다. 이것은 『문장』 창간호(1939.2)에서 제9권(1939.10)까지 약 9회에 걸쳐 연재됐으며, 이후 『문장강화』(1940)라는 이름으로 문장사에서 출판됐다. 『문장강화』는 조선어 문장을 어떻게 쓸 것인지에 관한 지침서인 동시에 이태준의 언어관과 문학어에 관한 관점을 잘 드러낸다.

「문장강화」 이전에도 이태준은 「글짓는 법 ABC」[11]를 연재한 적이 있다. 이 글을 연재하게 된 취지를 소개하는 주(註)에서 기자는 그것이 "문예나 혹은 문장에 대하여 많은 관심을 가지는 초학자에게 둘도 없는 지침이 될 것"

---

10) 『조선일보』 1935.1.4(2면).

11) 이태준 「글짓는 법 ABC ─ 처음 글쓰는 이들을 위하여」, 『중앙』 8~15, 1934.6~1935.1.

이며 "『작문』의 신교과서라고 말할 수 있는 것"[12]이라고 소개한다. 이처럼 「문장강화」 이전에도 이태준은 조선어 문장을 쓰는 법에 대해서 이론적 관심을 가지고 교과서적인 작업을 해왔던 것으로 보인다. 이러한 연장에서 연재된 「문장강화」는 작가 지망생뿐만이 아니라, 일반 독자를 대상으로 해서 쓴 것으로 "조선어 문장의 현대적 작법"이란 어떠한 것인지 상세하게 서술한다. 특히 "제4강 각종 문장의 요령"과 "제8강 문체에 대하여"는 문장과 문체를 분류한 것으로, 현재 우리나라의 중등 국어교육의 기본 범주들이다.

또 「문단인으로서 사회에 보내는 희망」이라는 글에서 이태준은 조선어 교육이 위축되는 현실을 안타까워하면서, "조선신문보다 다른 곳 신문, 조선 잡지보다 다른 곳 잡지와 친하여 조선말, 조선 글에 인연이 먼 사람은 그의 언행, 그의 취미, 그의 생활, 그의 인격의 바탕, 모도 다 조선 사람이 아닌 사람이 되는 것이다"[13]라고 주장한다. 이태준은 조선어가 한자어의 영향 때문에 문화어의 자율성을 상실한 것이나 표준어를 중심으로 한 국어의 문법적인 정리가 전국적으로 실시되어야 함에도 조선의 식민지화 때문에 다른 나라보다 뒤져 있는 것에 대해서 통탄한다고 진술했다. 이는 조선어가 조선 사람됨을 규정한다는 그의 생각이 반영된 예다. 때문에 순수한 조선 사람을 교양하는 것을 목표로 조선어 교육에 힘쓸 것을 당부한다. 이러한 이태준의 관점은 피히테의 주장과 통한다. 이 점은 앞으로 좀더 구체적으로 검토할 것이다.

### 1) 새로운 문장 의식의 이론적 배경

이태준은 '문체는 곧 그 사람이다'라고 주장하며 '소설가'보다는 더 '문장가'이기를 자신의 문학적 이상으로 삼았다. 『문장』지에 9회에 걸쳐 실리고 이후 출판(문장사, 1940)된 『문장강화(文章講話)』는 이태준의 문장관이 체계

---

12) 같은 글, 135면
13) 이태준 『이태준문학전집』 17, 서음출판사 1988, 331면.

화돼 있는 글이다. 한마디로『문장강화』는 그 제목의 의미 그대로 문장 작법에 대해 강의하는 글로써, 언문일치 또는 표준어에 바탕을 둔 현대 문장과 문체를 만들어내는 것을 목표로 한다.

이태준이『문장강화』를 저술한 목적은 현대적인 문장과 문체를 개발하여 '국어적 문학'이 형성되는 데 기여하고자 한 것이다. 후스(胡適)는「문학혁명론」(1917)에서 현대 표준어의 바탕이 될 '문학적 국어'를 수립하려면 '국어적 문학'이 수립되지 않으면 안 된다고 주장한 바 있다. 그는 아직 중국에서 표준어가 제정되지 않은 상황에서 '문학적 국어'를 만드는 것이 어떻게 가능하냐는 물음을 던지면서, '국어적 문학'의 창조는 곧 '문학적 국어'의 창조로 이어진다고 주장하며 백화문에 바탕을 둔 창작을 독려했다. 마찬가지로 식민지 상황으로 말미암아 조선어의 무질서가 심한 상황에서 표준어를 만들어나가는 일이란 조선어로 쓴 좋은 문학 작품의 축적과 더불어 가능한 것이다. 이를 인식한 이태준은 '문학 창작'의 기본이라고 할 수 있는 문장의 작법을 이론화하고자 했다.

이태준이『문장강화』를 통해서 과거의 문장과 다른 새로운 문장이 무엇인지를 이론화할 수 있었던 것은 중국에서 5·4운동을 전후해 벌어졌던 백화문(중국식 언문일치 문장) 중심의 문학혁명론 덕분이었다. 그 운동의 중심 인물로는 후스, 천두슈(陳獨秀) 등이 있는데 이중 전자는 당시 문학혁명론에 이론적인 근거를 제시했던 인물이다. 후스의 영향은 이태준과 더불어『문장』파로 일컬어지는 이병기에게서도 나타난다.

후스는 글쓰기용 문장이었던 과거의 문언문(文言文)에서 언문일치에 기반을 둔 백화문(白話文)으로 현대 중국 문장의 문체 변혁을 시도하면서, "최근 몇 십 년 이래로 서양에서 시단의 혁명은 언어, 문자와 문체의 해방혁명이다. 이 한번의 중국에서 문학 혁명운동은 또한 먼저 언어, 문자와, 문체의 해방을 요구한다"[14]고 주장하였다. 이처럼 후스의 문학혁명론은 주로 '언어, 문자, 문체'의 변혁을 목표로 한 것이기 때문에, 그 주된 관심은 '문장'에 있는 것이지 '창작방법'에 있는 것이 아니다. 이태준의『문장강화』역시 '문장'을 어떻게 만들 것인지에 더 초점을 맞추었다.

이태준은 현대의 조선어 문장이란 우선 '언문일치'의 문장임을 분명히 하였다. "문장은 언어의 기록이다. 언어를 문자로 표현한 것이다. 언어, 즉 말을 떼어놓고 글을 쓸 수 없다. 문자가 회화로 전화되지 않는 한, 발음할 수 있는 문자인 한, 문장은 언어의 기록임을 벗어나지 못할 것이다"[15]는 진술은 언문일치 문장에 관한 그 나름의 관점을 분명하게 보여준다.

이태준은 언문일치 문장이 무엇인지를 정의하기 위해서 그것을 과거의 문장과 비교하였다. 그는 과거 문장의 특징으로 첫째 전고(典故)에서 따온 남의 글로 채우는 것, 둘째 묘사의 자연성이 결여된 점을 들고 있다.[16] 이 같은 문제점을 지적한 그는 후스의 문자개혁론을 인용함으로써 현대 문장의 기본 방향을 제시한다.[17] 후스의 영향과 관련해서 이태준은 "東洋에 있어 修辭理論의 發祥地인 中國에서도 胡適은"이라고 하여 자신의 문장론이 후스의 문자개혁론에서 영향받았음을 간접적으로 시사한다. 이태준은 「문학개량추의」(文學改良芻義)[18]에서 제시된 후스의 '팔불주의'(八不主義)라면서 다음의 여덟 가지 항목을 제시한다.

　一. 言語만 있고 事物이 없는 글을 짓지 말 것. (즉 空疎한 觀念만으로 꾸미지 말라는 것)
　二. 病없이 呻吟하는 글을 짓지 말 것. (空然히 오! 아! 類의 哀傷에 쏠리지 말라는 것)

---

14) 胡適「嘗詩集自序」,『胡適文存』(第1集), 臺北 : 遠東圖書公司 1984, 188면.
15) 이태준「문장강화·1」,『문장』창간호, 1939.2, 180면.
16) 같은 글, 183면.
17) 같은 글, 184면.
18) 후스(胡適)의「문학개량추의」는『신청년』제2권 제5호(1917)에 발표된 것이다. 이 글에 실린 번역은 민두기의『중국에서의 자유주의의 실험』(지식산업사 1997)의 30면을 참조한 것이다.

三. 典故를 일삼지 말 것. (우에서 例든 丹楓 구경 가자는 편지처럼)

四. 小欄調套語를 쓰지 말 것. (허황한 美辭麗句를 쓰지 말라는 것)

五. 對句를 重要視하지 말 것.

六. 文法에 맞지 않는 글을 쓰지 말 것.

七. 古人을 模倣하지 말 것.

八. 俗語, 俗子를 쓰지 말 것.


'팔불주의'는 현대의 문장에 대한 후스의 생각을 압축해 적은 것으로, 글을 쓸 때 하면 안 되는 여덟 가지라는 뜻이다. 이후 여기에 '주의'라는 단어를 붙여서 '팔불주의'로 불렸다. 그런데『문장강화』에 소개된 내용과 후스의 원글을 비교해보면 순서가 조금 바뀌어 있음을 알 수 있다. 이는 이태준이 후스의 「문학개량추의」에 실린 것이 아니라 「문학혁명론(文學革命論)」[19]에 실린 것을 인용하였기 때문이다.

그가 「문학개량추의」와 「문학혁명론」을 혼동한 것은 두 글에 실린, 문학 개혁을 위한 여덟 가지 항목이 순서에만 차이가 있을 뿐 그 내용은 같기 때문이다. 하지만 전체적인 글의 내용에는 차이가 많다. 「문학개량추의」가 각각의 항목이 의미하는 바가 무엇인지를 구체적으로 설명하는 것에 치중하고 있다면 「문학혁명론」는 여덟 개의 항목이 지향하는 바가 무엇인지를 밝히고 있다. 후자에서 후스는 '국어적 문학과 '문학적 국어'라는 개념을 제시하면서 표준 중국어가 없는 현재의 상황에서는 '국어적 문학'을 창작함으로써 미래의 표준어인 '문학적 국어'를 형성해 나가는 것이 필요하다고 주장하고, 서양에서 보이는 언문일치의 일반적인 발전 경향을 그 근거로 제시한다.

그런데 특기할 점은 이태준이 후스의 팔불주의(八不主義)를 인용하면서 첫번째 항의 "반드시 알맹이가 있는 글을 써야 한다"는 구절을 "언어만 있

---

19) 후스(胡適),『신청년』, 제2권 제6호, 1917. 후스의 「문학개량추의」는 양백화에 의해서『개벽』제5호~제8호(1920.11~1921.1)에 번역, 소개됐다. 「문학혁명론」은 이윤재가『동명』(1923.4~1923.5)에 초역, 소개했다.

고 사물이 없는 글을 짓지 말자'라고 하여 '알맹이'를 사물로 번역하여 놓았다는 점이다. 원래 이 항목의 원어는 "須言之有物"로 '物'은 보통 '내용'으로 번역되고 있다. 후스의 「문학개량추의」를 조선 문단에 처음 소개한 양백화는 제1항을 "내용의 공허함을 지적한 말이니"[20]라고 하여 '物'을 내용으로 해석하고 있음을 확인할 수 있다. '物'을 '내용'으로 번역한 용례가 있었음에도, 그것을 무시한 채 '物'을 '사물'로 번역한 것에는 이태준 나름의 관점이 관철됐기 때문인데, 그것은 '묘사'에 관한 그의 관심과 연관이 있다.

후스 역시 '어떻게 쓸 것인가'라는 문제와 관련해서 묘사를 그 중요한 방법으로 제시하고 그것을 크게 1. 인물 묘사, 2. 환경 묘사, 3. 사건 묘사, 4. 감정 묘사라는 네 항목으로 세분하고 있다.[21] 이로써 유추하건데 '자연성'을 강조하는 후스의 문학개혁론은 구체적인 문장 작법 차원에서는 어떻게 '묘사'할 것인지의 문제로 귀결되는 것임을 알 수 있다. 이 점은 후스가 과거 문장의 문제점으로 묘사의 진부함을 들고 있는 점에서도 잘 드러난다. 이태준 역시 '物'을 '사물'(事物)이라고 번역함으로써 묘사에 대한 관심을 분명히 표시하고 있다.

후스는 자신의 문학혁명론이 미국의 '의상파(意像派) 선언'에서 영향을 받았다고 스스로 밝힌 바 있다.[22] 또 아킬레스 황(Achilles Fang, 方志彩)은 후스의 '팔불주의'(八不主義)[23]가 1913년 에즈라 파운드(Ezra Pound)의 「A Few Donts」의 영향을 받았다고 지적했다.[24] 이러한 정황들은 그가 당시 미국 시단을 풍미했던 이미지즘의 신시운동에서 영향받았음을 보여준다. 다만

---

20) 양백화 「호적을 중심으로 한 중국의 문학혁명」, 『양백화 전집』 3, 남윤수 등 편, 강원대학교출판부 1995, 273면.
21) 호적 「문학혁명론」, 이윤중 외 역 『세계의 교양대전집 9 : 호적』, 경지사 1975, 321면.
22) 胡適, 「胡適遊學日記(4)」, 『胡適作品集 37』, 臺北 : 遠流出版, 1986, 161~162면 ; 이연길 「호적의 중국신문학에 대한 인식과 실천」, 충남대학교 박사 2003, 107면에서 재인용.
23) 후스가 「문학개혁론」에서 문학 개혁을 위한 여덟 가지 항목을 적으면서 모두 '不'로 시작했다. 이 때문에 그의 여덟 가지 항목은 '八不主義'로 불리기도 한다.
24) 이정길 「호적 백화문운동의 원류」, 『중국학 논총』 제2집, 116~120면.

이미지즘은 중국 한시의 영향을 받고 있었기 때문에 상호 영향이라고 하는 것이 더 정확하다. '의상파 선언'이나 「A Few Donts」에서 공통된 점은 일상어의 사용, 새로운 운율의 창조, 그리고 구체적 또는 정확한 표현이다. 후스의 문체론이 어떻게 쓸 것인지 하는 문제와 관련해서 '묘사'의 문제로 귀결되는 까닭은 이미지즘과의 연관성25)을 인식한다면 이해할 만한 부분이다.

이태준은 후스의 주장을 구체적으로는 음악성 배제와 시각성 강조로 이해한다. 글로 쓴다는 것은 "정확히 반복할 수 있는 새로운 시각적 정보"의 제시를 목표로 한다. 구술문화 특유의 언어 표현, 또는 아직 구술문화의 영향을 받는 언어 표현이 관심을 두는 것은 '행위'이지 사물, 장면, 인물의 '시각적 외견'이 아니다. 반면에 인쇄문화는 주의 깊게 관찰된 복합적인 사물이나 과정을 정확히 말로 기술하는 일을 필요로 한다. 때문에 인쇄술과 과학기술이 발전한 근대에 와서야 정확한 묘사는 글쓰기의 중요한 목표가 되었다.26) 이태준이 과거와 현대 문장 사이에 차이점이 있는 원인으로 인쇄술의 발전 여하27)를 들고 있는 것을 볼 때 이 점을 인식하고 있었던 것으로 보인다. 구전에 더 의지했던 과거 문학에 비해 인쇄에 더 의존하는 현대문학은 매체의 특성을 반영하여 시각성, 즉 묘사를 중시해야 한다고 이태준은 생각했던 것으로 보인다.

한편 후스는 제1항에 대해 그것은 "문장은 도리를 표현해야 한다"(文以載道)는 전통적인 주장과는 다르며, "감성으로서의 정감과 의지로서의 사

---

25) 의상파 선언 중에서 후스의 제1항과 유사한 항은 제4항으로 "우리는 화가의 집단은 아니지만, 이미지를 보이기 위해서(따라서 이미지스트라 명명됨), 시는 개별성을 정확하게 다루어야 하며, 아무리 중요하고 관심을 끄는 것이라고 하더라도 공허한 일반성을 다루어서는 안 된다"(이정길, 박사논문, 107면)는 내용으로 되어 있다. 공허한 보편성(개념)이 아닌 구체적인 개별성(이미지) 창조를 목적으로 했던 의상파나 파운드의 신시운동이 산문 문장과 연결될 때는 '묘사'로 나아갈 수밖에 없다.

26) 월터 J. 옹 『구술문화와 문자문화』, 이기우·임명진 역, 문예출판사 2003, 192~193면.

27) 이태준 「문장강화·1」, 앞의 책, 185면.

상’28)이 ‘내용’의 진짜 의미라고 해명했다. 감정과 관련해 후스는 ‘감정(情)
=말=문학의 영혼’이라고 주장한다. 비슷하게 이태준은 ‘글=말=마음’이라
는 도식하에 새로운 문장이 표현해야 하는 것은 ‘감정’임을 강조한다. 즉 글
보다는 말이 마음과 감정에 더 가깝기 때문에 “‘말 곳 마음’이라는 말에 입
각해서 最短短離에서 表現을 計劃해야 할 것”29)이라고 주장한다. 문학의
핵심으로 감정을 바로 보는 사고는 묘사에 대한 강조와 합쳐져 이태준이 사
상적 측면을 간과하고 형식에 치중하는 것으로 보이게 한다.30)

　이태준의 『문장강화』는 문장 작법의 차원에 머무르고 있을 뿐이다. 보통
이데올로기 분석 또는 내용 분석이란 담론 차원에서 가능한 것이지 문장 차
원에서 가능한 것이 아니라는 점을 고려한다면31) 문장 차원에 머무르고 있
는 이태준의 『문장강화』는 애초부터 내용적인 것에 관한 고려가 자리잡을
여지가 없는 것이다.

### 2) 언문일치가 제기하는 문제들

　이태준은 『문장강화』에서 현대의 문장은 ‘언문일치’의 문장이라고 주장했
다. 그런데 입으로 말하는 것을 그대로 글로 적는다고 해서 그것이 다 언문
일치 문장이 될 수는 없다. 언문일치라고 했을 때의 ‘언’(言)에는 제한적이고
선택적인 사유가 작용하기 때문이다. 이것은 ‘언문일치’가 민족어의 표준화
와 함께 동시에 전개됐던 점, 그리고 그 같은 작업이 근대민족국가의 정치적
요청과 더불어 제도적으로 이루어졌다는 점과 관련이 있다.

　홉스봄은 민족적 언어의 건축 과정에 작용하는 정치 이데올로기적 요소를
지적하기도 했다. 이 건축과정은 기존에 사용되었던 문자와 문화어의 ‘교정’

28) 호적 「문학개량추의」, 이윤중 외 역 『세계의 교양대전집 9 : 호적』, 경지사 1975, 288면.
29) 이태준 「문장강화·1」, 앞의 책, 186면.
30) 호적 「문학개량추의」, 앞의 책, 288면.
31) 김상욱 「문학과 이데올로기」, 문학과문학교육연구소 엮음 『문학의 이해』, 삼지원 2002,
　　86~88면.

과 표준화부터 시작하여, 사멸하거나 거의 사라진 언어를 재생하여 사실상 새로운 언어를 발명하는 것과 다름없는 것을 포함하기도 한다고 지적한다.32) 그리고 이 과정에서 정치 이데올로기가 개입하여 민족어가 근대에 만들어진 '문화적 가공물'임을 은폐하고 이 언어가 민족을 규정하는 아프리오리한 요소라는 거짓 믿음을 만들어낸다고 홉스봄은 설명한다.33)

근대적 민족어란 표준어를 가리키는 것이며 이는 정치적, 이데올로기적 목적에 따라 만들어진 '문화적인 가공물'이라는 홉스봄의 주장은 근대 한국어의 형성에도 적용될 수 있다. 사람들이 '언문일치'를 문자 그대로 받아들여 자신이 말하는 바를 그대로 적는다 해도 글쓴이에 따라 비록 내용은 같더라도 그 쓰인 형식은 다양할 수 있다. 왜냐하면 방언의 차이가 있기 때문이다. 때문에 글쓰기에 있어서 '언문일치'의 실천은 방언과 표준어를 구분하는 것부터 시작한다. 이 점은 이태준의 『문장강화』에서도 분명하게 지적된다.

이태준은 『문장강화』의 서두에서 방언과 표준어를 구분하고, 현대의 문장은 '표준어'로 쓰인 것에 국한된다고 주장한다. 이태준이 생각하는 표준어는 '중류층이 사용하는 경성말'을 표준어로 삼은 조선어학회의 표준어 규정을 그대로 따른다.

그런데 문장에서 방언을 쓸것인가 표준어를 쓸것인가는, 길게 생각할 것 없이 첫째, 어느 도 사람에게나 쉬운 말인 표준어로 써야겠고 둘째, 같은 값이면 품있는 문장을 써야겠으니 품있는 말인, 표준어로 써야겠고 셋째, 어문의 통일이란 큰 문화적 의의에서 표준어로 써야할 의무가 문필인에게 있다고 생각한다.34)

---

32) E.J. 홉스봄 『1780년 이후의 민족과 민족주의』, 강명세 역, 창작과비평사 2001, 148면.
33) 서울말이 표준어로 선정된 이유에 대해서는 이기문 『국어의 현실과 이상』, 문학과지성사 1997, 30~31면 참조. 이기문은 표준어란 실제로 존재하는 것이라기보다는 하나의 이상이며, 전국 공통어가 아니라 그것을 더욱 세련되게 한 것이 아니면 안 된다고 본다(51면). 이러한 이기문의 관점은 표준어가 문어이며 자연스러운 것이 아니라 교육을 통해서 습득되어야 하는 것임을 시사한다.
34) 이태준 「문장강화·2」, 『문장』 제1권 제2호, 1939.3, 191면.

첫째는 서울말을 표준어로 한 이유를 밝힌 것이고, 둘째는 표준어를 써야 할 당위성을 강조한 것이다. 이 두 항목은 '표준어'에 관한 조선어학회의 주장과 일치한다. 문학인으로서 이태준의 관점은 셋째 항목에 녹아 있다. 이태준은 어문의 통일을 위해 문학인이 할 수 있는 일이란 '국어적 문학'을 창조함으로서 '문학적 국어'를 만들어 나가는 것이라고 생각했다. 이런 관점에서 이태준은 『문장강화』를 집필함으로써 '국어적 문학'을 구축하기 위해 가장 기본이 되는 문장론을 구축하고자 한 것이다.

조선어학회의 '표준어 규정'이 발표됐을 때, 그것에 대한 저항 또한 만만치 않았다.[35] 하지만 이태준은 '표준어는 서울 중류 계층이 쓰는 말'이라는 조선어학회의 규정을 그대로 수용한다. 더 나아가 조선어학회의 표준어 규정을 바탕으로 문장 작성법을 강의함으로써, '어문통일'의 목표를 달성하고 국가권력이라는 배경 없이 근대적 민족어를 만들고자 하였다. 또한 이태준은 몸소 조선어학회의 맞춤법 및 표준어 규칙을 글쓰기에 실천하였다. 그의 문장이 일제강점기에 쓰인 다른 어떤 문장보다도 정돈되고 친근하게 보이는 것은 그가 위에서 언급한 것과 같은 표준어 사정의 원칙에 충실할 뿐 아니라, 그 작업에 직접 참여한 당사자기 때문이다.

표준어=민족어는 일종의 '문화적 가공물'로서 원래부터 있어온 자연스러운 것이 아니다. 보통 민족어란 실제로 말하는 다양한 언어 가운데 표준어 하나를 고안해내려는 시도로써 먼저 표준어가 정해지면 나머지는 사투리로 격하된다.[36] 하지만 이태준은 민족어에 대한 홉스봄적 인식에 도달하지 못했다. 이 점은 이태준의 다음과 같은 글에서도 확인된다 : "언어는 개인적

---

35) 이러한 것을 기사화한 것으로 일성자(一聲子)의 「한글/정음 대립 소사」(『사해공론』 4권 7호, 1938.7)가 있다. 「한글」은 조선어학회(주시경 학파)의 기관지이고 「정음」은 정음학회(박승빈 학파)의 기관지이다. 또한 정음학회 회원으로 보이는 고재휴의 조선어학회에 관한 비판적인 글이 「조선어 연구의 금일 전망」(『비판』 10권 7호, 1939.7.29)이라는 제목으로 『비판』에 실리기도 했다.

36) 홉스봄, 앞의 책, 78면.

필요에서가 아니라 중인의 공동생활의 필요에서 발생되어 그 공동생활 속에서 육성된 것이므로 언어는 개인의 창작이나 소유가 아니요 그 중인, 그 어족 그 민족의 공동제작이며 공동소유인 것이다."[37] 예시 글에서처럼 이태준은 '언어민족주의'에 가까운 믿음을 지니고 있었다. 그에게 조선어는 조선민족의 문화적 자산이자 조상에게서 물려받은 공통 유산이었다.

홉스봄은 표준어를 '표준문어'라고 규정하고 말하기를 위해서 고안했다기보다는 오히려 글쓰기를 위해서 고안한 것이라고 설명하였다. 표준어가 인쇄를 통해 활자화될 때 실제보다 더 항구적이고, 따라서 시각적 환상에 따라더 영원한 것으로 보이게끔 하는 새로운 고착성을 가지게 되며, 인쇄된 표준어의 고착성은 바로 그 언어를 사용하는 것으로 상상한 사람들의 고착성과 결합돼 민족주의적 환상을 현실로 바꾼다.[38]

이태준은 표준어로 글을 써야 한다는 입장이었지만, 글쓰기에서 방언을 사용하는 것을 완전히 배제하지는 않았다. '묘사'의 맛을 살려야 하는 문학에서 방언의 사용을 허용해야 하며, 특히 인물 묘사에서 '방언'의 사용은 피할수 없다고 이태준은 생각했다. 이태준은 인물 묘사 중에서도 담화를 묘사하는 데 방언이 꼭 필요하다고 생각했다. 이태준은 지문은 반드시 표준어일 것이나 표현을 위해서는 어느 지방의 사투리든 상관하지 않고 인용할 수 있다고 주장한다.

작자 자신이 쓰는 말, 즉 지문은 절대로 표준어일 것이나 표현하는 방법으로 인용하는 것은 어느 지방의 사투리든 상관할 바 아니다. 물소리의 '졸졸'이니 새소리의 '뻐꾹뻐꾹'이니를 그대로 어음해 효과를 내듯, 방언 그것을 살리기 위해서가 아니요, 그 사람이 어디 사람이란 것, 그곳이 어디란 것, 또 그 사람의 리얼리티를 여러 설명없이 효과적으로 표현하기 위해 그들의 발음을

---

37) 이태준 「언어와 문학」, 『이태준문학전집』 17권, 서음출판사 1988, 74면.
38) 같은 책, 88면.

그대로 의음하는 것으로 보아 마땅할 것이다.[39)]

위에서 제시한 것처럼 담화는 인물의 사실감을 설명 없이 표현할 수 있는데, 특히 방언은 한마디 말로도 인물 묘사의 기본이 되는 지방색, 성격, 교양 정도를 생생하게 드러내 보여줄 수 있다. 이태준은 또한 담화를 어느 지방의 언어와 같은 일반적인 것이 아니라, 인물 그 자체에 속한 고유한 것으로 보았다. 이태준에게 방언은 '의음(擬音)'에 가까운 것, 즉 의성어(擬聲語)나 의태어(擬態語)와 등가의 것이었다.

이태준은 '담화'와 '문장'을 구분한다 : "말을 문자로 기록하면 문장이라고는 하지만 말이란 것이 글쓰기 좋기에 지꺼려지는 것은 아니다."[40)] 그리고 이태준은 방언을 담화의 영역에 배차한다. 이것은 방언이 비록 기록된다고 하더라도 글보다는 말에 가까운 것임을 보여준다. 방언이 문장에 그대로 나올 수 없는 것처럼, 비록 그것이 표준어로 말해졌다고 해도 담화 그대로가 문장일 수는 없다. 그것은 담화와 문장이 그 조직 면에서 전혀 다른 것이기 때문이다.

말에 가까운 담화는 제한적으로 활용될 수밖에 없다. 때문에 이태준은 글에서 담화를 인용할 필요를 구체적으로 제시한다. A. 인물의 의지, 감정, 성격의 실면모를 드러내기 위해서, B. 사건을 쉽게 발전시키기 위해서, C. 담화 그 자체에 흥미가 있기 때문이다. A은 쉽게 이해가 가지만 B나 C는 설명이 조금 필요하다. B와 관련해서 이태준은 사람의 마음(심리)=말이며 심리는 곧 인물들의 행동이 될 수 있으므로 심리를 단정하는 담화는 곧 행동까지를 단정할 수 있기에 담화 한두 마디로 사건을 발전시키거나 비약할 수 있다고 본다. 하지만 무엇보다도 이태준은 C의 이유 때문에 담화에 관심을 가지고 있다. 이것은 담화가 마치 하나의 의음(擬音)으로서 입체적인 어감을

---

39) 이태준 「문장강화·2」, 앞의 책, 191~192면.
40) 같은 글, 192면.

가지고 있기 때문이다. 이러한 이태준의 관점은 문장의 '맛'을 강조하는 그의 관점과도 연관되어 있어서, 표준어로 된 문장이 전달할 수 없는 풍부한 어감 즉 말의 '맛'을 담화를 통해서 다양하게 표현하고자 하는 그의 욕망이 표현되어 있다.

담화(입말체)는 문장(글체)과는 달리 지시적 기능보다는 표현적 기능이 더 우세하며 주로 정서적 어감을 가진 단어들이 많이 나온다.[41] 또 담화는 그것의 발화 상황과 그 말을 하는 인물의 특수성에 따라서 한 번 이상 반복될 수 없는 '일회성'을 띤다. 이러한 일회성으로 말미암아 담화는 묘사할 만한 가치를 지니는 것이 된다.[42] 이러한 차원에서 '담화'는 단지 사람들이 일상생활에서 쓰는 말을 그대로 옮긴 것이라기보다는 고도의 미학적 계산하에서 선택되는 것이다.

담화와 문장의 구분은 화법의 문제를 제기한다. 이태준은 이 점을 비록 개념적으로 다룬 것은 아니었지만 분명히 인식하고 있었다. 이것은 "담화와

---

41) 입말체(담화체)에는 명사, 형용사의 사용 빈도수가 적고 감탄사, 대명사, 동사의 빈도수가 많다. 대명사는 입말체에서 지시적 기능뿐 아니라 표현적 기능도 하기 때문에 더 많이 쓰인다. 또 명사의 대리적 기능뿐 아니라 억양을 동반한 표현성을 높이는 기능을 한다. 또 될 수록 간단하게 말하려는 주관적 욕망 때문에 대명사를 많이 쓴다. 반면에 명사는 종종 생략되며 주로 표현이나 정서적 어감을 가진 단어들이 많이 나온다. 입말체에서는 형용사가 글씨체에서보다는 적게 나오며 동사도 주로 우리말 어원의 동사들이 많다. 문장 구조는 단일문, 단순문, 비전개문이 많이 나오며 글체에서는 확대문, 복합문, 전개문이 많이 나온다. 축약어도 많이 쓰이는데 이것은 될수록 간결하게 말하려는 요구와 관련이 있다(최명식 『조선말 입말체 문장연구』, 한국문화사 1996, 5~24면). 한마디로 입말체(담화체)는 주로 지시적인 기능보다는 정서적·표현적 기능이 더 우세한데, 이것은 담화 상황이 주로 일대일의 '접촉'을 목표로 한 것이 많기 때문이다.

42) 이태준은 「문장강화·3」(『문장』 제1권 제3호, 1939.4, 189~199면)에서 '담화술'이라는 항목을 설정하고 "1. 하나밖에 없는 말을 찾을 것 — 그 인물의 그 말, 2. 어감이 있게 써야 할 것이다. 3. 성격적이게, 4. 암시와 함축성이 있게"라는 네 가지 항목을 제시하고 있다. 이 모든 항목은 모두 다 '어떻게' 표현할 것인지를 목표로 한다. 1과 3의 항목은 담화가 가진 '일회성'에 관한 인식이라면 2와 4는 담화가 가진 표현적 기능에 관한 것이다.

문장이 일여시되는 경우"라는 항목에서 잘 드러난다. 여기서 이태준은 "자기가 쓰는 문장인가? 나오는 인물이 지껄이는 담화인가"를 구분하지 않는 문장의 예로 이상(李箱)의 단편 「날개」를 들고 있다.

이튿날 내가 눈을 떴을때 안해는 내 머리맡에 앉아서 제법 근심스러운 얼굴이다. 나는 감기가 들었다. 여전히 으스스 춥고, 또 골치가 아프고 입에 군침이 도는 것이 씁씁하면서도 다리팔이 척 늘어져서 노곤하다. 안해는 내 머리를 쓱 집어보더니 약을 먹어야지 한다. 안해 손이 이마에 선뜩한 것을 보면 신열이 어지간한 모양인데 약을 먹는다면 해열제를 먹어야지 하고 속생각을 하자니까 안내는 따뜻한 물에 하얀 정제약 네개를 준다. 이것을 먹고 한잠 푹 자고나면 괜찮다는 것이다. 나는 널름 받아먹었다.[43]

여기서 이태준이 주목한 것은 "안해는 내 머리를 쓱 집어보더니 약을 먹어야지 한다"나 "이것을 먹고 한잠 푹 자고나면 괜찮다는 것이다"라는 문장일 것이다. 이 두 문장은 부가절이 생략된 것으로 대화를 가리키는 인용부호를 첨가해서 써본다면, "아내는 내 머리를 쓱 집어보더니 '약을 먹어야지'라고 말한다" 그리고 " '이것을 먹고 한잠 푹 자고나면 괜찮아요'라고 말했다"와 같은 문장이 된다. 그런데 직접 인용부호를 생략함으로써 이 문장은 서술자의 목소리와 인물(아내)의 목소리의 구분이 모호해졌다. 즉 누구의 목소리로 말해지고 있는지, 이태준 말로 하자면 누구의 담화인지가 분명하지 않다.

담화와 문장의 관계라는 점에서 더 문제인 것은 아내의 목소리보다 서술자의 목소리 그 자체. 위의 인용문은 a. 일인칭, b. 현재시제 그리고 c. 그녀는 말했다와 같은 대화를 가리키는 인용부호가 없다는 점에서 자유직접화법(내적 독백)의 한 예다. 이 화법은 비언어적 감정(지각)을 언어로 전환하는 성격이 강하다.[44] 예를 들어 "여전히 으스스 춥고, 또 골치가 아프고 입에

43) 이태준 「문장강화·2」, 앞의 책, 197면.
44) 시모어 채트먼 『영화와 소설의 서사구조 : 이야기와 담화』, 김경수 역, 민음사 1999, 221면.

군침이 도는 것이 씁쓸하면서도 다리팔이 척 늘어져 노곤하다"와 같은 문장은 지각을 언어적으로 표현한 것이다. 감정이나 감각적인 것을 중시하는 이태준의 관점에서 보았을 때는 이러한 문장이야말로 주의를 기울여야 할 것이나, 그는 이 같은 문장이 가진 감각적 성격을 포착하지 못한다.

보통 자유직접화법에서 사용하는 언어는 방언, 말투, 단어와 통사의 선택을 포함하여 서술자가 끼어들든지 그렇지 않든지 간에 인물의 그것으로 간주된다.[45] 그러나 이것은 "아! 정말 머리가 떵하고 팔다리가 쑤시네"라고 말하는 것과는 다른 차원의 것이다. 그것은 어디까지나 문장(글체)이지 담화(입말체)는 아니다. 하지만 이태준은 이 화법의 미적 효과보다는 담화냐 문장이냐라는 구분에 더 신경을 썼다. 때문에 그는 담화와 문장을 구분하는 의식이 없는 것을 이유로 "어감대로 묘사하기를 피한 것"[46]이라고 비판한다. 이처럼 이태준은 담화와 지문의 경계에 있는 문장이 있다는 점을 인식하고는 있으나 그것의 성격이나 미학적 속성을 정확하게 해명하지 못하는 아쉬움을 남겼다.

위에서 살펴본 것처럼 이태준은 인물의 목소리와 서술자의 목소리를 엄격하게 구분하고 있으며 인물의 목소리는 단지 묘사되어야 할 외적인 대상으로만 취급한다. 이러한 생각은, 방언은 인물의 담화에 사용하고 표준어는 서술자의 지문에 사용한다는 구분과도 잘 맞아떨어진다. 하지만 이 같은 구분은 인물과 서술자 사이의 거리가 가까워지는 자유화법과 같은 것을 생각하지 못한다. 이 때문에 이태준의 소설에서 인물은 언제나 묘사돼야 할 대상으로만 존재할 뿐이고 서술자와 인물 사이의 정서적 거리는 절대적인 것으로 남는 특징이 나타난다.

---

45) 같은 책, 223면.
46) 이태준 「문장강화·2」, 앞의 책, 197면.

### 3) 감각성 또는 어감의 강조

이태준은 조선어의 '감각성'을 문학어의 차원으로 끌어올린 점에서 큰 공헌을 했다. 그가 조선어의 감각성을 중시하는 것은, 문학이란 개념 즉 사상을 표현하는 것이기보다는 훨씬 더 감정 또는 감정으로 된 사고를 전달하는 것이라고 생각하기 때문이다. "문예작품에서는 사상보다 감정이다. 사상으로 명문화하기 이전의 사상, 즉 사고를 거친 감정이라야 할 것이다"[47]라는 주장은 '말 짓기란 감정을 표현하는 것'이라는 그의 사고에 바탕을 둔 것이다. 이 때문에 이태준은 묘사에 관한 주의를 기울이는 것에 더해 조선어의 감각적 특징을 강조한다.

음성상징어 연구의 표본으로 알려진 정인승(1938)은 "말에는 반드시 뜻이 있는 동시에 또한 반드시 맛이 있는 것이다. 뜻은 그 말이 사람의 생각을 표시하는 것이요, 맛은 그 말이 사람의 감정을 표시하는 것이다"[48]라고 주장하고, 감정을 표현하는 말의 맛을 '어감'이라고도 불렀다. 정인승은 '말맛=감정=어감'이라고 생각했는데 이는 이태준의 생각과도 맞아떨어진다. 이태준은 글을 쓸 때 어감을 살리면서 써야 한다고 강조했는데, 이것은 그가 '문학은 감정을 표현'해야 한다고 믿었기 때문이다. 어감, 감정, 문학 등에 대한 이태준의 주장은 당시 조선어 연구의 이론적 수준과 맞닿아 있는 것이었다. 그가 담화체에 관심을 기울이는 것도 담화체가 글체에 비해 상대적으로 어감이 풍부하게 드러나기 때문이다.

그런데 우리말에서 어감이 가장 풍부하게 드러나는 부분은 바로 음성상징어다. 우리말의 음성상징에 관한 논의는 「훈민정음」의 상징론으로 거슬러 올라가는 뿌리 깊은 것이다. 「훈민정음」은 우리말의 자음을 조음 위치에 따라 다섯으로 구분하고 그 청각적 인상으로 어금닛소리(ㄱ, ㄲ, ㅋ, ㅇ)는 '단

---

47) 이태준 『무서록』, 경성 : 박문서관 1941, 101면.
48) 박동근 「흉내말 연구의 흐름」, 김승곤 엮음 『한국어 토씨와 씨끝의 연구사』, 박이정 1996, 369면.

단하고' 혓소리(ㄴ, ㄷ, ㄸ, ㅌ)는 '구르고 날리며' 잇소리(ㅅ, ㅆ)는 '부스러지고 막히며' 입술소리(ㅁ, ㅂ, ㅍ, ㅃ)는 '합하고 넓다'고 말했다. 또 모음에서 'ㆍ'는 깊고 'ㅡ'는 깊지도 얕지도 않으며 'ㅣ'는 깊다고 했다. 이는 각 개별 음운이 지닌 음감을 당시의 철학적 배경과 결부해 논의한 '절대적 상징론'이다.[49]

이처럼 풍부한 어감을 살릴 수 있는 자음과 모음의 분화를 조선어만이 지닌 '특수한 미'(홍기문)[50]로서 주목받았다. 문장 작법에 있어서 어감을 중시했던 이태준은 "조선어는 어음의 방사선적 무한성과 어의의 적정 예리한 감각성은 문학용어로서 이상적 언어일 것이다. 이런 우수한 언어를 갖인 기쁨은 같은 조선민족 가운데서도 그것으로 예술을 만드는 우리 문학가들이 가장 클 것이다"[51]라며 조선어의 문학어로서 자질을 높이 평가한다.

이태준의 어감에 대한 강조는 이희승의 소론에 기대어 있다. 예를 들어 이태준은 「언어표현과 어감」이란 논문의 일부를 인용함으로써 자신의 주장에 관한 논증을 대신한다. 이희승은 언어에서 어감이 차지하는 의의를 강조하면서 어감이란 언어의 생활감 또는 언어의 생명력이라고 규정하고 이 어감이 없다면 말은 단지 개념적인 것에 지나지 않는다고 본다.[52] 이희승은 표현에 있어서 뜻과 어감의 조화를 강조하는데, 듣는 이에게 호감을 줄 뿐 아니라 사상을 가장 완전히 전달하기 위해서도 의미와 음향의 훌륭한 멜로디와 율동을 창조하는 것이 필요하며, 의미와 음향의 조화는 전달 효과뿐 아니라 그 자체로 훌륭한 예술이 될 수 있다고 주장한다.[53]

---

49) 같은 글, 368면.
50) 이태준 「문장강화·3」, 앞의 책, 194면. 홍기문은 조선어의 풍부한 감각성과 그 특수한 미의 보고(寶庫)로서 민중어를 제시한다. 또 그는 중류계층 이상의 언어가 한자를 많이 차용하는 데 비해 민중어는 순우리말이 풍부하기 때문에 표준어로도 적합하다고 주장했다.
51) 이태준 「언어와 문학」, 『이태준문학전집』 17권, 서음출판사 1988, 75면.
52) 이태준 「문장강화·3」, 앞의 책, 195면.
53) 같은 곳.

이 밖에도 풍부한 감각어도 문학어로서 조선어의 우수함을 증명하는 근거라고 이태준은 주장한다. 이태준은 조선어는 "시각, 청각, 미각, 촉각, 취각, 이 오감(五感)에 자극되는 현상을 형용하는 말이 실로 놀라울 만큼 풍부"[54] 하고 이러한 풍부함은 정확한 표현을 가능케 한다고 주장한다.

살랑살랑 지나가는 쪽제비의 거름과 아실랑아실랑거리는 아낙네의 거름을 살랑살랑, 아실랑아실랑으로 구별하지 못한다면 그것은 우수한 표현일 수 없다. 무슨 소리든 소리를 그대로 따라내는 어음어와 무슨 동태이든 동태 그대로를 모의하는 말이 많은 것은 언어로서 풍부는 물론, 곧 문장으로서, 표현으로서 풍부일 수 있는 것이다.[55]

이태준은 쪽제비의 걸음을 '살랑살랑'으로 그리고 아낙네의 걸음을 '아실랑아실랑'으로 구별해서 표현할 수 있는 것처럼, 조선어의 감각적 풍부함은 그가 추구하는 정확한 표현, 즉 구체적인 표현을 실천하는 데 필요한 만큼 넉넉하다고 믿었다. 조선어의 감각적 풍부함은 구체적인 묘사를 가능하게 하며, 이것은 조선어가 뜻과 음의 결합이 강하기 때문이라고 주장한다.

'푸른 하늘'이라고 하면 '푸른은 푸르다'는 뜻, '하늘은 하늘'이라는 뜻 외에 다른 뜻이 없다. 이처럼 우리말로 쓰인 문장은 읽혀지는 소리가 곧 뜻인, '성음일원적'(聲音一元的)인 문장이다. 이러한 문장은 소리가 모두 바로 의미기 때문에 특별히 그 뜻을 새겨야 할 필요가 없다. 덕분에 우리말은 읽으면서 동시에 보는 듯한 묘사 효과를 가장 효과적으로 실현할 수 있다.[56]

이와 같은 음성상징에 관한 강조는 앞서 담화에 관한 그의 강조에서도 드

---

54) 이태준 「문장강화·4」, 『문장』 제1권 제4호, 1939.5, 189면.
55) 같은 글, 190면.
56) 같은 글, 191~192면.

러나는 것처럼 인식보다는 지각적인 것에 관한 관심과 연결된다. 왜냐하면 음성상징어는 "비인식적인 접촉에 의하여 대상을 직감적으로 모방한 것"[57]이기 때문이다. 예를 들어 "물이 '쏼쏼' 흐르고 기가 '펄럭펄럭' 날고 있다고 할 때, '쏼쏼'과 '펄럭펄럭'은 음절로 나눌 수 있는 분절음이기는 하지만, 그것은 어디까지나 사람이 그 물소리나 깃발소리를 모방하여 근사한 음성으로 형용한 것일 따름이지 결코 물소리, 깃발소리 그대로가 아니다. 또 재채기 소리나 하품 소리도 결코 음절을 구성한 소리가 아니다. 따라서 그것들은 음절적이지도 유의적이지도 않은 것으로 단지 지각을 모방하여 언어로 옮겨놓은 것에 지나지 않는다."[58]

이희승은 어감이란 언어의 생명감이며 어감 없이는 모든 말이 개념적으로 취급된다고 본다. 어감이 가장 풍부한 음성상징어에서 알 수 있듯이 어감은 인지보다는 지각을 전달하는 것이다. 또 독자가 읽을 때도 그것은 느껴지는 것이지 이해되는 것은 아니다. 이처럼 지각을 강조하는 이태준의 문장의식은 '무엇'을 전달할 것인지보다는 '어떻게' 느끼게 할 것인지에 치중한다. 이 때문에 그의 문장은 결과적으로 형식적인 것에 치중하는 것으로 보인다.

그러나 음성상징어가 풍부한 것을 두고 우리말이 인식적인 것이기보다는 지각적인 면이 강하다고 판단하는 것은 적절하지 못하다. 사실 한글은 음소적 차이를 가장 섬세하게 구분해서 표현할 수 있는 세계에서 가장 과학적인 알파벳이라고 일컬어진다. 이 점과 관련해 월터 옹(Walter J. Ong)은 "음성학적으로 완전한 알파벳은 그 밖의 어떠한 쓰기체계보다도 뇌의 좌반구의 활동을 활발히 함으로써 신경생리학적 견지에서 볼 때 추상적·분석적 사고를 기른다"[59]고 주장하기도 했다.

따라서 음성상징어를 중시하는 이태준의 문장관은 조선어가 감각적이기

---

57) 박동근, 앞의 글, 369면.
58) 이희승 『국어학개설』, 민중서관 1955, 71면.
59) 월터 J. 옹, 앞의 책, 141면.

는 하지만 개념적인 면에서는 약하다거나, 개념적인 면이 약하기 때문에 다른 언어보다 열등하다는 식의 편견과는 전혀 무관하다. 이태준이 우리말의 감각성을 강조한 것은 이태준의 취향이나 문장 의식에서 영향받는 것이기도 하지만 당시 시대적 상황과도 관련이 있다. 즉 그 같은 강조는 조선어학회의 '언어＝민족'이라는 독일 낭만주의적 언어관[60]과 연결된다.

이것은 피히테의 영향을 받은 것으로, 그가 A. W. 슐레겔의 「문학과 예술에 관한 강의」에서 주장한 언어기원론에 기초하여[61] 원초적, 원시적 언어가 파생적이고 혼성된 언어보다 우월하다고 주장한 것과 관련이 있다. 피히테는 원초적 언어를 사용하는 사람들은 추상적 개념과 이것을 표현하는 용어를 생겨나게 한 감각경험 간의 연결을 그대로 유지하고 있기 때문에, 외국어보다는 순수한 독일어를 사용하는 것이 민족을 정신적, 도덕적 타락에서 보호할 수 있다고 주장한다.[62] 또 "원초적 언어를 사용하는 사람들의 경우 언어는 삶에 영향력을 행사하는 것이 아니라, 이를 통해 사고하는 사람의 삶 그 자체인 것이다. (……) 그와 같은 종류의 사고가 곧 삶이기 때문에, 이러한 언어 소유자는 활력을 주고 변형시키는 그것의 힘에서 내적 기쁨을 맛보며 느끼게 된다"[63]고 본다.

비슷하게 조선어의 특수한 어감을 살려야 한다는 이희승의 주장은 조선어의 원초성을 강조하는 태도로 보인다. 일반적으로 음성상징어는 다른 어휘와 견주어 유아어에서 자주 나타나며 또 그 기원이 다른 단어들보다 오래된 것으로 간주된다. 때문에 그러한 단어들 속에 조선어의 원초성이 담겨 있다고 생각하는 것은 충분히 근거가 있는 것이다. 따라서 다른 나라말과 구분되는 조선어의 특징이란 바로 시각, 청각, 촉각 등 감각어의 풍부함이라고 본

---

60) 이하 독일 낭만주의의 언어관에 관한 설명은 엘리 케두리의 「민족자결론의 연원과 문제점」(『민족주의란 무엇인가』, 창작과비평사 1981) 74~80면 참조.
61) 같은 책, 77면.
62) 같은 책, 78면.
63) 같은 곳.

그들의 주장에 따르면 창작에서 조선어의 원초성을 살리는 길은 이와 같은 감각어를 효과적으로 사용하는 것이 된다. 실제『문장』파의 창작은 내용보다는 조선어의 어감표현에 훨씬 더 치중하는 경향이 있는데, 이는 이태준 개인의 취향에서 나온 것이기도 하지만, 당시의 지적 분위기와도 연결돼 있던 것이다. 더구나 외국어(특히 일본어)와 사활을 건 경쟁을 해야 하는 상황은 조선어의 고유성을 더욱더 강조하는 방향으로 이태준을 몰아갔던 것으로 보인다.

### 4) 문학적 국어, 국어적 문학

이상에서 이태준의『문장강화』에 나타난 문장 의식에 대해서 검토하여 보았다.『문장강화』를 집필한 이태준의 궁극적인 목적은 '문학적 국어'를 만들기 위해 우선 '국어적 문학'을 구축하는 것이었다. 그러한 문학을 만들기 위해 그 기본이 되는 '문장'에 관한 이론을 정립하고자 했다.『문장강화』는 이미 축적된 근대 조선문학 작품들을 바탕으로 그 속에서 좋은 문장의 모범들을 추출·예시하고자 했다는 점에서 '국어적 문학'에서 '문학적 국어'로 가는 중간 도정에 위치한다.

둘째로 이태준의『문장강화』는 언문일치 문장이 가진 문제점을 잘 드러내고 있다는 점에서 의의가 있다. 언문일치 문장은 '말로 한 것을 그대로 쓰면 되는 것'이 아니다. 그것은 근대국가의 정치적 목적을 달성하기 위해 한 지역 또는 계층적(계급적) 방언을 기반으로 새롭게 만들어진 근대적 문어이다.『문장강화』에서 이 점은 '담화'(입말체)와 '문장'(글체)의 대립으로 나타난다. 이태준은 언문일치라는 '사상'(思想)이 초래한 그 같은 대립을 해결하기 위해서, 담화를 인물 또는 사건 묘사 방법의 하나로 이론화함으로써 그것을 미학적으로 해결하고자 했다.

셋째로『문장강화』는 우리말이 지닌 감각적 특성을 살려 그것을 문학어로 만드는 구체적인 방법론을 제시했다는 점에서 의의가 크다. 이태준은 문학의 핵심은 사람의 감정을 표현하는 것이라고 생각했는데, 그는 '말맛=감정=어감'이라는 전제하에 어감을 살리는 것을 문장의 핵심으로 생각했다. 더구나 이러한 그의 작업이 순전히 개인적인 작업에 그치는 것이 아니라 '조선어학회'라는 우리말 연구단체와 교감하면서 이뤄졌다는 점은 학제 간 연구 가능성을 열어놓는 부분이기도 하다.

'문학'을 소극적이긴 하나 가장 조선적인 성격을 유지하는 문화활동으로 바라보았던 이태준은 "조선문학이 없는 조선말은 있을 수 있지만, 조선말 없는 조선문학은 없다"고 하여 조선어의 문화적 중요성을 강조했다. 이것은 우리 한국현대문학의 전사인 '조선근대문학'이 존립할 수 있는 최소한의 근거에 대해 지적한 것이다. 이러한 인식은 당시의 다른 작가들에게서도 발견되는데 이러한 인식의 분화현상을 좀더 자세히 연구한다면 현대문학의 전사로서 근대문학에 관한 의미 있는 연구가 될 것이다.


## 2. 조선어의 심미적 가치의 규범화

### 1) 문장미의 추구

이태준은 근대 문장의 출발은 언문일치지만 예술가인 문학자는 그 문장 이상의 것을 써야 한다고 생각했다. 언문일치의 문장은 모든 문장의 모체 문장이자 기본 문장이며 민중의 문장으로 새로운 문체는 모두 언문일치 문장을 토대로 하지만 그것 자체가 예술적 문장이 될 수는 없다는 것이다.[64] "말을 그대로 문자로 기록한 것이 문장일 수는 없다. 말을 그대로 적은 것 또는 말한 듯 쓴 것은 그냥 언어의 녹음일 뿐이다. 문장은 말(의미)을 뽑아내어도 문장이기 때문에 맛있는, 아름다운, 그리고 매력 있는 무슨 요소가 있어야

---

64) 이태준 『문장강화』, 문장사 1940, 326면.

한다.”65) 의미와 상관없이 문장 자체가 갖는 맛있는, 아름다운 요소를 한마디로 말하면 문장미(文章美)가 된다.66) 이태준은 문장미를 기록이라는 실용에 충실한 언문일치 문장으로는 도저히 도달할 수 없는 문예 문장의 이상으로 제시한다.

> 언어는 일상생활이다. 연기는 아니다. 그러므로 평범한 것이요, 피상적인 것이요, 관념적인 것을 면치 못한다. 일일이 銳利하려, 심각하려, 고도의 효과로 비약하려 하지 못한다.
> 예술가의 문장은 생활하는 도구는 아니다. 창조하는 도구이다. 언어가 미치지 못하는, 대상의 핵심을 찝어내고야 말려는 항시 矯矯不群(바로 잡으려고 애쓰는— 인용자)하는 야심자다. 어찌 언어의 부속물로, 생활의 도구만으로 自安할 것인가!67)

이태준은 문장미를 갖춘 문장만이 개인 또는 개성의 문장이며 현대의 문장이라고 믿었다. 예술가의 문장이 만들어내는 문체(style)는 언문일치의 지배를 받는 실용적인 문장과는 구별되는 것이다. 이태준은 예술의 언어는 개성을 드러내야 하며, 다른 사람의 문장과는 구별되는 그 작가만의 유일무이한 것이어야 함을 강조한다. 또 그는 예술가의 문장은 언어를 매개로 대상의 본질을 드러낼 수 있어야 함을 강조한다. 예술가는 대상의 감각적 정보를 가장 잘 전달할 수 있는 언어를 찾아야 한다. 이런 목적을 달성하기에는 관습적인 의미들의 두꺼운 껍질로 감싸여 있는 '일상생활의 언어', '언문일치의 언어'는 언어의 불투명성을 드러낼 뿐 충분치 못하다.

이태준은 '구인회'가 구인회로 모였던 까닭도 개성있는 문장을 추구하는

---

65) 같은 책, 327면.
66) 박진숙은 이러한 문장미의 강조를 개성을 강조하는 근대적 글쓰기라는 관점에서 해석하고 있다 ; 박진숙, 『이태준 문학 연구』, 서울대학교 박사, 2003 146~147면.
67) 이태준, 앞의 책, 337면.

언어의식이 같았기 때문이라고 설명한다. 예를 들어 언문일치 문장에 관한 권태와 이 권태로운 문장을 해결하려는 노력에서, "이상같은 이는 감각 편으로, 정지용 같은 이는 내간체에의 향수를 못 이기여 신고전적으로, 박태원 같은 이는 어투를 달리해, 이효석, 김기림 같은 이는 모던이슴편으로 가장 뚜렷들하게 자기 문장들을 개척하며 있는 것이다"라고 말한다.[68] 이태준이나 구인회는 언어에 대한 지향성이 세계관과 어떻게 연결될 수 있는지를 잘 보여주는 예다.[69]

'구인회' 작가로서 이태준이나 『문장』지의 작가로서 이태준을 연결하는 공통항은 예민한 언어 감각과 예술가의 문장에 대한 추구였다. 그 핵심은 "실용적이고 대중적인 언문일치의 문장을 넘어선 개인의 문장"을 추구하는 것이다. 그는 "작품뿐만 아니라 필자의 면모부터 가장 빠르게 드러내는 것은 내용보다는 문체"[70]라고 진술할 정도로 문장과 문체를 강조했다. 그가 '스타일리스트' 또는 '순문학의 기수'로 당대에 평가됐던 이유도 내용보다는 문장미(文章美)를 추구했기 때문이다. "날카로운 감각으로 대상에서 무엇이고 신감각, 신적발을 해내야 한다"[71]라는 주장에서 알 수 있듯이, 문장미란 말 자체의 교묘한 꾸밈이 아니라 눈이 희다거나 불이 뜨겁다는 식의 상식을 벗어나서 그 상식이 억압하는 사물의 원래 인상을 표현할 때 실현된다.

---

68) 같은 책, 335면.
69) 임화 「언어의 마술성」, 『비판』 32·33 합호, 1936.3, 73면 ; 임화는 구인회를 비판하면서 민중어를 외면하고 귀족 언어를 추구하는 '언어상의 민족주의자'라고 했다. 그런데 『비판』에 실렸을 때는 '민족주의'로 되어 있던 부분이 학예사에서 출간한 「언어의 마술성」에서는 '전통주의'로 바뀌어 있다. 중일전쟁(1938) 이후로는 기존의 민족주의 대 계급주의라는 이념적 대립항 설정이 나타나지 않는데 이는 변화된 정치적 상황을 반영하는 것으로 보인다. 민족 또는 민족어의 소멸이라는 급박한 상황에서 임화는 계급 대신 '민족'이라는 개념을 전술적인 도구로 선택했다. 이것이 민족주의로 선회를 의미하지는 않는다. 『문학의 논리』에서 쓰인 '전통주의'라는 단어는 과거 지향이라는 의미를 가질 뿐, 기존의 이념적 대립을 암시하지는 않는다.
70) 이태준 「문체에 대하여」, 『문장강화』, 문장사 1940, 284면.
71) 같은 책, 245면.

개념이나 지식으로만 글을 써서는 안 된다. 눈이 히다거나 불이 뜨겁다는 개념, 지식은 다 내어버려도 좋다. 눈이 한벌판 가득히 덮였으니 보기에 어떠한가, 할 것은 물론이다. 눈이 히다 검다가 문제가 아니다. 힌 눈이 그렇게 온 벌판을 덮어 놓았으니 보기에 어떠하냐. 어떠한 정서가 일어나느냐 즉 눈 덮은 벌판에 관한 감각이 어떠하냐. 그 감각되는 바를 적을 것이다.[72]

이태준은 의성어나 의태어 또는 감각어에 관심을 기울이는데, 그것은 의태어와 의성어가 언어와 지시대상 사이의 일대일 관계에 있는 단어, 즉 사물이 환기하는 최초의 이미지를 소리나 형태의 묘사 속에 그대로 담고 있는 '단어'들이기 때문이다.

또 "명사든 동사든 형용사든, 오직 한 가지 말, 유일한 말, 다시없는 말, 그 말은 그 뜻에 가장 맞는 말"을 써야 한다는 이태준의 '유일어'[73]에 관한 강조는 모두 사물이 지닌 감각적 본성과 가장 유비적인 관계에 있는 단어들을 선택하려는 작가의 고민과 연결된 것이다. 유일어를 찾지 않고 아무 말이나 비슷하게 꾸미는 것은 자기가 정말 쓰려는 문장이 아니요 그에 비슷한 문장에 만족하는 것이다. 작가는 자기가 표현하고자 하는 것과 관련한 많은 유사 단어를 모으고 그중 가장 어울리는 단어를 골라 문장을 만들어야 한다. 이를 위해서 작가는 일상생활에서 쓰는 속어를 많이 알아야 할 뿐 아니라 때로는 새로운 단어를 스스로 만들기도 해야 한다.

또 이태준은 문장미의 추구와 함께 '묘사'를 매우 중시하였다 : "爛調套語가 소용없다. 高談峻論이 필요치 않다. 철두철미 묘사라야 한다."[74] 그는 역사나 학술처럼 논리를 이끌어 나가는 것과 달리 문학은 묘사여야 한다고 주장한다. 이때 묘사란 실경(實景) 또는 실황(實況)을 보여 독자가 그 경지에

---

72) 같은 책, 251~252면.
73) 김영실 역시 유일어가 단어와 사물 사이의 유추관계에 기반한다고 주장한다 ; 김영실 『'문장파' 문학의 고전수용양상 연구』, 서울대학교 석사 1998, 21~22면.
74) 이태준, 앞의 책, 118면.

스스로 듣고 그 분위기까지 스스로 맛볼 수 있게 한다.

책이라고는 책보다 冊자가 더 冊같다. 冊자는 시각적으로 형상이 조화시켜 주는 때문이다. 또 시각뿐이 아니다. 정지용씨의 「비」의 '벌서 유리창에는 날 벌레떼처럼 매달리고 미끄러지고 엉키고 또그르 궁글고 홈이 지고한다.' 한 일절을 보라. 그 미끄러운 유리 우에 둥그런 빗방울의 서물거리는 형용으로 묘사로 연달아 나오는 물소리 같은 ㄹ음들의 성향 조화는 얼마나 효과적인 표현인가. 뜻은 번역할 수 있되, 聲響美 聲響的인 표현 효과는 세계 어느 말을 가져 와도 도저히 번역해 놓지 못할 것이다.[75]

"책보다 冊자가 더 冊 같다"는 이태준의 유명한 말은 사물로서의 책과 그 것을 지시하는 문자로서의 책(冊) 사이의 시각적 유사성을 강조한다.[76] 즉 冊이라는 글자는 그 자체로 책이라는 사물을 묘사하는 것으로 부가적인 사고 작용이 필요 없다. 冊은 책의 모양을 따서 만든 상형문자기 때문에 기호와 사물 사이의 거리가 매우 가깝다. 이처럼 이태준은 언어나 문자가 지닌 감각적인 면을 살리거나 그 언어 문자가 발산하는 체취, 분위기와 같은 것을 잘 이용해서 그가 생각하는 묘사의 이상—묘사된 사물을 독자가 체험하게 하는 것—이 달성된다고 믿었다.

이태준은 문자 위에 두껍게 놓여 있는 관습적인 의미의 층들을 뚫고 그 아래에 놓여 있는 사물의 흔적을 간직하고 있는 체취나 분위기를 발견하고자 한다. 이러한 분위기나 체취는 이제는 지워진, 사물과 단어 사이의 유사함을 간직하고 있는 흔적들이다. 이것들은 "감각적 성질 혹은 인상은 특별한 기쁨을 직접적으로 전달해 주는 정직한 기호, 충만하고 긍정적이며 즐거운 기호이다."[77]

---

75) 같은 책, 225~226면.
76) 이에 관한 인식은 김영실의 석사논문에 빗지고 있다.
77) 질 들뢰즈 『프루스트와 기호들』 서동욱·이충민 역, 민음사 1997, 36면.

그러나 이러한 기호들이 '물질적 대상'들 자체는 아니다.[78] 예술 세계에서의 기호들은 '물질성을 벗은' 기호들, 즉 언어들로 되어 있기 때문이다. 언어적 기호들과 감각적 기호들 사이에는 시간성이 개입하고 있다. 감각적인 기호들은 그것이 발산되는 순간 즉각적으로 말해지지 않는다면 실현될 수 없는 잠정적인 기호들이다. 이 감각의 기호가 하나의 현실성을 획득하려면, 예술 언어로 표현되지 않으면 안 된다. 앞에서 인용된 정지용의 시 「비」에서 물방울들이 환기하는 이미지들은 그것이 예술적 기호로 변해서 구체적인 육체를 가지기 전까지는 아직은 잠정적인 것에 지나지 않는다.

사물들이 기호를 발산할 때 그 옆에 누군가가 지켜보고 서 있다가 즉각적으로 그것에 대해서 말하지 않는다면, 그것은 하나의 가능성으로만 존재하는 것이다. 그러한 기호에 육체를 부여하고 현실적인 것으로 만드는 것은 예술이다 : "예술의 세계를 통해서 그 의미가 파악된 기호들은 그것들이 앞서 거쳐 온 다른 모든 세계들에 거꾸로 영향을 미친다. 특히 감각적 기호들에 대해서 그렇다. 예술을 통해 드러난 세계는 감각적 기호들을 자기의 일부로 편입한다."[79]

관습적인 의미들의 두꺼운 껍질로 감싸여 있는 '일상생활의 언어', 즉 '언문일치의 언어'는 감각적 기호들을 투명하게 전달하지 못한다. 이태준이 일상 언어와는 다른 예술적인 언어를 강조하는 까닭은 잠재적으로 존재하던 감각적 기호를 현실로 끌어오기 위해서다. 이를 위해 예술가는 사물이 발산하는 기호들을 해독하고 그것을 형상화하는 능력을 가지고 있지 않으면 안 된다. 이태준에게 예술가는 기호 해독자인 동시에 표현자인데 이 둘 모두를 성공적으로 해내려면 예술가는 고도의 '감식안'을 지닌 존재이지 않으면 안 된다.

---

78) 같은 책, 37면.
79) 같은 곳.

## 2) 감식안과 유일어의 발견

유일어의 발견은 무엇보다도 사물의 본성을 파악하는 예술가의 감식안과 연결되어 있다. 이태준은 작가에게 필요한 미덕으로 '눈치'[80]를 들고 있는데 이것은 사물들이 발산하는 감각적 기호들을 해독할 수 있는 작가의 능력을 강조한 것이다.[81] 그리고 '개성'에 관한 그의 강조도 언어 속에 녹아 있는 사물들의 체취와 이미지를 예민한 촉수로 파악해내는 작가의 능력과 연관된다. 이러한 '감식안'은 누구나 다 갖추고 있는 것이 아니다. 이태준에게 감식안은 무엇을 보느냐가 아니라 어떻게 또는 누가 보느냐의 문제다. 그것은 전적으로 작가 자신의 재능과 관련이 있다. 즉 백 미터, 천 미터, 마라톤 선수가 있듯이 작가들은 자기 나름의 기질과 재능이 있으며 그러한 한계 내에서 글을 쓸 수밖에 없다.

이태준의 고층적 세계관 또는 상고 취미의 한 끝은 '감식안'과 연결된다. 고전 또는 골동품이 뿜어내는 감각적 기호를 읽어내는 것은 사물 그 자체에서 기원하는 것이기도 하지만 그것을 바라보는 사람의 감식안에 달려 있는 것이기도 하다.

어떤 사람의 눈에는 고총 속에 묻힌 파기 편명으로 밖에 보이지 않는 것이 다른 사람의 눈에는 하나의 천지요 우주로 보인다. 비인 접시오, 비인 병이다. 담긴 것은 떡이나 물이 아니라 정적과 허무다. 그것은 이미 그릇이라기보다 한

---

80) "나는 '눈치'가 소설가의 소질이라고 본다. 눈치가 어두워선 뉴스 재료처럼 표면화되지 않은 인생 사실을 취사해 나갈 수도 없고 복잡하게 꾸며낸 이야기를 해준 데서도 거짓이 드러나지 않게 휘갑해 나가지도 못할 것이다"(이태준『무서록』, 경성 : 박문서관 1941, 117면).

81) 김영실은 이러한 기호 해독자로서 작가의 면모를 들뢰즈의 개념에 근거해서 '탈근대적'인 것으로 해석한다(김영실, 앞의 글, 4~8면 참조). 그러나 이태준의 문학관을 탈근대적으로 생각하는 것은 무리가 있다. 이태준이 작가의 감식안을 강조한 것은 체험 자체를 아름다운 것으로 생각하는 심미주의적 태도 때문이다. 또 사물에서 받은 자신의 인상을 그대로 묘사할 적절한 언어를 찾기 위해서 유일어를 강조한 것이다.

천지요 우주다. 남 보기에는 한낱 破器片皿에 불과하나 그 주인에게 있어서는 무궁한 산하요 장엄한 伽藍일 수 있다. 古翫의 구극 경지도 여기겠지만, 주인 그 자신을 비실용적 인간으로 토로하는 것도 이 경지인줄 알겠다.[82]

골동품의 미는 사물 속에 있는 것이 아니라 골동품을 보는 감식자의 눈, 감식안에 있는 것이다. 오래된 것, 소멸하는 것 속에 놓여 있는 미를 찾아내는 '감식안'은 현대에 와서 가치 있는 것이 되었으며 참다운 예술가만이 그러한 감식안을 가지고 있다. 이러한 예술가를 이태준은 '비실용적인 인간'이라고 불렀다. 이와 같이 비실용적인 경제 논리를 따라 움직이는 인간의 모습은 현대 '예술가'의 특권적인 면모이다.[83]

이태준의 후기 문학 세계의 미적인 특징으로 이야기되는 '상고 취미'는 그의 후기적 특징이라고만은 볼 수 없다. 왜냐하면 이태준은 이미 초기부터 '감식가'로서의 예술가를 의식하고 있었고 그것을 강조해왔기 때문이다. 이태준이 '고완품'(古翫品)[84]을 사랑하는 것은 그것의 희귀성 또는 원본성이 지닌 교환가치의 측면 때문이 아니다. 그렇기 때문에 그는 '骨董 — 깊숙히 감추어진 오래된 것'이라는 단어를 버리고 '古翫 — 오래된 것을 보고 즐기기'라는 단어를 택하는 것이다. 그런데 이태준에게 오래된 것의 감상은 이것을 감싸고 있는 문화적 컨텍스트들, 즉 문헌들을 이해하고 즐긴다는 의미가 아니라 오히려 '과거의 것을 직접 체험하는 것'이다.

완당이 자유분방하게 휘둘러 놓은 획 속에 나는 이틀 저녁을 갇혀 있었다. 완당의 필력, 필의, 필후를 이틀 저녁을 체험한 셈이다. 千자획은 어떻게 古자획은 어떻게 달아난 것을 횅하니 외울 수가 있다. 완당의 획은 어떤 성질의 동

---

82) 이태준 「문장의 현대」, 『문장강화』, 325~326면.
83) 부르디외는 『예술의 규칙』(동문선 1999)에서 '예술을 위한 예술'이 부르주아적 경제 논리와는 반대의 논리에서 움직이고 있음을 즉 전도된 경제에 놓여 있음을 논한다.
84) 이태준 「고완품과 생활」, 『무서록』, 박문서관 1941, 243면.

물이란 것이 만져지는 듯하다. 화풍이나 서체를 감식하려면 원작자의 화풍, 서체를 이해해야 하고 이해하지면 보기만 하는 것보다 모사하는 것이 훨씬 첩경일 것을 느꼈다. 완당서를 아직껏 천 자를 보아온 것보다 이 이틀 저녁 24자를 모사해본 데서 나로서의 완당서안은 갑절는 셈이라고 하겠다.[85]

이태준에게 완당 김정희의 서체를 '감상'하는 것은 그의 글을 천 번이나 보는 것보다도 그것을 직접 모사하고 체험하는 것이다. "완당의 획은 어떤 성질의 동물이란 것이 만져지는 듯하다"는 이태준의 언급은 현재적 체험을 통한 대상과 주체 사이의 교감을 표현한다.[86] 여기서 '체험으로서의 미'라는 심미주의적 태도가 엿보인다. 이 점은 뒤에서 좀더 자세히 논하겠다.

이태준이 고완품을 감상하는 목적은 오래된 자기나 그릇들, 서체 등을 통해서 감상자와 사물 사이에 놓여 있는 시간적 간극을 경험하는 것도, 그것을 만든 장인들의 혼을 추체험하는 것도 아니다. 오히려 그는 이것들이 놓여 있는 '현재'의 시간과 공간을 강조한다. 이태준이 감상에서 중시한 점은 사물과 감상자 사이에 놓여 있는 시간적 간극의 아득함이 아니라 사물을 현재적인 것으로 만드는, 감상자와 사물 사이의 '교감'(correspondence)[87]이다.

벤야민(Walter Benjamin)은 '분위기'(aura)를 "아무리 가까이 있더라도 어떤 먼 것의 일회적 나타남"[88]이라고 정의 내리고 있다. 이 '아우라'의 체험은 항상 '현재적 체험'이라고 할 수 있다. 이 체험은 주체와 대상 사이의 교감 형태로 나타난다. 벤야민은 이러한 아우라 문제를 전통과 연관하여 논하는데, 그가 볼 때 "과거를 체험하는 것은 역사적으로 객관적인 세계를 이해하

---

85) 이태준 「모방」, 같은 책, 158면.
86) 여기에 담긴 미의식을 '미적 체험론'이라고 부를 수 있을 것이다.
87) 이태준에서 나오는 상고취미를 아우라의 체험과 연결하여 설명한 것으로는 김민정(「이태준론」, 한국학보 1998, 259면), 김영실(앞의 글, 18면), 그리고 차승기의 박사논문(2003)이 있다.
88) 발터 벤야민 『발터 벤야민의 문예이론』, 반성완 역, 문학과지성사 1992, 204면.

는 것뿐 아니라, 자기를 이해하려는 현 주체의 욕망에 따라 생겨나는 것이다. 따라서 과거를 체험하고 이해하려는 자는 저 세계(that world)와 변증법적 관계를 맺게 되는데, 그 세계는 모든 것을 포괄하는 총체성으로서가 아니라 특정한 물질적, 경험적 구조로서 표상된다.”[89] 따라서 역사성은 사고의 역사성이 아니라 경험의 역사성(물질적 전체)을 의미하며, 현재의 경험은 직접적으로 과거 경험의 재구조화 속에 포함된다. 이것은 과거 자체(the past)의 경험이 아닌데 과거란 현재에 결코 있을 수 없는 것이기 때문이다.

마찬가지로 인물들도 이태준의 감식안을 자극하는 존재들이다. ‘인물’은 서체나 괴석, 고완품, 또는 화초처럼 자기 나름의 체취와 이미지를 지닌 존재다. 서사를 이끌어가는 갈등과 사건의 창조는 경험과 지식의 영역이지만, 인물의 분위기, 성격, 체취를 잡아내는 것은 작가의 ‘감식안’이다. 한마디로 말해 ‘고완＝인물’의 등가 의식이 이태준의 단편을 지배하는 중심 생각이다. 특히 그는 ‘이미 운명이 결정된 인물’들을 선택한다.


그는 아무것도 아닌 것을 가지고 열심스럽게 이야기하는 것이 좋았고, 그와는 아무리 오래 지껄이어도 힘이 들지 않고, 또 아무리 오래 지껄이고 나도 웃음밖에 남는 것이 없어 기분이 거뜬해지는 것도 좋았다. 그래서 나는 무슨 일을 하는 중만 아니면 한참씩 그의 말을 받아 주었다.

어떤 날은 서로 말이 막히기도 했다. 대답이 막히는 것이 아니라 무슨 말을 해야 할까 막히었다. 그러나 그는 늘 나보다 빠르게 이야깃거리를 잘 찾아냈다. 오뉴월인데도 “꿩고기를 잘 먹느냐?”라고도 묻고, “양복은 저고리를 먼저 입느냐, 바지를 먼저 입느냐?”라고도 묻고 “소와 말과 싸움을 붙이면 어느 것이 이기겠느냐?”는 등, 아무튼 그가 애깃거리를 취재하는 방면은 기상천외로 여간 범위가 넓지 않은 데는 도저히 당할 수가 없었다. 하루는 나는 “평생 소원이 무엇이냐?”라고 그에게 물어보았다. 그는 “그까짓 것쯤 얼른 대답하기는

89) Michael P. Steinberg, “The collector as Allegorist — Goods, Gods, and the Object of History,” *Walter Benjamin and the Demands of History*, Ithaca : Cornell Univ. Press 1996, 92면.

누워서 떡먹기"라고 하면서 평생 소원은 자기도 원배달원이 한 번 됐으면 좋 겠다는 것이다.[90)]

「달밤」의 황수건은 '태고 때 사람처럼 그 우둔하면서도 천진스런 눈을 가 지고, 자기 동리에 처음 들어서는 손님에게 가장 순박한 시골의 정취를 돋워 주는 사람'이다. 이러한 인물은 도회의 삶 속에는 존재하지 않는 것처럼 보 이는 인물로, 그 자신의 내부에 오래된 시간의 흔적을 각인하고 있으며 시골 을 구성하는 사물들처럼 그 풍경의 일부가 된 사람이다. '원배달원'이 되는 것이 소원인 그는 결코 원배달원이 되지 못한다. 신문배달원이라는 가장 단 순한 일에서조차도 자격미달인 황수건은 시골을 구성하는 오래된 조선의 사 물들처럼 이제는 더 이상 현실에 속하지 않는 존재다.

이런 황수건에게서 작중화자는 '아무리 오래 지껄이고 나도 웃음밖에 남 는 것이 없어 기분이 거뜬해지는 것도 좋았다'라고 느낀다. 이러한 느낌은 황수건이라는 인물이 발산하는 '순수함' 때문으로, 작가를 글쓰기로 이끄는 것도 이러한 순수함 때문이다. 작가는 황수건의 순수함에 언어적 육체를 부 여함으로써 그것을 현실로 만든다. '현실에 더 이상 존재하지 않을 것 같은' 태곳적 순수함을 간직한 인물인 황수건은 그 자체로 묘사할 가치를 지닌다. 작가-예술가가 고완품이나 화초들, 서체들이 뿜어내는 기호들을 포착하여 그것을 언어로 고정시키듯이 이태준은 인물들이 발산하는 특징적 기호들을 포착해 그것에 형상을 부여한다. 이때 인물 묘사는 '핍진성'(verisimilitude)의 영역에 속한다기보다는 그 인물의 본질을 형상화하는 차원에 속한다. 인물 의 본질이란 황수건의 예처럼 깊이 숨어 있는 것이 아니다. 그것은 그가 발 산하는 감각적 기호들, 즉 어투/표정/행동 등을 통해서 드러나는 '표면적인 것'이다.

「불우선생」도 마찬가지다. 「불우선생」의 묘사 대상인 송선생은 예전에는

---

90) 이태준 『이태준문학전집』 1, 깊은샘 1994, 258면.

천 여석 추수를 하던 부농이었고 한동안 신문사 간부로 활동한 적이 있다고 하며 생계가 어려운 형편임에도 타락해버린 신문사 친구에게 의지하지 않고 살아간다는 인물이다. 이러한 송선생은 불우하기는 하지만 시세(時勢)와 타협하지 않는 지사형 인물로 보인다. 그러나 작가가 포착하는 것은 그의 '인물'이지 그와 세상과의 관계가 아니다. 즉 작가는 지사형 인물을 등장시키기는 하지만 그러한 인물을 매개로 현실을 비판하려고 하지 않는다. 불우선생은 황수건과 마찬가지로 소멸된 과거에 속하는 인물이기 때문이다.

> 그 칼은 이상한 칼이었다. 철물전에 가면 혹 그 비슷한 것은 있어도 그와 똑같은 것은 아직 보지 못했다. 어찌 생긴 칼인고 하니 칼은 칼모양으로 되었는데 칼만 달린 것이 아니라 병마개 뽑는 것, 국물 떠먹기 좋은 움푹한 숟가락, 서양 사람들이 젓가락 대신으로 쓰는 사시창까지 달린 칼이다.
> 그는 숟가락을 잡아 뽑고 사시창을 잡아 뽑고 하더니 한 끝으론 밥과 국을 떠먹고 한 끝으론 김치쪽을 찔러 먹는데, 젓가락을 들었다 놓았다 하는 우리보다 더 빨리 떠 편리하게 먹었다. 그리고 오이지가 긴 것이 있으니까 칼날까지 열어제끼더니 숭덩숭덩 썰어가면서 먹었다. 그 칼은 그에게 없지 못할 무기 같았다.[91]

작가의 시선을 사로잡는 것은 「불우선생」의 맥가이버칼[92] 자체이거나 맥가이버칼을 사용할 줄 아는 불우선생의 능력이다. 이것은 일종의 신기함 또는 위력으로 다가온다. 이미 시대의 흐름에서 도퇴된 사람이면서 낯선 서양의 물건을 사용할 줄 아는 사람이기도 하다는 것. 이 '낡음/새로움'의 공존 상태가 '불우선생'을 묘사 가능한 대상으로 바꾸어놓는다. 그것은 다른 누구도 아닌 오직 불우선생만이 발산하는 기호이기 때문이다.

---

91) 같은 책, 166면.
92) 접었다 폈다 할 수 있는 칼의 하나로, 칼뿐만 아니라 병따개, 통조림 따개 등의 다양한 생활 공구들이 포함되어 있다.

「불우선생」의 불우선생이나 「달밤」의 황수건, 「아담의 후예」의 안영감, 「색시」의 색시, 「손거부」의 손거부 그리고 「복덕방」의 영감들은 모두 근대화 되어가는 세상의 흐름을 따라잡지 못하고 소외된 인물들이다. 이들은 공간적으로는 현대에 속하지만 시간적으로는 소멸돼가는 세계에 속하는 인물들이다. 그렇기 때문에 이들은 "사상적 사고라거나 현실 기구와 관련된 구성이라거나 하는 것을 피할 수 있는 인물"93)들이다. '실제로 있을 것 같지 않은'(invraisemblable) 인물들인 것이다. 이와 같은 인물들은 사물들의 기호와 마찬가지로 작가-예술가가 언어를 부여하지 않는다면 가능성의 세계에 남을 인물들이다. 이들을 현재의 시간 속에 부활시키는 것은 작가-예술가의 글쓰기를 통해서다.

### 3) 미적 체험론의 의미

많은 이태준 연구자들이 그를 '예술을 위한 예술'을 지향하는 심미주의자로 규정하곤 한다. 여기서는 이태준이 지닌 심미주의적 태도를 '맛'이라는 용어를 통해서 살펴보고자 한다.94) 이태준의 글을 읽다가 보면 '맛'이라는 단어를 종종 만나게 된다. 예를 들어서 다음과 같은 것을 들 수 있다.

(ㄱ) 오늘 아침부터 식기가 砂器로 바꼬여 나왔다. 차끈한 琺瑯質의 감촉은 찬물에 씻은 손이 더 한번 보송해진다. 생각하면 단오절이 내일 모레라 여태껏 鍮器를 받어 먹었다는 것은 차라리 안해의 게으름이려니와 사기 보시기를 달강거리며 풋내 풍기는 오이 김치를 집어오는 맛은 입에 넣기 전에 싱그럽다. 다못 한되는 것은 이조 청백자 飯床器에 여름 조반을 한 번 못 받아보는 것이다. 훗훗한 唐木 것에서 北布나 한산모시로 고이적삼을 갈어입는 맛, 샘에 채

---

93) 이태준 「참다운 예술가 노릇 — 이제부터 할 결심이다」, 『전집』 17, 서음출판사 1988, 258면.
94) '맛'을 문학작품과 연관시킨 기존 연구로는 신범순의 「원초적 시장과 레스토랑의 시학」(『현대문학연구』 12호, 2002)이 있다.

웠던 보리 숭융을 分院白磁에 마시는 맛, 그런 여름은 얼마나 淸新했을 것인가!95)

(ㄴ) 한번 어느 자리에서 시인 지용은 말하기를 바다도 조선말 '바다'가 제일이라 했다. '우미(うみ)'니 '씨-(sea)'니 보다는 '바다'가 훨씬 큰 것, 넓은 것을 가리키는 맛이 나는데, 그 까닭은 '바'나 '다'가 모두 경탄음인 '아'이기 때문, 즉 '아아'이기 때문이라 하였다. 동감이다. '우미'라거나 '씨-'라면 바다 전체보다 바다에 뜬 섬 하나나 배 하나를 가리키는 말쯤밖에 안 들리나 '바다'라면 바다 전체뿐 아니라 바다를 덮은 하늘까지라도 총칭하는 말같이 둥글고 넓게 울리는 소리다.96)

(ㄱ)은 여름에 이조 백자 식기로 밥을 받아먹을 때의 기분을 '맛'이라는 단어로 표현하고 있고, (ㄴ)에서는 '바다'라는 단어가 주는 느낌을 '맛'이라는 것으로 표현하고 있다.

'맛'의 의미를 사전에서 찾아보면 ① 음식 따위를 혀에 댈 때에 느끼는 감각, ② 어떤 사물이나 현상에 대하여 느끼는 기분, ③ 제격으로 느껴지는 만족스러운 기분, ④ '음식'의 옛말이라는 네 가지가 나온다. 이중 가장 일반적으로 쓰이는 '맛'의 의미는 첫번째로서 여기서 '맛'은 감각과 연결되어 있다. 인용문에서 쓰인 '맛'과 가장 유사한 의미는 두번째다. 하지만 이 두번째 의미 역시, 미각과 같은 제한된 의미는 아니지만, 감각과 관련된 것임에는 틀림없다.

이태준이 사용하는 '맛'은 주체가 사물에 대해서 느끼는 감각 또는 인상을 의미하는 것으로 해석하면 적절하다. 그런데 위의 예문에서 보듯이 '맛'은 백자기로 밥을 받아먹는 것처럼 사물에서 받은 느낌을 표현하는 것에 쓰일 뿐 아니라, 바다의 경우처럼 말이 주는 느낌을 표현할 때에도 쓰인다. 이중 '말

---

95) 이태준 「陶邊夜話」, 『전집』 17, 서음출판사 1988, 57면.
96) 이태준 「바다」, 『무서록』, 박문서관 1941, 46면.

맛에 대한 이태준의 관심은 앞의 어감 강조 부분에서 설명한 적이 있다. 말이든 사물이든 이것을 판단하는 기준은 모두 '감각'과 연관되어 있다.

'맛'에 관한 이태준의 집착은 그의 문장론의 핵심을 가장 잘 드러내며, 그것은 '미적 체험론'으로 요약할 수 있다. '미적 체험론'이란 아름다움은 표현되는 것이 아니라 체험되는 것이라고 보는 관점이다. 이 점은 그가 훌륭한 표현을 위해서는 '무엇을 보느냐가 아니라 어떻게 또는 누가 보느냐가 중요하다고 진술한 데서도 엿보인다. 예술은 대상 속에 있는 아름다움을 재현해내는 것이 아니라, 아름다움을 '경험한 것'을 표현하는 것이다. 이러한 이태준의 관점은 대표적인 심미주의자의 하나인 월터 페이터(Walter Pater)가 예술은 "경험의 열매가 아니라 경험 그 자체가 목표이다"[97]라고 말한 것과 통한다. 즉 예술은 그것이 허용하는 직접적인 인상 때문에 그리고 감상하는 순간에 감상자에게 수용되는 그 무엇 때문에 귀중하게 생각되는 것이지, 결코 순전히 가설적인 사후 효과 때문에 그렇게 되어서는 안 된다는 것이다.[98] 이점은 '맛'에 관한 이태준의 관점과 정확하게 맞아떨어진다. 그에게 대상, 즉 사물이나 단어 또는 문장이 의미를 가지는 것은 그것이 그에게 '맛'을 주기 때문이다.

이태준의 문장론에서 가장 핵심적인 내용의 하나가 '문장미'임을 앞에서 살펴보았다. 이것을 이태준의 언어로 바꾼다면 '문장이 주는 맛'이 될 것이다. 이러한 용례는 다음과 같은 진술에서 찾을 수 있다.

　말을 그대로 적은 것, 말하듯 쓴 것, 그것은 언어의 기록이다. 문장은 문장인 소이가 따로 필요하겠다. 말을 뽑으면 아모것도 남는 것이 없다면, 그건 서기의 문장이 아닐가. **말을 뽑아내여도 문장이기 때문에 맛있는**, 아름다운, 매력있는, 무슨 요소가 있어야 할 것 아닐가. 현대 문장의 이상은 그 점에 있을

97) 존슨 『심미주의』, 이상옥 역, 서울대학교출판부 1979, 37면.
98) 같은 글, 37~38면.

것이 아닐가.99) (강조 : 인용자)

　'맛있는 문장'에 관한 이태준의 강조는 앞에서 지적됐던 '체험으로서의 미'에 관한 그의 관점을 그대로 반영한다. 그에게 문장을 평가하는 가장 큰 기준은 문장이 주는 맛, 즉 문장이 가져다주는 감각적 인상에 있는 것이다. 그가 문장의 시각적인 효과에 집착하는 것도 이와 같은 '문장의 맛'에 집착했기 때문이다. 그리고 그 맛은 바로 지금 여기에서 경험되는 것이다. 이처럼 이태준이 추구하는 문장미는 맛, 곧 경험 자체를 목적으로 한다.

　이러한 점은 포우(Edgar Allan Poe)가 "아름다움은 하나의 효과이고 따라서 그것을 체험하는 마음으로부터 그것을 떼어낼 수 없다"100)라고 한 것과 연관된다. 포우에게 있어 어떤 시가 성공할 수 있는 것은 '그것이 주는 인상 및 그것이 자아내는 효과', 즉 어떤 주어진 순간에 그 시의 즉각적인 인상이나 효과를 통해서다. 포우에게 시는 하나의 심미적 순간으로 체험되는 것이지 마음이 점차적으로 받아들이는 관념으로 체험되지 않는다. 이것은 시가 지성이 아니라 '감성'(taste)에 호소한다101)는 그의 주장과 연결되는 것으로, 그에게 시란 느껴진 무엇이다. 이를 이태준의 말로 바꾼다면 '맛있는' 무엇이 될 것이다.

　또 포우의 주장은 이태준이 "창작하는 글은 신문기사와 달라서 '사건이 굉장하기 때문에 소개하는' 태도로 쓰는 것이 아니요, 사건이야 굉장하든 평범하든 그 사실 그 물상에 대하야 자기가 느낀 바를 오직 주관에서 적은 것이다. 그러므로 창작문의 내용은 취급한 사실이나 물상의 내용이 아니요, 그 사실과 물상에 관한 작가의 느낌의 내용일 것이다"102)라고 말한 내용과 통한다.

---

99) 이태준 『문장강화』, 문장사 1940, 335면.
100) 존슨, 앞의 책, 84면.
101) 같은 책.
102) 이태준 「글짓는 법 ABC」, 『중앙』 7, 1934.7, 131면.

또 예술가는 '맛보는 자'이기도 하지만 그것을 표현하는 자이기도 하다. 이태준에게 표현은 맛을 보는 것만큼이나 중요한 위치를 차지하는데, '문체'는 예술가가 맛본 바를 표현하는 개별적 방식 속에서 창출되는 것이다. 그가 주장하는 유일어의 발견은 자신이 맛본 바를 가장 잘 드러낼 수 있는 단어들을 선택해야 한다는 점과 연결된다.

사물의 감각적 인상을 언어로 표현하는 것, 즉 '재형상화'(refiguration)[103] 차원에서 나타난 사물의 이미지는 대상에서 온 것이기도 하지만 주체에서 나온 것이기도 하다. 화가에게 색채가 그렇듯이 작가에게 '문체'란 기술의 문제가 아니라 통찰력 또는 감식안의 문제다. 남다른 감식안을 통해서 작가는 사물의 본질적 기호를 해독하고 그것을 가장 투명하게 드러낼 수 있는 언어들을 발견해야 한다. 작가의 '문체'란 세계가 우리에게 나타나는 방식 속에 들어 있는 질적인 차이를 드러내는 것이다.

이태준 역시 이 점을 분명히 인식하고 있었던 것으로 보인다.

"교양 수준이 일률적으로 높아가는 현대인은 너머나 똑같은 사람들이 많다. 그래 무엇이나 자기 존재를 드러내려면 개성을 강작하지 않을 수 없게 됐고, 또 개성과 개성의 교제처럼 현대인의 생활에 필요한 것은 없다. 소설작가도 하구 많아졌다. 모다 똑같은 작가들이라면 무의미하다. 자기 색채를 의식적으로 강조하는 작가가 작고 늘어가며 있고 그들의 독특한 가풍이 아닌 게 아니라 과거 소설에서 맛볼 수 없는 맛을 낸다. 이 맛이란 흔히 스타일, 문장에 들어 있는 것이다."[104]

대상의 귀천에 상관없이 자기가 느낀 바를 오직 주관에서 적는다는 이태

---

103) 폴 리쾨르의 개념, 『시간과 서사』 제1권 중 특히 「세겹의 미메시스」 참조 ; Paul Ricoeur, "Time and Narrative : Three fold Mimesis", *Time and Narrative*, Vol.1, Chicago and London : The Univ. of Chicago Press 1983, 52~87면.
104) 이태준 「소설독본」, 『전집』 17, 서음출판사 1988, 266~267면.

준의 주장은 형태를 통해서 모든 것(비록 그것이 하찮은 것이라고 해도)을 미학적으로 만들어내는 현대 예술가의 한 예가 될 것이다. "그 때문에 아름답거나 저급한 주제는 없습니다. 그래서 순수예술의 관점에 서서 우리는 그 어떤 주제도 없으며, 문체만이 사물들을 바라보는 유일한 방식이라는 것을 하나의 공리로까지 설정할 수 있을 것입니다"[105]는 주장은 다른 누구보다도 이태준에게 가장 적절한 것이다.

이를 위해서 예술가는 '감식안'을 함양해야 한다. '맛'이란 사람에 따라 다를 것이고, 같은 사람이라도 그날의 기분이나 몸 상태에 따라 다르다. 또 미식가와 같이 특별히 맛에 대해서 민감한 사람이 있는 것처럼 특별히 예민한 감각을 가지고 사물이 주는 인상을 포착하는 예술가도 있을 것이다. 예민한 감식안을 가지고 있을수록 그는 사물이 주는 인상을 더욱더 정확하게 표현할 수 있다.

감식안의 함양은 개인적 교양의 함양 또는 '자기함양'과 통한다.[106] 이러한 자기함양은 "적극적인 도덕적 의미를 함축한다고 할 수 있다. 삶에 관한 감상은 사람들에 대한 감상을 내포하고 사람들에 대한 감상은 피상적인 것이 아니라면 높은 수준의 이해라야 한다."[107] 자기함양은 인생과 삶에 관한 더 깊은 통찰력을 가져오기 때문에 심미주의는 도덕적 태도를 내포한다. 이는 『패강랭』의 다음과 같은 부분에서도 잘 나타난다.

또 한 가지 이상하다 생각한 것은, 그림자도 찾을 수 없는, 여자들의 머릿수건이다. 운전수에게 물으니 그는 없어진 이유는 말하지 않고,
"거 잘 없어졌디오. 인전 평양두 서울과 별루지지 않쇠다."
하는 매우 자긍하는 말투였다.

---

105) 부르디외, 앞의 책, 149면.
106) 『문장』의 심미주의를 '자기함향'과 연결한 것으로 차승기의 박사논문이 있다 : 차승기, 앞의 책, 127면 참조.
107) 존슨, 앞의 책, 37면.

현은 평양 여자들의 머리수건이 보기 좋았다. 단순하면서도 흰 호접과 같이 살아 보였고, 장미처럼 자연스런 무게로 한 이 없힌 당기는, 그들의 악센트 명랑한 사투리와 함께 '피양내인'들만이 가질 수 있는 독특한 아름다움이였다. 그런 아름다움을 그 고장에 와서도 구경하지 못하는 것은 평양은 또 한 가지 의미에서 廢墟라는 서글픔을 주는 것이었다.[108]

평양 여자의 머릿수건이 없어졌다는 단순한 사실 속에서 일제말기 조선사회의 변화를 포착한 이 작품은 자기함양이 도덕적 통찰과 결합되는 한 예다. 이태준은 『패강랭』에서 '내선일체'라는 시대적 폭풍에 휩쓸린 당시를 '아름다움'이 상실된 시대로 인식하고, 그것을 '폐허'라는 단어로 표현한다. 이것은 태평양전쟁으로 치닫던 1930년대말 조선사회에 관한 이태준의 인상이다. 또 이 작품에서 주인공 현은 현실에 타협할 것을 은근히 권하는 친구에게 분노하면서 자신은 '예술가'라고 주장하는데, 여기서도 심미주의의 도덕적 속성이 잘 드러난다.

그가 『문장강화』를 집필하고 문장작법을 표준화하려고 노력했던 것은 이와 같은 시대 인식에서 기인한다. 이태준은 아름다운 문장을 만들 수 있는 방법을 규범화함으로써 아름다운 것을 고사(枯死)하는 시대에 대응하려고 했다. 여기서 이태준 나름의 현실 대응 방식을 읽을 수 있으며 최소한 이태준다운 도덕성을 발견할 수 있다.

## 3. 전통의 재해석 : 내간체 수용을 중심으로

『문장』의 내간체 수용은 '재해석'[109]을 통해서 전통을 현재화한 것이라고

---

108) 이태준 「패강냉」, 『이태준전집』 2, 깊은샘 1994, 105면.
109) 재해석된 것으로서의 전통에 대해서는 하머(John H. Hamer)의 "Identity, Process, and Reinterpretation : the Past Made Present and the Present Made Past," *Anthropose 89*, 1994,

할 수 있다. 전통은 시대와 상관없이 똑같이 해석되지 않고 전수자나 그 전수자를 계승하는 사람들의 시대에 따라 달리 해석된다. 전통은 언제나 시대에 따라, 사람들의 필요에 따라 재해석된 것이다. 과거의 것은 원본 그대로 전수되지 않는다. 전통의 표현은 전달과 해석의 과정에서 변화한다. 또 전통은 전수자의 소유과정에서도 변화하는 것이다. 이 전통의 다양한 변모 역시 하나의 전통이 된다. 전통의 수용은 기존의 것과 새로운 것 사이의 끊임없는 접합과정을 통해서 이뤄진다.

야우스(Hans Robert Jauss)는 전통의 재해석을 '혁신'이라는 개념으로 설명한다. 그는 전통 일반과 예술사의 전통을 구분하면서, 생활세계의 전통은 세대를 거치면서 직접적인 동시에 자유롭게 전승되는 것에 비해서 예술적 전통은 그렇지 못하다고 주장한다. 예술에서 오래된 것은 더 새로운 것을 실현하는 과정을 통해서 즉 선택, 망각, 그리고 재전유의 과정을 통해서만 보존될 수 있다고 본다.110)

예술 영역에서 전통은 신화적 지속성이나 영속적 창조로 실현되지 않으며, 오히려 상호적인 생산과 수용, 정전의 결정과 재결정, 오래된 것의 선택과 새로운 것의 통합이라는 과정을 통해서 실현된다. 미학적 경험의 의사소통 기능이 발전하는 것은 이와 같은 상호작용, 즉 과거의 기원들과 미래의 발전 사이의 끊임없는 중개에서 나온다.111) 새것에 관한 미학적 선호는 오래된 것을 새로운 방식으로 이해될 수 있게 만드는 것과 관련된 것이다. 비판, 인용 그리고 패러디를 통해서, 그리고 '간텍스트성'이라는 원칙을 통해서, 오래된 것은 새로워졌다.112)

『문장』지의 전통수용 수용 역시, 이러한 재해석을 통해서 발굴되고, 의미

---

181~190면 참조.

110) Hans Robert Jauss, "Tradition, Innovation, and Aesthetic Experience," *The Journal of Aesthetics and Art Criticism, Vol. 46, Issue 3*, Spring, 1988, 375면.

111) 같은 글, 376면.

112) 같은 글, 378면.

부여되고, 창작으로까지 연결된 것이다. 이를 전제로 내간체 수용을 이병기, 정지용, 그리고 이태준의 경우로 나누어서 살피겠다.

## 1) 내간체의 소개 : 이병기

『문장』의 고전 수용의 가장 대표적인 예가 '내간체'의 수용이다. 이병기는 「한중록」에 주해를 붙여서 창간호(1939.3)부터 다음해 1월호(1940.1)까지 『문장』지에 연재했고, 「한중록」 연재가 끝난 뒤에는 숙종대왕의 계비인 인현왕후의 수난사를 실기(實記) 형식으로 적은 「인현왕후전」을 연재했다. 이 작품들은 내간체 문장의 대표적인 예로 조선 산문 문장의 고전으로 평가받는다. 연구자들은 「한중록」과 「인현왕후전」을 근거로 『문장』지의 문학적 지향이 '전통지향' 또는 '상고주의'로 파악하기도 한다.

국문학자 그리고 무엇보다도 국어학자였던 이병기가 「한중록」을 『문장』지에 연재했던 것은, 그것을 조선어 산문고전의 모범적이면서 몇 안 되는 예로 보았기 때문이다. 이 점은 이병기가 『문장』 창간호에 「한중록」에 주해를 붙여 소개하는 취지를 밝힌 데서 잘 드러난다.

> 우리 글월로는 대개 세가지가 있으니 내간체, 가사체, 역어체다. 춘향전 심청전과 같은 글을 가사체, 윤음 언해와 같은 글을 역어체, 언문 전교 언문 편지 같은 글을 내간체라 함이니 가사체는 절로 한 운율이 있고 구수한 육담으로 된 것도 있으며 역어체는 한문과 같은 외래어를 우리말로 옮긴 것이다. 좀 뻑뻑스럽고 어설픈 곳이 있으며 내간체는 종래 유식한 이들 사이에 써오든 것이고 장구한 전통이 있고 항상 실용이 되든 글이고 오로지 우리말·글을 맡어 오든 부녀들의 글, 이른바 규방문학 가운데 가장 진취된 것이다.[113]

위의 인용에서 이병기는 고전산문을 세가지 즉 내간체, 가사체, 역어체로

---

113) 이병기 「한중록 해설」, 『문장』 1권 1집, 1939.3, 104면.

구분하고 그중 내간체를 가장 고평하고 있다.114) 이병기가 내간체를 고평하는 이유는 첫째, 그 언어적 표현에 있다. 이 점은 「한중록」에 관한 그의 평가, "홍씨와 같은 붓으로 적은 「한중록」은 내간체 글월, 그 중 우수한 것"이라는 데에서 잘 나타난다. 또 이병기는 「한중록」을 "우리말글로는 더욱 보배로운 것"으로 "그때 쓰던 한자어 또는 특수한 존경어, 궁중어가 많이 섞이고 잡속한 말이 없이, 전아한 말만 가지고 쓴" 작품이자 "그 많은 어휘, 아름다운 사조, 알뜰한 필치"로 된 작품이라고 평가한다.

이러한 이병기의 평가에서 그의 귀족어 취향을 알 수 있다. 그는 궁중어를 전아하고 아름다운 말로 고평하는 반면에 궁중어가 아닌 말에 대해서 '잡속한'이라는 한정어를 사용함으로써 전자를 후자보다 더 가치 있는 것으로 평가한다. 이태준은 궁중어를 다른 말들을 평가하는 표준으로 생각하였으며, 궁중어에서 한글 글씨법의 표준을 찾고 있었다. 이 점은 '알뜰한 필치'라는 언급에서 잘 드러난다. 당시 조선어학회의 중요한 사업 중 하나가 조선어 글씨법을 보급하는 것이었다. 이를 위해 표준 글씨법이 고안되어 습자용으로 배포되기도 했는데, 내간체의 글씨법인 궁체가 그러한 습자의 한 모범으로 차용되었다. 이처럼 이병기는 내간체를 표현과 글씨법에 있어서 표준으로 생각하였다.

둘째로는 「한중록」이 한 개인의 사실적인 감정을 표현하고 있기 때문이다. 이는 "끔찍한 총력으로 그 과거를 추회하여 종래 양반의 집과 궁중의 생활 모양을 세세히 그리고 맺혔던 자기의 정회를 풀어 하소연하였다"115)는 평가에서 잘 드러난다. 혜경궁 홍씨가 쓴 「한중록」은 복잡하고 비극적인 궁중 정치의 과정에서 자신이 느낀 정회, 즉 '개인적' 감정을 혜경궁 홍씨의 고유한 말로 적은 것이다. 이 때문에 「한중록」은 근대 이전에 근대적인 문체

---

114) 이병기의 내간체에 관한 좀더 자세한 평가는 류준필의 「형성기 국문학 연구의 전개 양상과 특성」(서울대학교 박사 1998) 182~189면 참조.
115) 이병기 「한중록 해설」, 앞의 책, 104면.

의식을 선취한 예로서 이병기에게 받아들여졌다. 그가 근대적 문체 의식을 선취한 예를 궁중문학에서 찾았던 것은, 궁중문학이 당시의 시대적 특수성, 즉 왕이나 왕비만이 개별적 인격을 가진 존재일 수 있었던 중세의 특수성을 반영하고 있기 때문이다.

이병기가 내간체를 고평하는 마지막 이유는 산문 문체의 독자성을 확립하려는 그의 의욕에서 찾을 수 있다. 근대적 문체에 관한 이병기의 관점은 후스의 「문학개량추의」(文學改良芻議)에서 영향을 받은 것이다. 후스의 영향은 이태준의 글에서도 나타나는 것으로 이태준의 『문장강화』 도입부 첫머리에 후스의 「문학개량추의」의 여덟 가지 항목이 제시돼 있다. 후스가 제시한 새 시대에 맞는 문학의 요건은 다음과 같다. "1) 표현에는 반드시 알맹이가 있어야 한다, 2) 옛사람을 모방하지 아니한다, 3) 문법에 맞게 써야 한다, 4) 병도 없으면서 신음하는 투의 글을 써서는 안 된다, 5) 진부한 상투어를 쓰지 않아야 한다, 6) 전고(典故)를 쓰지 말라, 7) 대구(對句)를 쓰지 아니한다, 8) 속자나 속어를 피하지 아니한다."116) 이 가운데 첫째 항목과 관련해 후스는, 그것이 "문장은 도리를 표현해야 한다"(文以載道)는 전통적인 주장과는 다르며 그 의미하는 바는 "감성으로서의 정감과 의지로서의 사상"117)이라고 주장했다. 첫째 항목, '須訖有物'에서 '物'을 이병기는 '정회(情懷)'로 해석했고 이태준은 '사물(事物)'로 해석했다.

이병기는 「춘향전」이나 「심청전」을 '가사체'로 규정하는데, 이것은 그 글들이 가진 구술성 때문이다. 창으로 연행되어 오다 정착되었기 때문에 판소리계 소설은 음악적 패턴, 즉 구술성을 필연적으로 갖게 되었다. 그리고 판

---

116) 「문학개량추의」의 번역은 민두기의 『중국에서의 자유주의의 실험』(지식산업사 1997) 30면을 참조. 이 여덟 항목은 이태준의 『문장강화』(문장사 1940) 12~13면에서도 나온다. 이태준의 경우 첫번째 항목은 "언어만 있고 사물(事物)이 없는 글을 짓지 말 것"(즉 공소한 관념만으로 꾸미지 말 것)으로 되어 있다. 이것은 '알맹이' 또는 '내용'으로 번역될 수 있는 것을 '사물'로 번역한 것은 '묘사'에 관한 그의 관심이 반영됐기 때문으로 보인다.

117) 같은 책, 31면.

소리계 소설과 같은 구술문학은 자신의 정신밖에 어디에도 돌아갈 곳이 없으므로 한번 획득된 지식을 잊지 않기 위해서 고정되고 형식화된 사고 패턴에 의지해야 한다.118) 이 때문에 판소리계 소설은 후스가 극복해야 한다고 생각했던 상투어, 전고, 그리고 대구를 어쩔 수 없이 지니게 된다.

반면에 기록된 글은 기억을 분절화해주고 반성적 사고를 고양하며 동시에 개인의 고독한 내면으로 전환을 유도한다. 문자, 특히 인쇄를 통한 정보의 축적과 소통이 가능해지면서 구술성이 지닌 상호간의 대화적 맥락은 사라지고 그 대신 개인이 혼자서 묵독(默讀)할 가능성이 생기면서 '말의 사적 소유'라는 새로운 감각'이 탄생한다. 이병기는 이러한 '말의 사적 소유'라는 근대적 산문의 특징을 「한중록」에서 찾는다. 이런 점에서 개인의 문체와 산문성이라는 것은 서로 분리될 수 없는 것으로 보인다.

이병기는 고전문학과 구분되는 현대 문학의 가장 큰 특징은 '산문성'에 있다고 생각하였는데, 이는 그의 시조론에서도 확인된다. 이병기는 현대시조와 과거 시조를 구분하면서 음영(吟詠)이 곧 창작이었던 고시조와는 달리 현대시조는 이러한 음악성과 결별해야 하며, 그 결별을 보충하기 위해서 시조의 시각성을 높여야 한다고 했다. 이러한 주장은 시조에서 멈추지 않고 일반화되어 문장에 관한 그의 판단에도 영향을 미쳤던 것으로 보인다.119)

## 2) 내간체의 심미화 : 정지용

정지용은 『문장』에서 내간체 문장들이 소개되기 전에 「옛글 새로운 정」

---

118) 월터 J. 옹 『구술문화와 문자문화』, 문예출판사 1995, 41면 : 이 글에서의 구술성과 문자성에 관한 의견은 박헌호의 소론에 빚고 있다. 박헌호의 『이태준과 한국근대소설의 성격』(소명출판 1999) 67~70면 참조.

119) 이 점은 이병기의 경우에는 말과 소리의 조화로 구체화된다. 다음과 같은 언급이 그 예이다 : "격조는 과연 음악과도 다르다. 음악은 소리 그것에만 의미 있을 뿐이지마는 격조는 그 말과 소리가 합치한 그것에 있다. 그러므로 말을 떠나서는 격조도 없다" ; 이병기 『가람문선』, 신구문화사 1966, 326면.

이란 글에서 인목왕후의 전교를 먼저 소개한 바 있다. 정지용은 그 글을 소개하는 감회를 "다음에 또 글월 하나는 별로 보신 이 적으실까 하여 속심에 자랑스럽기도 하나"라고 적기도 했다.

　　私家로 치더라도 아랫사람에게 보낸 대수롭지 아니한 편지쪽에 지나지 아니한것이니 위도 밑도 없고 겉 꾸밈이나 사연 만들기 위한 글이 아니요(일로 보면 札翰法이나 편지틀이 따로 있는 줄 아는 것이 우습다) 총총히 그저 적어 나리신것이요 종이도 손바닥만 할사한 宣紙쪽이었다. 그러나 글을 쓰실때 心境이시나 室內情景이 躍然히 떠오르는가 하면 간곡하신 慈愛가 흐르는듯하고 수하사람에 향하야 마음 쓰심이 세밀하고 보드라우신가하면 매우젊으신 王后로서(大王과 三十三 歲나 差가 계시었다) 威嚴이 또한 서슬지어 보이지 아니하신가. 무엇보다도 農夫로부터 帝王에 이르기까지 한갈로 보배가 되는 갸륵한 人情이 묻어나온 글을 名文이라 하노라. 다만 玉手로 이루어진 珠玉같으신 筆跡마자 옮기어 놓을수 없어 섭섭하도다.120)

이상의 정지용의 평가 역시 다른 사람과 마찬가지로 인목황후의 개성 즉 "마음 쓰심이 세밀하고 보드라운" 것이나 "서슬 어린 위엄" 등을 읽고 있다. 더불어 필적에 관한 관심도 보이는데 이것 역시 개성의 표현이라고 생각했기 때문이다.

정지용은 단지 감상하는 것에 그치지 않고 그것을 실제로 자신의 문장에서 시험하고 있다. 내간체 문장을 실험하고 있는 예로는 연작 수필인 「愁誰語」에서며, 「多島海記」(一片樂土)에서도 보인다. 예를 들어서 다음과 같은 문장을 보자.

　　(ㄷ) 혹시 스사로 얽히고 맺히어 풀지못할 心疾이 있는자는 모름지기 小心스러히 배우면 效를 얻을것이나 필경 補劑로 마시는외에 지나지못할지며 태생

---

120) 정지용 『문학독본』, 박문출판사 1949, 17면.

이 어리석은자는 흉악한 野獸처럼되어 禍를 家國에 끼칠것이요 간교한 무리
는 이 福된 음식을 市井로 끌고다니며 利慾을 낚는 미끼로 쓰니 福된 음식이
흔히 怒發하야 不測한 罪을 나릴 수 있다. 진흙에 쓰러지고 입술을 서로 바꾸
던 자리에 도리어 치고 이를 가는 咀呪를 받지 않었던가.[121]


(ㄹ) 병안에든 『品』이 별안간 興奮함도 대개 이러한 肝을 보아 그리함인지
도 모른다. 마침내 怪談이 아니되고마는 이유가 瓶안에든 『品』의 덕으로써 그
러함이니 그러기에 肝과 『品』을 알량이면 비린내 나는 것은 대개 그 이름만으
로도 解決하겠거니와 아직 파-래서 간데족족 채이는것, 채이고도 깨닫지 못하
는것, 할수없이 새침하여지는것, 진실로 덤비는것, 죽도록 생각해내어도 미움
받는것, 大商店 看板만 치어다보아도 辨證法的 憤慨를 濫發하는 것, 부흥회
에 나아가 이마가 부서지도록 悔改하여도 실상 그것이 神經衰弱의 극치일 수
있는 것, 아녀자에게 볼모를 잡히어 꼼짝못하는 인격자, 感患이 코에 걸린채
立春節을 넘기는 것, 藏書가 낡어감을 따라 점점 鬱鬱하여지는 것 등쯤은 문
제가 되지아니하니[122]


위의 인용문들은 내간체를 흉내 낸 것이라고 할 수 있다.[123] 이태준은 이
와 같은 정지용의 산문문장을 언문일치의 문장이 아닌, 즉 문법에 억매이지
않는 참된 개성의 문장으로 보았다. 이 점은 정지용도 강하게 의식하고 있었
던 듯하다. 해방 이후 간행된 『문학독본』에서 그는 "나도 산문을 쓴다면 쓴
다. 태준만치 쓰면 쓴다는 변명으로 산문쓰기 연습으로 시험한 것이 책으로

---

121) 같은 책, 76면.
122) 같은 책, 79면.
123) '입디다'체가 적용된 것으로는 「꾀꼬리 : 남유 제1신」, 「때까치 : 남유 제3신」, 「매화 :
　　남유 제4신」 그리고 「노죽, 맹종죽 : 남유 제5신」, 「석류, 감시, 유자 : 남유 제6신」 등이
　　있다. 「다도해기」에는 '했습니다'와 같은 공손체가 많이 등장하는데 특히 「해협병」이 그 대
　　표적인 예다. '입디다'체는 특히 비격식 과거형 청자높임법을 흉내 낸 것이고 '했습니다'는
　　우리말의 전형적인 과거형 청자높임법이다. 이러한 공손어법을 통해서 정지용은 결이 고운
　　여성적 어조를 만들어낸다.

한권은 된다. 대개 「愁誰語」라는 이름 아래 신문 잡지에 발표되었던 것들이다"124)라고 적고 있다. 자신의 산문이 조선의 문장가로 이름난 이태준에 조금도 뒤지지 않는다는 자부심은 이상과 같은 내간체 문장의 실천에서 나온 것이 아닐까?

'내간(內簡)'은 부녀자들의 서찰을 뜻하며, 내간체는 서간의 문체를 따라 쓴 문장 일반을 이르는 말이다. 하지만 내간체라는 명칭으로 묶일 수 있는 글로는 서찰뿐 아니라 기행문, 일기, 소설, 수필이 있으며,125) 창작자도 여성에만 제한된 것은 아니었다. 예를 들어 선조, 정조, 그리고 익종 등 군왕의 서찰이나, 『무오연행록』과 같은 기행문이나 「화성일기」 등과 같은 기행문의 저자는 남성이다. 또 일반 양반가에서 내려오는 서찰에서도 아버지가 딸에게 주는 편지 등에서 남성이 쓴 글들이 보인다.126) 이처럼 내간을 여성의 글로 제한할 수는 없으나 전체적으로 보았을 때 저자로 여성이 압도적으로 더 많았기 때문에 내간체는 양반 계층의 부녀자들이나 궁중 여인들이 사용하는 것으로 규정되었다. 이는 남성에게는 한자라는 다른 표현 수단이 있었기 때문이다.

정지용의 기행문에서 내간체를 모방한 문장이 많이 등장하는데, 사물을 바라보는 감수성에는 서로 차이가 있겠지만, 정지용의 기행문은 『관북유람일기』(의유당 김씨)나 『무오연행록』(서유문)과 같은 내간체 기행문의 전통과 맥이 닿아 있다고 할 것이다. 의유당 김씨의 『관북유람일기』는 이병기에 의

---

124) 정지용 『문학독본』, 박문출판사 1949, ii면.
125) 심재기 「내간체문장에 대한 고찰(1)」, 『동양학』, 단국대학교 동양학연구소 1975, 72면. 심재기에 따르면 1) 서찰에는 부녀자가 스스로 쓴 편지이거나 부녀자가 수신인으로 되어 있는 편지로 선조, 정조, 익종 등 군왕이 비빈에게 보낸 서찰, 이봉환 서찰, 한산 유찰 등이 있고 2) 기행문으로는 의유당 『관북유람일기』, 『무오연행록』, 3) 일기에는 황성일기, 한중만록, 4) 소설로는 『인현왕후전』, 5) 수필로는 「규중칠우쟁론기」, 「조침문」 등이 있다.
126) 신정숙, 「한국전통사회의 내간에 대하여 : 사대부가의 일내간집(사본)을 중심으로」, 『국어국문학』 37-38 1967, 147면.

해 1949년 백양당에서 『意幽堂日記』라는 이름으로 출판됐다. 이병기는 이 책의 서문에서 "순조 29년(1829) 가을에 이희찬이 함흥판관으로 부임하매 의유당도 따라갔으며 그 부근의 명승고적을 찾아다니며 그 보고 듣고 느끼고 생각나는 바를 그 붓으로 적은바 그 신묘한 붓질은 남구만, 박성원 따위의 북정록(北征錄)으로 견줄 것도 아닐뿐더러 유명한 한중록과도 다른 찬란한 색체가 있다"[127]라고 평가한다.

이태준은 내간체를 두고서 "치렁치렁하면서도 전아한 맛"이라고 한 적이 있는데, 정지용의 기행문은 이태준이 지적한 내간체의 맛을 현대에 '재전유'(reappropriation)한 예다. 내간체와 정지용의 산문 문장의 공통점은 문장의 구조에 있다. 현대 문법의 관점에서 내간체를 평가한다는 것은 무리가 있으나, 내간체의 문장은 일반적으로 복문의 성격을 띠는 것이 많다. 그것은 종속관계를 표시하는 연결어미로 끝맺는 부사절과 대등관계를 표시하는 연결어미로 끝맺는 부사절로 구성된 긴 문장 형식을 취한다.[128]

내간체 문장의 적용은 시에서도 발견되는데, 「삽살이」와 「溫井」과 같은 시를 예로 들 수 있다. 「溫井」의 경우를 살펴보자.

그대 함씌 한나잘 벗어나온 그머흔 골작이 이제 바람이 차지하는다 앞남긔 곱은 가지에 걸리어 파람 부는가 하니 창을 바로치놋다 밤 이윽쟈 화로ㅅ불 아쉽어 지고 촉불도 치위타는양 눈섭 아사리느니 나의 눈동자 한밤에 푸르러 누은 나를 지키는다 푼푼한 그대 말씨 나를 이내 잠들이고 옮기셨는다 조찰한 벼개로 그대 예시니 내사 나의 슬기와 외롬을 새로 고를 박긔 땅을 쪼기고 숫아 고히는 태고로 한냥 더운물 어둠속에 홀로 지적거리고 성긴 눈이 별도 없는 거리에 날리어라

127) 延安 䄷 『意幽堂日記』, 이병기 주해, 백양당 1948.
128) 『한중록』이나 『인현왕후』의 첫 열개 문장을 분석한 결과 한 문장에 평균 15~16개의 종속절이 등장한다 ; 심재기, 앞의 글, 10~11면.

위의 인용에서 '함씩', '남긔', '박긔'와 같은 표현이 눈에 띈다. 남긔와 박긔는 'ㄱ' 곡용어로 임진왜란 이후로는 쓰지 않았던 것이다.[129] 또 온정에서는 '~ㄴ다'라는 의문형 종결어미가 사용되는데 이것은 15세기 중세 국어에서 주체가 2인칭에게 물을 때 쓰는 종결어미[130]로 현대어로는 '~ㄴ가'로 바꿀 수 있다. 이 시는 현대어의 표기법을 따르지 않는 단어가 많이 나올 뿐 아니라, '아사리느니', '조찰한', '지적거리다'[131] 등과 같이 그 의미를 쉽게 파악할 수 없는 옛말을 사용하고 있다. 곡용어의 사용이나 15세기의 의문형을 사용해 의도적으로 조선어학회의 한글맞춤법통일안을 무시하고 있다.

이숭원은 이 작품을 두고 "산문시 형식을 바탕으로 내간체의 어법을 차용하고 있다. 이런 어법은 단순해 보일 듯한 내용에 고전적 우아미의 원광을 두르는 효과를 가져온다"[132]는 평가를 하고 있다. 그런데 정지용의 내간체 수용은, 「溫井」의 예처럼 우리말에 관한 전문적인 지식 없이는 해독이 불가능하게 함으로써 비대중적인 성격을 드러낸다. 이것은 일종의 심미적 '댄디즘'(dandyism)[133]이라고 부를 수 있다. 댄디즘은 미에 대한 숭배를 의미하는 것인 동시에 '실용성'에 관한 거부이다.[134]

정지용이 언문일치의 문장에 대한 반감에서 내간체를 수용했다는 이태준의 지적은 정지용의 문장이 실용성 거부라는 댄디즘에 입각해 있음을 뒷받침한다. 또 댄디즘은 과거의 숭고한 삶의 모방을 의미한다. 그러나 보들레르

---

129) 「삽사리」에서는 "댓문이오 미다지오 안희 또 촉불 고요히 돌아"에서와 같이 'ㅎ'곡용어가 쓰인다.

130) 장윤희 「중세국어 종결어미에 대한 통시적 연구」, 서울대학교 박사 1998, 98면.

131) '아사리느니'와 '조찰한'의 의미는 이숭원의 글 참조. '지적거리다'는 '지저거리다'의 잘못된 표현으로 새가 쨱쨱거리다라는 의미와 재잘재잘 이야기하다는 의미를 지닌다.

132) 이숭원 『정지용 시의 심층적 탐구』, 태학사 1999, 167면.

133) 댄디(dandy)의 문자 그대로의 뜻은 "간략한, 단순한, 그리고 저주받은(brief, simple, and damning)"이다 ; Remy G. Saisselin, "Dandyism and Honnêteté," *The French Review, Vol. 29, No. 6*(May, 1956), 457면.

134) 윤영애 「보들레르와 댄디즘」, 『불어불문학연구』(한국불어불문학회) 1999, 311면.

에서 볼 수 있는 것처럼 이러한 숭배는, 주장하는 바와는 달리 과거의 삶을 있는 그대로 모방하지 않는다. 오히려 이러한 과거 숭배는 지나간 것에 관한 노스탤지어를 의미할 뿐이다.[135] 정지용의 내간체 수용 역시 그것을 향수했던 사람들의 삶을 현재형으로 살아가는 것을 의미하는 것이 아니며 단지 과거의 삶에 대한 노스탤지어적 지향을 보여줄 뿐이다.

### 3) 내간체의 규범화 : 이태준

이태준은 내간체 문장을 통해서 자신이 생각하는 진정한 산문 문장이 무엇인지를 이론화하려고 했다. 그가 생각하는 산문 문장이 무엇인지를 이해하기 위해서 조선어와 조선문학에 관한 이태준의 생각을 살펴보아야 한다. 이태준은 '조선문학의 정의'를 써달라는 설문에 답하면서, 조선글이 유일한 또 완전한 우리글로 인정된 당대부터는(과거에 어떤 예외가 있었든지 간에) 조선글로 된 것이라야 조선문학이라고 주장한다 : "조선 사람이드라도 조선말이 아니면 조선문학이 아니요 외국인이 썼드라도 조선말이면 그것은 훌륭한 조선문학이리라 생각합니다."[136] 이러한 이태준의 대답은 외국인이든 한국인이든 그것이 '조선어'로 쓰인 것이면 '조선문학'이라는 속문주의적 태도를 보이고 있다.

이것은 『서유기』나 『수호지』와 같은 중국문학이라도 그것이 '조선어'로 잘된 번역이면 '조선문학'이고 『구운몽』과 같이 조선인의 정서를 표현한 것이라 하더라도 한자어로 쓰인 것은 '조선문학'이 될 수 없다는 이광수의 입장과도 통한다.[137] 이광수는 「조선문학사」라는 짧은 글에서 이두나 향찰로 된 향가나 고려시대의 고려가요 그리고 훈민정음 창제 이후 한글로 된 한글

---

135) 댄디즘이 가진 과거 숭배의 노스탤지어적 성격에 대해서는 세슬랭(Remy G. Saisselin)의 앞의 글의 459면 참조.
136) 이광수 외 「조선문학 정의」, 『삼천리』 1936.8, 96면.
137) 같은 글, 83면.

문학 이외에 한자로 쓰인 것은 모두 '조선문학'에 들어갈 수가 없다는 입장을 취했다. 그렇다면 '조선문학'의 전통에 관한 이태준의 입장은 어떠한가?

　우리 산문문장에서 고전이라고 찾는다면 정음이전엔 吏讀文으로 전해오는 가요뿐으로, 아무래도 정음이후의 것인데, 綸音諺解 같은 것은 구독하기 어렵고, 일반으로 성히 실용한 듯한 내간문들은 본대 후세에 전해질 성질의 것이 희소했고, 홍부전, 춘향전 등 민담과 이야기책과 한중록, 인현왕후전 등 전기문 뿐인데 이중에도 민담과 이야기책은 모다 낭독과 창하기 위하야 기록된 것이라 순수한 산문이 아니다. 그러므로 춘향전 같은 것의 일절, 아무데서나 읽어봐도 이내 四四調가 잘 나오는 대신 요즘말로 '레알'이란 아조 희박한 문장이다.138)

이광수는 『춘향전』과 같은 고전 소설을 조선문학의 전통으로 높이 평가하고 있는데, 이는 『조선소설사』의 김태준 입장과 비슷하다. 반면에 이태준의 경우는 『장화홍련전』, 『홍부전』, 『춘향전』 같은 작품들이 우리의 고전문학으로 재음미되고 있기는 하나 현대인의 소설 관념에서 매우 멀리 떨어져 있다고 평가한다. 왜냐하면 그것은 "표현에 산문적 진실"이 없고 "인물 하나를 진실성이 있게 묘사해 놓는 것을 찾기가 어렵기" 때문이다.139)

　(ㅁ) 부득이하여 허씨를 취하매 그 용모를 의논할진대 양협은 한자이 넘고 눈은 퉁방울 같고 코는 질병 같고 입은 미여기 같고 머리털은 돗태솔 같고 키는 장승만 하고 소리는 이리소리 같고 허리는 두아람이나 되고 그 중에 곰배팔이며 수중다리에 쌍언챙이를 겸했고 그 주둥이를 써을면 열사발이나 되고 얽기는 멍석 같으니 그 형용은 참아 견대여 보기 어려운 중, 그 용심이 더욱 불측하여……140)

---

138) 이태준 「문장의 고전, 현대, 언문일치」, 『문장』 2권 3호, 1940.3, 134면.
139) 이태준 「조선의 소설들」, 『무서록』, 박문서관 1939, 106면
140) 같은 곳.

(ㅂ) 춘향이 하릴없이 따라 온다. 치마꼬리 휘루쳐 胸膛에 떡 붙이고 玉步
방신 緩步할제 石逕山路 험준하다. 邯戰市上의 壽陸의 거름으로 百越叢中의
西施의 거름으로 백모래밭에 금자라 걸음, 양지곁마당에 싸암닭거름, 大明殿
대들보에 명막의 거름, 百花園林 두루미 거름, 狂風에 나비노듯 물속에 鯉魚
노듯, 가만 사뿐 걸어와서……141)

(ㅁ)은『장화홍련전』중 계모 허씨의 외모를 묘사한 것이고, (ㅂ)은 춘향
이가 이도령과 만나는 장면을 묘사한 것이다. (ㅁ)에 대해서 설령 그러한 인
물이 있다손 치더라도 묘사의 진실성이 너무나 부족한 것, (ㅂ)에 대해서는
수사란 표현을 위한 것이 아니요 익살과 현학을 위한 전고(典故)뿐이라고 비
판한다.142)

『문장강화』에서 이태준은 문학적인 문장은 정확하게 묘사를 하는 것이어
야 한다고 주장한 바 있다. 정확한 묘사만이 '산문적 진실'(사실성)을 그려낼
수 있으면 그러한 진실을 그려낸 문장만이 그가 생각하는 '문장(文章)'의 범
주에 들어갈 수 있는 것이다. 그런데 위에서 인용된 글들은 그러한 조건에
미달되기 때문에 과거에는 문장이라 통용됐을지 모르나 현대 문장의 모범으
로 삼을 수 없다는 것이다.

또 이태준은 문장의 '산문성'을 중시했다. 이러한 관점에서 보았을 때 운
문과 산문 사이의 구별 의식이 없는 (ㅁ)과 (ㅂ)의 문장은 현대 산문 문장의
모범이 되지 못하며 빨리 극복해야 할 대상이다. 그가 보기에 (ㅁ)과 (ㅂ)의
문장들은 이야기책의 범주에 들어갈 뿐 문학으로서 산문의 범주에는 들어가
지 않는다.143) 그 이유는 내용의 좋고 나쁨을 떠나서 문장에 음악적 요소가

---

141) 같은 곳.
142) 박헌호 역시 고전소설의 구술성에 대한 이태준의 비판을 언급하고 있다. 그는 낭독과
묵독이라는 개념으로 고전소설의 구술성과 현대소설의 산문성을 구분하고, 묵독을 의식한
이태준의 소설관을 근대적인 것으로 규정한다 ; 박헌호, 앞의 책, 67~70면.
143) 이태준,『문장강화』, 312면 ; "그러니까 이런 이야기책에도 내용만은 훌륭히 '문학적'인

포함되어 있기 때문이다 : "내용이 아모리 훌륭하드라도 문장이 먼저 낭독조가 나지 않으면 읽히지 않을 것이요, 청중들의 단순한 흥미에 투합키 위하야 익살과 과장으로 시종하지 않을 수 없는 것이다."144)

이태준은 이야기책의 향유자를 청중으로 보고 독자로는 보지 않는다. 이태준이 '청중으로서의 수용자'를 부정하고 단지 '독자로서의 수용자'만을 소설의 수용자로 인정하는 것은 소설은 곧 묘사여야 한다는 그의 소설관과 연관이 있다. 독자는 작품을 읽는 것과 동시에 그 안에 묘사된 인물이나 사건을 눈에 그리듯 떠올릴 수 있다는 점에서 그가 생각하는 문장의 수용자로서 적합하다. 하지만 낭독은 청중들에게 그러한 과정 자체를 허용하지 않기 때문에 청중은 현대 문장의 수용자로서 부적절하다.

그렇다면 그가 생각하는 조선의 산문고전은 어떠한 것일까? 다음의 예를 보자.

(ㅅ) 그리 간후 안부 몰라 하노라 어찌들 있는다 서울 각별한 기별 없고 도적은 물러가니 기꺼하노라 나도 무사히 있노라 다시곰 좋이 있거라145)

(ㅇ) 글월 보고도 둔 것은 그방이 어둡고(녀 疫疾하던 방) 날도 음하니 일광이 돌아지거든 내 친히 보고 자세 기별호마 대강 용약할 일이 있어도 의관의 녀를 대령하려하노라 분별 말라 자연 아니 조히하랴.146)

(ㅅ)은 숙종대왕의 편지고 (ㅇ)은 인목대비의 편지다. 말하듯 쉽고 친근하게 쓰인 글로 하고자 하는 말을 군더더기 없이 짧게 적고 있다. 어찌 보면 현대식의 언문일치 문장을 재현해 놓은 것도 같다.147) 이러한 문장을 두고

─────────
것이 있다 할지언정 그 문장, 그 표현, 그대로를 소설이라, 문학이라 할 만한 관대는 가질 수 없다."
144) 같은 곳.
145) 「숙종대왕의 친서」, 『문장강화』, 116면.
146) 「인목대비의 전교」, 『문장강화』, 319면.

292

이태준은 품격이 높다고 했거니와, 이처럼 기품이 있으면서도 율문(律文)의 영향권 밖에 있는 문장이 조선의 산문고전이라고 이태준은 보았다.

산문고전의 가장 우수한 예로 이태준은 단연 『한중록』을 들고 있다.[148] 이태준은 이병기의 서재 매화루에서 『한중록』의 서문만을 처음 구경하고 주인과 함께 네다섯 번을 반복해 읽고 그 자리에서 베껴 가지고 왔다고 한다. 『한중록』을 읽고 받은 감동을 그는 "오직 <한중록> 같은 것이 조선의 산문고전일 따름이다. <한중록>의 존재는 우리 산문의 금자탑이다. 그 찬찬하고, 쨔르르 한 맛, 실로치면 영주실이다. 간결해 전아한 고취가 있고 節章이 치렁지렁해선 정에 緩曲한 것이라던지, 이조가 낳은 문장의 고려자기다"[149]라고 적기도 했다.

고전산문에 대한 이태준의 평가는 이병기의 관점을 공유하며 이병기의 고전문학 연구의 영향 아래에 있었다. 이태준은 『文章』지에 「문장의 고전, 현대, 언문일치」를 쓸 때에는 고전산문의 예로 단지 『한중록』을 제시했을 뿐이나, 『문장강화』(1940)에서는 『한중록』 외에도 『인현왕후전』을 추가하였다. 이는 『인현왕후전』이 『문장』에 연재된 것의 영향으로 보인다. 그 밖에도 인목대비의 전교 한쪽, 유씨 부인의 글로 고등학교 교과서에 실린 적도 있는 「조침문」이 「제침문」의 이름으로 고전산문의 예로 실렸다.

이태준은 '내간체' 문장들만이 과거에 있어 산문이 완성된 예라고 주장하

---

147) 심재기는 내간체 문장이 우리말로 쓰인 고전산문 문체의 전형으로 보고, 이것에서 현대식 산문문체가 성장해왔을 것이라고 주장한다. 그리고 내간체의 의의를 1)언문일치의 사상이 이 내간체에서 싹을 보였으며, 서찰의 경우 오늘날보다도 더욱 완벽한 언문일치의 실상을 보여주고 있다. 2) 고유국어 산문체 형성을 이해할 수 있는 중요한 자료이다. 3) 문체 의식과 작가 의식의 성장을 볼 수 있다. 4) 국어통사론에서 논의된 국어문장의 특징을 밝힐 수 있는 근거이다. 이중 1), 2), 3)은 이태준의 관심과도 닿아있는 문제의식이다. 특히 심재기가 내간체만을 산문문체로 인정할 뿐 판소리계 소설 등을 산문과 율문의 혼합적인 문체로 보는 것은 이태준의 시각과 일치한다 ; 심재기, 앞의 글, 73~75면 참조.
148) 이태준 「문장의 고전, 현대 언문일치」, 『문장』 2권 3호, 134면.
149) 같은 글, 135면.

는데, 이는 문장 자체의 품위를 따지는 그의 취향을 반영하는 동시에 여성적인 문장에 대한 이태준의 취향을 보여준다. 이태준 내간체에 대한 기호(taste)는 그가 "귀족적이면서 여성적인 것"을 문학의 전통으로 삼고 있음을 잘 보여준다.[150)

또 이태준이 이러한 문장들을 사랑하는 이유는 문장 자체가 주는 독특한 맛 때문이다 : "신경 쇠약은 모르던 시대라 寬厚하고 또 수공업 시대라 정신적 생산도 다소 거칠면서도 敦篤하고 통일한 품이 淳民良俗의 덕기가 그냥 풍기기 때문이다."[151) 이는 문장미 자체에 관한 그의 지향과 연결된 것으로, 마치 골동품처럼 문장을 문장 자체로 즐길 수 있는 문장미를 갖고 있는 것을 그는 문장의 고전으로 생각했다.

> 고전은 아득해 좋다.
> 시간으로 아득함은 공간으로 아득함보다 오히려 이국적이요 신비적이다. 고경조신의 그윽한 경지는 고탑의 창태와 같이, 년조라는 자연이 얹어주고 가는 가치이다. 창연함! 오래 울궈야 나오는 마른 버섯과 같은 향기! 이것은 아모리 명문이라도 일조일석에 수사할 수 없는, 고전만이 두를 수 있는 일종 배광인 것이다.[152)

이태준은 『한중록』과 같은 내간체나 왕과 왕비의 편지글에서 일종의 아우라(aura)를 발견한다. 오래된 문장들은 오래된 이끼의 냄새 또는 오래된 마른 버섯의 향기를 독자에게 준다. 이러한 맛은 찍어내듯 만들어지는 언문일치 문장에서는 도저히 불가능한 것이다.

모더니스트로 알려진 구인회와 상고주의 또는 전통주의를 표방하는 것으

---

150) 이태준의 귀족적이고 여성적인 문장에 대한 취향은 임화가 그를 고어나 사어에 집착하고 언어의 음악적 효과만을 추구하는 전통주의자라는 비판을 하는 빌미가 되기도 했다.
151) 같은 곳.
152) 같은 곳.

로 해석되어온 『문장』지 사이에 걸쳐 있는 이태준의 문학 행위는 일견 불연속적으로 보이는 듯하지만 사실은 연속적인 것이다. 그것은 진짜 '문장'이란 어떠한 것인지에 대한 그의 일관된 태도에서 나온 것이다. 즉 문장은 언문일치의 실용성이나 도구성을 넘어서는 것이어야 한다. 이를 추구함에 있어서 그가 가장 기본으로 삼았던 것은 문장미다. 그가 예로 들었던 고전산문들은 모두 율문(민중 기원의 산문의 특징)에서 탈피함으로써 그가 생각하는 산문의 체제를 갖춘 것과 더불어 그 고유의 감각성을 가지고 있었다.

이러한 『문장』의 고전 평가는 과거의 것이 현재의 필요에 따라서 재해석된 예다. 그런데 『문장』지의 재해석이 당시의 저널리즘을 중심으로 한 전통론의 재해석과 차이가 나는 것은, 후자가 단순히 발굴 및 소개라는 학문적인 수준에 그친 반면에 『문장』지의 전통론은 그것이 창작과 연결돼 있기 때문이다. 이는 특히 내간체의 실천인데, 이를 몸소 창작으로 실천했던 이는 정지용이었다. 이태준이 내간체를 소개하면서 이를 개성적 문장 추구라는 근대적인 문체 의식과 당당하게 연결시킬 수 있었던 것도 정지용의 문학적 실천이 있었기 때문이다.


## 4. 조선어학회와 『문장』의 상관성

『문장』을 읽어보면 알겠지만 이 잡지는 조선어학회의 한글맞춤법통일안을 잘 따르고 있다. 당시의 맞춤법과 현대맞춤법의 가장 큰 차이는 의존명사와 수식어를 붙여 쓰는 것과 본용언과 보조용언을 구분하지 않는 것이다. 이것은 의존명사와 보조용언을 종속적인 것으로 보아서 조사처럼 처리한 탓이다. 『문장』지의 표기법은 당시의 맞춤법에 따라 위의 규정을 철저하게 따르고 있다. 이는 조선어학회 회원인 이병기가 교정을 보아준 것(그의 일기 참조)과 편집을 총책임졌던 이태준이 표준어 선정위원으로 참가할 정도로 조선어학회와 관련이 있었기 때문이다.

『문장』이 조선어학회의 표기법을 충실히 지켰다고는 해도 그것이 모든 문인들에게 당위로 받아들여졌던 것은 아니다. 한글맞춤법통일안의 타당성에 관한 국어학자들 사이의 논쟁은 이것이 공포됐던 1933년 이래로 오랫동안 지속돼왔다. 문학가들 역시 이에 대해서 서로 다른 생각을 지니고 있었다. 당시에 문학가들의 조선어 맞춤법에 관한 인식은 채만식의 「냉동어」(『인문평론』 1940.4)에서 단적으로 보인다.

　　소용 없는 소리야! 통일안은 말구서, 제엔장 천하에 없는거래두 불합리 한걸 어쨌다구 그대로 쫓나? 그러나마나 불합린 해도 편리하기나 한다면 또 몰라! 그렇지만 불합리해서 불편한데야 안 고칠 택이 뭐람!"

인용문에서 채만식은 주인공의 입을 통해 조선어학회의 맞춤법에 대해서 비판하고 있다. 한마디로 조선어학회의 맞춤법이 쓰기 불편하고 불합리하다는 것이다. 이런 인식 때문인지 확실히 채만식의 「냉동어」에는 "가치 어울어저 유쾌한 우슴으로 끝을 둥굴리고"와 같이 맞춤법을 지키지 않은 표현이 다수 나온다.

한편 소설의 내용을 1940년의 시대 상황과 연결해보면, 한글 표기법에 대한 비판은 '당위'를 쫓을 것인지 아니면 '현실'을 쫓을 것인지에 관한 알레고리로 제시된 것임을 알 수 있다. 맞춤법 문제는 조선인 작가의 양심을 건드리는 당위일 뿐, 조선어 폐지와 일본어 전용이라는 현실과는 동떨어진 것임을 채만식은 지적하고자 한 것이다. 더 나아가 조선인임을 고집할 것인지 아니면 그것을 버리고 내선일체의 길을 갈 것인지 하는 고민의 한 부분을 언어문제로 표출한 것이다.

그러나 『문장』은 조선어학회의 이상에 공감하였고 그 규정을 따르고 있었다. 더구나 앞 절에서 살펴본 바처럼 문자와 문체에 대해서 이병기, 이태준, 정지용은 공유하는 바가 컸다. 특히 이 세 사람에게서 공통으로 나타나는 감각어, 특히 시각적인 감각어에 관한 강조는 고전문학의 주요한 특징인 음악성을 부정하고 나타난 조선 근대문학의 산문화 과정에서 파생된 것이다. 그들은 음악 효과를 대신해서 대중을 사로잡을 새로운 요소로 시각적인 것을 제시하고 그것을 문장을 통해 구현할 방법을 제시하였다.

또 감각어에 관한 이태준의 강조는 조선어학회의 언어의식과도 깊은 연관이 있다. 당시 조선어학회의 언어관이 지닌 철학적 기반에 대해서는 여러 가지 논쟁이 많으나 대체로 독일 낭만주의 언어관에서 영향을 받고 있다. 특히 조선어학회의 순수한 '조선어'를 사용하자는 주장은 '언어=민족'이라는 독일 낭만주의의 언어관153)과 연결된다. 이것은 피히테(Johann Gottlieb Fichte)에서 연유하는 것으로, 그는 「독일국민에게 고함」에서 언어민족주의의 단초가 될 만한 사고를 보여준다 : "우리는 언어기관(言語器官)이 똑같은 외부적 조건에 의해 영향 받고, 함께 살고 있으며 또 서로 간에 계속되는 의사소통을 통해 그들의 언어를 발전시키는 사람들에게 민족이라는 이름을 준다."154)

이와 같은 피히테의 생각은 헤르더의 영향을 받은 것으로, 일찍이 그는 "어떤 사람이 외국어를 사용한다는 것은 인공적인 삶을 사는 것으로 스스로의 개성의 자연스럽고 본능적인 원천에서 떨어져나가는 것"155)이라고 주장한 적이 있다. 피히테는 헤르더의 일반적인 주장을 전제로 구체적인 정치적 결론을 아주 교묘하게 만들어냈다. 그는 한 언어 안에 외국어 어휘가 존재하는 것만도 그 말을 사용하는 사람들의 정치적 도덕성의 원천을 오염시켜 큰 해를 끼칠 수 있음을 증명하려 했다. 정치생활, 사회생활에 관련된 외국의

---

153) 이하 독일 낭만주의의 언어관에 관한 설명은 엘리 케두리의 「민족자결론의 연원과 문제점」(『민족주의란 무엇인가』, 창작과비평사 1981) 74~80면 참조.
154) 같은 책, 75면.
155) 같은 곳.

용어들이 어떤 언어에 도입될 때, 그 언어를 말하는 사람들은 그 용어들의 정확한 의미를 몰라 혼란에 빠지게 되며, 이 혼란이 큰 해독을 유발할 수 있다는 것이다. 그리고 그 예로 '휴머니티'(humanity), '퍼퓰래러티'(popularity), '리버래러티'(liberality)를 들고 있다. 이것들은 라틴 어원의 단어들인데 독일어에는 '후마니퇴트'(Humanität), '포풀라리퇴트'(Popularität), '리베라리퇴트'(Liberalität)란 말로 번역됐다.156)

피히테는 '휴머니티'의 본래 의미를 따져 그것을 독일어 어휘 체계에 도입할 때 생기는 문제점을 증명하려 한다. 그에 따르면 휴머니티는 "'인간됨의 특질'을 의미하며 그 자체로는 찬양할 만하다는 의미는 들어있지 않다. 그러나 로마인은 낮은 도덕수준을 가지고 있었기 때문에 인간이라는 것 자체를 찬양할 만하지 않은 것"157)으로 보았다. 따라서 "'Humanität'를 독일에 도입하는 것은 독일 국민에게 낮은 도덕수준을 도입하는 것이 된다." 때문에 피히테는 외래어가 초래할 수 있는 국민들의 도덕적 오염을 방지하기 위해서 작가들은 이 세 단어를 도입하지 말고, '멘셴프로인트리히카이트'(Menschenfreundlichkeit : 인간에게 친절함), '로이트세링그카이트'(Leutseligkeit : 붙임성 있고 상냥함), '엔델무스'(Edelmuth : 고결성)와 같은 독일어 어휘를 사용하는 것158)이 더 적절하다고 주장한다.

이러한 피히테의 주장은 헤르더가 1772년의 논문에서 주장했고 1803년부터 1804년에 A. W. 슐레겔이 「문학과 예술에 관한 강의」에서 또한 주장했던 언어 기원론에 기초한다.159) 피히테는 원초적, 원시적 언어가 파생적이고 혼성된 언어보다 우월하다고 주장한다. 왜냐하면 원초적 언어를 사용하는 사람들은 추상 개념과 추상 개념을 표현하는 용어를 생겨나게 한 감각 경험

---

156) 같은 책, 76면.
157) 같은 곳.
158) 같은 곳.
159) 같은 책, 77면.

간의 연결을 그대로 유지하고 있기 때문이다. 피히테는 원초적 언어를 가진 민족들에 관해서 이렇게 말한다. "사고하려는 생각만 가진 사람들에게는 누구에게나 언어 속에 담긴 영상이 명백히 가해진다. 진실로 사고하는 사람 누구에게나 그것은 살아있는 생생한 것이며 그들의 삶을 자극한다. 이것은 그 첫소리가 그 민족들 사이에 발음됐을 때부터 (그 언어는) 이 민족의 실제 공동생활을 바탕으로 계속 발전해왔고 이 민족이 실제로 경험한 관찰, 더욱이 같은 민족의 여타 관찰들과 광범위한 상호영향 관계에 있는 관찰을 표현하지 않는 요소는 결코 (그 언어 속에) 도입된 적이 없기 때문"[160]이다. 그리고 "원초적 언어를 사용하는 사람들의 경우 언어는 삶에 영향력을 행사하는 것이 아니라, 이를 통해 사고하는 사람의 삶 그 자체인 것이다. (……) 그와 같은 종류의 사고가 곧 삶이기 때문에, 이러한 언어 소유자는 활력을 주고 변형시키는 그것의 힘에서 내적 기쁨을 맛보며 느끼게 된다."[161]

이희승이나 홍기문이 주장하는 조선어의 특수한 어감을 살려야 한다는 주장은 조선어의 원초성을 강조한 태도로 보인다. 즉 다른 나라말과 구분되는 조선어의 특징이란 바로 시각, 청각, 촉각 등 감각어의 풍부함이다. 따라서 창작에서 조선어의 원초성을 살리는 것은 이 같은 감각어를 적절히 효과적으로 사용하는 것이다. 실제 『문장』파의 창작은 내용보다는 조선어의 어감 표현에 훨씬 더 치중하는 경향이 있는데, 이 때문에 이태준은 '스타일리스트'라는 명칭을 얻기도 했다.

그런데 이러한 모국어의 특수성을 지나치게 강조하는 태도는 번역 과정에서 어떤 한계에 부닥치게 된다. 1930년대 후반 특히 중일전쟁 이후에는 내선일체를 실천하는 일환으로 조선어로 쓰인 작품들을 일본어로 번역하는 일이 활발했다. 이중에는 조선 작가에게 번역해도 좋은지 묻지 않거나 작가의 이름이나 작품명을 틀리게 번역하는 예도 있었다. 때문에 한일 간의 저작권

---

160) 같은 곳.
161) 같은 책, 78면.

분쟁이 일어나기도 했다.162) 그리고 김사량은 「조선문학 측면관」이라는 글에서 '조선문학'을 일본어로 번역하는 것에 대해서 짧게 언급하기도 했다.

대체로 조선문학이 內地文學의 영향을 그다지 받지 않는 점은 극히 주목할만한 사실이다. 우리는 李光洙씨에서도 廉尙燮서도 金東仁씨에서도 이것을 예증할 수 있을 줄 안다. 그러므로 우리가 조선의 작품을 이곳(일본 — 인용자)에 번역하여 移植코자 생각할 때에 무엇보다도 주의할 것은 내지 문학의 내재성과 조선문학의 내재성이 상이하기 때문에 조선에서의 가치 판단과 이곳에서의 가치 판단이 자연 상이할 것이라는 점이다. 물론 그 작품이 작품 자체로서만도 높은 가치를 가지고 있을 적에는 별 문제이지만 조선문학사 속에서 의미를 가지는 작품이라고 하여 반드시 이곳에서도 높이 평가되느냐 하면 결코 그렇지 못할 것은 자명하다. 나는 이것을 예를 들어 말하기를 피하지만은 년전에 「文學案內」에서 시험한 조선작가 소개호의 성과를 보아 확실히 깨달을 수가 있었다. 그것은 상호 文界 主流의 상이와 史的 전개의 간격으로부터도 기인하는 줄로 믿는다. 여기에 관해서는 나는 韓雪野, 兪鎭午, 李泰俊씨의 작품을 읽음 더욱 절실히 느낌이 있었다.163)

이상의 김사량(金史良)의 언급은 '조선문학'의 일본어 번역과 관련된 매우 중요한 몇 가지 점을 시사하고 있어서 주목할 만하다. 여기서 김사량은 첫째 조선의 근대문학이 내지문학의 영향을 그다지 받지 않은 점, 둘째 내지문학의 내재성과 '조선문학'의 내재성이 서로 다른 점, 셋째 이 때문에 조선문단에서 주류로 인정받거나 호평받는 작가도 일본문단에서는 그다지 호응을 받지 못하는 점을 지적한다.

특히 그는 '조선문학'을 일본어로 번역할 때 '조선어' 감각을 어떻게 일본어

---

162) 정광현의 「저작권 문제 : 田健譯 편 "朝鮮代表作選"의 출판을 계기로」(『인문평론』 2권 5호, 1940. 5)의 24~25면 참조.
163) 김사량 「朝鮮文學 側面觀」, 『조선일보』 1939.10.4.

문장에 '이식'할 수 있느냐는 문제와 만나게 된다고 지적하고 어감과 같은 감각적 요소에 치중하는 것을 조선문학가들이 지양해야 할 태도라고 지적한다 : "더욱이 우리 '조선문학'에서 보는 '푸롯트'의 빈약, 구성의 脆弱, '테마'의 빈곤 등을 語感의 美로서 호도하려는 경향이 많이 보이는 이때에 있어서는 오히려 그 특수한 맛이 감소되면서 하나의 작품으로 만인 앞에 나타날 때 우리는 자기들의 나체를 正視할 수가 있다. 언어의 '쇼비니즘'은 금물이다. 어떤 것을 번역할 것인가가 문제일망정 번역 그 자체가 문제되지를 않는다."164) 즉 김사량은 조선문학자들이 플롯, 구성, 주제 선정 등의 영역에서의 약점을 어감 등과 같은 언어적 요소로써 은폐하고자 한다고 비판한다.

김사량은 언어적인 면에 치중하는 태도를 언어적 쇼비니즘(국수주의)이라고 비판하는데, 이때 그가 염두에 둔 작가는 이태준이나 박태원인 것으로 보인다. 김사량은 조선문단에서 주류로 인정받거나 호평받고 있지만 일본에서는 그렇지 못한 작가로서 한설야, 유진오, 이태준 등을 들고 있는데, 이 가운데 한설야나 유진오는 일본문단과 조선문단의 사조(思潮)가 서로 같지 않기 때문에 일본문단의 이해를 얻지 못한 경우이며, 이태준은 어감의 미를 살리려는 경우에 해당된다.

감각성과 어감을 살리는 데 중점을 둔, 이태준의 문장은 일본어로 번역이 불가능하며 번역하더라도 원래의 말맛이 제대로 전달되지 않는다. 줄거리나 주제가 받쳐줄 때는 어감의 차이가 극복될 것이지만, 조선어의 맛을 살리는 데 더 치중하고 있을 때는 번역은 더욱더 어려운 것이 될 수밖에 없다. 더불어 김사량은 조선작가의 회고 취미나 세태 정서에 침잠하는 데 불만을 가지

---

164) 같은 글, 『조선일보』 1939.10.6. ; 번역의 문제는 1939년 12월에 있었던 『문장』지의 신춘좌담회에서도 잘 나타나는데 이때 참석자들은 가장 번역이 잘되는 작품으로 '탐정소설'을 들고 있다. 이들이 '탐정소설'을 번역해도 원작의 맛이 잘 전달되고 국적에 관련 없이 독자를 사로잡을 수 있는 예로 제시한 것은 탐정소설이 언어의 맛보다는 사건과 플롯에 훨씬 더 많이 기반하기 때문이다.

고 있다고 고백하는데, 이 역시 위에서 언급된 세 작가와 박태원 등에서 나타나는 특징이다. 물론 이러한 평가에는 일본문단의 반응과 더불어 매체에 구애되지 않고 작품 자체의 리얼리즘적인 경향을 중시하는 김사량의 개인적 취향이 반영된 것이기도 하다.

그는 이태준에 대해서는 "동양적 詩情이라는 말을 조선서는 이 작가에 대하여 쓰는 모양인데 그 작품의 계보는 오히려 '체홉'에까지 간다고 한다. 그러나 '체홉'에 있는 진실한 관찰성과 높은 순수정신이 씨에는 박약하여 문예주의 경향에 빠지지 않았나 한다. 「浿江冷」 같은 데에서는 증오까지 느끼게 된다. 물론 나도 씨의 부드럽고 비단결 같은 문장을 사랑하는 자이다"165)라고 하여 조선적인 것에 침잠하는, 이태준의 묘사 위주의 창작에 대해서 비판하고 있다.

위와 같은 비판을 참고할 때 이태준의 작품은 일본어로 번역하면 그 문장의 맛이 쉽게 전달되지 않았던 것으로 보인다. 이것은 이태준이 원래 플롯이나 사건을 무시해서라기보다는 오히려 일본어로는 번역되지 않는 조선어 문장을 추구하고 있었기 때문이다. 즉 이태준은 일본어 문장과는 전혀 다른 조선어 문장 그리고 그에 기반을 둔 '조선어' 문학을 구축하고자 하는 의도를 가지고 있었던 것이다.

이 점은 『문장강화』에서 이태준이 각 언어 사이의 번역이 가능한 면과 번역이 불가능한 면이 있다고 말한 것에서도 잘 나타난다. 이태준은 조선어의 감각적인 면에 대해서 논하면서 이 점이 '조선어'가 개념적인 면에서는 약하다거나 이처럼 개념적인 면이 약하기 때문에 다른 언어보다 열등하다는 식의 편견과는 전혀 무관하다는 점을 강조한다. 오히려 그는 모든 언어가 표현 불가능한 면을 가지고 있다고 주장함으로써 그러한 주장들을 일축하고, 이 번역불가능이 조선어 자체의 문제는 아니며, 번역자라면 부딪치게 될 보편

---

165) 김사량 「朝鮮文學 側面觀」, 『조선일보』 1939.10.5.

적인 문제로 본다. 또 '모든' 언어는 표현가능성의 일면과 표현불가능성의 일면을 가지고 있으며, 이 표현불가능성은 언어마다 달라서 언어 간의 완전한 번역이란 불가능하다. 이 때문에 한 언어가 다른 언어로 잘 번역이 되지 않는 것을 두고 그 이유가 번역하는 언어의 열등함 때문이라고 생각하는 것은 단견이라는 것이다.[166]

번역상의 우열이란 번역과 피번역이라는 위치가 주는 종속 관계에서 나온 것이지 결코 한 언어와 다른 언어의 본질적인 관계에서 나온 것은 아니다. 이러한 인식은 정지용과 박용철의 대담 중 다음과 같은 정지용의 말에서도 확인된다.

> 박용철 : 그러나 일반적으로 시 쓰는 사람들이 어휘의 부족을 말하는데.
> 정지용 : 그것은 되지 안흔 말입니다. 만날 외국어를 먼저 알고서 그것을 번역하려니까 그러치 다시 말하면 조선말을 번역적 지위에 두니 그러치. 그럴 리가 잇나요. 그리고 또 한 가지는 배우지 못한 탓일 것입니다.[167]

일본어와 비교되면서 조선어의 어휘가 풍부하지 못하다거나 하는 말들이 나오는 것에 대해서 이태준이나 정지용은 그것은 어디까지나 두 언어 사이의 관계 문제지, 조선어 그 자체의 문제는 아니라는 입장을 보인다. 즉 당시 사람들이 '조선어'를 일본어와 견주어 열등하다고 생각한 것은, 언어 사이의 관계가 곧 권력의 관계를 반영하며 식민본국의 언어를 습득하는 과정에서 그러한 권력관계가 무의식적으로 조선인에게 내면화되었기 때문이다. 이는 문학가들이 조선어와 일본어를 사용함에 있어서 후자를 주로 생각하고 전자를 종으로 생각하여 일본어로 생각하고 조선어로 표현하는 과정에서 생긴

---

166) 이태준 『문장강화』, 문장사 1940, 25면.
167) 정지용 「시문학에 대하여」, 『조선일보』 1938.1.1 ; 정지용 『정지용 전집』 2, 민음사 1988, 292면에서 재인용.

것이다. 정지용이나 이태준은 이러한 의식을 '번역'이라고 지적함으로써 탈신비화한다.

이상의 논의는 식민지 기간에 조선어 창작이 항상 외국어와 인접한 환경에서 이루어지고 있었음을 보여주는 동시에 그러한 환경에 대한 자의식이 조선어의 특정 부분을 지나치게 강조하는 방향으로 나아갈 수 있음을 보여준다. 이러한 시도는 '감각어=조선어', '개념어=일본어'라는 내면화된 식민담론을 극복하고자 하면서 재생산하는 결과를 낳는다. 하지만 이 노력 덕분에 조선문학자들은 일본과는 구분되는 독자적인 문단을 형성할 수 있었다. 즉 김사량이 지적한 것과 같이 일본문단과는 전혀 다른 역사적 발전과 내재성을 가진 문단을 형성할 수 있었다.

이상과 같은 논란과 실험이 있었음에도 조선어로 창작하는 행위는 1941년 4월 『문장』 폐간과 『인문평론』을 『국민문학』으로 대체함으로써 끝나게 된다. 이러한 '조선어' 문학의 종말에 관한 애도는 한설야의 「杜鵑」[168]에서 잘 표현돼 있다. 조선어 연구와 보급을 위해서 한평생을 바친 학자가 가난하고 쓸쓸한 생활을 하다 결국 자결하게 되는 것을 그린 이 소설은 일종의 모델 소설이다. 1940년 11월 21일 자결한 조선어학회의 대표적 학자 중 한 명이었던 신명균과 그의 죽음을 소설화한 것으로써 이를 통해서 한설야는 '조선어'와 '조선어' 문학에 관한 조사(弔辭)를 바친 것이다.

당시의 조선문학가들은 일본의 군국주의에 동반된 조선 민족문학의 압살이라는 시대적 분위기를 늘 의식하지 않을 수 없었는데, 이러한 분위기를 단적으로 표현하는 것으로 이병기의 일기 중 다음과 같은 대목을 들 수 있다.

2/7 삼천리사 박계주군이 낙화암과 이백시역 100수를 써달라고 왔다. 문장사서 이태준 군이 준 볼 것을 보냈다. 준을 막 보려는데 찬군이 놀러 왔다. 동아, 조선 두 신문의 변동설을 전한다.

---

168) 한설야 「杜鵑」, 『인문평론』 1940.4, 150~171면.

2/8 아무 생각도 잡히지 않는다. 그리고 다만 후련하고 수심스러울 뿐이다. 책도 보기 싫고 붓도 들기 싫다. 유리창으로 스며드는 볕은 꽤 따뜻하다. 곁으로 다가놓은 난들은 함빡 볕을 받고 싱싱한 윤이 난다. 오전 9시 반까지 찾으러 보내겠다는 초준을 본 것이 책상 위에 놓인 채 날이 저물매 또 잡지계에도 무슨 변동이 없나 하고 가슴을 졸이다.[169]

이상은 놀러온 이찬으로부터 『동아일보』, 『조선일보』가 폐간될 것이라는 소식을 접해 들은 후의 심정을 적은 것이다. 문장지에서 교정지를 보내준 뒤 그것을 찾으러 오지 않자 혹시 잡지계에도 변동이 생기지는 않았나 하는 초조하고 불안한 마음이 표현돼 있다. 『조선일보』와 『동아일보』가 폐간된 것이 1940년 8월 10일이었고, 『문장』이 『인문평론』과 더불어 폐간된 것은 그 다음해인 1941년 4월이었다. 이 일기가 쓰인 것이 1940년 2월인 점을 감안하면 『문장』은 그 후로도 1년 이상 출판됐다. 그러나 일기에서 알 수 있듯이 그 사이에도 혹시나 하는 불안감은 늘 계속됐을 것이다. 이처럼 『문장』은 '조선어'와 '조선문학'의 위기 속에서 출판되었다.

지금까지 살펴보았듯이 『문장』의 미의식은 일차적으로 언어 그 자체에 토대하는 것이었다. 그런데 당시의 '조선어' 말살 정책이나 국민문학 논의는 그와 같은 심미적 개인주의의 토대를 뒤흔드는 것이었다. 이 때문에 이들은 예술이라는 자족적 세계에서 벗어나 그 토대를 흔드는 외부 세계를 인식하게 된다. 『문장』파는 국민문학론과 같은 '문학의 정치화'에 맞서서 '문학의 문학성'을 옹호한다. 한마디로 『문장』은 '비정치성의 문학'이 지닌 '정치성'을 드러낸 대표적인 예다.

---

169) 이병기 『가람일기 Ⅱ』, 신구문화사 1976, 506면.

제5장 조선어의 재해석과 심미적 근대성의 구축 **305**

# 【참고문헌】

1. 기본자료

『1930년대 한국문예비평자료집』 1~20, 계명문화사 1989.

『문장』(영인본), 도서출판 역락 1999.

『인문평론』(영인본), 도서출판 역락 1999.

김태준 『증보조선소설사』, 박희병 교주, 한길사 1990.

이병기 『가람문선』, 신구문화사 1966.

───── 『가람일기』 I · II, 신구문화사 1976.

이병기·백철 공저 『國文學全史』, 신구문화사 1965.

이태준 『무서록』, 박문서관 1939.

───── 『문장강화』, 문장사 1940.

임　화 『문학의 논리』, 학예사 1940.

───── 『임화 신문학사』, 임규찬·한진일 엮음, 한길사 1993.

───── 『임화전집 2 ─ 문학사』, 김외곤 엮음, 박이정 2001.

정지용 『백록담』, 동명출판사 1941.

───── 『문학독본』, 박문출판사 1948.

───── 『산문』, 동지사 1949.

───── 『정지용 전집』 1~2, 민음사 1988.


2. 논저

1) 국내논저

강진호 「이태준의 문학세계 : 개성, 문체, 그리고 순수문학」, 『말글생활』 1994.

권영민 『서사양식과 담론의 근대성』, 서울대학교출판부 1998.

───── 『한국계급문학운동사』, 문예출판사 1998.

───── 『한국민족문학론연구』, 민음사 1991.

───── 『현대문학사』, 민음사 2003.

김기림 「모더니즘의 역사적 위치」, 『시론』, 백양당 1949.

———— 「스타일리스트 李泰俊氏를 論함」, 『조선일보』 1933.6.25~27.

김동춘 「사상의 전개를 통해서 본 한국의 '근대' 모습」, 『한국의 '근대'와 '근대성' 비판』, 역사비평사, 1996.

김민정 「이태준론」, 『한국학보』 여름호, 1998.

———— 『구인회의 존립양상과 미적 이데올로기의 상관성 연구』, 서울대학교 박사 2000.

김상욱 「문학과 이데올로기」, 문학과 문학교육연구소 엮음 『문학의 이해』, 삼지원 2002.

김영실 『문장과 문학의 고전 수용 양상 연구』, 서울대학교 석사 1999.

김진균·정근식 편저 『근대주체와 식민지 규율권력』, 문화과학사 2003.

김용섭 「우리나라 근대역사학의 발전—1930~40년대의 민족 사학」, 『문학과 지성』, 1971 여름.

———— 「우리나라 근대역사학의 발전(2)—1930~40년대의 실증주의사학」, 『문학과 지성』, 1972 가을.

김용직 『한국현대시사 1-2』, 한국문연, 1996.

———— 『한국현대시인연구』 상하, 서울대학교출판부 2000.

김윤식 『일제 말기 한국 작가의 일본어 글쓰기론』, 서울대학교출판부 2003.

———— 『일제말기 한국작가의 일본어 글쓰기론』, 서울대학교출판부 2003.

———— 『한국근대문예비평사연구』, 일지사 1992.

———— 『한국근대문예비평사연구』, 일지사 1992.

———— 『한국근대문학사상연구·1』, 일지사 1984.

———— 『한국근대문학연구방법입문』, 서울대학교출판부 1999.

김재용 「일제 말 문학계의 양극화」, 『친일문학의 내적 논리』, 역락 2003.

김정숙 「정지용의 시 연구 : 전통의식을 중심으로」, 세종대학교 박사, 2000.

김태준 『김태준 문학사론 선집』, 정해렴 엮음, 현대실학사 1997.

———— 『조선한문학사』, 김성언 교주, 태학사 1994.

———— 『증보조선소설사』, 박희병 교주, 한길사 1990.

김현숙 「이태준 소설의 기호론적 연구」, 이화여자대학교 박사 1991.

김환태 「尙虛의 作品과 예술관」,『개벽』복간 2, 1934.12.

나병철『근대서사와 탈식민주의』, 문예출판사 2001.

남기심고영근 공저『표준 국어 문법론』, 탑출판사 1999.

류보선『1930년대 후반기 문학비평 연구』, 서울대학교 박사 1996.

류준필『형성기 국문학 연구의 전개 양상과 특성』, 서울대학교 박사 1998.

문혜원 「정지용 시에 나타난 모더니즘적 특질에 대한 연구」,『관악어문연구』,
   1993.

민두기『중국에서의 자유주의의 실험』, 지식산업사 1997.

민병욱 「村山知義 연출 '春香傳'의 공연사회학적 연구」,『한국문학논총』제33집,
   2003.

박동규『전후한국소설연구』, 서울대학교출판부 1996.

───『한국현대소설의 비평적 분석』, 문학예술사 1984.

박지향『제국주의』, 서울대학교출판부 2000.

박진숙『이태준 문학 연구』, 서울대학교 박사 2003.

박진영 「임화 신문학사론 연구」, 연세대학교 석사 1997.

박찬승『한국근대정치사상사』, 역사비평사 1992.

박헌호『이태준과 한국근대소설의 성격』, 소명출판사 1999.

박희병 「임화의 신문학사론 비판」,『한국문화』제22집, 1998.

방기중『한국근현대사상사연구』, 역사비평사 1992.

백낙청 엮음,『민족주의란 무엇인가』, 창작과비평사 1981.

백남운『조선사회경제사』, 범우사 1989.

변경혜 「이태준 소설의 인물 연구」, 서울대학교 석사 2001.

서영채 「두개의 근대성과 처사의식」,『상허문학연구』, 깊은샘 1993.

성진희 「임화의 신문학사론 연구」, 서울대학교 석사 1992.

소래섭 「정지용의 시에 나타난 자연인식 연구」, 서울대학교 석사 2001.

손정수 「일제말기 역사철학자들의 문학 비평 연구」, 서울대학교 석사 1996.

송근호 「1930년대 후반 임화의 문학론 연구」, 연세대학교 석사 1992.

신두원 「임화의 현실주의론 연구」, 서울대학교 석사 1991.

신범순 「정지용 시와 기행산문에 대한 연구」,『현대문학연구』9집, 2001.

──── 『한국 현대시의 퇴폐와 작은 주체』, 신구문화사 1998.

신용하 엮음, 『아시아적 생산양식론』, 까치 1986.

심재기 「내간체문장에 대한 고찰(1)」, 『동양학』, 단국대학교 동양학연구소, 1975.

양백화 「호적을 중심으로 한 중국의 문학혁명」, 남윤수 외 엮음, 『양백화 전집』 3, 강원대학교출판부 1995.

오세영 『한국현대시의 분석적 읽기』, 고려대학교출판부 1998.

──── 『한국현대시인론』, 새미 2003.

윤건차 『일본, 그 국가민족국민』, 하종문·이애숙 역, 일월서각 1997.

윤대석, 「식민지인의 두 가지 모방 양식」, 『한국학보』 104, 2001.

──── 「1940년대 전반기 조선 거주 일본인 작가의 의식구조에 대한 연구」, 『현대소설연구』 17, 2002.

윤영애 「보들레르와 댄디즘」, 『불어불문학연구』, 한국불어불문학회 1999.

윤해연 「정지용 시와 한문학의 관련양상 연구」, 인하대학교 박사 2001.

이 훈 「1930년대 임화의 문학론 연구」, 서울대학교 박사 1993.

이가원 엮음 『한국학 연구 입문』, 지식산업사 1981.

이광주 엮음 『역사와 문화』, 문학과지성사 1983.

이기문 『국어의 현실과 이상』, 문학과지성사 1997.

이명희 「李泰俊 小說의 技法과 構成法」, 『淑明女大語文論集』, 1994.

이병헌 『중국 고전 시학의 이해』, 문학과지성사 1992.

이병성 「호적의 '문학개량추의' 탐토」, 『중국학보』 제22권 제1호, 1981.

이숭원 『정지용시의 심층적 탐구』, 태학사 1999.

이정길 「호적 백화문 운동의 원류」, 『중국학논총』 제2집, 1993.

──── 「호적의 중국신문학에 대한 인식과 실천」, 충남대학교 박사 2003.

이충우 『경성제국대학』, 다락원 1980.

이현식 「1930년대 후반 사실주의 문학론 연구」, 연세대학교 박사 1990.

이희승 『국어학개설』, 민중서관 1955.

임지현 「한반도 민족주의와 권력담론」, 『당대비평』 2000년 봄.

임형택 『실사구시의 한국학』, 창작과비평사 2000.

장사선 「한국근대비평에서의 리얼리즘론 연구」, 서울대학교 박사 1988.

—— 「한효의 해방이전 비평활동 연구」, 『국어국문학』 117, 1996.

장영우 「이태준 소설연구」, 동국대학교 박사 1992.

장용경 「일제 식민지기 인정식의 전향론」, 『한국사론』, 2003.

장윤희 「중세국어 종결어미에 대한 통시적 연구」, 서울대학교 박사 1998.

전승주 「임화의 신문학사 방법론에 관한 연구」, 서울대학교 석사 1998.

정  민 『한시 미학 산책』, 솔출판사 1996.

정창석 「'전쟁문학'에서 '받들어 모시는 문학'까지」, 『일어일문학연구』 제35집,
  1999.

조남현 『한국 지식인 소설연구』, 일지사 1984.

—— 『한국 현대소설 유형론 연구』, 집문당 1999.

—— 『한국현대문학사상논구』 3, 서울대학교출판부 2002.

—— 『한국현대문학사상연구』, 서울대학교출판부 1994.

조동일 『공동문어문학과 민족어문학』, 지식산업사 1999.

차승기 『1930년대 후반 전통론 연구』, 연세대학교 박사 2003.

최명식 『조선말 입말체 문장연구』, 한국문화사 1996.

최승호 『1930년대 후반기 시의 전통지향적 미의식 연구』, 서울대학교 박사 1994.

—— 『한국 현대시와 동양적 생명 사상』, 다운샘 1995.

최유찬 「1930년대 한국리얼리즘론 연구」, 연세대학교 박사 1986.

한형구 「일제말기 세대의 미의식 연구」, 서울대학교 박사 1992.

황종연 「1930년대 고전 부흥운동의 문학사적 의의」, 『한국문학연구』 11, 동국대
  학교 한국문학연구소 1988.

—— 「문학이라는 譯語 : '문학이란 하오' 혹은 한국 근대문학론의 성립에 관한
  고찰」, 『동악어문론집』 32집, 1997.

—— 『한국 문학의 근대와 반근대』, 동국대학교 박사 1991.


2) 서양 논저

Anderson, Benedict. 『민족주의의 기원과 전파』, 윤형숙 역, 나남 1991.

————, *Language and Power*, Ithaca, N.Y. : Cornell Univ. Press 1990.

Ashcroft, Bill, Gareth Griffiths, and Helen Tiffin, 『포스트콜로니얼 문학이론』, 이

석호 역, 민음사 1996.

Bateson, G., 『마음의 생태학』, 서석봉 역, 민음사 1989.

Benjamin, Walter, 『발터 벤야민의 문예이론』, 반성완 역, 문학과지성사 1992.

Bhabha, Homi, 『문화의 위치』, 나병철 역, 소명출판사 2003.

Bourdieu, P., 『상징폭력과 문화재상산』, 정일준 역, 새물결 1997.

───, 『예술의 규칙』, 하태환 역, 동문선 1999.

Burrow, J. W., *Evolution and Society : A Study in Victorian Social Theory*. Cambridg e : Cambridge University Press 1966.

Chatman, Seymour, 『영화와 소설의 서사구조』, 김경수 역, 민음사 1999.

Chesneaux, Jean, "Le Mode de Production Asiatique : Quelques Perspective de Recherche", 『아시아적 생산양식론』, 신용하 엮음, 까치 1986.

Chevrel, Yves 『비교문학, 어떻게 할 것인가』, 박성창 역, 민음사 2002.

Conner, Walker, *The National Question in Marxist Leninist Theory and Strategy*. Princeton. NJ : Princeton University Press 1984.

Corn, Hans 외, 『민족주의란 무엇인가』, 백낙청 엮음, 창작과비평사 1981.

Deleuze Gilles, and Félix Guattari, 『앙티오이디프스』, 최명관 역, 민음사 1994.

Deleuze, Gilles, 『프루스트와 기호들』, 서동욱·이충민 역, 민음사 1998.

Deleuze, Gille, 『의미의 논리』, 이정우 역, 민음사 1999.

Descombes, Vincent, 『동일자와 타자 ; 현대프랑스철학(1933~1978)』, 박성창 역, 인간사랑 1993.

Eagleton, Terry, Fredric Jameson, Edward w. Said, *Nationalism, Colonialism and Literature*. Minneapolis : University of Minnesota Press 1990.

Eliot, T. S, 『전통과 개인의 재능』, 최종수 역, 박영사 1976,

Ellen, Roy, "Fetishism," *Man, New Series, Vol. 23, No.2*, Jun., 1982.

Fang, Achilles, "Fenellosa and Pound," *Harvard Journal of Asiatic Studies, Vol.20 No.1/2*, Jun., 1957.

Fanon, Frantz, 『검은 피부 하얀 가면』, 이석호 역, 인간사랑 1998.

Friche, V. M., 『구주문학발사』, 송완순 역, 開拓社 1949.

───, 『예술사회학』, 김휴 역, 온누리 1986.

─────, 『藝術社會學』, 昇曙夢 譯, 東京 : 新潮社 昭和5[1930].

Gandi, Leela, 『포스트식민주의란 무엇인가?』, 현실문화연구 1998.

Gi-Wook Shin and Michael Robinson(editors), *Colonial Modernity in Korea.* published by the Harvard University Asia Center and distributed by Harvard University Press. Cambridge(Massachusetts) and London 1999.

Gusfield, J. R., "Tradition and Modernity : Misplaced Polarities in the Study of Social Change", *American Journal of Sociology, vol.72,Issue 4*, Jaun. 1967.

Hamer, John H., "Identity, Process, and Reinterpretation : The Past Made Present and Present Made Past," *Anthropose 89.* 1994.

Hobsbawm, E. J., 『1970년 이후의 민족과 민족주의』, 강명세 역, 창작과비평사 1994.

Hobsbawm, E.J., ed., 『전통의 날조와 창조』, 최석영 역, 서경문화사 1999.

Jauss, Hans Robert, "Tradition, Innovation, and Aesthetic Experience", *The Journal of Aesthetic and Art Criticism, Vol. 46, Issue 3*, Spring 1988.

Jauss, Hans Robert, 『도전으로서의 문학사』, 장영태 역, 문학과지성사 1998.

Johnson, R. V., 『심미주의』, 이상옥 역, 서울대학교출판부 1979.

Kedourie, Elie, 「민족자결론의 연원과 문제점」, 『민족주의란 무엇인가』, 백낙청 엮음, 창작과비평사 1981.

Kreindler, Isabelle T., *Sociolinguistic Perspectives on Soviet National Languages : Their Past, Present and Future.* Berlin ; New York ; Amsterdam : Mouton 1985.

Lucas, G., 『미학』 제3권, 임홍배 역, 미술문화 2000.

Marx, Engels, 『독일이데올로기』, 두레 1989.

Marx, Lenin et al, 『마르크스-레닌주의 민족이론』, 편집부 역, 나라사랑 1989.

Ming Mie, *Ezra Pound and the Appropriation of Chinese Poetry : Cathay, Translation, and Imagism.* New York and London : Garland Publishing, Inc 1999.

Moore, Gilbert, 『탈식민주의! 저항에서 유희로』, 이경원 역, 한길사 2001.

Ong, Walter J., 『구술문화와 문자문화』, 이기우·임명진 역, 문예출판사 2003.

Roque, Alicia Juarrero, "Language Competence and Tradition Constituted Rationality", *Philosophy and Phenomenological Research, Vol. LI, No. 3*, Sept. 1991.

312

Said, Edward W., 『문화와 제국주의』, 김성곤·정정호 역, 도서출판 창 1995.

──────, 『오리엔탈리즘』, 박홍규 역, 교보문고 1999.

Saisselin, Remy G., "Dandyism and Honnêteté," *The French Review, Vol. 29, No. 6*, May, 1956.

Scalapino, Robert A., 이정식, 『한국공산주의 운동사 1』, 한홍구 옮김, 돌베개 1986.

Shils, Edwards, 『전통』, 김병서·신현순 역, 민음사 1992.

Steinberg, Michael P., "The collector as Allegorist — Goods, Gods, and the object of History", *Walter Benjamin and the Demands of History*. Ithaca : Cornell University Press, 1996.

Wilson Harris, *Tradition : The Writers and Society*. London : New Beacon 1967.

Yu, Pauline R., "Chinese and Symbolic Poetic Theories," *Comparative Literature, Vol.30 No.4*, Autumn 1978.


3) 동양 논저

가라타니 고진 『일본정신의 기원』, 송태욱 역, 이매진 2003.

고모리 요이치 『일본어의 근대』, 정선태 역, 소명출판사 2003.

吉田精一 『近代文藝批評史 : 明治篇』, 東京 : 至文堂 1975.

니시카와 나가오 『국민이라는 괴물』, 윤대석 역, 소명출판사 2002.

良知力 『向う岸からの世界史』, 未來社 1978.

마루야마 마사오·가토 슈이치 『번역과 일본의 근대』, 임성모 역, 이산 2002.

미우라 노부타카·가스야 게이스케 [공]엮음 『언어 제국주의란 무엇인가?』, 이연숙·고영진·조태린 옮김, 돌베개 2005.

柄谷行人 『<戰前>の思考』, 東京 : 講談社 2001.

────── 『일본근대문학의 기원』, 박유하 역, 민음사 1997.

────── 『현대일본의 비평』, 송태욱 역, 소명출판사 2002.

保田與重郎 『浪漫派的藝術批評』, 東京 : 人文書院 1939.

사까이 나오끼 『국민주의의 포이에시스』, 이규수 역, 창작과비평사 2003.

三枝康高 『日本浪漫派の運動』, 東京 : 現代社 1958.

최원식 외 『동아시아인의 ‘동양’ 인식』(19~20세기), 문학과지성사 2001.

이리에 아키라 『일본의 외교』, 이성환 역, 푸른산 2002.

平野謙 『일본소화문학사』, 고재석·김환기 역, 소명출판사 2001.

胡　適 『사십자술 : 호적 자서전』, 차주환 역, 을유문화사 1973.

──── 『세계의 교양대전집 9 : 호적』, 이윤중 외 역, 경지사 1975.

──── 『호적문선』, 민두기 역, 삼성문화재단 1974.

和泉あき 『日本浪漫派批判』, 東京 : 新生社 1967.

丸山眞男 『일본의 사상』, 김석근 역, 한길사 1998.

──── 『현대정치의 사상과 행동』, 김석근 역, 한길사 1997.

鹽澤君夫·福富正實 『아시아적 생산양식론』, 편집부 역, 지양사 1984.

# 【찾 아 보 기】

서남동양학술총서

# 한국문학의 탈식민적 주체성
이식문학론을 넘어


초판 1쇄 발행/2009년 6월 26일

지은이/배개화
펴낸이/고세현
책임편집/김자영
펴낸곳/(주)창비
등록/1986년 8월 5일 제85호
주소/413-756 경기도 파주시 교하읍 문발리 513-11
전화/031-955-3333
팩시밀리/영업 031-955-3399 · 편집 031-955-3400
홈페이지/www.changbi.com
전자우편/human@changbi.com
인쇄/상지사P&B

ⓒ 배개화 2009
ISBN 978-89-364-1314-9  93800